Clemens Brentano, geboren am 8. September 1778 in Ehrenbreitstein, ist am 28. Juli 1842 in Aschaffenburg gestorben.

Hermann Hesse hatte Mitte der zwanziger Jahre das Konzept zu einer Buchreihe erarbeitet, die den Titel »Das klassische Jahrhundert deutschen Geistes« trug. Unter den etwa dreißig herausgeberischen Projekten, die damals nicht verwirklicht werden konnten und nun aus seinem Nachlaß erstmals vorgestellt werden, findet sich auch diese Brentano-Auswahl.

Hermann Hesse rechnete Clemens Brentano zu den Dichtern, die trotz aller Berühmtheit mit ihren wichtigen Werken dennoch unbekannt geblieben seien. Unter den ausgewählten Erzählungen ist »ohne Zweifel die schönste die vom Annerl und Kasperl. Ihre schmerzlich süße Dunkelheit wird kein ernsthafter Leser wieder vergessen« ... »Da geht alter Volksbesitz, Kindererinnerung, momentaner Einfall, literarische Anspielung, Humor und witzige Satire in hundert wirren Fäden durcheinander, ganz im Stil des unmöglichen romantischen Gesamtkunstwerks, das nicht formen und klären, sondern anregen, erinnern, Träume und Ahnung seltsamster Beziehungen schaffen will, und dessen Reiz eben in der wilden Unbegrenztheit und jugendlichen Wirre liegt.« Die Sammlung enthält daneben die Erzählungen *Aus der Chronika eines fahrenden Schülers; Die mehreren Wehmüller und die ungarischen Nationalgesichter; Gockel und Hinkel; Der Philister vor, in und nach der Geschichte.*

»Brentano ist am meisten ›Romantiker‹, hat ein ungebändigtes, fahrendes Leben geführt und war voll von Künstlergedanken, die zumeist untergegangen oder verkümmert sind. Trotzdem lohnt sich die Beschäftigung mit diesem kranken Geschlecht, ich finde in einigen Modernen seine romantischen Ideen fortgesetzt und teilweise wirklich zur Vollendung ausgebaut.«

Hermann Hesse

insel taschenbuch 2165
Clemens Brentano als Erzähler

Clemens Brentano als Erzähler

Ausgewählt und mit einem Nachwort
versehen von Hermann Hesse

Insel Verlag

Redaktion: Volker Michels

insel taschenbuch 2165
Erste Auflage 1998

Hinweise zu dieser Ausgabe am Schluß des Bandes
Vertrieb durch den Suhrkamp Taschenbuch Verlag
Umschlag nach Entwürfen von Willy Fleckhaus
Satz: Hümmer GmbH, Waldbüttelbrunn
Druck: Nomos Verlagsgesellschaft, Baden-Baden
Printed in Germany

1 2 3 4 5 6 – 03 02 01 00 99 98

Inhalt

Geschichte vom braven Kasperl und dem schönen Annerl

Es war Sommersfrühe, die Nachtigallen sangen erst seit einigen Tagen durch die Straßen und verstummten heut in einer kühlen Nacht, welche von fernen Gewittern zu uns herwehte; der Nachtwächter rief die elfte Stunde an, da sah ich, nach Hause gehend, vor der Tür eines großen Gebäudes einen Trupp von allerlei Gesellen, die vom Biere kamen, um jemand, der auf den Türstufen saß, versammelt. Ihr Anteil schien mir so lebhaft, daß ich irgendein Unglück besorgte und mich näherte.

Eine alte Bäuerin saß auf der Treppe, und so lebhaft die Gesellen sich um sie bekümmerten, so wenig ließ sie sich von den neugierigen Fragen und gutmütigen Vorschlägen derselben stören. Es hatte etwas sehr Befremdendes, ja schier Großes, wie die gute alte Frau so sehr wußte, was sie wollte, daß sie, als sei sie ganz allein in ihrem Kämmerlein, mitten unter den Leuten es sich unter freiem Himmel zur Nachtruhe bequem machte. Sie nahm ihre Schürze als ein Mäntelchen um, zog ihren großen schwarzen, wachsleinenen Hut tiefer in die Augen, legte sich ihr Bündel unter den Kopf zurecht und gab auf keine Frage Antwort.

»Was fehlt dieser alten Frau?« fragte ich einen der Anwesenden; da kamen Antworten von allen Seiten: »Sie kömmt sechs Meilen Weges vom Lande, sie kann nicht weiter, sie weiß nicht Bescheid in der Stadt, sie hat Befreundete am andern Ende der Stadt und kann nicht hinfinden.« »Ich wollte sie führen«, sagte einer, »aber es ist ein weiter Weg, und ich habe meinen Hausschlüssel nicht bei mir. Auch würde sie das Haus nicht kennen, wo sie hin will.« »Aber hier kann die Frau nicht liegen bleiben«, sagte ein Neuhinzugetretener. »Sie will aber platterdings«, antwortete der erste; »ich habe es ihr längst gesagt, ich wolle sie nach Hause bringen, doch sie redet ganz verwirrt, ja sie muß wohl betrunken sein.« »Ich glaube, sie ist blödsinnig. Aber hier kann sie doch in keinem Falle bleiben«, wiederholte jener, »die Nacht ist kühl und lang.«

Während allem diesem Gerede war die Alte, grad als ob sie taub und blind sei, ganz ungestört mit ihrer Zubereitung fertig geworden, und da der letzte abermals sagte: »Hier kann sie doch nicht bleiben«, erwiderte sie, mit einer wunderlich tiefen und ernsten Stimme:

»Warum soll ich nicht hier bleiben? Ist dies nicht ein herzogliches Haus? Ich bin achtundachtzig Jahre alt, und der Herzog wird mich gewiß nicht von seiner Schwelle treiben. Drei Söhne sind in seinem Dienst gestorben, und mein einziger Enkel hat seinen Abschied genommen; – Gott verzeiht es ihm gewiß, und ich will nicht sterben, bis er in seinem ehrlichen Grab liegt.«

»Achtundachtzig Jahre und sechs Meilen gelaufen!« sagten die Umstehenden, »sie ist müd und kindisch, in solchem Alter wird der Mensch schwach.«

»Mutter, Sie kann aber den Schnupfen kriegen und sehr krank werden hier, und Langeweile wird Sie auch haben«, sprach nun einer der Gesellen und beugte sich näher zu ihr.

Da sprach die Alte wieder mit ihrer tiefen Stimme, halb bittend, halb befehlend:

»O laßt mir meine Ruhe und seid nicht unvernünftig; ich brauch keinen Schnupfen, ich brauche keine Langeweile; es ist ja schon spät an der Zeit, achtundachtzig bin ich alt, der Morgen wird bald anbrechen, da geh ich zu meinen Befreundeten. Wenn ein Mensch fromm ist und hat Schicksale und kann beten, so kann er die paar armen Stunden auch noch wohl hinbringen.«

Die Leute hatten sich nach und nach verloren, und die letzten, welche noch da standen, eilten auch hinweg, weil der Nachtwächter durch die Straße kam und sie sich von ihm ihre Wohnungen wollten öffnen lassen. So war ich allein noch gegenwärtig. Die Straße ward ruhiger. Ich wandelte nachdenkend unter den Bäumen des vor mir liegenden, freien Platzes auf und nieder; das Wesen der Bäuerin, ihr bestimmter, ernster Ton, ihre Sicherheit im Leben, das sie achtundachtzigmal mit seinen Jahreszeiten hatte zurückkehren sehen, und das ihr nur wie ein Vorsaal im Bethause erschien, hatten mich mannigfach erschüttert. Was sind alle Leiden, alle Begierden meiner Brust? Die Sterne gehen ewig unbekümmert ihren Weg, wozu suche ich Erquickung und Labung, und von wem suche ich sie und für wen? Alles, was ich hier suche und liebe und erringe, wird es mich je dahin bringen, so ruhig wie diese gute, fromme Seele die Nacht auf der Schwelle des Hauses zubringen zu können, bis der Morgen erscheint, und werde ich dann den Freund finden wie sie? Ach, ich werde die Stadt gar nicht erreichen, ich werde wegemüde schon in dem Sande vor dem Tore umsinken und vielleicht gar in die Hände der Räuber fallen. So sprach ich zu mir selbst, und als ich durch den Lindengang mich der Alten wieder näherte, hörte ich sie halblaut mit gesenktem Kopfe vor sich hin beten. Ich war wunderbar gerührt und trat zu ihr hin und sprach: »Mit Gott, fromme Mutter, bete Sie auch ein wenig für mich!« – bei welchen Worten ich ihr einen Taler in die Schürze warf.

Die Alte sagte hierauf ganz ruhig: »Hab tausend Dank, mein lieber Herr, daß du mein Gebet erhört.«

Ich glaubte, sie spreche mit mir, und sagte: »Mutter, habt Ihr mich denn um etwas gebeten? Ich wüßte nicht.«

Da fuhr die Alte überrascht auf und sprach: »Lieber Herr, gehe Er doch nach Haus und bete Er fein und lege Er sich schlafen. Was zieht Er so spät noch auf der Gasse herum? Das ist jungen Gesellen gar nichts nütze; denn der Feind geht um und suchet, wo er sich einen erfange. Es ist mancher durch solch Nachtlaufen verdorben. Wen sucht Er, den Herrn? Der ist in des Menschen Herz, so er züchtiglich lebt, und nicht auf der Gasse. Sucht Er aber den Feind, so hat Er ihn schon; gehe Er hübsch nach Haus und bete Er, daß er ihn loswerde. Gute Nacht!«

Nach diesen Worten wendete sie sich ganz ruhig nach der andern Seite und steckte den Taler in ihren Reisesack. Alles, was die Alte tat, machte einen eigentümlichen ernsten Eindruck auf mich, und ich sprach zu ihr: »Liebe Mutter, Ihr habt wohl recht, aber Ihr selbst seid es, was mich hier hält; ich hörte Euch beten und wollte Euch ansprechen, meiner dabei zu gedenken.«

»Das ist schon geschehen«, sagte sie; »als ich Ihn so durch den Lindengang wandeln sah, bat ich Gott, er möge Euch gute Gedanken geben. Nun habe Er sie, und gehe Er fein schlafen!«

Ich aber setzte mich zu ihr nieder auf die Treppe und ergriff ihre dürre Hand und sagte: »Lasset mich hier bei Euch sitzen die Nacht hindurch, und erzählet mir, woher Ihr seid, und was Ihr hier in der Stadt sucht; Ihr habt hier keine Hilfe, in Eurem Alter ist man Gott näher als den Menschen; die Welt hat sich verändert, seit Ihr jung wart.« –

»Daß ich nicht wüßte«, erwiderte die Alte, »ich hab's mein Lebetag ganz einerlei gefunden; Er ist noch zu jung, da verwundert man sich über alles; mir ist alles schon so oft wieder vorgekommen, daß ich es nur noch mit Freuden ansehe, weil es Gott so treulich damit meinet. Aber man soll keinen guten Willen von sich weisen, wenn er einem auch grade nicht not tut, sonst möchte der liebe Freund ausbleiben, wenn er ein andermal gar willkommen wäre; bleibe Er drum immer sitzen, und sehe Er, was er mir helfen kann. Ich will Ihm erzählen, was mich in die Stadt den weiten Weg hertreibt. Ich hätt es nicht gedacht, wieder hierher zu kommen. Es sind siebenzig Jahre, daß ich hier in dem Hause als Magd gedient habe, auf dessen Schwelle ich sitze, seitdem war ich nicht mehr in der Stadt; was die Zeit herumgeht! Es ist, als wenn man eine Hand umwendet. Wie oft habe ich hier am Abend gesessen vor siebenzig Jahren und habe auf meinen Schatz gewartet, der bei der Garde stand! Hier haben wir uns auch versprochen. Wenn er hier – aber still, da kömmt die Runde vorbei.«

Da hob sie an, mit gemäßigter Stimme, wie etwa junge Mägde und Diener in schönen Mondnächten, vor der Tür zu singen, und ich hörte mit innigem Vergnügen folgendes schöne alte Lied von ihr:

Wann der Jüngste Tag wird werden,
Dann fallen die Sternelein auf die Erden.
Ihr Toten, ihr Toten sollt auferstehen,
Ihr sollt vor das Jüngste Gerichte gehn;
Ihr sollt treten auf die Spitzen,
Da die lieben Engelein sitzen.
Da kam der liebe Gott gezogen
Mit einem schönen Regenbogen.
Da kamen die falschen Juden gegangen,
Die führten einst unsern Herrn Christum gefangen.
Die hohen Bäum erleuchten sehr,
Die harten Stein zerknirschten sehr.
Wer dies Gebetlein beten kann,
Der bet's des Tages nur einmal,
Die Seele wird vor Gott bestehn,
Wann wir werden zum Himmel eingehn.
Amen.

Als die Runde uns näher kam, wurde die gute Alte gerührt. »Ach«, sagte sie, »es ist heute der sechzehnte Mai, es ist doch alles einerlei, grade wie damals, nur haben sie andere Mützen auf und keine Zöpfe mehr. Tut nichts, wenn's Herz nur gut ist!« Der Offizier der Runde blieb bei uns stehen und wollte eben fragen, was wir hier so spät zu schaffen hätten, als ich den Fähnrich Graf Grossinger, einen Bekannten, in ihm erkannte. Ich sagte ihm kurz den ganzen Handel, und er sagte, mit einer Art von Erschütterung: »Hier haben Sie einen Taler für die Alte und eine Rose« – die er in der Hand trug – »so alte Bauerleute haben Freude an Blumen. Bitten Sie die Alte, Ihnen morgen das Lied in die Feder zu sagen, und bringen Sie mir es. Ich habe lange nach dem Lied getrachtet, aber es nie ganz habhaft werden können.« Hiermit schieden wir, denn der Posten der nah gelegenen Hauptwache, bis zu welcher ich ihn über den Platz begleitet hatte, rief: »Wer da?« Er sagte mir noch, daß er die Wache am Schlosse habe, ich solle ihn dort besuchen. Ich ging zu der Alten zurück und gab ihr die Rose und den Taler.

Die Rose ergriff sie mit einer rührenden Heftigkeit und befestigte sie sich auf ihren Hut, indem sie mit einer etwas feineren Stimme und fast weinend die Worte sprach:

Rosen die Blumen auf meinem Hut,
Hätt ich viel Geld, das wäre gut,
Rosen und mein Liebchen.

Ich sagte zu ihr: »Ei, Mütterchen, Ihr seid ja ganz munter geworden«, und sie erwiderte:

Munter, munter,
Immer bunter,
Immer runder.
Oben stund er,
Nun bergunter,
's ist kein Wunder!

»Schau Er, lieber Mensch, ist es nicht gut, daß ich hier sitzengeblieben? Es ist alles einerlei, glaub Er mir; heut sind es siebenzig Jahre, da saß ich hier vor der Türe, ich war eine flinke Magd und sang gern alle Lieder. Da sang ich auch das Lied vom Jüngsten Gericht wie heute, da die Runde vorbeiging, und da warf mir ein Grenadier im Vorübergehn eine Rose in den Schoß – die Blätter hab ich noch in meiner Bibel liegen –, das war meine erste Bekanntschaft mit meinem seligen Mann. Am andern Morgen hatte ich die Rose vorgesteckt in der Kirche, und da fand er mich, und es ward bald richtig. Drum hat es mich gar sehr gefreut, daß mir heut wieder eine Rose ward. Es ist ein Zeichen, daß ich zu ihm kommen soll, und darauf freu ich mich herzlich. Vier Söhne und eine Tochter sind mir gestorben, vorgestern hat mein Enkel seinen Abschied genommen – Gott helfe ihm und erbarme sich seiner! – und morgen verläßt mich eine andre gute Seele, aber was sag ich morgen, ist es nicht schon Mitternacht vorbei?«

»Es ist zwölfe vorüber«, erwiderte ich, verwundert über ihre Rede.

»Gott gebe ihr Trost und Ruhe die vier Stündlein, die sie noch hat!« sagte die Alte und ward still, indem sie die Hände faltete. Ich konnte nicht sprechen, so erschütterten mich ihre Worte und ihr ganzes Wesen. Da sie aber ganz stille blieb und der Taler des Offiziers noch in ihrer Schürze lag, sagte ich zu ihr: »Mutter, steckt den Taler zu Euch, Ihr könntet ihn verlieren.«

»Den wollen wir nicht weglegen, den wollen wir meiner Befreundeten schenken in ihrer letzten Not!« erwiderte sie. »Den ersten Taler nehm ich morgen wieder mit nach Haus, der gehört meinem Enkel, der soll ihn genießen. Ja seht, es ist immer ein herrlicher Junge gewesen und hielt etwas auf seinem Leib und auf seine Seele – ach Gott, auf seine Seele! – Ich habe gebetet den ganzen Weg, es ist nicht möglich, der liebe Herr läßt ihn gewiß nicht verderben. Unter allen Burschen war er immer der reinlichste und fleißigste in der Schule, aber auf die Ehre war er vor allem ganz erstaunlich. Sein Leutnant hat auch immer gesprochen: Wenn meine Schwadron Ehre im Leibe hat, so sitzt sie bei dem Finkel im Quartier. Er war unter den Ulanen. Als er zum erstenmal aus Frankreich zurückkam, erzählte er allerlei schöne Geschichten, aber immer war von der Ehre dabei die Rede. Sein Vater und sein Stiefbruder waren bei dem Landsturm und kamen oft mit ihm wegen der Ehre in Streit; denn was er zuviel hatte, hatten sie nicht genug. Gott verzeih mir meine schwere Sünde, ich will nicht schlecht von ihnen reden, jeder hat sein Bündel zu tragen: aber meine selige Tochter, *seine* Mutter, hat sich zu Tode gearbeitet bei dem Faulpelz, sie konnte nicht erschwingen, seine Schulden zu tilgen. Der Ulan erzählte von den Franzosen, und als der Vater und Stiefbruder sie ganz schlecht machen wollten, sagte der Ulan: Vater, das versteht Ihr nicht, sie haben doch viel Ehre im Leibe! Da ward der Stiefbruder tückisch und sagte: Wie kannst du deinem Vater so viel von der Ehre vorschwatzen? War er doch Unteroffizier im N...schen Regiment und muß es besser als du verstehn, der nur Gemeiner ist! – Ja, sagte da der alte Finkel, der nun auch rebellisch ward, das war ich und habe manchen vorlauten Burschen fünfundzwanzig aufgezählt; hätte ich nur Franzosen in der Kompanie gehabt, die sollten sie noch besser gefühlt haben, mit ihrer Ehre! Die Rede tat dem Ulanen gar weh, und er sagte: Ich will ein Stückchen von einem französischen Unteroffizier erzählen, das gefällt mir besser. Unterm vorigen König sollten auf einmal die Prügel bei der französischen Armee eingeführt werden. Der Befehl des Kriegsministers wurde zu Straßburg bei einer großen Parade bekanntgemacht, und die Truppen hörten in Reih und Glied die Bekanntmachung mit stillem Grimm an. Da aber noch am Schluß der Parade ein Gemeiner einen Exzeß machte, wurde sein Unteroffizier vorkommandiert, ihm zwölf Hiebe zu geben. Es wurde ihm mit Strenge befohlen, und er mußte es tun. Als er aber fertig war, nahm er das Gewehr des Mannes, den er geschlagen hatte, stellte es vor sich an die Erde und drückte mit dem Fuße los, daß ihm die Kugel durch den Kopf fuhr und er tot niedersank. Das wurde an den König berichtet, und der Befehl, Prügel zu geben, ward gleich zurückgenommen. Seht, Vater, das war ein Kerl, der

Ehre im Leib hatte! – Ein Narr war es, sprach der Bruder. Freß deine Ehre, wenn du Hunger hast! brummte der Vater. Da nahm mein Enkel seinen Säbel und ging aus dem Haus und kam zu mir in mein Häuschen und erzählte mir alles und weinte die bittern Tränen. Ich konnte ihm nicht helfen; die Geschichte, die er mir auch erzählte, konnte ich zwar nicht ganz verwerfen, aber ich sagte ihm doch immer zuletzt: Gib Gott allein die Ehre! Ich gab ihm noch den Segen, denn sein Urlaub war am andern Tage aus, und er wollte noch eine Meile umreiten nach dem Orte, wo ein Patchen von mir auf dem Edelhof diente, auf die er gar viel hielt; er wollte einmal mit ihr hausen. – Sie werden auch wohl bald zusammenkommen, wenn Gott mein Gebet erhört. Er hat seinen Abschied schon genommen, mein Patchen wird ihn heut erhalten, und die Aussteuer hab ich auch schon beisammen, es soll auf der Hochzeit weiter niemand sein als ich.« Da ward die Alte wieder still und schien zu beten. Ich war in allerlei Gedanken über die Ehre, und ob ein Christ den Tod des Unteroffiziers schön finden dürfe. Ich wollte, es sagte mir einmal einer etwas Hinreichendes darüber.

Als der Wächter ein Uhr anrief, sagte die Alte: »Nun habe ich noch zwei Stunden. Ei, ist Er noch da, warum geht Er nicht schlafen? Er wird morgen nicht arbeiten können und mit seinem Meister Händel kriegen; von welchem Handwerk ist Er denn, mein guter Mensch?«

Da wußte ich nicht recht, wie ich es ihr deutlich machen sollte, daß ich ein Schriftsteller sei. »Ich bin ein Gestudierter«, durfte ich nicht sagen, ohne zu lügen. Es ist wunderbar, daß ein Deutscher immer sich ein wenig schämt, zu sagen, er sei ein Schriftsteller; zu Leuten aus den untern Ständen sagt man es am ungernsten, weil diesen gar leicht die Schriftgelehrten und Pharisäer aus der Bibel dabei einfallen. Der Name Schriftsteller ist nicht so eingebürgert bei uns, wie das homme de lettres bei den Franzosen, welche überhaupt als

Schriftsteller zünftig sind und in ihren Arbeiten mehr hergebrachtes Gesetz haben, ja, bei denen man auch fragt: »Où avez-vous fait votre philosophie? Wo haben Sie ihre Philosophie gemacht?«, wie denn ein Franzose selbst viel mehr von einem gemachten Manne hat. Doch diese nicht deutsche Sitte ist es nicht allein, welche das Wort Schriftsteller so schwer auf der Zunge macht, wenn man am Tore um seinen Charakter gefragt wird, sondern eine gewisse innere Scham hält uns zurück, ein Gefühl, welches jeden befällt, der mit freien und geistigen Gütern, mit unmittelbaren Geschenken des Himmels Handel treibt. Gelehrte brauchen sich weniger zu schämen als Dichter; denn sie haben gewöhnlich Lehrgeld gegeben, sind meist in Ämtern des Staats, spalten an groben Klötzen oder arbeiten in Schachten, wo viel wilde Wasser auszupumpen sind. Aber ein sogenannter Dichter ist am übelsten daran, weil er meistens aus dem Schulgarten nach dem Parnaß entlaufen, und es ist auch wirklich ein verdächtiges Ding um einen Dichter von Profession, der es nicht nur nebenher ist. Mann kann sehr leicht zu ihm sagen: »Mein Herr, ein jeder Mensch hat, wie Hirn, Herz, Magen, Milz, Leber und dergleichen, auch eine Poesie im Leibe; wer aber eines dieser Glieder überfüttert, verfüttert oder mästet und es über alle andre hinüber treibt, ja es gar zum Erwerbzweig macht, der muß sich schämen vor seinem ganzen übrigen Menschen. Einer, der von der Poesie lebt, hat das Gleichgewicht verloren, und eine übergroße Gänseleber, sie mag noch so gut schmecken, setzt doch immer eine kranke Gans voraus.« Alle Menschen, welche ihr Brot nicht im Schweiß ihres Angesichtes verdienen, müssen sich einigermaßen schämen, und das fühlt einer, der noch nicht ganz in der Tinte war, wenn er sagen soll, er sei ein Schriftsteller. So dachte ich allerlei und besann mich, was ich der Alten sagen sollte, welche über mein Zögern verwundert, mich anschaute und sprach:

»Welch ein Handwerk Er treibt, frage ich; warum will Er

mir's nicht sagen? Treibt Er kein ehrlich Handwerk, so greif Er's noch an, es hat einen goldnen Boden. Er ist doch nicht etwa gar ein Henker oder Spion, der mich ausholen will? Meinethalben sei Er, wer Er will, sag Er's, wer Er ist! Wenn Er bei Tage so hier säße, würde ich glauben, Er sei ein Lehnerich, so ein Tagedieb, der sich an die Häuser lehnt, damit er nicht umfällt vor Faulheit.«

Da fiel mir ein Wort ein, das mir vielleicht eine Brücke zu ihrem Verständnis schlagen könnte: »Liebe Mutter«, sagte ich, »ich bin ein Schreiber.« – »Nun«, sagte sie, »das hätte er gleich sagen sollen. Er ist also ein Mann von der Feder; dazu gehören feine Köpfe und schnelle Finger und ein gutes Herz, sonst wird einem drauf geklopft. Ein Schreiber ist Er? Kann Er mir dann wohl eine Bittschrift aufsetzen an den Herzog, die aber gewiß erhört wird und nicht bei den vielen andern liegen bleibt?«

»Eine Bittschrift, liebe Mutter«, sprach ich, »kann ich Ihr wohl aufsetzen, und ich will mir alle Mühe geben, daß sie recht eindringlich abgefaßt sein soll.«

»Nun, das ist brav von Ihm«, erwiderte sie, »Gott lohn es Ihm und lasse Ihn älter werden als mich und gebe Ihm auch in Seinem Alter einen so geruhigen Mut und eine so schöne Nacht mit Rosen und Talern wie mir und auch einen Freund, der Ihm eine Bittschrift macht, wenn es Ihm not tut. Aber jetzt gehe Er nach Hause, lieber Freund, und kaufe Er sich einen Bogen Papier und schreibe Er die Bittschrift; ich will hier auf Ihn warten, noch eine Stunde, dann gehe ich zu meiner Pate, Er kann mitgehen; sie wird sich auch freuen an der Bittschrift. Sie hat gewiß ein gut Herz, aber Gottes Gerichte sind wunderbar.«

Nach diesen Worten ward die Alte wieder still, senkte den Kopf und schien zu beten. Der Taler lag noch auf ihrem Schoß. Sie weinte. »Liebe Mutter, was fehlt Euch, was tut Euch so weh, Ihr weinet?« sprach ich.

»Nun, warum soll ich denn nicht weinen? Ich weine auf den Taler, ich weine auf die Bittschrift, auf alles weine ich. Aber es hilft nichts, es ist doch alles viel, viel besser auf Erden, als wir Menschen verdienen, und gallenbittre Tränen sind noch viel zu süße. Sehe Er nur einmal das goldne Kamel da drüben, an der Apotheke, wie doch Gott alles so herrlich und wunderbar geschaffen hat! Aber der Mensch erkennt es nicht, und ein solch Kamel geht eher durch ein Nadelöhr als ein Reicher in das Himmelreich. – Aber was sitzt Er denn immer da? Gehe Er, den Bogen Papier zu kaufen, und bringe Er mir die Bittschrift.«

»Liebe Mutter«, sagte ich, »wie kann ich Euch die Bittschrift machen, wenn Ihr mir nicht sagt, was ich hineinschreiben soll?«

»Das muß ich Ihm sagen?« erwiderte sie; »dann ist es freilich keine Kunst, und wundre ich mich nicht mehr, daß Er sich einen Schreiber zu nennen schämte, wenn man Ihm alles sagen soll. Nun, ich will mein Mögliches tun. Setz Er in die Bittschrift, daß zwei Liebende beieinander ruhen sollen, und daß sie einen nicht auf die Anatomie bringen sollen, damit man seine Glieder beisammen hat, wenn es heißt: Ihr Toten, ihr Toten sollt auferstehn, ihr sollt vor das Jüngste Gerichte gehn!« Da fing sie wieder bitterlich an zu weinen.

Ich ahnete, ein schweres Leid müsse auf ihr lasten, aber sie fühle bei der Bürde ihrer Jahre nur in einzelnen Momenten sich schmerzlich gerührt. Sie weinte, ohne zu klagen, ihre Worte waren immer gleich ruhig und kalt. Ich bat sie nochmals, mir die ganze Veranlassung zu ihrer Reise in die Stadt zu erzählen, und sie sprach: »Mein Enkel, der Ulan, von dem ich Ihm erzählte, hatte doch mein Patchen sehr lieb, wie ich Ihm vorher sagte, und sprach der schönen Annerl, wie die Leute sie ihres glatten Spiegels wegen nannten, immer von der Ehre vor und sagte ihr immer, sie solle auf ihre Ehre halten und auch auf seine Ehre. Da kriegte dann das Mädchen etwas ganz Apartes in ihr Gesicht und ihre Kleidung von der Ehre; sie war feiner und manierlicher als alle andere Dirnen. Alles saß ihr knapper am Leibe, und wenn sie ein Bursche einmal ein wenig derb beim Tanze anfaßte oder sie etwa höher als den Steg der Baßgeige schwang, so konnte sie bitterlich darüber bei mir weinen und sprach dabei immer, es sei wider ihre Ehre. Ach, das Annerl ist ein eignes Mädchen immer gewesen. Manchmal, wenn kein Mensch es sich versah, fuhr sie mit beiden Händen nach ihrer Schürze und riß sie sich vom Leibe, als ob Feuer drin sei, und dann fing sie gleich entsetzlich an zu weinen; aber das hat seine Ursache, es hat sie mit Zähnen hingerissen, der Feind ruht nicht. Wäre das Kind nur nicht stets so hinter der Ehre her gewesen und hätte sich lieber an unsren lieben Gott gehalten, hätte ihn nie von sich gelassen, in aller Not, und hätte seinetwillen Schande und Verachtung ertragen statt ihrer Menschenehre. Der Herr hätte sich gewiß erbarmt und wird es auch noch; ach, sie kommen gewiß zusammen, Gottes Wille geschehe!

»Der Ulan stand wieder in Frankreich, er hatte lange nicht geschrieben, und wir glaubten ihn fast tot und weinten oft um ihn. Er war aber im Hospital an einer schweren Blessur krank gelegen, und als er wieder zu seinen Kameraden kam und zum Unteroffizier ernannt wurde, fiel ihm ein, daß ihm vor zwei Jahren sein Stiefbruder so übers Maul gefahren: er sei nur Gemeiner und der Vater Korporal, und dann die Geschichte von dem französischen Unteroffizier, und wie er seinem Annerl von der Ehre so viel geredet, als er Abschied genommen. Da verlor er seine Ruhe und kriegte das Heimweh und sagte zu seinem Rittmeister, der ihn um sein Leid fragte: Ach, Herr Rittmeister, es ist, als ob es mich mit den Zähnen nach Hause zöge. Da ließen sie ihn heimreiten mit seinem Pferd, denn alle seine Offiziere trauten ihm. Er kriegte auf drei Monate Urlaub und sollte mit der Remonte wieder zurückkommen. Er eilte, so sehr er konnte, ohne seinem Pferde wehe zu tun, welches er besser pflegte als jemals, weil es ihm war anvertraut worden. An einem Tage trieb es ihn ganz entsetzlich, nach Hause zu eilen; es war der Tag vor dem Sterbetage seiner Mutter, und es war ihm immer, als laufe sie vor seinem Pferde her und riefe: Kasper, tue mir eine Ehre an! Ach, ich saß an diesem Tage auf ihrem Grabe ganz allein und dachte auch: wenn Kasper doch bei mir wäre! Ich hatte Blümelein Vergißnichtmein in einen Kranz gebunden und an das eingesunkene Kreuz gehängt und maß mir den Platz umher aus und dachte: hier will ich liegen, und da soll Kasper liegen, wenn ihm Gott sein Grab in der Heimat schenkt, daß wir fein beisammen sind, wenn's heißt: Ihr Toten, ihr Toten sollt auferstehn, ihr sollt zum Jüngsten Gerichte gehn! Aber Kasper kam nicht, ich wußte auch nicht, daß er so nahe war und wohl hätte kommen können. Es trieb ihn auch gar sehr, zu eilen; denn er hatte wohl oft an diesen Tag in Frankreich gedacht und hatte einen kleinen Kranz von schönen Goldblumen von daher mitgebracht, um das Grab seiner Mutter zu schmücken, und auch einen Kranz für Annerl, den sollte sie sich bis zu ihrem Ehrentage bewahren.«

Hier ward die Alte still und schüttelte mit dem Kopf; als ich aber die letzten Worte wiederholte: »Den sollte sie sich bis zu ihrem Ehrentag bewahren«, fuhr sie fort: »Wer weiß, ob ich es nicht erflehen kann; ach, wenn ich den Herzog nur wecken dürfte!« – »Wozu?« fragte ich, »welch Anliegen habt Ihr denn, Mutter?« Da sagte sie ernst: »O, was läge am ganzen Leben, wenn's kein End nähme; was läge am Leben, wenn es nicht ewig wäre!« und fuhr dann in ihrer Erzählung fort:

»Kasper wäre noch recht gut zu Mittag in unserm Dorfe angekommen, aber morgens hatte ihm sein Wirt im Stalle gezeigt, daß sein Pferd gedrückt sei, und dabei gesagt: Mein Freund, das macht dem Reiter keine Ehre. Das Wort hatte Kasper tief empfunden; er legte deswegen den Sattel hohl und leicht auf, tat alles, ihm die Wunde zu heilen, und setzte seine Reise, das Pferd am Zügel führend, zu Fuße fort. So kam er am späten Abend bis an eine Mühle, eine Meile von unserm Dorf, und weil er den Müller als einen alten Freund seines Vaters kannte, sprach er bei ihm ein und wurde wie ein recht lieber Gast aus der Fremde empfangen. Kapser zog sein Pferd in den Stall, legte den Sattel und sein Felleisen in einen Winkel und ging nun zu dem Müller in die Stube. Da fragte er dann nach den Seinigen und hörte, daß ich alte Großmutter noch lebe, und daß sein Vater und sein Stiefbruder gesund seien, und daß es recht gut mit ihnen gehe; sie wären erst gestern mit Getreide auf der Mühle gewesen, sein Vater habe sich auf den Roß- und Ochsenhandel gelegt und gedeihe dabei recht gut, auch halte er jetzt etwas auf seine Ehre und gehe nicht mehr so zerrissen umher. Darüber war der gute Kasper nun herzlich froh, und da er nach der schönen Annerl fragte, sagte ihm der Müller; er kenne sie nicht, aber wenn es die sei, die auf dem Rosenhof gedient habe, die hätte sich, wie er gehört, in der Hauptstadt vermietet, weil sie da eher etwas lernen könne und mehr Ehre dabei sei; so habe er vor einem Jahre von dem Knecht auf dem Rosenhof gehört. Das freute den Kasper auch; wenn es ihm gleich leid tat, daß er sie nicht gleich sehen sollte, so hoffte er sie doch in der Hauptstadt bald recht fein und schmuck zu finden, daß es ihm, als einem Unteroffizier, auch eine rechte Ehre sei, mit ihr am Sonntag spazieren zu gehn. Nun erzählte er dem Müller noch mancherlei aus Frankreich, sie aßen und tranken miteinander, er half ihm Korn aufschütten, und dann brachte ihn der Müller in die Oberstube zu Bett und legte sich selbst unten auf einigen Säcken zu Ruhe. Das Geklapper der Mühle und die Sehnsucht nach der Heimat ließen den guten Kasper, wenn er gleich sehr müde war, nicht fest einschlafen. Er war sehr unruhig und dachte an seine selige Mutter und das schöne Annerl und an die Ehre, die ihm bevorstehe, wenn er als Unteroffizier vor die Seinigen treten würde. So entschlummerte er endlich leis und wurde von ängstlichen Träumen oft aufgeschreckt. Es war ihm mehrmals, als trete seine selige Mutter zu ihm und bäte ihn händeringend um Hilfe; dann war es ihm, als sei er gestorben und würde begraben, gehe aber selbst zu Fuße als Toter mit zu Grabe, und schön Annerl gehe ihm zur Seite; er weinte heftig, daß ihn seine Kameraden nicht begleiteten, und da er auf den Kirchhof komme, sei sein Grab neben dem seiner Mutter; und Annerls Grab sei auch dabei, und er gebe Annerl das Kränzlein, das er ihr mitgebracht, und hänge das der Mutter an ihr Grab, und dann habe er sich umgeschaut und niemand mehr gesehen als mich und die Annerl; die habe einer an der Schürze ins Grab gerissen, und er sei dann auch ins Grab gestiegen und habe gesagt: Ist denn niemand hier, der mir die letzte Ehre antut und mir ins Grab schießen will als einem braven Soldaten? und da habe er seine Pistol gezogen und selbst ins Grab geschossen. Über dem Schuß wachte er mit großem Schrecken auf, denn es war ihm, als klirrten die Fenster davon. Er sah um sich in der Stube, da hörte er noch einen Schuß fallen und hörte Getöse in der Mühle und Geschrei durch das Geklapper. Er sprang aus dem Bett und griff nach seinem Säbel; in dem Augenblick ging seine Türe auf, und er sah beim Vollmondschein zwei Männer mit berußten Gesichtern mit Knitteln auf sich zustürzen, aber er setzte sich zur Wehr und hieb den einen über den Arm, und so entflohen beide, indem sie die Türe, welche nach außen aufging und einen Riegel draußen hatte, hinter sich verriegelten. Kasper versuchte umsonst, ihnen nachzukommen; endlich gelang es ihm, eine Tafel in der Türe einzutreten. Er eilte durch das Loch die Treppe hinunter und hörte das Wehgeschrei des Müllers, den er geknebelt zwischen den Kornsäcken liegend fand. Kasper band ihn los und eilte dann gleich in den Stall, nach seinem Pferde und Felleisen, aber beides war geraubt.

Mit großem Jammer eilte er in die Mühle zurück und klagte dem Müller sein Unglück, daß ihm all sein Hab und Gut und das ihm anvertraute Pferd gestohlen sei, über welches letztere er sich gar nicht zufrieden geben konnte. Der Müller aber stand mit einem vollen Geldsack vor ihm, er hatte ihn in der Oberstube aus dem Schranke geholt und sagte zu dem Ulan: Lieber Kasper, sei Er zufrieden, ich verdanke Ihm die Rettung meines Vermögens; auf diesen Sack, der oben in Seiner Stube lag, hatten es die Räuber gemünzt, und Seiner Verteidigung danke ich alles, mir ist nichts gestohlen. Die Sein Pferd und Sein Felleisen im Stall fanden, müssen ausgestellte Diebeswachen gewesen sein, sie zeigten durch die Schüsse an, daß Gefahr da sei, weil sie wahrscheinlich am Sattelzeug erkannten, daß ein Kavallerist im Hause herberge. Nun soll Er meinethalben keine Not haben, ich will mir alle Mühe geben und kein Geld sparen, Ihm Seinen Gaul wiederzufinden, und finde ich ihn nicht, so will ich Ihm einen kaufen, so teuer er sein mag. Kasper sagte: Geschenkt nehme ich nichts, das ist gegen meine Ehre; aber wenn Er mir im Notfall siebzig Taler vorschießen will, so kriegt Er meine Verschreibung, ich schaffe sie in zwei Jahren wieder. Hierüber wurden sie einig, und der Ulan trennte sich von ihm, um nach seinem Dorfe zu eilen, wo auch ein Gerichtshalter der umliegenden Edelleute wohnt, bei dem er die Sache berichten wollte. Der Müller blieb zurück, um seine Frau und seinen Sohn zu erwarten, welche auf einem Dorfe in der Nähe bei einer Hochzeit waren. Dann wollte er dem Ulanen nachkommen und die Anzeige vor Gericht auch machen.

»Er kann sich denken, lieber Herr Schreiber, mit welcher Betrübnis der arme Kasper den Weg nach unserm Dorfe eilte, zu Fuß und arm, wo er hatte stolz einreiten wollen; einundfunfzig Taler, die er erbeutet hatte, sein Patent als Unteroffizier, sein Urlaub und die Kränze auf seiner Mutter Grab und für die schöne Annerl waren ihm gestohlen. Es war ihm ganz verzweifelt zumute, und so kam er um ein Uhr in der Nacht in seiner Heimat an und pochte gleich an der Türe des Gerichtshalters, dessen Haus das erste vor dem Dorfe ist. Er ward eingelassen und machte seine Anzeige und gab alles an, was ihm geraubt worden war. Der Gerichtshalter trug ihm auf, er solle gleich zu seinem Vater gehn, welches der einzige Bauer im Dorfe sei, der Pferde habe, und solle mit diesem und seinem Bruder in der Gegend herum patrouillieren, ob er vielleicht den Räubern auf die Spur komme; indessen wolle er andre Leute zu Fuß aussenden und den Müller, wenn er komme, um die weiteren Umstände vernehmen. Kasper ging nun von dem Gerichtshalter weg nach dem väterlichen Hause; da er aber an meiner Hütte vorüber mußte und durch das Fenster hörte, daß ich ein geistliches Lied sang, wie ich denn vor Gedanken an seine Mutter nicht schlafen konnte, so pochte er an und sagte: Gelobt sei Jesus Christus, liebe Großmutter, Kasper ist hier. Ach! wie fuhren mir die Worte durch Mark und Bein; ich stürzte an das Fenster, öffnete es und küßte und drückte ihn mit unendlichen Tränen. Er erzählte mir sein Unglück mit großer Eile und sagte, welchen Auftrag er an seinen Vater vom Gerichtshalter habe; er müsse drum jetzt gleich hin, um den Dieben nachzusetzen, denn seine Ehre hänge davon ab, daß er sein Pferd wiedererhalte.

Ich weiß nicht, aber das Wort Ehre fuhr mir recht durch alle Glieder, denn ich wußte schwere Gerichte, die ihm bevorstanden. Tue deine Pflicht und gib Gott allein die Ehre! sagte ich; und er eilte von mir nach Finkels Hof, der am andern Ende des Dorfs liegt. Ich sank, als er fort war, auf die Knie und betete zu Gott, er möge ihn doch in seinen Schutz nehmen, ach, ich betete mit einer Angst wie niemals und mußte dabei immer sagen: Herr, dein Wille geschehe wie im Himmel, so auf Erden.

»Der Kasper lief zu seinem Vater mit einer entsetzlichen

Angst. Er stieg hinten über den Gartenzaun, er hörte die Plumpe gehen, er hörte im Stall wiehern, das fuhr ihm durch die Seele; er stand still, er sah im Mondschein, daß zwei Männer sich wuschen, es wollte ihm das Herz brechen. Der eine sprach: Das verfluchte Zeug geht nicht herunter; da sagte der andre: Komm erst in den Stall, dem Gaul den Schwanz abzuschlagen und die Mähnen zu verschneiden. Hast du das Felleisen auch tief genug unterm Mist vergraben? – Ja, sagte der andere. Da gingen sie nach dem Stall, und Kasper, vor Jammer wie ein Rasender, sprang hervor und schloß die Stalltüre hinter ihnen und schrie: Im Namen des Herzogs! Ergebt euch! Wer sich widersetzt, den schieße ich nieder! Ach, da hatte er seinen Vater und seinen Stiefbruder als die Räuber seines Pferdes gefangen. Meine Ehre, meine Ehre ist verloren! schrie er, ich bin der Sohn eines ehrlosen Diebes. Als die beiden im Stall diese Worte hörten, ist ihnen bös zumute geworden; sie schrien: Kasper, lieber Kasper, um Gottes willen, bringe uns nicht ins Elend, Kasper, du sollst ja alles wiederhaben, um deiner seligen Mutter willen, deren Sterbetag heute ist, erbarme dich deines Vaters und Bruders! Kasper aber war wie verzweifelt, er schrie nur immer: Meine Ehre, meine Pflicht! und da sie nun mit Gewalt die Tür erbrechen wollten und ein Fach in der Lehmwand einstoßen, um zu entkommen, schoß er ein Pistol in die Luft und schrie: Hilfe, Hilfe, Diebe, Hilfe! Die Bauern, von dem Gerichtshalter erweckt, welche schon herannahten, um sich über die verschiedenen Wege zu bereden, auf denen sie die Einbrecher in die Mühle verfolgen wollten, stürzten auf den Schuß und das Geschrei ins Haus. Der alte Finkel flehte immer noch, der Sohn solle ihm die Türe öffnen; der aber sagte: Ich bin ein Soldat und muß der Gerechtigkeit dienen. Da traten der Gerichtshalter und die Bauern heran. Kasper sagte: Um Gottes Barmherzigkeit willen, Herr Gerichtshalter, mein Vater, mein Bruder sind selbst die Diebe, o daß ich nie geboren wäre! Hier im Stalle habe ich sie gefangen, mein Felleisen liegt im Miste vergraben. Da sprangen die Bauern in den Stall und banden den alten Finkel und seinen Sohn und schleppten sie in ihre Stube. Kasper aber grub das Felleisen hervor und nahm die zwei Kränze heraus und ging nicht in die Stube, er ging nach dem Kirchhofe an das Grab seiner Mutter. Der Tag war angebrochen. Ich war auf der Wiese gewesen und hatte für mich und für Kasper zwei Kränze von Blümelein Vergißnichtmein geflochten; ich dachte: er soll mit mir das Grab seiner Mutter schmücken, wenn er von seinem Ritt zurückkommt. Da hörte ich allerlei ungewohnten Lärm im Dorf, und weil ich das Getümmel nicht ganz mag und am liebsten alleine bin, so ging ich ums Dorf herum nach dem Kirchhof. Da fiel ein Schuß, ich sah den Dampf in die Höhe steigen, ich eilte auf den Kirchhof. – O du lieber Heiland, erbarme dich sein! Kasper lag tot auf dem Grabe seiner Mutter, er hatte sich die Kugel durch das Herz geschossen, auf welches er sich das Kränzlein, das er für schön Annerl mitgebracht, am Knopfe befestigt hatte; durch diesen Kranz hatte er sich ins Herz geschossen. Den Kranz für die Mutter hatte er schon an das Kreuz befestigt. Ich meinte, die Erde täte sich unter mir auf bei dem Anblick, ich stürzte über ihn und schrie immer: Kasper, o du unglückseliger Mensch, was hast du getan? Ach, wer hat dir denn dein Elend erzählt? O warum habe ich dich von mir gelassen, ehe ich dir alles gesagt! Gott, was wird dein armer Vater, dein Bruder sagen, wenn sie dich so finden! Ich wußte nicht, daß er sich wegen diesen das Leid angetan; ich glaubte, es habe eine ganz andere Ursache. Da kam es noch ärger. Der Gerichtshalter und die Bauern brachten den alten Finkel und seinen Sohn mit Strikken gebunden; der Jammer erstickte mir die Stimme in der Kehle, ich konnte kein Wort sprechen; der Gerichtshalter fragte mich, ob ich meinen Enkel nicht gesehn. Ich zeigte hin, wo er lag. Er trat zu ihm; er glaubte, er weine auf dem

Grabe; er schüttelte ihn, da sah er das Blut niederstürzen. Jesus Marie! rief er aus, der Kasper hat Hand an sich gelegt. Da sahen die beiden Gefangenen sich schrecklich an; man nahm den Leib des Kaspers und trug ihn neben ihnen her nach dem Hause des Gerichtshalters; es war ein Wehgeschrei im ganzen Dorfe, die Bauernweiber führten mich nach. Ach, das war wohl der schrecklichste Weg in meinem Leben!«

Da ward die Alte wieder still, und ich sagte zu ihr: »Liebe Mutter, Euer Leid ist entsetzlich, aber Gott hat Euch auch recht lieb; die er am härtesten schlägt, sind seine liebsten Kinder. Sagt mir nun, liebe Mutter, was Euch bewogen hat, den weiten Weg hierher zu gehen, und um was Ihr die Bittschrift einreichen wollt?«

»Ei, das kann Er sich doch wohl denken«, fuhr sie ganz ruhig fort, »um ein ehrliches Grab für Kasper und die schöne Annerl, der ich das Kränzlein zu ihrem Ehrentag mitbringe; es ist ganz mit Kaspers Blut unterlaufen, seh Er einmal!«

Da zog sie einen kleinen Kranz von Flittergold aus ihrem Bündel und zeigte ihn mir; ich konnte bei dem anbrechenden Tage sehen, daß er vom Pulver geschwärzt und mit Blut besprengt war.

Ich war ganz zerrissen von dem Unglück der guten Alten, und die Größe und Festigkeit, womit sie es trug, erfüllte mich mit Verehrung. »Ach, liebe Mutter«, sagte ich, »wie werdet Ihr der armen Annerl aber ihr Elend beibringen, daß sie gleich nicht vor Schrecken tot niedersinkt, und was ist denn das für ein Ehrentag, zu welchem Ihr dem Annerl den traurigen Kranz bringet?«

»Lieber Mensch«, sprach sie, »komme Er nur mit, Er kann mich zu ihr begleiten, ich kann doch nicht geschwind fort, so werden wir sie gerade zu rechter Zeit noch finden. Ich will Ihm unterwegs noch alles erzählen.«

Nun stand sie auf und betete ihren Morgensegen ganz ruhig und brachte ihre Kleider in Ordnung, und ihren Bündel hängte sie dann an meinen Arm; es war zwei Uhr des Morgens, der Tag graute, und wir wandelten durch die stillen Gassen.

»Seh Er«, erzählte die Alte fort, »als der Finkel und sein Sohn eingesperrt waren, mußte ich zum Gerichtshalter auf die Gerichtsstube; der tote Kasper wurde auf einen Tisch gelegt und, mit seinem Ulanenmantel bedeckt, hereingetragen, und nun mußte ich alles dem Gerichtshalter sagen, was ich von ihm wußte, und was er mir heute morgen durch das Fenster gesagt hatte. Das schrieb er alles auf sein Papier nieder, das vor ihm lag. Dann sah er die Schreibtafel durch, die sie bei Kasper gefunden; da standen mancherlei Rechnungen drin, einige Geschichten von der Ehre und auch die von dem französischen Unteroffizier, und hinter ihr war mit Bleistift etwas geschrieben.« Da gab mir die Alte die Brieftasche, und ich las folgende letzte Worte des unglücklichen Kasper: »Auch ich kann meine Schande nicht überleben. Mein Vater und mein Bruder sind Diebe, sie haben mich selbst bestohlen; mein Herz brach mir, aber ich mußte sie gefangennehmen und den Gerichten übergeben, denn ich bin ein Soldat meines Fürsten, und meine Ehre erlaubt mir keine Schonung. Ich habe meinen Vater und Bruder der Rache übergeben um der Ehre willen. Ach, bitte doch jedermann für mich, daß man mir hier, wo ich gefallen bin, ein ehrliches Grab neben meiner Mutter vergönne! Das Kränzlein, durch welches ich mich erschossen, soll die Großmutter der schönen Annerl schicken und sie von mir grüßen; ach sie tut mir leid durch Mark und Bein, aber sie soll doch den Sohn eines Diebes nicht heiraten, denn sie hat immer viel auf Ehre gehalten. Liebe schöne Annerl, mögest du nicht so sehr erschrecken über mich, gib dich zufrieden, und wenn du mir jemals ein wenig gut warst, so rede nicht schlecht von mir! Ich kann ja nichts für meine Schande! Ich hatte mir so viele Mühe gegeben, in Ehren zu bleiben mein Leben lang, ich war schon

Unteroffizier und hatte den besten Ruf bei der Schwadron, ich wäre gewiß noch einmal Offizier geworden, und Annerl, dich hätte ich doch nicht verlassen und hätte keine Vornehmere gefreit – aber der Sohn eines Diebes, der seinen Vater aus Ehre selbst fangen und richten lassen muß, kann seine Schande nicht überleben. Annerl, liebes Annerl, nimm doch ja das Kränzlein, ich bin dir immer treu gewesen, so Gott mir gnädig sei! Ich gebe dir nun deine Freiheit wieder, aber tue mir die Ehre und heirate nie einen, der schlechter wäre als ich. Und wenn du kannst, so bitte für mich, daß ich ein ehrliches Grab neben meiner Mutter erhalte; und wenn du hier in unserm Ort sterben solltest, so lasse dich auch bei uns begraben; die gute Großmutter wird auch zu uns kommen, da sind wir alle beisammen. Ich habe funfzig Taler in meinem Felleisen, die sollen auf Interessen gelegt werden für dein erstes Kind. Meine silberne Uhr soll der Herr Pfarrer haben, wenn ich ehrlich begraben werde. Mein Pferd, die Uniform und Waffen gehören dem Herzog, diese meine Brieftasche gehört dein. Adies, herztausender Schatz, adies, liebe Großmutter, betet für mich und lebt alle wohl! – Gott erbarme sich meiner – ach, meine Verzweiflung ist groß!«

Ich konnte diese letzten Worte eines gewiß edeln unglücklichen Menschen nicht ohne bittere Tränen lesen. – »Der Kasper muß ein gar guter Mensch gewesen sein, liebe Mutter«, sagte ich zu der Alten, welche nach diesen Worten stehenblieb und meine Hand drückte und mit tiefbewegter Stimme sagte: »Ja, es war der beste Mensch auf der Welt. Aber die letzten Worte von der Verzweiflung hätte er nicht schreiben sollen, die bringen ihn um sein ehrliches Grab, die bringen ihn auf die Anatomie. Ach, lieber Schreiber, wenn Er hierin nur helfen könnte!«

»Wieso, liebe Mutter?« fragte ich, »was können diese letzten Worte dazu beitragen?« – »Ja, gewiß«, erwiderte sie, »der Gerichtshalter hat es mir selbst gesagt. Es ist ein Befehl an alle Gerichte ergangen, daß nur die Selbstmörder aus Melancholie ehrlich sollen begraben werden, alle aber, die aus Verzweiflung Hand an sich gelegt, sollen auf die Anatomie; und der Gerichtshalter hat mir gesagt, daß er den Kasper, weil er selbst seine Verzweiflung eingestanden, auf die Anatomie schicken müsse.«

»Das ist ein wunderlich Gesetz«, sagte ich, »denn man könnte wohl bei jedem Selbstmord einen Prozeß anstellen, ob er aus Melancholie oder Verzweiflung entstanden, der so lange dauern müßte, daß der Richter und die Advokaten drüber in Melancholie und Verzweiflung fielen und auf die Anatomie kämen. Aber seid nur getröstet, liebe Mutter, unser Herzog ist ein so guter Herr, wenn er die ganze Sache hört, wird er dem armen Kasper gewiß sein Plätzchen neben der Mutter vergönnen.«

»Das gebe Gott!« erwiderte die Alte. »Sehe Er nun, lieber Mensch, als der Gerichtshalter alles zu Papier gebracht hatte, gab er mir die Brieftasche und den Kranz für die schöne Annerl, und so bin ich dann gestern hierher gelaufen, damit ich ihr an ihrem Ehrentag den Trost noch mit auf den Weg geben kann. – Der Kasper ist zu rechter Zeit gestorben; hätte er alles gewußt, er wäre närrisch geworden vor Betrübnis.«

»Was ist es denn nun mit der schönen Annerl?« fragte ich die Alte; »bald sagt Ihr, sie habe nur noch wenige Stunden, bald sprecht Ihr von ihrem Ehrentag, und sie werde Trost gewinnen durch Eure traurige Nachricht. Sagt mir doch alles heraus; will sie Hochzeit halten mit einem andern, ist sie tot, krank? Ich muß alles wissen, damit ich es in die Bittschrift setzen kann.«

Da erwiderte die Alte: »Ach, lieber Schreiber, es ist nun so, Gottes Wille geschehe! Sehe Er, als Kasper kam, war ich doch nicht recht froh; als Kasper sich das Leben nahm, war ich doch nicht recht traurig; ich hätte es nicht überleben können, wenn Gott sich meiner nicht erbarmt gehabt hätte mit größerem Leid. Ja, ich sage Ihm: es war mir ein Stein vor das Herz gelegt, wie ein Eisbrecher, und alle die Schmerzen, die wie Grundeis gegen mich stürzten und mir das Herz gewiß abgestoßen hätten, die zerbrachen an diesem Stein und trieben kalt vorüber. Ich will Ihm etwas erzählen, das ist betrübt:

»Als mein Patchen, die schöne Annerl, ihre Mutter verlor, die eine Base von mir war und sieben Meilen von uns wohnte, war ich bei der kranken Frau. Sie war die Witwe eines armen Bauern und hatte in ihrer Jugend einen Jäger liebgehabt, ihn aber wegen seines wilden Lebens nicht genommen. Der Jäger war endlich in solch Elend gekommen, daß er auf Tod und Leben wegen eines Mordes gefangen saß. Das erfuhr meine Base auf ihrem Krankenlager, und es tat ihr so weh, daß sie täglich schlimmer wurde und endlich in ihrer Todesstunde, als sie mir die liebe schöne Annerl als mein Patchen übergab und Abschied von mir nahm, noch in den letzten Augenblicken zu mir sagte: Liebe Anne Margret, wenn du durch das Städtchen kommst, wo der arme Jürge gefangen liegt, so lasse ihm sagen durch den Gefangenenwärter, daß ich ihn bitte auf meinem Todesbett, er solle sich zu Gott bekehren, und daß ich herzlich für ihn gebetet habe in meiner letzten Stunde, und daß ich ihn schön grüßen lasse. – Bald nach diesen Worten starb die gute Base, und als sie begraben war, nahm ich die kleine Annerl, die drei Jahre alt war, auf den Arm und ging mit ihr nach Haus.

»Vor dem Städtchen, durch das ich mußte, kam ich an der Scharfrichterei vorüber, und weil der Meister berühmt war als ein Viehdoktor, sollte ich einige Arznei mitnehmen für unsern Schulzen. Ich trat in die Stube und sagte dem Meister, was ich wollte, und er antwortete, daß ich ihm auf den Boden folgen solle, wo er die Kräuter liegen habe, und ihm helfen aussuchen. Ich ließ Annerl in der Stube und folgte ihm. Als wir zurück in die Stube traten, stand Annerl vor einem kleinen Schranke, der an der Wand befestigt war, und sprach: Großmutter, da ist eine Maus drin; hört, wie es klappert; da ist eine Maus drin!

»Auf diese Rede des Kindes machte der Meister ein sehr ernsthaftes Gesicht, riß den Schrank auf und sprach: Gott sei uns gnädig! denn er sah sein Richtschwert, das allein in dem Schranke an einem Nagel hing, hin und her wanken. Er nahm das Schwert herunter, und mir schauderte. Liebe Frau, sagte er, wenn Ihr das kleine liebe Annerl liebhabt, so erschreckt nicht, wenn ich ihm mit meinem Schwert, rings um das Hälschen, die Haut ein wenig aufritze; denn das Schwert hat vor ihm gewankt, es hat nach seinem Blut verlangt, und wenn ich ihm den Hals damit nicht ritze, so steht dem Kinde groß Elend im Leben bevor. Da faßte er das Kind, welches entsetzlich zu schreien begann, ich schrie auch und riß das Annerl zurück. Indem trat der Bürgermeister des Städtchens herein, der von der Jagd kam und dem Richter einen kranken Hund zur Heilung bringen wollte. Er fragte nach der Ursache des Geschreis, Annerl schrie: Er will mich umbringen! Ich war außer mir vor Entsetzen. Der Richter erzählte dem Bürgermeister das Ereignis. Dieser verwies ihm seinen Aberglauben, wie er es nannte, heftig und unter starken Drohungen; der Richter blieb ganz ruhig dabei und sprach: So haben's meine Väter gehalten, so halt ich's. Da sprach der Bürgermeister: Meister Franz, wenn Ihr glaubtet, Euer Schwert habe sich gerührt, weil ich Euch hiermit anzeige, daß morgen früh um sechs Uhr der Jäger Jürge von Euch soll geköpft werden, so wollt ich es noch verzeihen; aber daß Ihr daraus etwas auf dies liebe Kind schließen wollt, das ist unvernünftig und toll. Es könnte so etwas einen Menschen in Verzweiflung bringen, wenn man es ihm später in seinem Alter sagte, daß es ihm in seiner Jugend geschehen sei. Man soll keinen Menschen in Versuchung führen. – Aber auch keines Richters Schwert, sagte Meister Franz vor sich und hing sein Schwert wieder in den Schrank. Nun küßte der Bürgermeister das Annerl und gab ihm eine Semmel aus seiner Jagdtasche, und da er mich gefragt, wer ich sei, wo ich her komme und wo ich hin wolle, und ich ihm den Tod meiner Base erzählt hatte und auch den Auftrag an den Jäger Jürge, sagte er mir: Ihr sollt ihn ausrichten, ich will Euch selbst zu ihm führen; er hat ein hartes Herz, vielleicht wird ihn das Andenken einer guten Sterbenden in seinen letzten Stunden rühren. Da nahm der gute Herr mich und Annerl auf seinen Wagen, der vor der Tür hielt, und fuhr mit uns in das Städtchen hinein.

»Er hieß mich zu seiner Köchin gehn; da kriegten wir gutes Essen, und gegen Abend ging er mit mir zu dem armen Sünder; und als ich dem die letzten Worte meiner Base erzählte, fing er bitterlich an zu weinen und schrie: Ach Gott, wenn sie mein Weib geworden, wäre es nicht so weit mit mir gekommen. Dann begehrte er, man solle den Herrn Pfarrer doch noch einmal zu ihm bitten, er wolle mit ihm beten. Das versprach ihm der Bürgermeister und lobte ihn wegen seiner Sinnesveränderung und fragte ihn, ob er vor seinem Tode noch einen Wunsch hätte, den er ihm erfüllen könne. Da sagte der Jäger Jürge: Ach, bittet hier die gute alte Mutter, daß sie doch morgen mit dem Töchterlein ihrer seligen Base bei meinem Rechte zugegen sein mögen; das wird mir das Herz stärken in meiner letzten Stunde. Da bat mich der Bürgermeister, und so graulich es mir war, so konnte ich es dem armen, elenden Menschen nicht abschlagen. Ich mußte ihm die Hand geben und es ihm feierlich versprechen, und er sank weinend auf das Stroh. Der Bürgermeister ging dann mit mir zu seinem Freunde, dem Pfarrer, dem ich nochmals alles erzählen mußte, ehe er sich ins Gefängnis begab.

»Die Nacht mußte ich mit dem Kinde in des Bürgermeisters Haus schlafen, und am andern Morgen ging ich den schweren Gang zu der Hinrichtung des Jäger Jürge. Ich stand neben dem Bürgermeister im Kreis und sah, wie er das Stäblein brach. Da hielt der Jäger Jürge noch eine schöne Rede, und alle Leute weinten, und er sah mich und die kleine Annerl, die vor mir stand, gar beweglich an, und dann küßte er den Meister Franz, der Pfarrer betete mit ihm, die Augen wurden ihm verbunden, und er kniete nieder. Da gab ihm der Richter den Todesstreich. Jesus, Maria, Joseph! schrie ich aus; denn der Kopf des Jürgen flog gegen Annerl zu und biß mit seinen Zähnen dem Kinde in sein Röckchen, das ganz entsetzlich schrie. Ich riß meine Schürze vom Leibe und warf sie über den scheußlichen Kopf, und Meister Franz eilte herbei, riß ihn los und sprach: Mutter, Mutter, was habe ich gestern morgen gesagt? Ich kenne mein Schwert, es ist lebendig! – Ich war niedergesunken vor Schreck, das Annerl schrie entsetzlich. Der Bürgermeister war ganz bestürzt und ließ mich und das Kind nach seinem Hause fahren; da schenkte mir seine Frau andre Kleider für mich und das Kind, und nachmittag schenkte uns der Bürgermeister noch Geld, und viele Leute des Städtchens auch, die Annerl sehen wollten, so daß ich an zwanzig Taler und viele Kleider für sie bekam. Am Abend kam der Pfarrer ins Haus und redete mir lange zu, daß ich das Annerl nur recht in der Gottesfurcht erziehen sollte und auf alle die betrübten Zeichen gar nichts geben, das seien nur Schlingen des Satans, die man verachten müsse; und dann schenkte er mir noch eine schöne Bibel für das Annerl, die sie noch hat, und dann ließ uns der gute Bürgermeister, am andern Morgen, noch an drei Meilen weit nach Haus fahren. Ach, du mein Gott, und alles ist doch eingetroffen!« sagte die Alte und schwieg.

Eine schauerliche Ahnung ergriff mich, die Erzählung der Alten hatte mich ganz zermalmt. »Um Gottes willen, Mutter«, rief ich aus, »was ist es mit der armen Annerl geworden; ist denn gar nicht zu helfen?«

»Es hat sie mit den Zähnen dazu gerissen«, sagte die Alte;

»heut wird sie gerichtet; aber sie hat es in der Verzweiflung getan, die Ehre, die Ehre lag ihr im Sinn. Sie war zuschanden gekommen aus Ehrfurcht, sie wurde verführt von einem Vornehmen, er hat sie sitzen lassen, sie hat ihr Kind erstickt in derselben Schürze, die ich damals über den Kopf des Jägers Jürge warf, und die sie mir heimlich entwendet hat. Ach, es hat sie mit Zähnen dazu gerissen, sie hat es in der Verwirrung getan. Der Verführer hatte ihr die Ehe versprochen und gesagt, der Kasper sei in Frankreich geblieben. Dann ist sie verzweifelt und hat das Böse getan und hat sich selbst bei den Gerichten angegeben. Um vier Uhr wird sie gerichtet. Sie hat mir geschrieben, ich möchte noch zu ihr kommen; das will ich nun tun und ihr das Kränzlein und den Gruß von dem armen Kasper bringen und die Rose, die ich heut nacht erhalten; das wird sie trösten. Ach, lieber Schreiber, wenn Er es nur in der Bittschrift auswirken kann, daß ihr Leib und auch der Kasper dürfen auf unsern Kirchhof gebracht werden.«

»Alles, alles will ich versuchen!« rief ich aus, »gleich will ich nach dem Schlosse laufen; mein Freund, der Ihr die Rose gab, hat die Wache dort, er soll mir den Herzog wecken, ich will vor sein Bett knien und ihn um Pardon für Annerl bitten.«

»Pardon?« sagte die Alte kalt. »Es hat sie ja mit Zähnen dazu gezogen; hör Er, lieber Freund, Gerechtigkeit ist besser als Pardon; was hilft aller Pardon auf Erden? Wir müssen doch alle vor das Gericht:

Ihr Toten, ihr Toten sollt auferstehn,
Ihr sollt vor das Jüngste Gerichte gehn.

Seht, sie will keinen Pardon, man hat ihn ihr angeboten, wenn sie den Vater des Kindes nennen wolle; aber das Annerl hat gesagt: Ich habe sein Kind ermordet und will sterben und ihn nicht unglücklich machen; ich muß meine Strafe leiden, daß ich zu meinem Kinde komme, aber ihn kann es verderben, wenn ich ihn nenne. Darüber wurde ihr das Schwert zuerkannt. Gehe Er zum Herzog, und bitte Er für Kasper und Annerl um ein ehrlich Grab! Gehe Er gleich! Seh Er: dort geht der Herr Pfarrer ins Gefängnis; ich will ihn ansprechen, daß er mich mit hinein zum schönen Annerl nimmt. Wenn Er sich eilt, so kann Er uns draußen am Gerichte vielleicht den Trost noch bringen mit dem ehrlichen Grab für Kasper und Annerl.«

Unter diesen Worten waren wir mit dem Prediger zusammengetroffen; die Alte erzählte ihr Verhältnis zu der Gefangenen, und er nahm sie freundlich mit zum Gefängnis. Ich aber eilte nun, wie ich noch nie gelaufen, nach dem Schlosse, und es machte mir einen tröstenden Eindruck, es war mir wie ein Zeichen der Hoffnung, als ich an Graf Grossingers Hause vorüberstürzte und aus einem offenen Fenster des Gartenhauses eine liebliche Stimme zur Laute singen hörte:

Die Gnade sprach von Liebe,
Die Ehre aber wacht
Und wünscht voll Lieb der Gnade
In Ehren gute Nacht.

Die Gnade nimmt den Schleier,
Wenn Liebe Rosen gibt,
Die Ehre grüßt den Freier,
Weil sie die Gnade liebt.

Ach, ich hatte der guten Wahrzeichen noch mehr! Einhundert Schritte weiter fand ich einen weißen Schleier auf der Straße liegend; ich raffte ihn auf, er war voll von duftenden Rosen. Ich hielt ihn in der Hand und lief weiter, mit dem Gedanken: ach Gott, das ist die Gnade. Als ich um die Ecke bog, sah ich einen Mann, der sich in seinem Mantel verhüllte, als ich vor ihm vorübereilte, und mir heftig den Rücken wandte, um nicht gesehen zu werden. Er hätte es nicht nötig gehabt, ich sah und hörte nichts in meinem Innern als: Gnade, Gnade! und stürzte durch das Gittertor in den Schloßhof. Gott sei Dank, der Fähndrich, Graf Grossinger, der unter den blühenden Kastanienbäumen vor der Wache auf und ab ging, trat mir schon entgegen.

»Lieber Graf«, sagte ich mit Ungestüm, »Sie müssen mich gleich zum Herzog bringen, gleich auf der Stelle, oder alles ist zu spät, alles ist verloren!«

Er schien verlegen über diesen Antrag und sagte: »Was fällt Ihnen ein, zu dieser ungewohnten Stunde? Es ist nicht möglich; kommen Sie zur Parade, da will ich Sie vorstellen.«

Mir brannte der Boden unter den Füßen. »Jetzt«, rief ich aus, »oder nie! Es muß sein, es betrifft das Leben eines Menschen.«

»Es kann jetzt nicht sein«, erwiderte Grossinger scharf absprechend, »es betrifft meine Ehre; es ist mir untersagt, heute nacht irgendeine Meldung zu tun.«

Das Wort Ehre machte mich verzweifeln; ich dachte an Kaspers Ehre, an Annerls Ehre und sagte: »Die vermaledeite Ehre! Gerade um die letzte Hilfe zu leisten, welche so eine Ehre übriggelassen, muß ich zum Herzoge, Sie müssen mich melden, oder ich schreie laut nach dem Herzog.«

»So Sie sich rühren«, sagte Grossinger heftig, »lasse ich Sie in die Wache werfen. Sie sind ein Phantast, Sie kennen keine Verhältnisse.«

»Oh, ich kenne Verhältnisse, schreckliche Verhältnisse! Ich muß zum Herzoge, jede Minute ist unerkauflich!« versetzte ich, »wollen Sie mich nicht gleich melden, so eile ich allein zu ihm.«

Mit diesen Worten wollte ich nach der Treppe, die zu den Gemächern des Herzogs hinaufführte, als ich den nämlichen in einen Mantel Verhüllten, der mir begegnete, nach dieser Treppe eilend bemerkte. Grossinger drehte mich mit Gewalt um, daß ich diesen nicht sehen sollte. »Was machen Sie, Töriger?« flüsterte er mir zu, »schweigen Sie, ruhen Sie, Sie machen mich unglücklich!«

»Warum halten Sie den Mann nicht zurück, der da hinaufging?« sagte ich; »er kann nichts Dringenderes vorzubringen haben als ich. Ach, es ist so dringend, ich muß, ich muß! Es betrifft das Schicksal eines unglücklichen, verführten, armen Geschöpfs.«

Grossinger erwiderte: »Sie haben den Mann hinaufgehen sehen; wenn Sie je ein Wort davon äußern, so kommen Sie vor meine Klinge; gerade, weil *er* hinaufging, können *Sie nicht* hinauf, der Herzog hat Geschäfte mit ihm.«

Da erleuchteten sich die Fenster des Herzogs. »Gott, er hat Licht, er ist auf!« sagte ich, »ich muß ihn sprechen, um des Himmels willen, lassen Sie mich, oder ich schreie Hilfe.«

Grossinger faßte mich beim Arm und sagte: »Sie sind betrunken, kommen Sie in die Wache. Ich bin Ihr Freund, schlafen Sie aus und sagen Sie mir das Lied, das die Alte heut nacht an der Türe sang, als ich die Runde vorüberführte; das Lied interessiert mich sehr.«

»Gerade wegen der Alten und den Ihrigen muß ich mit dem Herzoge sprechen!« rief ich aus.

»Wegen der Alten?« versetzte Grossinger, »wegen der sprechen Sie mit mir, die großen Herrn haben keinen Sinn für so etwas; geschwind kommen Sie nach der Wache!«

Er wollte mich fortziehen; da schlug die Schloßuhr halb vier. Der Klang schnitt mir wie ein Schrei der Not durch die Seele, und ich schrie aus voller Brust zu den Fenstern des Herzogs hinauf:

»Hilfe! Um Gottes willen, Hilfe für ein elendes, verführtes Geschöpf!« Da ward Grossinger wie unsinnig. Er wollte mir den Mund zuhalten, aber ich rang mit ihm; er stieß mich in den Nacken, er schimpfte; ich fühlte, ich hörte nichts. Er rief nach der Wache, der Korporal eilte mit etlichen Soldaten herbei, mich zu greifen; aber in dem Augenblick ging des Herzogs Fenster auf, und es rief herunter:

»Fähndrich Graf Grossinger, was ist das für ein Skandal? Bringen Sie den Menschen herauf, gleich auf der Stelle!«

Ich wartete nicht auf den Fähndrich; ich stürzte die Treppe hinauf, ich fiel nieder zu den Füßen des Herzogs, der mich betroffen und unwillig aufstehen hieß. Er hatte Stiefel und Sporen an, und doch einen Schlafrock, den er sorgfältig über der Brust zusammenhielt.

Ich trug dem Herzoge alles, was mir die Alte von dem Selbstmorde des Ulans, von der Geschichte der schönen Annerl erzählt hatte, so gedrängt vor, als es die Not erforderte, und flehte ihn wenigstens um den Aufschub der Hinrichtung auf wenige Stunden und um ein ehrliches Grab für die beiden Unglücklichen an, wenn Gnade unmöglich sei. – »Ach, Gnade, Gnade!« rief ich aus, indem ich den gefundenen weißen Schleier voll Rosen aus dem Busen zog; »dieser Schleier, den ich auf meinem Wege hierher gefunden, schien mir Gnade zu verheißen.»

Der Herzog griff mit Ungestüm nach dem Schleier und war heftig bewegt; er drückte den Schleier in seinen Händen, und als ich die Worte aussprach: »Euer Durchlaucht! Dieses arme Mädchen ist ein Opfer falscher Ehrsucht; ein Vornehmer hat sie verführt und ihr die Ehe versprochen; ach, sie ist so gut, daß sie lieber sterben will als ihn nennen« – da unterbrach mich der Herzog, mit Tränen in den Augen, und sagte: »Schweigen Sie, ums Himmels willen, schweigen Sie!« – Und nun wendete er sich zu dem Fähndrich, der an der Türe stand, und sagte mit dringender Eile: »Fort, eilend zu Pferde mit diesem Menschen hier; reiten Sie das Pferd tot; nur nach dem Gerichte hin: heften Sie diesen Schleier an Ihren Degen, winken und schreien Sie Gnade, Gnade! Ich komme nach.«

Grossinger nahm den Schleier; er war ganz verwandelt, er

sah aus wie ein Gespenst vor Angst und Eile; wir stürzten in den Stall, saßen zu Pferde und ritten im Galopp; er stürmte wie ein Wahnsinniger zum Tore hinaus. Als er den Schleier an seine Degenspitze heftete, schrie er: »Herr Jesus, meine Schwester!« Ich verstand nicht, was er wollte. Er stand hoch im Bügel und wehte und schrie: »Gnade, Gnade!« Wir sahen auf dem Hügel die Menge um das Gericht versammelt. Mein Pferd scheute vor dem wehenden Tuch. Ich bin ein schlechter Reiter, ich konnte den Grossinger nicht einholen, er flog im schnellsten Karriere; ich strengte alle Kräfte an. Trauriges Schicksal! Die Artillerie exerzierte in der Nähe, der Kanonendonner machte es unmöglich, unser Geschrei aus der Ferne zu hören. Grossinger stürzte, das Volk stob auseinander, ich sah in den Kreis, ich sah einen Stahlblitz in der frühen Sonne – ach Gott, es war der Schwertblitz des Richters! – Ich sprengte heran, ich hörte das Wehklagen der Menge. »Pardon, Pardon!« schrie Grossinger und stürzte mit wehendem Schleier durch den Kreis, wie ein Rasender, aber der Richter hielt ihm das blutende Haupt der schönen Annerl entgegen, das ihn wehmütig anlächelte. Da schrie er: »Gott sei mir gnädig!« und fiel auf die Leiche hin zur Erde; »tötet mich, tötet mich, ihr Menschen; ich habe sie verführt, ich bin ihr Mörder!«

Eine rächende Wut ergriff die Menge; die Weiber und Jungfrauen drangen heran und rissen ihn von der Leiche und traten ihn mit Füßen, er wehrte sich nicht; die Wachen konnten das wütende Volk nicht bändigen. Da erhob sich ein Geschrei: »Der Herzog, der Herzog!« – Er kam im offnen Wagen gefahren; ein blutjunger Mensch, den Hut tief ins Gesicht gedrückt, in einen Mantel gehüllt, saß neben ihm. Die Menschen schleifen Grossinger herbei. »Jesus, mein Bruder!« schrie der junge Offizier mit der weiblichsten Stimme aus dem Wagen. Der Herzog sprach bestürzt zu ihm: »Schweigen Sie!« Er sprang aus dem Wagen, der junge

Mensch wollte folgen, der Herzog drängte ihn schier unsanft zurück, aber so beförderte sich die Entdeckung, daß der junge Mensch die als Offizier verkleidete Schwester Grossingers sei. Der Herzog ließ den mißhandelten, blutenden, ohnmächtigen Grossinger in den Wagen legen, die Schwester nahm keine Rücksicht mehr, sie warf ihren Mantel über ihn; jedermann sah sie in weiblicher Kleidung. Der Herzog war verlegen, aber er sammelte sich und befahl, den Wagen sogleich umzuwenden und die Gräfin mit ihrem Bruder nach ihrer Wohnung zu fahren. Dieses Ereignis hatte die Wut der Menge einigermaßen gestillt. Der Herzog sagte laut zu dem wachthabenden Offizier: »Die Gräfin Grossinger hat ihren Bruder an ihrem Hause vorbeireiten sehen, den Pardon zu bringen, und wollte diesem freudigen Ereignis beiwohnen; als ich zu demselben Zwecke vorüberfuhr, stand sie am Fenster und bat mich, sie in meinem Wagen mitzunehmen; ich konnte es dem gutmütigen Kinde nicht abschlagen. Sie nahm einen Mantel und Hut ihres Bruders, um kein Aufsehen zu erregen, und hat, von dem unglücklichen Zufall überrascht, die Sache gerade dadurch zu einem abenteuerlichen Skandal gemacht. Aber wie konnten Sie, Herr Leutnant, den unglücklichen Grafen Grossinger nicht vor dem Pöbel schützen? Es ist ein gräßlicher Fall, daß er, mit dem Pferde stürzend, zu spät kam; er kann doch aber nichts dafür. Ich will die Mißhandler des Grafen verhaftet und bestraft wissen.«

Auf diese Rede des Herzogs erhob sich ein allgemeines Geschrei: »Er ist ein Schurke, er ist der Verführer, der Mörder der schönen Annerl gewesen, er hat es selbst gesagt, der elende, der schlechte Kerl!«

Als dies von allen Seiten hertönte und auch der Prediger und der Offizier und die Gerichtspersonen es bestätigten, war der Herzog so tief erschüttert, daß er nichts sagte, als: »Entsetzlich, entsetzlich, o, der elende Mensch!«

Nun trat der Herzog blaß und bleich in den Kreis, er wollte die Leiche der schönen Annerl sehen. Sie lag auf dem grünen Rasen in einem schwarzen Kleide mit weißen Schleifen. Die alte Großmutter, welche sich um alles, was vorging, nicht bekümmerte, hatte ihr das Haupt an den Rumpf gelegt und die schreckliche Trennung mit ihrer Schürze bedeckt; sie war beschäftigt, ihr die Hände über die Bibel zu falten, welche der Pfarrer in dem kleinen Städtchen der kleinen Annerl geschenkt hatte; das goldene Kränzlein band sie ihr auf den Kopf und steckte die Rose vor die Brust, welche ihr Grossinger in der Nacht gegeben hatte, ohne zu wissen, wem er sie gab.

Der Herzog sprach bei diesem Anblick: »Schönes, unglückliches Annerl! Schändlicher Verführer, du kamst zu spät! – Arme alte Mutter, du bist ihr allein treu geblieben, bis in den Tod.» Als er mich bei diesen Worten in seiner Nähe sah, sprach er zu mir: »Sie sagten mir von einem letzten Willen des Korporal Kasper, haben Sie ihn bei sich?« Da wendete ich mich zu der Alten und sagte: »Arme Mutter, gebt mir die Brieftasche Kaspers; Se. Durchlaucht wollen seinen letzten Willen lesen.«

Die Alte, welche sich um nichts bekümmerte, sagte mürrisch: »Ist Er auch wieder da? Er hätte lieber ganz zu Hause bleiben können. Hat Er die Bittschrift? Jetzt ist es zu spät; ich habe dem armen Kinde den Trost nicht geben können, daß sie zu Kasper in ein ehrliches Grab soll; ach, ich hab es ihr vorgelogen, aber sie hat mir nicht geglaubt.«

Der Herzog unterbrach sie und sprach: »Ihr habt nicht gelogen, gute Mutter; der Mensch hat sein Möglichstes getan, der Sturz des Pferdes ist an allem schuld. Aber sie soll ein ehrliches Grab haben bei ihrer Mutter und bei Kasper, der ein braver Kerl war; es soll ihnen beiden eine Leichenpredigt gehalten werden über die Worte: Gebt Gott allein die Ehre! Der Kasper soll als Fähndrich begraben werden, seine

Schwadron soll ihm dreimal ins Grab schießen, und des Verderbers Grossingers Degen soll auf seinen Sarg gelegt werden.«

Nach diesen Worten ergriff er Grossingers Degen, der mit dem Schleier noch an der Erde lag, nahm den Schleier herunter, bedeckte Annerl damit und sprach: »Dieser unglückliche Schleier, der ihr so gern Gnade gebracht hätte, soll ihr die Ehre wiedergeben; sie ist ehrlich und begnadigt gestorben, der Schleier soll mit ihr begraben werden.«

Den Degen gab er dem Offizier der Wache mit den Worten: »Sie werden heute noch meine Befehle wegen der Bestattung des Ulanen und dieses armen Mädchens bei der Parade empfangen.«

Nun las er auch die letzten Worte Kaspers laut mit vieler Rührung; die alte Großmutter umarmte mit Freudentränen seine Füße, als wäre sie das glücklichste Weib. Er sagte zu ihr: »Gebe Sie sich zufrieden, Sie soll eine Pension haben bis an Ihr seliges Ende, ich will Ihrem Enkel und der Annerl einen Denkstein setzen lassen.« Nun befahl er dem Prediger, mit der Alten und einem Sarge, in welchen die Gerichtete gelegt wurde, nach seiner Wohnung zu fahren und sie dann nach ihrer Heimat zu bringen und das Begräbnis zu besorgen. Da währenddem seine Adjutanten mit Pferden gekommen waren, sagte er noch zu mir: »Geben Sie meinem Adjutanten Ihren Namen an, ich werde Sie rufen lassen; Sie haben einen schönen menschlichen Eifer gezeigt.« Der Adjutant schrieb meinen Namen in seine Schreibtafel und machte mir ein verbindliches Kompliment. Dann sprengte der Herzog, von den Segenswünschen der Menge begleitet, in die Stadt. Die Leiche der schönen Annerl ward nun mit der guten alten Großmutter in das Haus des Pfarrers gebracht, und in der folgenden Nacht fuhr dieser mit ihr nach der Heimat zurück. Der Offizier traf, mit dem Degen Grossingers und einer Schwadron Ulanen, auch daselbst am folgenden Abend ein.

Da wurde nun der brave Kasper, mit Grossingers Degen auf der Bahre und dem Fähndrichspatent, neben der schönen Annerl, zur Seite seiner Mutter begraben. Ich war auch hingeeilt und führte die alte Mutter, welche kindisch vor Freude war, aber wenig redete; und als die Ulanen dem Kasper zum drittenmal ins Grab schossen, fiel sie mir tot in die Arme. Sie hat ihr Grab auch neben den Ihrigen empfangen. Gott gebe ihnen allen eine freudige Auferstehung!

Sie sollten treten auf die Spitzen,
Wo die lieben Engelein sitzen,
Wo kömmt der liebe Gott gezogen
Mit einem schönen Regenbogen;
Da sollen ihre Seelen vor Gott bestehn,
Wenn wir werden zum Himmel eingehn.
Amen.

Als ich in die Hauptstadt zurückkam, hörte ich, Graf Grossinger sei gestorben; er habe Gift genommen. In meiner Wohnung fand ich einen Brief von ihm; er sagte mir darin:

»Ich habe Ihnen viel zu danken. Sie haben meine Schande, die mir lange das Herz abnagte, zutage gebracht. Jenes Lied der Alten kannte ich wohl, die Annerl hatte es mir oft vorgesagt, sie war ein unbeschreiblich edles Geschöpf. Ich war ein elender Verbrecher. Sie hatte ein schriftliches Eheversprechen von mir gehabt und hat es verbrannt. Sie diente bei einer alten Tante von mir, sie litt oft an Melancholie. Ich habe mich durch gewisse medizinische Mittel, die etwas Magisches haben, ihrer Seele bemächtigt. – Gott sei mir gnädig! – Sie haben auch die Ehre meiner Schwester gerettet. Der Herzog liebt sie, ich war sein Günstling – die Geschichte hat ihn erschüttert – Gott helfe mir, ich habe Gift genommen.

Joseph Graf Grossinger.«

Die Schürze der schönen Annerl, in welche ihr der Kopf des Jägers Jürge bei seiner Enthauptung gebissen, ist auf der herzoglichen Kunstkammer bewahrt worden. Man sagt, die Schwester des Grafen Grossinger werde der Herzog mit dem Namen: »Voile de Grace«, auf deutsch »Gnadenschleier«, in den Fürstenstand erheben und sich mit ihr vermählen. Bei der nächsten Revue in der Gegend von D... soll das Monument auf den Gräbern der beiden unglücklichen Ehrenopfer, auf dem Kirchhofe des Dorfs, errichtet und eingeweiht werden, der Herzog wird mit der Fürstin selbst zugegen sein. Er ist ausnehmend zufrieden damit; die Idee soll von der Fürstin und dem Herzoge zusammen erfunden sein. Es stellt die falsche und wahre Ehre vor, die sich vor einem Kreuze beiderseits gleich tief zur Erde beugen; die Gerechtigkeit steht mit dem geschwungenen Schwerte zur einen Seite, die Gnade zur andern Seite und wirft einen Schleier heran. Man will im Kopfe der Gerechtigkeit Ähnlichkeit mit dem Herzoge, in dem Kopfe der Gnade Ähnlichkeit mit dem Gesicht der Fürstin finden.

Die mehreren Wehmüller
und die ungarischen Nationalgesichter

Gegen Ende des Sommers, während der Pest in Kroatien, hatte Herr Wehmüller, ein reisender Maler, von Wien aus einen Freund besucht, der in dieser östreichischen Provinz als Erzieher auf dem Schlosse eines Grafen Giulowitsch lebte. Die Zeit, welche ihm seine Geschäfte zu dem Besuche erlaubten, war vorüber. Er hatte von seiner jungen Frau, welche ihm nach Siebenbürgen vorausgereist war, einen Brief aus Stuhlweißenburg erhalten, daß er sie nicht mehr länger allein lassen möge; es erwarte ihn das Offizierskorps des dort liegenden hochlöblichen ungarischen Grenadier- und Husarenregiments sehnsüchtig, um, von seiner Meisterhand gemalt, sich in dem Andenken mannigfaltiger schöner Freundinnen zu erhalten, da ein naher Garnisonswechsel manches engverknüpfte Liebes- und Freundschaftsband zu zerreißen drohte. Dieser Brief brachte den Herrn Wehmüller in große Unruhe, denn er war viermal so lange unterwegs geblieben als gewöhnlich und dermaßen durch die Quarantäne zerstochen und durchräuchert worden, daß er die ohnedies nicht allzu leserliche Hand seiner guten Frau, die mit oft gewässerter Tinte geschrieben hatte, nur mit Mühe lesen konnte. Er eilte in die Stube seines Freundes Lury und sagte zu ihm: »Ich muß gleich auf der Stelle fort nach Stuhlweißenburg, denn die hochlöblichen Grenadier- und Husarenregimenter sind im Begriff, von dort abzuziehen; lesen Sie, der Brief ist an fünf Wochen alt.« Der Freund verstand ihn nicht, nahm aber den Brief und las. Wehmüller lief sogleich zur Stube hinaus und die Treppe hinab in die Hauskapelle, um zu sehen, ob er die 39 Nationalgesichter, welche er in Öl gemalt und dort zum Trocknen aufgehängt hatte, schon ohne große Gefahr des Verwischens zusammenrollen könne. Ihre Trockenheit übertraf alle seine Erwartung, denn er malte mit Terpentinfirnis, welcher trocken wird, ehe man sich umsieht.

Was übrigens diese 39 Nationalgesichter betrifft, hatte es mit ihnen folgende Bewandtnis: Sie waren nichts mehr und nichts weniger als 39 Porträts von Ungarn, welche Herr Wehmüller gemalt hatte, ehe er sie gesehen. Er pflegte solcher Nationalgesichter immer ein halb Hundert fertig bei sich zu führen. Kam er in einer Stadt an, wo er Gewinn durch seine Kunst erwartete, so pflegte er öffentlich ausschellen oder austrommeln zu lassen: der bekannte Künstler, Herr Wehmüller, sei mit einem reichassortierten Lager wohlgetroffener Nationalgesichter angelangt und lade diejenigen unter einem hochedlen Publikum, welche ihr Porträt wünschten, untertänigst ein, sich dasselbe, Stück vor Stück zu einem Dukaten in Gold, selbst auszusuchen; er fügte sodann noch, durch wenige Meisterstriche, einige persönliche Züge und Ehrennarben oder die Individualität des Schnurrbartes des Käufers unentgeltlich bei, für die Uniform aber, welche er immer ausgelassen hatte, mußte nach Maßgabe ihres Reichtums nachgezahlt werden. Er hatte diese Verfahrungsart auf seinen Kunstreisen als die befriedigendste für sich und die Käufer gefunden. Er malte die Leute nach Belieben im Winter mit aller Bequemlichkeit zu Haus und brachte sie in der schönen Jahreszeit zu Markte. So genoß er des großen Trostes, daß keiner über Unähnlichkeit oder langes Sitzen klagen konnte, weil sich jeder sein Bildnis fertig nach bestimmtem Preise, wie einen Weck auf dem Laden, selbst aussuchte. Wehmüller hatte seine Gattin vorausgeschickt, um seine Ankunft in Stuhlweißenburg vorzubereiten, während er seinen Vorrat von Porträts bei seinem Freunde Lury zu der gehörigen Menge brachte; er mußte diesmal in vollem Glanze auftreten, weil er in einer Zeitung gelesen: ein Maler Froschhauer aus Klagenfurt habe dieselbe Kunstreise vor. Dieser aber war bisher sein Antagonist und Nebenbuhler gewesen, wenn sie sich gleich nicht kannten, denn Froschhauer war von der entgegengesetzten Schule; er hatte nämlich immer alle Uniformen voraus fertig und ließ sich für die Gesichter extra bezahlen.

Schon hatte Wehmüller die 39 Nationalgesichter zusammengerollt in eine große, weite Blechbüchse gesteckt, in welcher auch seine Farben und Pinsel, ein paar Hemden, ein Paar gelbe Stiefelstulpen und eine Haarlocke seiner Frau Platz fanden; schon schnallte er sich diese Büchse mit zwei Riemen wie einen Tornister auf den Rücken, als sein Freund Lury hereintrat und ihm den Brief mit den Worten zurückgab: »Du kannst nicht reisen; soeben hat ein Bauer hier auf dem Hofe erzählt, daß er vor einigen Tagen einen Fußreisenden begleitet habe, und daß dieser der letzte Mensch gewesen sei, der über die Grenze gekommen, denn auf seinem Rückweg hierher habe er, der Bote, schon alle Wege vom Pestkordon besetzt gefunden.« Wehmüller aber ließ sich nicht mehr zurückhalten, er schob seine Palette unter den Wachstuchüberzug auf seinen runden Hut, wie die Bäcker in den Zipfel ihrer gestrickten spitzen Mützen eine Semmel zu stecken pflegen, und begann seinen Reisestab zusammenzurichten, der ein wahres Wunder der Mechanik, wenn ich mich nicht irre, von der Erfindung des Mechanikus Eckler in Berlin, war; denn er enthielt erstens: sich selbst, nämlich einen Reisestock; zweitens: nochmals sich selbst, einen Malerstock; drittens: nochmals sich selbst, einen Meßstock; viertens: nochmals sich selbst, ein Richtscheit; fünftens: nochmals sich selbst, ein Blaserohr; sechstens: nochmals sich selbst, ein Tabakspfeifenrohr; siebentens: nochmals sich selbst, einen Angelstock; darin aber waren noch ein Stiefelknecht, ein Barometer, ein Thermometer, ein Perspektiv, ein Zeichenstuhl, ein chemisches Feuerzeug, ein Reißzeug, ein Bleistift und das Brauchbarste von allem, eine approbierte hölzerne Hühneraugenfeile, angebracht; das Ganze aber war so eingerichtet, daß man die Masse des Inhalts durch den Druck einer Feder aus diesem Stocke, wie aus einer Windbüchse, seinem

Feind auf den Leib schießen konnte. Während Wehmüller diesen Stock zusammenrichtete, machte Lury ihm die lebhaftesten Vorstellungen wegen der Gefahr seiner Reise, aber er ließ sich nicht halten. »So rede wenigstens mit dem Bauer selbst«, sprach Lury; das war Wehmüller zufrieden und ging, ganz zum Abmarsche fertig, hinab. Kaum aber waren sie in die Schenke getreten, als der Bauer zu ihm trat und ihm den Ärmel küssend, sagte: »Nu gnädiger Herr, wie kommen wir schon wieder zusammen? Sie hatten ja eine solche Eile nach Stuhlweißenburg, daß ich glaubte, Euer Gnaden müßten bald dort sein.« Wehmüller verstand den Bauer nicht, der ihm versicherte, daß er ihn, mit derselben blechernen Büchse auf dem Rücken und demselben langen Stocke in der Hand, nach der ungarischen Grenze geführt habe, und zwar zu rechter Zeit, weil kurz nachher der Weg vom Pestkordon geschlossen worden sei, wobei der Mann ihm eine Menge einzelne Vorfälle der Reise erzählte, von welchen, wie vom Ganzen, Wehmüller nichts begriff. Da aber endlich der Bauer ein kleines Bild hervorzog mit den Worten: »Haben Euer Gnaden mir dieses Bildchen, das in Ihrer Büchse keinen Platz fand, nicht zu tragen gegeben, und haben es Euer Gnaden nicht in der Eile der Reise vergessen?« – ergriff Wehmüller das Bild mit Heftigkeit. Es war das Bild seiner Frau, ganz wie von ihm selbst gemalt, ja, der Name Wehmüller war unterzeichnet. Er wußte nicht, wo ihm der Kopf stand. Bald sah er den Bauer, bald Lury, bald das Bild an. »Wer gab dir das Bild?« fuhr er den Bauer an. »Euer Gnaden selbst«, sagte dieser; »Sie wollten nach Stuhlweißenburg zu Ihrer Liebsten, sagten Euer Gnaden, und den Botenlohn sind mir Euer Gnaden auch schuldig geblieben.« – »Das ist erlogen!« schrie Wehmüller. »Es ist die Wahrheit!« sagte der Bauer. »Es ist nicht die Wahrheit!« sagte Lury, »denn dieser Herr ist seit vier Wochen nicht hier weggekommen und hat mit mir in einer Stube geschlafen.« Der Bauer aber wollte von seiner

Behauptung nicht abgehen und drang auf die Bezahlung des Botenlohns oder um die Rückgabe des Porträts, welches sein Pfand sei, und dem er, wenn er nicht bezahle, einen Schimpf antun wolle. Wehmüller ward außer sich. »Was?« schrie er, »ich soll für einen andern den Botenlohn zahlen oder das Porträt meiner Frau beschimpfen lassen? Das ist entsetzlich!« Lury machte endlich den Schiedsrichter und sagte zu dem Bauer: »Habt Ihr diesen Herrn über die Grenze gebracht?« – »Ja!« sagte der Bauer. »Wie kommt er dann wieder hierher, und wie war er die ganze Zeit hier?« erwiderte Lury. »Ihr müßt ihn daher nicht recht tüchtig hinüber gebracht haben und könnt für so schlechte Arbeit keinen Botenlohn begehren; bringt ihn heute nochmals hinüber, aber dermaßen, daß auch kein Stümpfchen hier in Kroatien bleibt, und laßt Euch doppelt bezahlen.« Der Bauer sagte: »Ich bin es zufrieden, aber es ist doch eine sehr heillose Sache; wer von den beiden ist nun der Teufel, dieser gnädige Herr oder der andere? Es könnte mich dieser, der viel widerspenstiger scheint, vielleicht gar mit über die Grenze holen, auch ist der Weg jetzt gesperrt, und der andre war der letzte; ich glaube doch, er muß der Teufel gewesen sein, der bei der Pest zu tun hat.« – »Was«, schrie Wehmüller, »der Teufel mit dem Porträt meiner Frau? Ich werde verrückt; gesperrt oder nicht gesperrt, ich muß fort, der scheußlichste Betrug muß entdeckt werden. Ach, meine arme Frau, wie kann sie getäuscht werden! Adie, Lury, ich brauche keinen Boten, ich will schon allein finden.« Und somit lief er zum offnen Hoftore mit solcher Schnelligkeit hinaus, daß ihn weder der nachlaufende Bauer noch das Geschrei Lurys einholen konnte.

Nach dieser Szene trat der Graf Giulowitsch, der Prinzipal Lurys, aus dem Schlosse, um auf seinen Finkenherd zu fahren. Lury erzählte ihm die Geschichte, und der Graf, neugierig, mehr von der Sache zu hören, bestieg seinen Wurstwagen und fuhr dem Maler in vollem Trabe nach; das leichte Fuhrwerk, mit zwei raschen Pferden bespannt, flog über die Stoppelfelder, welche einen festeren Boden als die moorichte Landstraße darboten. Bald war der Maler eingeholt, der Graf bat ihn, aufzusitzen, mit dem Anerbieten, ihn einige Meilen bis an die Grenze seiner Güter zu bringen, wo er noch eine halbe Stunde nach dem letzten Grenzdorf habe. Wehmüller, der schon viel Grund und Boden an seinen Stiefeln hängen hatte, nahm den Vorschlag mit untertänigstem Dank an. Er mußte einige Züge alten Slibowitz aus des Grafen Jagdflasche tun und fand dadurch schon etwas mehr Mut, sich selbst auf der eignen Fährte zu seiner Frau nachzueilen. Der Graf fragte ihn, ob er denn niemand kenne, der ihm so ähnlich sei und so malen könne wie er. Wehmüller sagte nein, und das Porträt ängstige ihn am meisten, denn dadurch zeige sich eine Beziehung des falschen Wehmüllers auf seine Frau, welche ihm besonders fatal werden könne. Der Graf sagte ihm, der falsche Wehmüller sei wohl nur eine Strafe Gottes für den echten Wehmüller, weil dieser alle Ungarn über einen Leisten male; so gäbe es jetzt auch mehrere Wehmüller über einen Leisten. Wehmüller meinte, alles sei ihm einerlei, aber seine Frau, seine Frau, wenn die sich nur nicht irre. Der Graf stellte ihm nochmals vor, er möge lieber mit ihm auf seinen Finkenherd und dann zurückfahren; er gefährde, wenn er auch höchst unwahrscheinlich den Pestkordon durchschleichen sollte, jenseits an der Pest zu sterben. Wehmüller aber meinte: »Ein zweiter Wehmüller, der zu meiner Frau reist, ist auch eine Pest, an der man sterben kann«, und er wolle so wenig als die Schneegänse, welche schreiend über ihn hinstrichen, den Pestkordon respektieren; er habe keine Ruhe, bis er bei seiner Tonerl sei. So kamen sie bis auf die Grenze der Giulowitschschen Güter, und der Graf schenkte Wehmüllern noch eine Flasche Tokaier mit den Worten: »Wenn Sie diese ausstechen, lieber Wehmüller, werden Sie sich nicht wundern, daß man Sie doppelt gesehn, denn Sie selbst werden alles doppelt sehn; geben Sie uns so bald als möglich Bericht von Ihrem Abenteuer, und möge Ihre Gemahlin anders sehen, als der Bauer gesehen hat. Leben Sie wohl!«

Nun eilte Wehmüller, so schnell er konnte, nach dem nächsten Dorf, und kaum war er in die kleine, dumpfichte Schenke eingetreten, als die alte Wirtin, in Husarenuniform, ihm entgegenschrie: »Ha, ha! da sind der Herr wieder zurück, ich habe es gleich gesagt, daß Sie nicht durch den Kordon würden hinüber gelassen werden.« Wehmüller sagte, daß er hier niemals gewesen, und daß er gleich jetzt erst versuchen wolle, durch den Kordon zu kommen. Da lachte Frau Tschermack und ihr Gesinde ihm ins Gesicht und behaupteten steif und fest, er sei vor einigen Tagen hier durchpassiert, von einem Giulowitscher Bauer begleitet, dem er den Botenlohn zu zahlen vergessen; er habe ja hier gefrühstückt und erzählt, daß er nach Stuhlweißenburg zu seiner Frau Tonerl wolle, um dort das hochlöbliche Offizierskorps zu malen. Wehmüller kam durch diese neue Bestätigung, daß er doppelt in der Welt herumreise, beinahe in Verzweiflung. Er sagte der Wirtin mit kurzen Worten seine ganze Lage; sie wußte nicht, was sie glauben sollte, und sah ihn sehr kurios an. Es war ihr nicht allzu heimlich bei ihm. Aber er wartete alle ihre Skrupel nicht ab und lief wie toll und blind zum Dorfe hinaus und dem Pestkordon zu. Als er eine Viertelmeile auf der Landstraße gelaufen war, sah er auf dem Stoppelfeld eine Reihe von Rauchsäulen aufsteigen, und ein angenehmer Wacholdergeruch dampfte ihm entgegen. Er sah bald eine Reihe von Erdhütten und Soldaten, welche kochten und sangen; es war ein Hauptbiwak des Pestkordons. Als er sich der Schildwache näherte, rief sie ihm ein schreckliches »Halt!« entgegen und schlug zugleich ihr Gewehr auf ihn an. Wehmüller stand wie angewurzelt. Die Schildwache rief den Unteroffizier, und nach einigen Minuten sprengte ein Szekler-Husar gegen ihn heran und schrie aus der Ferne: »Wos willstu, quid vis? Wo kommst her, unde venis? An welchen Ort willst du, ad quem locum vis? Bist du nicht vorige Woche hier durchpassiert, es tu non altera hebedomada hic perpassatus?« Er fragte ihn so auf deutsch und husarenlateinisch zugleich, weil er nicht wußte, ob er ein Deutscher oder ein Ungar sei. Wehmüller mußte aus den letzten Worten des Husaren abermals hören, daß er hier schon durchgereist sei, welche Nachricht ihm eiskalt über den Rücken lief. Er schrie sich beinah die Kehle aus, daß er grade von dem Grafen Giulowitsch komme, daß er in seinem Leben nicht hier gewesen. Der Husar aber lachte und sprach: »Du lügst, mentiris! Hast du nicht dem Chirurg sein Bild gegeben, non dedidisti Domino Chirurgo suam imaginem? – daß er durch die Finger gesehen und dich passieren lassen, ut vidit per digitos et te fecit passare? Du bist zurückgekehrt aus den Pestörtern, es returnatus ex pestiferatis locis!« Wehmüller sank auf die Knie nieder und bat, man möge den Chirurgen doch herbeirufen.

Während diesem Gespräch waren mehrere Soldaten um den Husaren herumgetreten, zuzuhören; endlich kam der Chirurg auch, und nachdem er Wehmüllers Klagen angehört, der sich die Lunge fast weggeschrien, befahl er ihm, sich einem der Feuer von Wacholderholz zu nähern, so daß es zwischen ihnen beiden sei, dann wolle er mit ihm reden. Wehmüller tat dies und erzählte ihm die ganze Aussage über einen zweiten Wehmüller, der hier durchgereist sei, und seine große Sorge, daß ihn dieser um all sein Glück betrügen könne, und bot dem Chirurgen alles an, was er besitze, er möge ihm nur durchhelfen. Der Chirurg holte nun eine Rolle Wachsleinwand aus seiner Erdhütte, und Wehmüller erblickte auf derselben eines der ungarischen Nationalgesichter, grade wie er sie selbst zu malen pflegte, auch sein Name stand darunter, und da der Chirurg sagte, ob er dies

Bild nicht gemalt und ihm neulich geschenkt habe, weil er ihn habe passieren lassen, gestand Wehmüller, er würde nie dies Bild von den seinigen unterscheiden können, aber durchpassiert sei er hier nie und habe nie die Gelegenheit gehabt, den Herren Chirurgen zu sprechen. Da sagte der Chirurg: »Hatten Sie nicht heftiges Zahnweh? Habe ich Ihnen nicht noch einen Zahn ausgezogen für das Bild?« »Nein, Herr Chirurg«, erwiderte Wehmüller, »ich habe alle meine Zähne frisch und gesund, wenn Sie zuschauen wollen.« Nun faßte der Feldscher einigen Mut; Wehmüller sperrte das Maul auf, er sah nach und gestand ihm zu, daß er ganz ein andrer Mensch sei; denn jetzt, da er ihn weder aus der Ferne noch von Rauch getrübt ansehe, müsse er ihm gestehen, daß der andre Wehmüller viel glatter und auch etwas fetter sei, ja daß sie beide, wenn sie nebeneinander ständen, kaum verwechselt werden könnten; aber durchpassieren lassen könne er ihn jetzt noch nicht. Es habe zuviel Aufsehens bei der Wache gemacht, und er könne Verdruß haben; morgen früh werde aber der Kordonkommandant mit einer Patrouille bei der Visitation hieher kommen, und da ließe sich sehen, was er für ihn tun könne; er möge bis dahin nach der Schenke des Dorfs zurückkehren, er wolle ihn rufen lassen, wenn es Zeit sei; er solle auch das Bild mitnehmen und ihm den Schnauzbart etwas spitzer malen, damit es ganz ähnlich werde. Wehmüller bat, in seiner Erdhütte einen Brief an sein Tonerl schreiben zu dürfen und ihm den Brief hinüber zu besorgen. Der Chirurg war es zufrieden. Wehmüller schrieb seiner Frau, erzählte ihr sein Unglück, bat sie um Gottes willen, nicht den falschen Wehmüller mit ihm zu verwechseln und lieber sogleich ihm entgegen zu reisen. Der Chirurg besorgte den Brief und gab Wehmüllern noch ein Attestat, daß seine Person eine ganz andre sei als die des ersten Wehmüllers, und nun kehrte unser Maler, durchgeräuchert wie ein Quarantänebrief, nach der Dorfschenke zurück.

Hier war die Gesellschaft vermehrt, die Erzählung von dem doppelten Wehmüller hatte sich im Dorfe und auf einem benachbarten Edelhof ausgebreitet, und es waren allerlei Leute bei der Wirtin zusammengekommen, um sich wegen der Geschichte zu befragen. Unter dieser Gesellschaft waren ein alter invalider Feuerwerker und ein Franzose die Hauptpersonen. Der Feuerwerker, ein Venetianer von Geburt, hieß Baciochi und war ein Allesinallem bei dem Edelmanne, der einen Büchsenschuß von dem Dorfe wohnte. Der Franzose war ein Monsieur Devillier, der, von einer alten reichen Ungarin gefesselt, in Ungarn sitzen geblieben war; seine Gönnerin starb und hinterließ ihm ein kleines Gütchen, auf welchem er lebte und sich bei seinen Nachbarn umher mit der Jagd und allerlei Liebeshändeln die Zeit vertrieb. Er hatte gerade eine Kammerjungfer auf dem Edelhofe besucht, der er Sprachunterricht gab, und diese hatte ihn mit dem Hofmeister des jungen Edelmannes auf seinem Rückwege in die Schenke begleitet, um ihrer Herrschaft von dem doppelten Wehmüller Bericht zu erstatten. Die Kammerjungfer hieß Nanny, und der Hofmeister war ein geborner Wiener mit Namen Lindpeindler, ein zartfühlender Dichter, der oft verkannt worden ist. Die berühmteste Person von allen war aber der Violinspieler Michaly, ein Zigeuner von etwa dreißig Jahren, von eigentümlicher Schönheit und Kühnheit, der wegen seinem großen Talent, alle mögliche Tänze ununterbrochen auf seiner Violine zu erfinden und zu variieren, bei allen großen Hochzeiten im Lande allein spielen mußte. Er war hieher gereist, um seine Schwester zu erwarten, die bis jetzt bei einer verstorbenen Großmutter gelebt und nun auf der Reise zu ihm durch den Pestkordon von ihm getrennt war. Zu diesen Personen fügte sich noch ein alter kroatischer Edelmann, der einen einsamen Hof in der Nähe der türkischen Grenze besaß; er übernachtete hier, von einem Kreistage zurückkehrend. Ein Tiroler Teppichkrämer und sein Reisegeselle, ein Savoyardenjunge, dem sein Murmeltier gestorben war, und der sich nach Hause bettelte, machten die Gesellschaft voll, außer der alten Wirtin, die Tabak rauchte und in ihrer Jugend als Amazone unter den Wurmserschen Husaren gedient hatte. Sie trug noch den Dolman und die Mütze, die Haare in einen Zopf am Nacken und zwei kleine Zöpfe an den Schläfen geknüpft, und hatte hinter ihrem Spinnrad ein martialisches Ansehen. Diese bunte Versammlung saß in der Stube, welche zugleich die Küche und der Stall für zwei Büffelkühe war, um den lodernden, niedern Feuerherd und war im vollen Gespräch über den doppelten Wehmüller, als dieser in der Dämmerung an der verschlossenen Haustüre pochte. Die Wirtin fragte zum Fenster hinaus, und als sie Wehmüller sah, rief sie: »Gott steh uns bei! Da ist noch ein dritter Wehmüller; ich mache die Türe nicht eher auf, bis sie alle drei zusammen kommen!«

Ein lautes Gelächter und Geschrei des Verwunderns aus der Stube unterbrach des armen Malers Bitte um Einlaß. Er nahte sich dem Fenster und hörte eine lebhafte Beratschlagung über sich an. Der kroatische Edelmann behauptete, er könne sehr leicht ein Vampyr sein oder die Leiche des ersten an der Pest verstorbenen Wehmüllers, die hier den Leuten das Blut aussaugen wolle; der Feuerwerker meinte, er könne die Pest bringen, er habe wahrscheinlich den Kordon überschritten und sei wieder zurückgeschlichen; der Tiroler bewies, er würde niemand fressen; die Kammerjungfer verkroch sich hinter dem Franzosen, der, nebst dem Hofmeister, die Gastfreiheit und Menschlichkeit verteidigte. Devillier sagte, er könne nicht erwarten, daß eine so auserwählte Gesellschaft, in der er sich befände, jemals aus Furcht und Aberglauben die Rechte der Menschheit so sehr verletzen werde, einen Fremden wegen einer bloßen Grille auszusperren, er wolle mit dem Manne reden; der Zigeuner aber ergriff in dem allgemeinen, ziemlich lauten Wortwechsel seine Violine und machte ein wunderbares Schariwari dazu, und da die ungarischen Bauern nicht leicht eine Fiedel hören, ohne den Tanzkrampf in den Füßen zu fühlen, so versammelte sich bald Horia und Klotzka vor der Schenke – was so viel heißt als Hinz und Kunz bei uns zulande –, die Mädchen wurden aus den Betten getrieben und vor die Schenke gezogen, und sie begannen zu jauchzen und zu tanzen.

Durch den Lärm ward der Vizegespan, des Orts Obrigkeit, herbeigelockt, und Wehmüller brachte ihm seine Klagen und das Attestat des Chirurgen vor, versprach ihm auch, sein Porträt unter den Nationalgesichtern sich aussuchen zu lassen, wenn er ihm ein ruhiges Nachtquartier verschaffe und seine Persönlichkeit in der Schenke attestiere. Der Vizegespan ließ sich nun die Schenke öffnen und las drinnen das Attestat des Herren Chirurgen, das er allen Anwesenden zur Beruhigung mitteilte. Durch seine Autorität brachte er es dahin, daß Wehmüller endlich herein gelassen wurde, und er nahm, um der Sache mehr Ansehen zu geben, ein Protokoll über ihn auf, an dem nichts merkwürdig war, als daß es mit dem Worte »sondern« anfing. Indessen hatten die Bauern den musikalischen Zigeuner herausgezerrt und waren mit ihm unter die Linde des Dorfs gezogen, der Tiroler zog hinterdrein und jodelte aus der Fistel, der Savoyarde gurgelte sein »Escoutta Gianette« und klapperte mit dem Deckel seines leeren Kastens den Takt dazu bis unter die Linde. Monsieur Devillier forderte die Kammerjungfer zu einem Tänzchen auf, und Herr Lindpeindler gab der schönen Herbstnacht und dem romantischen Eindruck nach. So war die Stube ziemlich leer geworden; Wehmüller holte seine Nationalgesichter aus der Blechbüchse, und der Vizegespan hatte bald sein Porträt gefunden, versprach auch dem Maler ins Ohr, daß er ihm morgen über den Kordon helfen wolle, wenn er ihm heute nacht noch eine Reihe Knöpfe mehr auf die Jacke male. Wehmüller dankte ihm herzlich und begann sogleich bei einer Kienfackel seine Arbeit. Der Feuerwerker und der kroatische Edelmann rückten zu dem Tisch, auf welchem Wehmüller seine Flasche Tokaier preisgab; die Herren drehten sich die Schnauzbärte, steckten sich die Pfeifen an und ließen es sich wohlschmecken. Der Vizegespan sprach von der Jagdzeit, die am St. Egiditag, da der Hirsch in die Brunft gehe, begonnen habe, und daß er morgen früh nach einem Vierzehnender ausgehen wolle, der ihm großen Schaden in seinem Weinberge getan; zugleich lud er Herrn Wehmüller ein, mitzugehen, wobei er ihm auf den Fuß trat. Wehmuller verstand, daß dies ein Wink sei, wie er ihm über den Kordon helfen wolle, und wenn ihm gleich nicht so zumute war, gern von Hirschgeweihen zu hören, nahm er doch das Anerbieten mit Dank an, nur bat er sich die Erlaubnis aus, nach der Rückkehr das Bild des Herrn Vizgespans in seinem Hause fertig malen zu dürfen. Der kroatische Edelmann und der Feuerwerker sprachen nun noch mancherlei von der Jagd, und wie der Wein so vortrefflich stehe, darum sei das Volk auch so lustig. Wenn der unbequeme Pestkordon nur erst aufgelöst sei; aller Verkehr sei durch ihn gestört, und der Kordon sei eigentlich ärger als die Pest selbst. »Es wird bald aus sein mit dem Kordon«, sagte der Kroate, »die Kälte ist der beste Doktor, und ich habe heute an den Eicheln gesehen, daß es einen strengen Winter geben wird; denn die Eicheln kamen heuer früh und viel, und es heißt von den Eicheln im September:

Haben sie Spinnen, so kommt ein bös Jahr,
Haben sie Fliegen, kömmt Mittelzeit zwar,
Haben Sie Maden, so wird das Jahr gut,
Ist nichts darin, so hält der Tod die Hut,
Sind die Eicheln früh und sehr viel,
So schau, was der Winter anrichten will:
Mit vielem Schnee kömmt er vor Weihnachten,

Darnach magst du große Kälte betrachten.
Sind die Eicheln schön innerlich,
Folgt ein schöner Sommer, glaub sicherlich;
Auch wird dieselbe Zeit wachsen schön Korn,
Also ist Müh und Arbeit nicht verlorn.
Werden sie innerlich naß befunden,
Tut's uns einen nassen Sommer bekunden;
Sind sie mager, wird der Sommer heiß,
Das sei dir gesagt mit allem Fleiß.

Diesen September waren sie aber so früh und häufig, daß es gewiß bald kalt und der Frost die Pest schon vertilgen wird. »Ganz recht«, sagte der Vizegespan, »wir werden einen frühen Winter und einen schönen Herbst haben, denn tritt der Hirsch an einem schönen Egiditag in Brunst, so tritt er auch an einem schönen Tag heraus, und wenn er früh eintritt, wie dieses Jahr, so naht der Winter auch früh.«

Über diesen Wetterbetrachtungen kamen sie auf kalte Winter zu sprechen, und der Kroate erzählte folgende Geschichte, die ihm vor einigen Jahren im kalten Winter in der Christnacht geschehen sein sollte, und er beschwor sie hoch und teuer. Aber eben, als er beginnen wollte, schallte ein großer Spektakel von der Linde her. Lindpeindler und die Kammerjungfer stürzten mit dem Geschrei in die Stube, auf dem Tanzplatz sei wieder ein Wehmüller erschienen. »Ach«, schrie die Kammerjungfer, »er hat mich wie ein Gespenst angepackt und ist mit mir so entsetzlich unter der Linde herumgetanzt, daß mir die Haube in den Zweigen blieb.« Auf diese Aussage sprangen alle vom Tisch auf und wollten hinausstürzen. Der Vizegespan aber gebot dem Maler, sitzenzubleiben, bis man wisse, ob er oder der andere es sei. Da näherte sich das Spektakel, und bald trat der Zigeuner, lustig fiedelnd, von den krähenden Bauern begleitet, mit dem neuen Wehmüller vor die Schenke. Da klärte sich denn bald der Scherz auf. Devillier hatte den grauen Reisekittel und den Hut Wehmüllers im Hinausgehen aufgesetzt und ein altes blechernes Ofenrohr, das in einem Winkel lag, umgehängt, die furchtsame Kammerjungfer zu erschrecken. Nanny ward sehr ausgelacht, und der Vizegespan befahl nun den Leuten, zu Bette zu gehen; da aber einige noch tanzen wollten und grob wurden, rief er nach seinen Heiducken, setzte selbst eine Bank vor die Türe, legte eigenhändig einen frechen Burschen über und ließ ihm fünf aufzählen, auf welche kleine Erfrischung die ganze Ballgesellschaft mit einem lauten »Vivat noster Dominus Vicegespannus!« jubelnd nach Haus zog. Nun ordnete sich die übrige Gesellschaft in der engen Stube, wie es gehen wollte, um Tisch und Herd, auf Kübeln und Tonnen und den zur Nachtstreue von der Wirtin angeschleppten Strohbündeln. Devillier ließ einige Krüge Wein bringen, und der erschrockenen Kammerjungfer wurde auf den Schreck wacker zugetrunken. Man bat dann den Kroaten, seine versprochene Geschichte zu erzählen, welcher, während Wehmüller in schweren Gedanken an sein Tonerl Knöpfe malte, also begann:

Das Picknick des Katers Mores

Erzählung des kroatischen Edelmanns

Mein Freihof liegt einsam, eine halbe Stunde von der türkischen Grenze, in einem sumpfichten Wald, wo alles im herrlichsten und fatalsten Überfluß ist, zum Beispiel die Nachtigallen, die einen immer vor Tag aus dem Schlafe wecken, und im letzten Sommer pfiffen die Bestien so unverschämt nah und in solcher Menge vor meinem Fenster, daß ich einmal im größten Zorne den Nachttopf nach ihnen warf. Aber ich kriegte bald einen Hausgenossen, der ihnen auf den Dienst paßte und mich von dem Ungeziefer befreite. Heut sind es drei Jahre, als ich morgens auf meinen Finkenherd ging, mit einem Pallasch, einer guten Doppelbüchse und einem Paar doppelten Pistolen versehen, denn ich hatte einen türkischen Wildpretdieb und Händler auf dem Korn, der mir seit einiger Zeit großen Wildschaden angetan und mir, da ich ihn gewarnt hatte, trotzig hatte sagen lassen, er störe sich nicht an mir und wolle unter meinen Augen in meinem Wald jagen. Als ich nach dem Finkenherd kam, fand ich alle meine ausgestellten Dohnen und Schlingen ausgeleert und merkte, daß der Spitzbube mußte da gewesen sein. Erbittert stellte ich meinen Fang wieder auf, da strich ein großer schwarzer Kater aus dem Gesträuch murrend zu mir her und machte sich so zutunlich, daß ich seinen Pelz mit Wohlgefallen ansah und ihn liebkoste mit der Hoffnung, ihn an mich zu gewöhnen und mir etwa aus seinen Winterhaaren eine Mütze zu machen. Ich habe immer so eine lebendige Wintergarderobe im Sommer in meinem Revier, ich brauche darum kein Geld zum Kürschner zu tragen, es kommen mir auch keine Motten in mein Pelzwerk. Vier Paar tüchtige lederne Hosen laufen immer als lebendige Böcke auf meinem Hofe, und mitten unter ihnen ein herrlicher Dudelsack, der sich jetzt als lebendiger Bock schon so musikalisch zeigt, daß die zu einzelnen Hosenbeinen bestimmten Kandidaten, sobald er meckernd unter sie tritt, zu tanzen und gegeneinander zu stutzen anfangen, als fühlten sie jetzt schon ihre Bestimmung, einst mit meinen Beinen nach diesem Dudelsack ungarisch zu tanzen. So habe ich auch einen neuen Reisekoffer als Wildsau in meinem Forste herumlaufen, ein prächtiger Wolfspelz hat mir im letzten Winter in der Gestalt von sechs tüchtigen Wölfen schon auf den Leib gewollt; die Bestien hatten mir ein tüchtiges Loch in die Kammertüre genagt, da fuhr ich einem nach dem andern durch ein Loch über der Türe mit einem Pinsel voll Ölfarbe über den Rükken und erwarte sie nächstens wieder, um ihnen das Fell über die Ohren zu ziehen.

Aus solchen Gesichtspunkten sah ich auch den schwarzen Kater an und gab ihm, teils weil er schwarz wie ein Mohr war, teils weil er gar vortreffliche Mores oder Sitten hatte, den Namen Mores. Der Kater folgte mir nach Hause und wußte sich so vortrefflich durch Mäusefangen und Verträglichkeit mit meinen Hunden auszuzeichnen, daß ich den Gedanken, ihn aus seinem Pelz zu vertreiben, bald aufgegeben hatte. Mores war mein steter Begleiter, und nachts schlief er auf einem ledernen Stuhl neben meinem Bette. Merkwürdig war es mir besonders an dem Tiere, daß es, als ich ihm scherzhaft bei Tage einigemal Wein aus meinem Glase zu trinken anbot, sich gewaltig dagegen sträubte und ich es doch einst im Keller erwischte, wie es den Schwanz ins Spundloch hängte und dann mit dem größten Appetit ableckte. Auch zeichnete sich Mores vor allen Katzen durch seine Neigung, sich zu waschen, aus, da doch sonst sein Geschlecht eine Feindschaft gegen das Wasser hat. Alle diese Absonderlichkeiten hatten den Morees in meiner Nachbarschaft sehr berühmt gemacht, und ich ließ ihn ruhig bei mir aus und ein gehen, er jagte auf seine eigne Hand und kostete mich nichts als Kaffee, den er über die Maßen gern soff. So hatte ich meinen Gesellen bis gegen Weihnachten immer als Schlafkameraden gehabt, als ich ihn die zwei letzten Tage und Nächte vor dem Christtag ausbleiben sah. Ich war schon an den Gedanken gewöhnt, daß ihn irgendein Wildschütze, vielleicht gar mein türkischer Grenznachbar, möge weggeschossen oder gefangen haben, und sendete deswegen einen Knecht hinüber zu dem Wildhändler, um etwas von dem Mores auszukundschaften. Aber der Knecht kam mit der Nachricht zurück, daß der Wildhändler von meinem Kater nichts wisse, daß er eben von einer Reise von Stambul zurück gekommen sei und seiner Frau eine Menge schöner Katzen mitgebracht habe; übrigens sei es ihm lieb, daß er von meinem trefflichen Kater gehört, und wolle er auf alle Weise suchen, ihn in seine Gewalt zu bringen, da ihm ein tüchtiger Bassa für sein Serail fehle. Diese Nachricht erhielt ich mit Verdruß am Weihnachtsabend und sehnte mich um so mehr nach meinem Mores, weil ich ihn dem türkischen Schelm nicht gönnte. Ich legte mich an diesem Abend früh zu Bette, weil ich in der Mitternacht eine Stunde Weges nach der Kirche in die Metten gehen wollte. Mein Knecht weckte mich zur gehörigen Zeit; ich legte meine Waffen an und hängte meine Doppelbüchse, mit dem gröbsten Schrote geladen, um. So machte ich mich auf den Weg, in der kältesten Winternacht, die ich je erlebt; ich war eingehüllt wie ein Pelznikkel, die brennende Tabakspfeife fror mir einigemal ein, der Pelz um meinen Hals starrte von meinem gefrornen Hauch wie ein Stachelschwein, der feste Schnee knarrte unter meinen Stiefeln, die Wölfe heulten rings um meinen Hof, und ich befahl meinen Knechten, Jagd auf sie zu machen.

So war ich bei sternheller Nacht auf das freie Feld hinaus gekommen und sah schon in der Ferne eine Eiche, die auf einer kleinen Insel mitten in einem zugefrornen Teiche stand und etwa die Hälfte des Weges bezeichnete, den ich zum Kirchdorf hatte. Da hörte ich eine wunderbare Musik und glaubte anfangs, es sei etwa ein Zug Bauern, der mit einem Dudelsack sich den Weg zur Kirche verkürzte, und so schritt ich derber zu, um mich an diese Leute anzuschließen. Aber je näher ich kam, je toller war die kuriose Musik, sie löste sich in ein Gewimmer auf, und, schon dem Baume nah, hörte ich, daß die Musik von demselben herunter schallte. Ich nahm mein Gewehr in die Hand, spannte den Hahn und schlich über den festen Teich auf die Eiche los; was sah ich, was hörte ich? Das Haar stand mir zu Berge; der ganze Baum saß voll schrecklich heulender Katzen, und in der Krone thronte mein Herr Mores mit krummem Buckel und blies ganz erbärmlich auf einem Dudelsack, wozu die Katzen unter gewaltigem Geschrei um ihn her durch die Zweige tanzten. Ich war anfangs vor Entsetzen wie versteinert, bald aber zwickte mich der Klang des Dudelsacks so sonderbar in den Beinen, daß ich selbst anfing zu tanzen und beinahe in eine von Fischern gehauene Eisöffnung fiel; da tönte aber die Mettenglocke durch die helle Nacht, ich kam zu Sinnen und schoß die volle Schrotladung meiner Doppelbüchse in den vermaledeiten Tanzchor hinein, und in demselben Augenblick fegte die ganze Tanzgesellschaft wie ein Hagelwetter von der Eiche herunter und wie ein Bienenschwarm über mich weg, so daß ich auf dem Eise ausglitt und platt niederstürzte. Als ich mich aufraffte, war das Feld leer, und ich wunderte mich, daß ich auch keine einzige von den Katzen getroffen unter dem Baume fand. Der ganze Handel hatte mich so erschreckt und so wunderlich gemacht, daß ich es aufgab, nach der Kirche zu gehen; ich eilte nach meinem Hofe zurück und schoß meine Pistolen mehrere Male ab, um meine Knechte herbeizurufen. Sie nahten mir bald auf dieses verabredete Zeichen; ich erzählte ihnen mein Abenteuer, und der eine, ein alter, erfahrener Kerl, sagte: »Sein Ihr Gnaden nur ruhig, wir werden die Katzen bald finden, die Ihr Gnaden geschossen haben.« Ich machte mir allerei Gedanken und legte mich zu Hause, nachdem ich auf den Schreck einen warmen Wein getrunken hatte, zu Bett.

Als ich gegen Morgen ein Geräusch vernahm, erwachte ich aus dem unruhigen Schlaf, und sieh da: mein vermaledeiter Mores lag – mit versengtem Pelz – wie gewöhnlich neben mir auf dem Lederstuhl. Es lief mir ein grimmiger Zorn durch alle Glieder; »Passaveanelkiteremtete!« schrie ich, »vermaledeite Zauberkanaille! bist du wieder da?« und griff nach einer neuen Mistgabel, die neben meinem Bette stand; aber die Bestie stürzte mir an die Kehle und würgte mich; ich schrie Zetermordio. Meine Knechte eilten herbei mit gezogenen Säbeln und fegten nicht schlecht über meinen Mores her, der an allen Wänden hinauffuhr, endlich das Fenster zerstieß und dem Walde zustürzte, wo es vergebens war, das Untier zu verfolgen; doch waren wir gewiß, daß Herr Mores seinen Teil Säbelhiebe weghabe, um nie wieder auf dem Dudelsack zu blasen. Ich war schändlich zerkratzt, und der Hals und das Gesicht schwoll mir gräßlich an. Ich ließ nach einer slavonischen Viehmagd rufen, die bei mir diente, um mir einen Umschlag von ihr kochen zu lassen, aber sie war nirgends zu finden, und ich mußte nach dem Kirchdorf fahren, wo ein Feldscher wohnte. Als wir an die Eiche kamen, wo das nächtliche Konzert gewesen war, sahen wir einen Menschen darauf sitzen, der uns erbärmlich um Hilfe anflehte. Ich erkannte bald Mladka, die slavonische Magd; sie hing halb erfroren mit den Röcken in den Baumästen verwickelt, und das Blut rann von ihr nieder in den Schnee; auch sahen wir blutige Spuren von da her, wo mich die Katzen über den Haufen geworfen, nach dem Walde zu. Ich wußte nun, wie es mit der Slavonierin beschaffen war, ließ sie schwebend, daß sie die Erde nicht berührte, auf den Wurstwagen tragen und festbinden und fuhr eilend mit der Hexe aus dem Dorfe. Als ich bei dem Chirurg ankam, wurde gleich der Vizegespan und der Pfarrer des Orts gerufen, alles zu Protokoll genommen, und die Magd Mladka ward ins Gefängnis geworfen; sie ist zu ihrem Glück an dem Schuß, den sie im Leibe hatte, gestorben, sonst wäre sie gewiß auf den Scheiterhaufen gekommen. Sie war ein wunderschönes Weibsbild, und ihr Skelett ist nach Pest ins Naturalienkabinett als ein Muster schönen Wachstums gekommen; sie hat sich auch herzlich bekehrt und ist unter vielen Tränen gestorben. Auf ihre Aussagen sollten verschiedene andere Weibspersonen in der Gegend gefangengenommen werden, aber man fand zwei tot in ihren Betten, die anderen waren entflohen.

Als ich wiederhergestellt war, mußte ich mit einer Kreiskommission über die türkische Grenze reisen; wir meldeten uns bei der Obrigkeit mit unserer Anzeige gegen den Wildhändler, aber da kamen wir schier in eine noch schlimmere Suppe; es wurde uns erklärt, daß der Wildhändler nebst seiner Frau und mehreren türkischen, serbischen und slavonischen Mägden und Sklavinnen von Schrotschüssen und Säbelhieben verwundet zu Hause angekommen, und daß der Wildhändler gestorben sei mit der Angabe: er sei, von einer Hochzeit kommend, auf der Grenze von mir überfallen und so zugerichtet worden. Während dies angezeigt wurde, versammelte sich eine Menge Volks, und die Frau des Wildhändlers mit mehreren Weibern und Mägden, verbunden und bepflastert, erhoben ein mörderisches Geschrei gegen uns. Der Richter sagte: er könne uns nicht schützen, wir möchten sehen, daß wir fortkämen; da eilten wir nach dem Hof, sprangen zu Pferde, nahmen den Kreiskommissär in die Mitte, ich setzte mich an die Spitze der sechs Szekler-Husaren, die uns begleitet hatten, und so sprengten wir, Säbel und Pistole in der Hand, früh genug zum Orte hinaus, um nicht mehr zu erleiden als einige Steinwürfe und blinde Schüsse, eine Menge türkischer Flüche mit eingerechnet. Die Türken verfolgten uns bis über die Grenze, wurden aber von den Szeklern, die sich im Walde setzten, so zugerichtet, daß wenigstens ein paar von ihnen dem Wildhändler in Mahomeds Paradies Nachricht von dem Erfolg werden gegeben haben. Als ich nach Haus kam, war das erste, daß ich meinen Dudelsack visitierte, den ich auch mit drei Schroten durchlöchert hinter meinem Bette liegen fand. Mores hatte also auf meinem eigenen Dudelsack geblasen und war von ihm gegen meinen Schuß gedeckt worden. Ich hatte mit der unseligen Geschichte noch viele Schererei, ich wurde weitläufig zu Protokoll vernommen, es kam eine Kommission nach der andern auf meinen Hof und ließ sich tüchtig aufwarten; die Türken klagten wegen Grenzverletzung, und ich mußte es mir am Ende noch mehrere Stücke Wild und ein ziemliches Geld kosten lassen, daß die Gerichtsplackerei endlich einschlief, nachdem ich und meine Knechte vereidigt worden waren. Trotzdem wurde ich mehrmals vom Kreisphysikus untersucht, ob ich auch völlig bei Verstand sei, und dieser kam nicht eher zur völligen Gewißheit darüber, bis ich ihm ein Paar doppelte Pistolen und seiner Frau eine Verbrämung von schwarzem Fuchspelz und mehrere tüchtige Wildbraten zugeschickt hatte. So wurde die Sache endlich stille; um aber in etwas auf meine Kosten zu kommen, legte ich eine Schenke unter der Eiche auf der Insel in dem Teiche an, wo seither die Bauern und Grenznachbarn aus der Gegend sich Sonntags im Sommer viel einstellen und den ledernen Stuhl, worauf Mores geschlafen, und an den ich ein Stück seines Schweifs, das ihm die Knechte in der Nacht abgehauen, genagelt habe, besehen; den Dudelsack habe ich flicken lassen, und mein Knecht, der den Wirt dort macht, pflegt oben in der Eiche, wo Mores gesessen, darauf den Gästen, die um den Baum tanzen, vorzuspielen. Ich habe schon ein schönes Geld da eingenommen, und wenn mich die Herrschaften einmal dort besuchen wollen, so sollen sie gewiß gut bedient werden.

* * *

Diese Erzählung, welche der Kroat mit dem ganzen Ausdruck der Wahrheit vorgebracht hatte, wirkte auf die verschiedenste Weise in der Gesellschaft. Der Vizegespan, der Tiroler und die Wirtin hatten keinen Zweifel, und der Savoyarde zeigte seine Freude, daß man noch kein Beispiel gehabt habe: ein Murmeltier sei eine Hexe gewesen. Lindpeindler äußerte: es möge an der Geschichte wahr sein, was da wolle, so habe sie doch eine höhere poetische Wahrheit; sie sei in jedem Falle wahr, insofern sie den Charakter der Einsamkeit, Wildnis und der türkischen Barbarei ausdrücke, sie sei durchaus für den Ort, auf welchem sie spiele, scharf bezeichnend und mythisch und darum dort wahrer als irgendeine Lafontaine'sche Familiengeschichte. Aber es verstand keiner der Anwesenden, was Lindpeindler sagen wollte, und Devillier leugnete ihm grade ins Gesicht, daß Lafontaine irgendeine seiner *Fabeln* jemals für eine wahre Familiengeschichte ausgegeben habe; Lindpeindler schwieg und wurde verkannt.

Nun aber wendete sich der Franzose zu der Kammerjungfer, welche sich mit stillem Schauer in einen Winkel gedrückt hatte, sprechend: »Und Sie, schöne Nanny, sind ja so stille, als fühlten Sie sich bei der Geschichte getroffen.« »Wieso getroffen?« fragte Nanny. »Nun ich meine«, erwiderte Devillier lächelnd, »von einem Schrote des kroatischen Herrn. Sollte das artigste Kammerkätzchen der Gegend nicht zu dem Teedansant eingeladen gewesen sein? Das wäre ein Fehler des Herrn Mores gegen die Galanterie, wegen welchem er die Rache seines Herrn allein schon verdient hätte.« Alle lachten, Nanny aber gab dem Franzosen eine ziemliche Ohrfeige und erwiderte: »Sie sind der Mann dazu, einen in den Ruf zu bringen, daß man geschossen sei, denn Sie haben selbst einen Schuß!« und dabei zeigte sie ihm von neuem die fünf Finger; worauf Devillier sagte: »Erhebt das nicht den Verdacht, sind das nicht Katzenmanieren? Sie waren gewiß dabei! Frau Tschernack, die Wirtin, wird es uns sagen können, denn die hat gewiß nicht gefehlt; ich glaube, daß sie die Blessur in der Hüfte eher bei solcher Gelegenheit als bei den Wurmserschen Husaren erhalten.« Alles lachte von neuem, und der Zigeuner sagte: »Ich will sie fragen.«

Der Kroate fand sich über die Ungläubigkeit Devilliers gekränkt und fing an, seine Geschichte nochmals zu beteuern, indem er seine pferdehaarne steife Halsbinde ablöste, um die Narben von den Klauen des Mores zu zeigen. Nanny drückte die Augen zu, und indessen brachte der Zigeuner die

Nachricht: Frau Tschermack meine, Mores müsse es selbst am besten wissen. Er setzte mit diesen Worten die große schwarze Katze der Wirtin, welche er vor der Türe gefangen hatte, der Kammerjungfer in den Schoß, welche mit einem heftigen Schrei des Entsetzens auffuhr. »Eingestanden!« rief Devillier; aber der Spaß war dumm, denn Nanny kam einer Ohnmacht nah, die Katze sprang auf den Tisch, warf das Licht um und fuhr dem armen Wehmüller über seine nassen Farben; der Vizegespan riß das Fenster auf und entließ die Katze, aber alles war rebellisch geworden; die Büffelkühe im Hintergrund der Stube rissen an den Ketten, und jeder drängte nach der Türe. Wehmüller und Lindpeindler sprangen auf den Tisch und stießen mit dem Tiroler zusammen, der es auch in demselben Augenblick tat und mit seinen nägelbeschlagenen Schuhen mehr Knopflöcher in das Porträt des Vizegespans trat, als Knöpfe darauf waren. Devillier trug Nanny hinaus; der Kroate schrie immer: »Da haben wir es, das kömmt vom Unglauben!« Frau Tschermack aber, welche mit einem vollen Weinkrug in die Zerstörung trat, fluchte stark und beruhigte die Kühe; der Zigeuner griff wie ein zweiter Orpheus nach seiner Violine, und als Monsieur Devillier mit Nanny, die er am Brunnen erfrischt hatte, wieder hereintrat, kniete der kecke Bursche vor ihr nieder und sang und spielte eine so rührende Weise auf seinem Instrument, daß niemand widerstehen konnte und bald alles stille ward. Es war dies ein altes zigeunerisches Schlachtlied, wobei der Zigeuner endlich in Tränen zerfloß, und Nanny konnte ihm nicht widerstehen, sie weinte auch und reichte ihm die Hand; Lindpeindler aber sprang auf den Sänger zu und umarmte ihn mit den Worten: »Oh, das ist groß, das ist ursprünglich! Bester Michaly, wollen Sie mir Ihr Lied wohl in die Feder diktieren?« »Nimmermehr!« sagte der Zigeuner, »so was diktiert sich nicht, ich wüßte es auch jetzt nicht mehr, und wenn Sie mir den Hals abschnitten; wenn ich einmal wieder eine schöne Jungfer betrübt habe, wird es mir auch wieder einfallen.«

Da lachte die ganze Gesellschaft, und Michaly begann so tolle Melodien aus seiner Geige herauszulocken, daß die Fröhlichkeit bald wieder hergestellt wurde und Devillier den Kroaten fragte, ob Mores nicht diesen Tanz aufgespielt hätte; Herr Lindpeindler notierte sich wenigstens den Inhalt des extemporierten Liedes; es war die Wehklage über den Tod von tausend Zigeunern. Im Jahr 1537 wurde in den Zapolischen Unruhen das Kastell Nagy-Ida in der Abanywarer Gespanschaft mit Belagerung von kaiserlichen Truppen bedroht. Franz von Perecey, der das Kastell verteidigte, stutzte, aus Truppenmangel, tausend Zigeuner in der Eile zu Soldaten und legte sie unter reichen Versprechungen von Geld und Freiheiten auf Kindeskinder, wenn sie sich wacker hielten, gegen den ersten Anlauf in die äußeren Schanzen. Auf diese vertrauend hielten sich diese Helden auch ganz vortrefflich, sie empfingen die Belagerer mit einem heftigen Feuer, so daß sie umwendeten. Aber nun krochen die Helden übermütig aus ihren Löchern und schrien den Fliehenden nach: »Geht zum Henker, ihr Lumpen, hätten wir noch Pulver und Blei, so wollten wir euch anders zwiebeln.« Da sahen sich die Abziehenden um, und als sie statt regulierter Truppen einen frechen Zigeunerschwarm auf den Wällen merkten, ergriff sie der Zorn, sie drangen in die Schanze und säbelten die armen Helden bis auf den letzten Mann nieder. Diese Niederlage, eine der traurigsten Erinnerungen der Zigeuner in jener Gegend, hatte Michaly in der Klage einer Mutter um ihren Sohn und einer Braut um ihren gefallenen Geliebten besungen. Devillier sagte nun zu dem Kroaten: »Damit Sie nicht länger meinen Glauben an den Hexenmeister Mores in Katzengestalt bezweifeln, will ich Ihnen eine Geschichte erzählen, bei welcher ich selbst geholfen habe, ein paar hundert solcher Zauberer zu töten.« »Ein paar hundert!« riefen mehrere in der Gesellschaft. »Ja!« erwiderte Devillier, »und das will ich ebenso getrost beschwören als unser Freund den musizierenden Katzenkongreß.«

Devilliers Erzählung von den Hexen auf dem Austerfelsen

Vor mehreren Jahren, da ich als Leutnant zu Dünkirchen in Garnison lag, genoß ich der vertrauten Freundschaft meines Majors, eines alten Gascogners. Er war ein großer Liebhaber von Austern, und zu seiner Majorschaft gehörte der Genuß von einem großen Austerfelsen, der hinter einem Lustwäldchen einen halben Büchsenschuß weit vom Ufer in der See lag, so daß man ihn bei der Ebbe trocknen Fußes erreichen konnte, um die frischen Austern vom Felsen zu schlagen. Da der Major eine Zeit her bemerkt hatte, daß in den meisten zutage liegenden Austern nichts drinnen war, konnte er sich gar nicht denken, wer ihm die Austern aus den Schalen hinwegstehle, und er bat mich, ihn in einer Nacht, mit Schießgewehr bewaffnet, nach dem Austerfelsen zu begleiten, um den Dieb zu belauern. Wir hatten kaum das kleine Gehölz betreten, als uns ein schreckliches Katzengeheul nach der See hin rief, und wie groß war unser Erstaunen, als wir den Felsen mit einer Unzahl von Katzen besetzt fanden, die, ohne sich von der Stelle zu bewegen, das durchdringendste Jammergeschrei ausstießen. Ich wollte unter sie schießen, aber mein Freund warnte mich, indem es gewiß eine Gesellschaft von Zauberern und Hexen sei und ich durch den Schuß ihre Rache auf uns ziehen könnte. Ich lachte und lief mit gezogenem Säbel nach dem Felsen hin; aber wie ward mir zumute, da ich unter die Bestien hieb und sich doch keine einzige von der Stelle bewegte! Ich warf meinen Mantel über eine, um sie ungekratzt von der Erde aufheben zu können, aber es war unmöglich, sie von der Stelle zu bringen, sie war wie angewurzelt. Da lief es mir eiskalt über den Rücken, und ich eilte, zu meinem Freunde zurückzukommen, der mich wegen meiner tollkühnen Expedition tüchtig ausschmälte. Wir standen noch, bis die Flut eintrat, um zu sehen, wie sich die Hexenmeister betragen würden, wenn das Wasser über sie her strömte; aber da ging es uns wie unserem kroatischen Freunde, als die Kirchglocke das Katzenpickenick auf der Eiche unterbrach. Kaum rollte die erste Welle über die Felsen, als die ganze Hexengesellschaft mit solchem Ungestüm gegen das Ufer und auf uns los stürzte, daß wir in der größten Eile Reißaus nahmen. Am andern Morgen begab sich der alte Major zum Gouverneur der Festung und zeigte ihm an: wie die ganze Festung voll Hexen und Zauberern sei, deren Versammlung er auf seinem Austerfelsen entdeckt habe. Der Gouverneur lachte ihn anfangs aus und begann, als er ernsthaft Truppen begehrte, diese Zauberer in der nächsten Nacht niederschießen zu lassen, an seinem Verstande zu zweifeln. Der Major stellte mich als Zeugen auf, und ich bestätigte, was ich gesehen, und die wunderbare Erscheinung von Unbeweglichkeit der Katzen. Dem Gouverneur war die Sache unbegreiflich, und er versprach, in der nächsten Nacht selbst zu untersuchen. Er ließ allen Wachen andeuten, ehe er in der Nacht mit uns und hundert Mann Voltigeurs ausmarschierte, keine Rücksicht darauf zu nehmen, wenn sie schießen hörten.

Als wir dem Gehölz nahten, tönte dasselbe Katzengeschrei, und wir hatten vom Ufer dasselbe eigentümlich-schauerliche Schauspiel: den lebendigen heulenden Felsen im Mondschein über der weiten, unbegrenzten Meeresfläche. Der Gouverneur stutzte, er wollte hin, aber der Major hielt ihn mit ängstlicher Sorge zurück; nun ließ der Gouverneur die hundert Mann von der Landseite den Felsen umgeben und zwei volle Ladungen unter die Hexenmeister geben, aber es wich keiner von der Stelle, wenngleich eine Menge Stimmen unter ihnen zu schweigen begannen. Hierüber verwundert ließ sich der Gouverneur nicht länger halten, er ging nach dem Felsen, und wir folgten ihm; er versuchte, eine der Katzen wegzunehmen, aber sie waren alle wie angewachsen; da entdeckte ich, daß sie alle mit einer oder mehreren Pfoten, manche auch mit dem Schwanz in die fest geschlossenen Austern eingeklemmt waren. Als ich dies angezeigt, mußten die Soldaten heran und sie sämtlich erlegen. Da aber die Flut nahte, zogen wir uns ans Land zurück, und die ganze Katzenversammlung, welche gestern so lebhaft vor der ersten Woge geflohen war, wurde jetzt von der Flut mausetot ans Ufer gespült, worauf wir, den guten Major herzlich mit seinen Hexen auslachend, nach Hause marschierten. Die Sache aber war folgende: Die Katzen, welche die Austern über alles lieben, zogen sie mit den Pfoten aus den Schalen, und das gelang nicht länger, als bis sie von den sich schließenden Muscheln festgeklemmt wurden, wo sie sich dann so lange mit Wehklagen unterhielten, bis die Austern, von der Flut überschwemmt, sich wieder öffneten und ihre Gefangenen entließen; und ich glaube, bei strenger Untersuchung und weniger Phantasie würde unser Freund bei seinem Katzenabenteuer ebensogut lauter Fischdiebe, wie wir Austerdiebe, entdeckt haben.

Baciochis Erzählung vom wilden Jäger

Nachdem die Aufklärung dieses Ereignisses die Erzählung des Kroaten in ihrer Schauerlichkeit sehr gemildert hatte, kam man auf allerlei Jagdgespenster zu sprechen, und Lindpeindler fragte: ob einer in der Gesellschaft vielleicht je den wilden Jäger gesehen oder gehört habe? Da sagte der Feuerwerker: »Mir kam er schon so nahe, daß ich das Blanke in den

Augen sah, und wenn die Jungfer Nanny sich tapfer halten und die ganze ehrsame Gesellschaft wenigstens so lange daran glauben will, bis die Geschichte zu Ende ist, so will ich sie erzählen.« Nanny erwiderte: »Erzähle nur, Baciochi, du kennst mein Temperament und wirst es nicht zu arg machen.« »Erzählen Sie«, fiel Devillier ein; »wenn wir die Geschichte auch am Ende für eine Lüge erklären, so soll Ihnen bis dahin geglaubt werden.« Und bald waren alle Stimmen vereint, den Feuerwerker einzuladen, welcher alle aufforderte, sich an ihre Plätze zu setzen, und seiner Erzählung einen eigentümlichen theatralischen Charakter zu geben wußte. Alle saßen an Ort und Stelle, er machte eine Pause, steckte sich eine Pfeife Tabak an und schlug mit der Faust so unerwartet heftig auf den Tisch, daß die Lichter verlöschten und alle laut aufschrien.

»Meine Feuerwerke fangen immer mit einem Kanonenschuß an«, sagte er, »erschrecken Sie nicht!« und in demselben Augenblick brannte er mehrere Sprühkegel an, die er aus Pulver und vergoßnem Weine in der Stille geknetet hatte, und sagte: »Stellen Sie sich vor, Sie wären bei meinem großen Feuerwerke in Venedig, welches ich am Krönungstage Napoleons dort abbrannte. Es mußten mir einige Körner prophetischen Schießpulvers in die Masse gekommen sein; kurz gesagt: als der Thron und die Krone und das große Notabene, NB, Napoleon Bonapartes Namenszug, im vollen Brillantfeuer, von hunderttausend Schwärmern und Raketen umzischt, kaum eine Viertelstunde von einer hohen Generalität und dem verehrten Publikum beklatscht worden waren, fing mein Feuerwerk an, ein wenig zu frösteln; es platzte und zischte manches zu früh und zu spät ab, eine gute Partie einzelner Sonnen und Räder brannten mir in einer Scheune nieder, die dabei das Dach verlor. Das Schauspiel war so grandios angelegt, daß man diesen ganzen kunstlosen Scheunenbrand für seinen Triumph hielt, man klatschte, und ich paukte und trompetete; schnell ließ ich alle meine übrigen Stücke in die Lücken stellen und von neuem losfigurieren. Aber der Satan fuhr mir mit dem Schwanz drüber, und die ganze Pastete flog mit einem großen Geprassel auf einmal in die Luft, die Menschen fuhren gräßlich auseinander, Gerüste brachen ein, alle Einzäunungen wurden niedergerissen, die Menge stürzte nach den Gondeln, die Gondelführer wehrten ab, die Bürger prügelten sich mit den französischen Soldaten, meine Kasse wurde geplündert; es war eine Verwirrung, als sei der Teufel in die Schweine gefahren und diese stürzten dem Meer zu. Unsereins kennt sein Handwerk, man ist auf dergleichen gefaßt, mein persönlicher Rückzug war gedeckt. Ich ließ nichts zurück als alle meine Schulden, meine Reputation und meinen halben Daumen. Meine selige Frau, welcher der Rock am Leibe brannte, riß mich in die Gondel ihres Bruders, eines Schiffers, und der brachte mich an einen Zufluchtsort, worauf wir am folgenden Morgen die Stadt verließen. Als wir das Gebirg erreichten, nahten wir uns auf Abwegen einer Kapelle, bei welcher ich mit meinem liebsten Gesellen Martino verabredet hatte, wieder zusammenzutreffen, wenn wir durch irgendein Unglück auseinander gesprengt werden sollten. Mein gutes Weib hatte ein Stück von einer Wachsfackel, die bei der Leiche unsers seligen Töchterleins gebrannt hatte, in der Tasche und pflegte, wenn sie nähte, ihren Zwirn damit zu wichsen; aus diesem Wachs hatte sie während unseres Weges die Figur eines Daumens geknetet und hängte dieselbe, nebst einem Rosenkranz von roten und schwarzen Beeren, den sie auch sehr artig eingefädelt hatte, dem kleinen Jesulein auf dem Schoße der Mutter Gottes in der Kapelle als ein Opfer an das Händchen, und wir beteten beide von Herzen, daß mein Daumen heilen und wir glücklich über die Grenze in das Österreichische kommen möchten. Wir lagen noch auf den Knien, als ich die Stimme Martinos rufen hörte: Sia benedetto il San Marco! da schrie ich wieder: E la Santissima vergine Maria! wie wir verabredet hatten, und lief mit meinem Weibe vor die Kapelle. Da trat uns Martino in einem tollen Aufzug entgegen. Er hatte bei dem Feuerwerk den Meergott Neptun vorgestellt und in seinem vollen Kostüm Reißaus genommen; er hatte den Schilfgürtel noch um den Leib, einen Wams von Seemuscheln an und eine Binsenperücke auf, sein langer Bart war von Seegras, auf der Schulter trug er den Dreizack, auf welchem er ein tüchtiges Bauernbrot und drei fette Schnepfen, die er mitsamt dem Neste erwischte, gespießt hatte. Nach herzlicher Umarmung erzählte er uns: wie ihn seine Kleidung glücklich gerettet habe; die Strickreiter seien ihm auf der Spur gewesen, da habe er sich in das Schilf eines Sumpfes versteckt, und sein Schilfgürtel machte ihn da nicht bemerkbar. Als er stille liegend sie vorüberreiten lassen, hätten sich die drei Schnepfen sorglos neben ihm in ihr Nest niedergelassen, und er habe sie mit der Hand alle drei ergriffen. Das Brot hatte er von einem Contrebandier um einige Pfennige gekauft, der ihm zugleich die nächste Herberge auf der Höhe des Gebirges beschrieben, aber nicht eben allzu vorteilhaft: denn der ganze Wald sei nicht recht geheuer, der wilde Jäger ziehe darin um und pflege grade in dieser Herberge sein Nachtquartier zu halten. Wohlauf denn! sagte ich, so haben wir heute nacht gute Gesellschaft; ich hätte den Kerl lange gern einmal gesehen, um seinen Jagdzug recht natürlich in einem Feuerwerk darstellen zu können. Mein Weib Marinina aber, welche, um ja nichts zu versäumen, alles miteinander glaubte, machte ein saures Gesicht zu der Herberge. Das konnte aber nichts helfen, wir mußten den Weg wählen; er war ganz entlegen und sicher und ein Schleichweg der Contrebandiers, mit welchen Martino einige Bekanntschaft hatte. Die Nacht brach herein, es nahte ein Gewitter, und wir mußten uns auf den Weg machen. Martino machte unsere Wanderschaft etwas lustiger, er übergab meiner Marinina die

Schnepfen und sagte: Rupft sie unterwegs, damit wir in der Herberge dem wilden Jäger bald einen Braten vorsetzen können, und nun marschierte er mit tausend Späßen in seinem tollen Habit, wie ein vazierender Waldteufel, voraus. Ich folgte ihm auf dem schmalen Waldpfade und hatte meinen halben Daumen, der mich nicht wenig schmerzte, meistens in dem Munde, und hinter mir zog – daß Gott erbarm! – meine selige Marinina und rupfte die Schnepfen unter Singen und Beten. Über der rechten Hüfte war ihr ein ziemliches Loch in den Rock gebrannt, und sie schämte sich, vorauszugehen, daß Martino, der seinen Witz in allen Nestern auszubrüten pflegte, an ihrer Blöße nicht Ärgernis nehmen möchte. Der Weg war steil, unheimlich und beschwerlich; der Sturm sauste durch den Wald, es blitzte in der Ferne, Marinina schlug ein Kreuz über das andre. Aber die Müdigkeit vertrieb ihre Furcht vor dem wilden Jäger immer mehr, von welchem Martino die tollsten Geschichten vorbrachte. Es ist gut, sagte er, daß wir selbst Proviant bei uns haben, denn wenn wir mit ihm essen müßten, dürften wir leicht mit dem Schenkel eines Gehängten oder mit einem immarinierten Pferdekopf bewirtet werden. Fasset Mut, Frau Marinina, schaut mich nur an, ärger kann er nicht aussehen!

Unter solchen Gesprächen hatten wir die Gebirgshöhe erstiegen und waren ein ziemlich Stück Wegs in den wilden, finstern Pfad geschritten, da hörten wir ein abscheuliches Katzengeheul und kamen bald an eine Hütte, mit Stroh und Reisern gedeckt; alte Lumpen hingen auf dem Zaun, und an einer Stange war ein großes Stachelschwein über der Türe herausgesteckt als Schild. Da sind wir, sagte Martino; wie glaubt ihr, daß dies vornehme Gasthaus heiße? – Zum Stachelschwein! sagte ich. – Nein! erwiderte Martino, es hat mehrere Namen; einige nennen es des Teufels Zahnbürste, andre des Teufels Pelzmütze, andre gar seinen Hosenknopf. Wir lachten über die närrischen Namen. Die Katze saß vor der Türe auf einem zerbrochenen Hühnerkorb, machte einen Buckel gegen uns und ein Paar feurige Augen und hörte nicht auf zu solfeggieren. In dem Hause aber rumpelte es wie in einem Raspelhause und leeren Magen. Nun schlug Martino mit der Faust gegen die Tür und schrie: Holla, Frau Susanna, für Geld und gute Worte Einlaß und Herberge; Eure Katze will auch hinein. Da krähte eine Stimme heraus: Wer seid ihr Schalksknechte zu nachtschlafender Zeit? Und Martino, der in Reimen wie ein Improvisatore schwatzen konnte, schrie: Ich bin ja der Rechte und komme von weit! Nun keifte die Stimme wieder: Wenn die Katze nicht draußen wär, ich ließ Euch nimmermehr ein! Und Martino sagte: Ihr denket so zärtlich ungefähr wie Euer Schild, das Stachelschwein. Marinina war in tausend Ängsten; sie bat immer den Martino, die alte Wirtin nicht zu schelten, sie sei gewiß eine Hexe und werde uns nichts Gutes antun. Da ging die Tür auf, ein schwarzbraunes, zerlumptes, sonst glattes und hübsches Mägdlein, glänzend und schlank wie ein brauner Aal, leuchtete uns aus der Küche mit einer Kienfackel ins Gesicht und war nicht wenig erschrocken, als Martino in seinem wilden Aufzug ihr rasch entgegenschritt und, indem er drängend sie verhinderte, die Türe wieder zuzuschlagen, ihr sagte: Brauner Schatz, mach uns Platz! Menschen sind wir, schönes Kind, hier: hast zum Zeichen diesen Schmatz! und somit küßte er sie herzlich; wir drangen indessen hinein. Die kleine Braune aber sagte: Und wenn du auch nicht der Satan selbst bist, so könnt ihr heute hier doch nicht bleiben; meine Großmutter ist sehr brummig, sie fürchtet, das Waldgespenst komme heute nacht, und da nimmt sie keine Gäste, um die Herberge nicht in bösen Ruf zu bringen; unsre Kammer, wo wir schlafen, ist eng, und sie rückt schon allen Hausrat vor ihr Bett, um das Gespenst nicht zu sehen, welches oft quer durch unsre Hütte zieht. Martino aber erwiderte: Eben in dieser Kammer wollen wir schlafen, und eben dieses Waldgespenst wollen wir mit gebratenen Schnepfen bewirten; wir sind des wilden Jägers Küchengesinde! Und somit packte er ein Bund Stroh auf, das in der Ecke lag, und marschierte in die Kammer; wir kamen nach, trotz allen Zeremonien, welche die nußbraune Jungfer machen wollte.

Es war gar keine alte Großmutter in der Hütte; das Mädchen log uns etwas vor. Martino breitete das Stroh an die Erde, und Marinina, furchtsam und müde, legte sich gleich, mit dem Gesicht, über das sie noch ihre Schürze deckte, gegen die Wand gekehrt, nieder und rührte sich nicht. Martino begab sich mit den Schnepfen wieder in die Küche, in welcher die braune Jungfer schmollend und brummend zurückgeblieben war, und ich sah mich einstweilen in der Stube um. Eine Kienfackel brannte in der Mitte; sie war in einen Kürbis festgesteckt, der neben schmutzigen Spielkarten auf einem breiten Eichenstumpf lag, welcher als Tisch und Hackstock diente und fest genug stand, denn er steckte noch mit allen seinen Wurzeln in der Erde, welche ungedielt der ganzen Hütte ihren Grund und Boden gab. Ein paar Bretter, auf eingepfählte Stöcke befestigt, waren die unbeweglichen Sitze; die Wände bestanden aus Flechtwerk, mit Lehm und Erde verstrichen, und einzelne hereinragende Äste bildeten mancherlei Wandhaken, an denen zerlöcherte Körbe, Lumpen, Zwiebelbündel, Hasen-, Hunde-, Katzen- und Dachsfelle hingen, auch einige zerbrochene Gartenwerkzeuge. Auf einem derselben aber saß ein greuliches Tier, eine ungeheure Ohreule, welche gegen die Kienfackel mit den Augen blinzte und sich in die Schultern warf wie ein alter Professor, der soeben den Theriak erfunden hat. In einem ausgebauten Winkel der Stube lag, auf zwei Baumstücken, die Bettstelle der Großmutter, die sehr dauerhaft in einer ausgehöhlten Eiche bestand, an der die Rinde noch saß. Sonst war das Bett wohl bedacht, denn seine schmutzigen Federkissen lagen so hoch aufgebauscht, daß die niedere Hüttendecke, aus der das

Stroh herabhing, weder hoch noch hart gefallen wäre, wenn sie einstürzte; aber, sich noch zu besinnen, schien sie unentschlossen hin und her zu schwanken. Der Hausrat, von welchem das Mädchen gelogen hatte: daß die Großmutter ihn vor das Bett rücke, bestand in einer zerbrochenen Türe und einer alten Tonne, mit welcher wahrscheinlich der Lärm gemacht worden war, den wir in der Hütte hörten. Sie waren beide vor den Bettrog der Großmutter gerückt. Außer allem diesen sah man nichts als eine sehr baufällige Leiter, die an einem Loche in der Ecke lehnte, durch welches ich einige Hühner oben gackern hörte, die das Geräusch unsrer Ankunft erweckt hatte, die Katze nicht zu vergessen, welche auf einer alten Trommel hinter der Türe schlief. Eine Geige, ein Triangel und ein Tambourin hingen an der Wand, und neben ihnen ein zerrissener bunter Tiroler Teppich.

Ich hatte kaum alle diese Herrlichkeiten betrachtet, als Martino hereintrat und zu mir sagte: Meister, ich habe alle Schwierigkeiten geebnet und weiß, wo wir sind. Wir hausen bei einer alten Zigeunerin, welche außer ihren Privatgeschäften: der Wahrsagerei, Hexerei, Dieberei, Viehdoktorei, auch eine Hehlerin der Contrebandiers macht; die Kleine draußen ist ihr Tochterkind, das auf der hohen Schule bei ihr ist und der Großmutter Tod abwarten soll, um hinter einen Topf von Gold zu kommen, von dem sie immer spricht, ohne doch je zu sagen, wo sie ihn hin versteckt hat. Das hat mir das Mädchen alles anvertraut; ich habe ihr Herzchen gerührt, sie ist kirre wie ein Zeisig, ,und wenn wir wollen, läßt sie die Großmutter und den Goldtopf im Stich, läuft morgen mit uns und verdient uns das Brot mit Burzelbäumen, deren sie ganz wunderbare schlagen kann. Für all dies Vertrauen habe ich ihr versprechen müssen, zu glauben: daß der wilde Jäger heute nacht wirklich durch die Hütte zieht; wir sollen uns nur um Gottes willen ruhig halten. Die Großmutter wird in kurzer Zeit zurückkommen; sie ist mit Lebensmitteln zu einem Zug Schleichhändler gegangen, der über das Gebirge zieht. Der wilde Jäger, sagt sie, treibe um Mitternacht durch die Stube, und wenn wir uns ruhig hielten, werde er uns kein Haar krümmen, sonst aber riskieren wir Leib und Leben; ich denke aber, wir wollen es mit ihm versuchen. Nun legte er meinen Prügel und seinen Dreizack neben uns auf das Stroh nieder und fuhr fort: Es ist beinahe elf Uhr, die Kleine hat es an ihrer Sanduhr gesehen; die Schnepfen weiß sie nicht am Spieß zu braten, sie hat sie mit Zwiebeln gefüllt in einen Topf gesteckt, und wenn wir die Schnepfensuppe gegessen, sollen wir das Fleisch mit Essig und Olivenöl als Salat verzehren; Wein muß hier in der Kammer ein Schlauch voll sein. Da suchte Martino herum und fand unter einigen alten Brettern ein tiefes Loch in der Erde, das, als Keller, einen alten Dudelsack voll Wein enthielt. Er zog ihn heraus, wir setzten die zwei Pfeifen an den Mund und drückten den vollen Sack so zärtlich an das Herz, daß uns der süße Wein in die Kehle stieg. Nie hat ein Dudelsack so liebliche Musik gemacht. Wir labten uns herzlich; ich weckte meine Marinina, und sie mußte auch eins drauf spielen, dazu verzehrten wir unser Brot und einige Zwiebeln aus dem Vorrat, der an der Wand hing, und streckten uns, in der Erwartung des Weiteren, zur Ruhe auf das Stroh. Marinina schlief fest ein. Ich betete mit Martino noch eine Litanei; dann legten wir uns neben unsere Waffen bequem, und Martino sagte: Laßt uns nun ruhen; mir ist so rund und so wohl, daß mir das Blut in den Adern flimmert; wer den wilden Jäger zuerst sieht, stößt den andern, dann springen wir mit unseren Tröstern über ihn her und schlagen den Kerl zu Brei; ich habe noch einen Schwärmer in der Tasche, den will ich dem Schelm unter die Nase brennen. Ich freute mich an seinem frischen Herzen; wir empfahlen uns dem Schutz des heiligen Markus und lauschten dem Schlafe entgegen, der uns den Rücken hinaufkroch und uns schon hinter den Ohren krabbelte. Nun ward alles mäuschenstill; der Donner rollte fern, der Sturm hatte sich in den Waldwipfeln schlafen gelegt, die ihn mit leisem Rauschen einwiegten. Die Kienfackel knisterte, Grillen sangen, die Katze schnurrte auf der Trommel, welche, von dem Tone erschüttert, das ferne Donnern zu begleiten schien, Marinina pfiff durch die Nase, denn sie hatte sich einen Schnupfen geholt, in der Küche knackte das grüne Holz im Feuer, die Schnepfensuppe sauste im Topf, und unsere braune Köchin sang mit einer klaren und starken Stimme, wie ich noch keine Primadonna gehört, folgendes Lied:

Mitidika! Mitidika!
Wien üng quatsch,
Ba nu, Ba nu n'am tsche fatsch,
Waja, Waja, Kur libu,
Ich bin ich und du bist du;
Ich spricht Stolz,
Du spricht Lieb!
Wer sich scheut vor Galgenholz,
Wird im grünen Wald zum Dieb.

Mitidika! Mitidika!
Wien üng quatsch,
Ba nu, Ba nu n'am tsche fatsch,
Singt die Magd, so kocht der Brei,
Singt das Huhn, so legt's ein Ei;
Er spricht Schimpf,
Sie spricht Fremd;
Fehlen mir gleich Schuh und Strümpf,
Hab ich doch ein buntes Hemd.

Mitidika! Mitidika!
Wien üng quatsch,
Ba nu, Ba nu n'am tsche fatsch,

Hör, was pocht dort an der Tür?
Draußen schrein sie nach Quartier.
Ist's der *Er*?
Ist's der *Sie*?
Mach ich auf wohl nimmermehr,
Nur *du* Lieber, *du* schläfst hie.

Mitidika! Mitidika!
Wien üng quatsch,
Ba nu, Ba nu n'am tsche fatsch,
Waja, Waja, Kur libu,
In dem Topf hat's nimmer Ruh;
Saus und Braus
'rab und 'rauf,
Küchenteufel drinnen haus:
Daß es mir nicht überlauf!

Als der Feuerwerker den Anfang dieses Liedes: »Mitidika! Mitidika!!« gesagt, nahm der Zigeuner Michaly seine Violine und sang es unter den lieblichsten Variationen der Gesellschaft vor; alle dankten ihm, der Feuerwerker aber sagte: »Michaly, du sangst das nämliche Lied, wie die kleine Braune, und hast eine Ähnlichkeit mit ihr in der Stimme.« – »Kann sein«, sagte Michaly lächelnd, »aber erzähl nur weiter, ich bin auf den wilden Jäger sehr begierig.« – »Ich hob a a Schneid uf den soakrische Schlankl!« sagte der Tiroler; alle drangen auf die weitere Erzählung, und der Feuerwerker fuhr fort:

»Als die Kleine das Lied sang, ward sie von einem Schlag gegen die Türe unterbrochen: Mitidika! rief es draußen mit einer rauhen, heiseren Stimme. Gleich, Großmutter! antwortete sie, öffnete die Türe und erzählte ihr von den Gästen; die Großmutter brummte allerlei, was ich nicht verstand, und trat sodann zu uns in die Stube. Ihr Schatten sah aus wie der Teufel, der sich über die Leiden der Verdammten bucklicht gelacht, und wäre er nicht vor ihr her in die Stube gefallen, um einen ein wenig vorzubereiten, ich hätte geglaubt, der Alp komme, mich zu würgen, als sie eintrat. Sie war von oben und rings herum eine Borste, ein Pelz und eine Quaste und sah darin aus wie der Oberpriester der Stachelschweine. Sie ging nicht, lief nicht, hüpfte nicht, kroch nicht, schwebte nicht, sie rutschte, als hätte sie Rollen unter den Beinen wie großer Herren Studierstühle. Wie die kleine flinke Braune hinter ihr drein und um sie her schlüpfte, um sie zu bedienen, dachte ich: so mag des Erzfeinds Großmutter aussehen und die Schlange, ihre Kammerjungfer.

»Mache mir das Bett, Mitidika! sagte sie, und wenn ich ruhe, kannst du die Gäste besorgen. Während das Mädchen die Kissen aufschüttelte, begann die Alte sich zu entkleiden, und ich weiß nicht zu sagen, ob ihre Kleidung oder ihr Bett aus mehreren Stücken bestand. Sie zog einen Schreckenswams, eine Schauderjacke und Zauberkapuze um die andre aus, und die ganze Wand, an der sie die Schalen aufhängte, ward eine Art Zeughaus; ich dachte alle Augenblick: noch eine Hülse herunter, so liegt ein bißchen Lung und Leber an der Erde, das frißt die Katze auf, und die Großmutter ist all; keine Zwiebel häutet sich so oft. Bei jedem Kissen, welches die Kleine ins Bett legte und aufschüttelte, brummte die Alte und legte es anders, befahl ihr dann, es ganz sein zu lassen und ihr ein Rauchbad zu geben, sie müsse in einen Ameisenhaufen getreten haben; das Gewitter mache alles Vieh lebendig. Da setzte sich die Alte auf die zerbrochene Leiter und hängte die Tiroler Decke über sich, und die Junge zündete Kräuter unter ihr an und machte einen scheußlichen Qualm, den sie uns, da sie von neuem anfing, die Federbetten hin und her zu werfen, in dicken Wolken auf den Leib jagte, als gehörten wir auch zu den Ameisen, die vertrieben werden sollten. Es sah ziemlich aus, als wenn man eine Hexe verbrennte oder einen ungeheuren Taschenkrebs räuchre, als die Alte so über dem Dampf wie eine Mumie, in den bunten Tiroler Teppich gehüllt, auf der Leiter saß.«

»Da sieht man, Wastl«, sprach der Zigeuner zu dem Tiroler, »wozu ihr die Teppiche fabriziert: um die Hexen darin zu räuchern.« – »Potz Schlackri«, erwiderte Wastl, »wonn's daine sakrische ziganerische Großmuetta is, so loß i's poassiera, i bin gawis, es möga a Legion Spodifankerl aus ihr raussi floga sein, un du bist a ains dervo.« Die Gesellschaft lachte über Wastls Antwort, und die Kammerjungfer wie auch Lindpeindler baten den Feuerwerker: er möge machen, daß die Alte ins Bett komme, die Schnepfen könnten übergar werden. »Ganz recht«, sagte Baciochi, »das meinte Martino auch; denn als der sie in der Decke zappeln sah wie Hunde und Katzen, die in einen Sack gesteckt sind, und der Rauch zu dick zu werden begann, sprang er vom Stroh auf, trat vor die Alte hin und sagte: Hochverehrte Frau Wirtin, ich versichere Euch im Namen Eurer Gäste, daß wir kein Rauchfleisch zu essen bestellt haben, und daß wir auch von keinem verpesteten Orte kommen, um eines so kostbaren Rauchkerzchens zu bedürfen; seid so gütig, dem Wohlgeruch ein Ende zu machen, wir müssen sonst mit all den Ameisen, die Euch plagen, davonlaufen. Da fing die Alte eine weitläuftige Gegenrede an und sagte: Schicksale und Verhältnisse haben mich so weit gebracht. Martino aber nahm keine Vernunft an, packte die Alte mit beiden Händen und warf sie von der Leiter in ihre Federbetten; sie zappelte wie eine Meerspinne, aber er wälzte ein Federbett über sie und sang ihr ein Wiegenlied mit so viel gutem Humor vor, indem er sie mit beiden Händen festhielt, daß sie endlich selbst mit lachte und sagte: Nun, legt Euch nur wieder nieder, hätte ich doch nicht gedacht, heute von einem so lustigen Gesellen zu Bette gebracht zu werden. Mitidika, gib den Kavalieren zu essen! Und somit kriegte sie den Martino beim Kopf und gab ihm unter großem Gelächter einen Kuß. Profiziat! sprach dieser, schlaf wohl, du allerschönster Schatz! und legte sich mit einem sauern Gesichte wieder neben mich. Gott sei Dank, Martino, daß sie weg ist! flüsterte ich. Hast du gewacht, Meister? sprach der Schelm. Leider Gottes! erwiderte ich, du hast ein Kunststück gemacht; sie rauchte wie ein nasses Feuerwerk; für einen Hutmacher wäre sie ein sauberes Gestell, alle seine Mützen daran aufzuhängen, er brauchte keinen Nagel einzuschlagen. – Ich werde mich wohl häuten müssen, da sie mich geküßt hat, sagte Martino. Warum? fragte ich. Ei, entgegnete er, ich werde sonst die Augen nie wieder zukriegen können und die Zähne immer blecken wie ein Mops; die Haut ist mir vor Schrecken zu kurz geworden. – Unter diesen Scherzreden hörten wir die Alte einschnarchen, und Mitidika ging ab und zu und verbaute leise das Bett der Alten mit der Tonne und der alten Türe, die Küchentüre ließ sie auf, daß der Dampf hinauszog. Dann zupfte sie den Martino bei den Haaren und flüsterte: Komm hinaus, deine Schnepfen sind gar, ich habe die Brühe abgegossen, ich muß das Feuer löschen, die zwölfte Stunde naht; denn fährt der wilde Jäger mir durch das Feuer, steckt er uns die ganze Hütte an. Martino ging hinaus, und ich streckte den Kopf nach der Türe und hörte ihre Scherzreden. Mitidika sagte: Ich habe dir deine Vögel trefflich gekocht und dir auch Kräuter an die Suppe getan; was gibst du mir nun? – Geben? sagte Martino, ich will dich mit der Münze bezahlen, welche hier zu gelten scheint, und in der mich deine Großmutter zahlte; einen Kuß will ich dir geben. – Das läßt sich hören, erwiderte sie; aber die Großmutter gab dir ein altes Schaustück, das kann ich nicht brauchen, die Münze ist verschlagen. – Auch du bist verschlagen, Schelm! erwiderte Martino, ich will dir kleine Münze geben, wenn du herausgeben und wechseln kannst; wärst du nur nicht so schwarz! – Und du nicht so weiß, sagte sie; ich werde dir einen Schein geben, einen Wechsel schwarz auf weiß, aber gib mir keine Scheidemünze! sagte sie. Die kriegst du morgen früh beim Abschied, erwiderte Martino, faßte sie beim Kopf, küßte sie herzlich und sagte: Ich habe dich lieb und bleibe dir treu. – Ei so lüge, daß du schwarz wirst! sprach sie. Dann wäre ich deinesgleichen, und es könnte etwas daraus werden, sprach Martino und schenkte ihr eine Nadelbüchse von Elfenbein und Ebenholz, die er bei sich trug. Das Mädchen dankte und sprach: Sieh, wie artig schwarz und weiß zusammen aussehn; bleib bei uns; wenn die Alte stirbt, finden wir den Goldtopf und konterbandieren. – Ja, auf die Galeere! sprach Martino. Ich gehe mit auf die Galeere! sagte sie; pitsch, patsch! geht das Ruder, und ich singe dir dazu. – Das wollen wir überlegen, meinte Martino, es ist eine zu glänzende Aussicht um Mitternacht. Da traten sie mit der Suppe und den Schnepfen herein und stellten sie auf den Eichenblock; die Suppe tranken wir aus dem Topf, ich wollte meine Marinina nicht wecken und ließ ihr Teil in die warme Asche setzen, die Vögel wollten wir morgen früh verzehren. Nun begann sich der Sturm in dem Walde wieder zu heben, und das Gewitter zog mit Macht heran. Ach Gott, sagte Mitidika, lege dich nieder, Martino, und schlafe ein! Hörst du das Wetter? Der Jäger bläst sein Horn, er wird gewiß bald kommen; lege dich nieder, gleich, gleich! dabei sah sie ängstlich in der Stube umher. Nun, nun, was fehlt dir? fragte Martino, und sie sagte: Schlafen sollst du und das Angesicht von mir kehren, denn ich muß mich entkleiden und schlafen gehn, und das sollst du nicht sehen; ach, dreh dich um, Blanker! – Bravo! sagte Martino; es freut mich, daß du so auf Zucht hältst, putze nur den Kien aus, bei der Nacht sind alle Kühe schwarz, selbst die schwarzen. – Ja, sagte sie, auch die blanken Esel! Dreh dich um, ich bitte dich, ich will den Kien schon löschen, wenn es Zeit ist. Da drehte sich der ehrliche Martino um. Gute Nachte, Mitidika! sagte er. – Gute Nacht, Martino! sprach sie.

»Nun breitete sie sich eine bunte wollene Decke an die Erde aus neben dem Eichenblock, stellte einen halben Kürbis voll Wasser darauf, holte einen kleinen, zierlichen Kasten gar heimlich unter der Trommel hervor und setzte ihn neben sich auf die Bank, wobei sie sich ängstlich nach uns umsah. Ich blinzte durch die Augen und schnarchte, als läge ich im tiefsten Schlaf. Mitidika traute und schloß das Kästchen leise auf, musterte alle die Herrlichkeiten, die darin waren, und suchte sich einen Raum aus, die Nadelbüchse des Martino bequem hineinzulegen. Ihr könnt euch meine Verwunderung nicht denken, als ich, in dieser wüsten Zigeunerherberge, die Kleine auf einmal in einem so zierlichen und reichgefüllten Schmuckkästchen kramen sah. Es sah nicht ganz so aus, als sei ein Affe hinter die Toilette seiner Herrschaft geraten, auch nicht, als richte der Satan einen Juwelenkasten ein, um einem unschuldigen Mädchen die Augen zu blenden; aber eine indianische Prinzessin, welche die Geschenke eines englischen Gouverneurs mustert, mag wohl so aussehn. Als sie so die Perlen- und Korallenschnüre, die brillantenen Ohrringe und die Zitternadeln durch die schwarzen Hände laufen ließ, konnte ich vor Augenlust gar nicht denken, daß dies gestohlnes Gut sein müsse. Nun stellte sie mehrere Kristallfläschchen mit Wohlgerüchen und Salben aus dem Kästchen auf den Block, zog feine Kämme und Zahnbürsten hervor und begann sich zu putzen und zu schmücken, wie die Nacht, die mit dem Monde Hochzeit machen will. Sie nahm die kleine, von buntem Stroh geflochtene Mütze von ihrem Kopf, und ein Strom von schwarzen Haaren stürzte ihr über die Schultern; sie gewann dadurch ein reizendes und wildes Ansehn, wenn ihre weißen Augäpfel und die blanken Zähne aus den schwarzen Mähnen hervor funkelten. Sie kämmte sich, schlängelte sich goldene Schnüre in die Zöpfe, die sie flocht und kunstreich wie eine Krone um das schöne runde Köpfchen legte. Sie wusch sich das Gesicht und die Hände, putzte die Zähne, beschnitt sich die Nägel und tat alles mit so unbegreiflicher Zierlichkeit, Anmut und hinreißender Schnelligkeit der Bewegungen, daß es mir vor den Augen zitterte und bebte. Als sie die brillanten Ohrringe in die kleinen schwarzen Muschelöhrchen befestigte und die glitzernden Zitternadeln in den Flechtenkranz steckte und die Korallen- und Bernsteinschnüre um das braune Hälschen legte und dabei hin und her zuckte wie ein Wunderwerkchen, gingen mir die Augen über. Sie begoß sich mit Wohlgerüchen, rieb sich die schwarzen Patschchen mit duftendem Öl und steckte sich ein blitzendes Ringlein um das andere an die schlanken Fingerchen. Nun stellte sie einen Spiegel auf und bleckte die Zähnchen so artig hinein, es ist nicht zu beschreiben. Und bei allem dem donnerte und blitzte es draußen, und ihre Eile ward immer größer; ich verstehe mich auf Lichtwirkungen in der Nacht, aber ich habe mein Lebtag kein solches Feuerwerk gesehen, kein Blitzen auf so schönem dunkeln Grund als das Spiel der Diamanten und Perlen auf ihr; denn sie war ein wunderschönes, frei, kühn, scheu und züchtig bewegtes Menschenbild.

»Flüchtig packte sie nun alle Geräte wieder in das Kästchen, steckte noch eine Handvoll weißes Zuckerwerk in das Mäulchen und knupperte wie eine Maus, während sie das Kästchen mit scheuen Blicken um sich her: ob wir auch schliefen, wieder unter die alte Trommel stellte. Die schwarze Katze, die auf derselben schlief, erhob sich dabei und machte einen hohen Buckel, als verwundere sie sich über sie, da sie ihr mit den funkelnden Händen über den Rücken strich. Nun brachte sie ein feines Hemd von weißer Seide, legte es über den Arm und fing an, ihr Mieder aufzuschnüren, wobei sie uns den Rücken kehrte, es sah aus, als wärfe sie Kußhändchen aus, wenn sie die Nestel zog; nun aber schlüpfte sie in die Küche und trat in wenigen Minuten wieder herein in einem schneeweißen Röckchen und einem Mieder von rotem venetianischen Samt. So stand sie mitten auf der Decke und betrachtete ihren Staat mit kindischem Wohlgefallen; der Donner rollte heftiger, Martino wachte auf, Mitidika faßte den Teppich mit beiden Händen über die Schultern, stieß mit dem Fuß die Kienfackel aus, wickelte sich schnell ein wie eine Schmetterlingslarve, ein heller Blitz erleuchtete die Kammer, sie schoß wie eine Schlange an die Erde nieder und krümmte sich zusammen. Martino hatte sie im Leuchten des Blitzes noch gesehen, aber er wußte nicht, was es war; er sprach: Meister, saht Ihr etwas? Ich war aber so erstaunt, daß ich stumm blieb; da sprach er: Mitidika, schläfst du? aber sie schwieg; Martino drehte sich um und schlief auch wieder. Meine Gedanken über das, was ich gesehen, ließen mich nicht ruhen, der wunderbare Schmuck in dem Besitz der kleinen braunen Bettlerin, und daß sie ihn jetzt so sorgsam und heimlich angelegt, befremdete mich ungemein; alles kam mir wie Zauberei vor. Sie erwartet ein Waldgespenst und schmückt sich wie eine Braut; war dies gestohlnes Gut? Ist sie eine verkleidete, versteckte Prinzessin? Warum geht sie in dieser Pracht schlafen, und warum wickelt sie sich mit all der Herrlichkeit in den alten Teppich ein? Sollte alles dies geheim sein, wie war es möglich, da wir sie morgen früh doch in ihrem Putz finden mußten? So lag ich nachsinnend; das Gewitter war in vollem Grimme über uns, und das Licht der zuckenden Blitze zeigte mir öfters das Bild der Mitidika, welche, wie eine Mumie in den Teppich gehüllt, an der Erde ausgestreckt lag. Als ich aber durch das wilde Wetter ein Horn schallen hörte, stieß ich Martino an und flüsterte ihm zu: Halte dich bereit, ich glaube, der wilde Jäger ist im Anzug. Wir hörten das Horn nochmals und Pferdegetrapp und Gewieher, und ich bemerkte, daß Mitidika aufstand; ich kroch aber quer vor die offene Küchentüre, und als sie mit dem Fuße an mich anstieß, glaubte sie umgegangen zu sein und wendete sich nach einer andern Seite. Martino stand auf, die Haustüre öffnete sich, und es trat eine Gestalt mit raschem Schritt durch die Küche und auf uns zu; ich faßte sie bei den Beinen, daß sie niederschlug, und Martino drosch so gewaltig auf ihn los, daß der wilde Jäger Zetermordio zu schreien begann. Mitidika, Hilfe, Hilfe! man mordet mich! schrie er. – Ha ha! Herr wilder Jäger, schrie nun Martino, wir haben dich! und so zerrten wir ihn in die Stube herein und machten die Türe zu. Der Lärm ward allgemein; der Kerl wehrte sich verzweifelt. Meine Marinina erwachte und schrie: Jesus, Maria, Joseph! Licht her, Licht her! was ist das, o Baciochi, Martino! Die Alte fuhr aus ihren Betten auf, warf die alten Bretter um, die vor ihr standen, und schrie: Mörder, Hilfe, Mitidika! Dabei wurden die Hühner auf dem Boden rebellisch, die Trommel kollerte brummend durch die Stube; Mitidika allein ließ sich nicht hören. Martino, schlage Feuer! rief ich und drückte meinen fremden Gast fest in die Gurgel, daß er sich nicht rühren konnte. Da stieß Martino einen Schwärmer in die glühende Asche des Herds, der leuchtend durch die Kammer zischte und dem ganzen Spektakel ein noch tolleres Ansehen gab. Mein Gefangener fing von neuem an zu ringen, und indem ich ihn gegen die Wand drückte, trat ich gegen einige Bretter, die auswichen – ich warf ihn nieder. Ein großer Bock, der hinter den Brettern geruht hatte, sprang auf und fing nicht schlecht an zu stoßen, und ich warf meinen wilden Jäger so kräftig zur Erde, daß er keinen Laut mehr von sich gab. Martino brachte nun eine brennende Kienfackel herein, und wir sahen die ganze Verwirrung. Der wilde Jäger war ein schöner, schlanker Kerl in galanter Jagduniform. Er rührte sich nicht; der Gedanke, daß ich ihn gar totgedrückt hätte, fuhr mir unheimlich durch die Glieder, ich stürzte zur Küche nach Wasser; Martino faßte die Alte, die fluchend und schreiend aus dem Bett gesprungen war, und warf sie wieder in die Federn mit den Worten: Schweig still, Drache! Wir wollen dir kein Haar krümmen; wir haben nur den wilden

Jäger abgefangen. Nun trat ich mit einem Eimer Wasser hinein und goß ihn pratsch! über den leblosen wilden Jäger; da sprang er wie eine nasse Katze in die Höhe –.«

»Das Wasser, das kalte Wasser«, schrie hier Devillier aufspringend, »war das Allerfatalste!« und die ganze Gesellschaft sah ihn verwundert an. »Nun, was schauen Sie«, fuhr er fort, »soll ich länger schweigen? Habe ich nicht schrecklich ausgehalten und mich hier in der Erzählung nochmals mißhandeln lassen?« Baciochi wußte nicht, was er vor Erstaunen sagen sollte über Devilliers Unterbrechung; dieser aber sprach heiter: »Ja, Herr Baciochi, ich war der wilde Jäger, mich habt Ihr so kräftig zugedeckt, ich habe es von Anfang der Geschichte gewußt und hätte gern geschwiegen, aber das kalte Wasser lief mir wieder erweckend über den Rücken.« Da ward die ganze Gesellschaft vergnügt, der Feuerwerker reichte Devillier die Hand, und dieser sagte: »Es freut mich, Euch wiederzusehen, alles ist längst vergessen, nur Mitidika nicht!« – »Das will ich hoffen«, meinte der Zigeuner ernsthaft, »ich bitte mir das Ende der Geschichte aus.« Da tranken alle lustig herum, und Devillier trank die Gesundheit der Mitidika, wozu Michaly einen Tusch geigte und Lindpeindler das hochpoetische freie Leben der Zigeuner pries; der Vizegespan meinte jedoch: sie hätten nicht die reinsten Hände. Die Kammerjungfer aber fragte: »Wo hat sie nur den Schmuck hergehabt?« Der Tiroler sagte: »Den wilda Jaaga hobt's maisterli zuagdeckt!« und alle drangen, Devillier möge weiter erzählen.

»Wohlan!« sagte dieser: »Ich hatte damals Geschäfte mit der Konterbande und manche andere politische Berührungen diesseits und jenseits auf der Grenze. Ich dirigierte den ganzen Schleichhandel und forschte auf höhere Veranlassung dem Orden der Carbonari nach. Auf meinen Streifereien hatte ich Mitidika kennengelernt und mich leidenschaftlich in dies schöne, unschuldige und geistvolle wilde

Naturkind verliebt. In bestimmten Nächten besuchte ich sie; der Schmuck, den Ihr, Baciochi, sie anlegen sahet, war ein Geschenk von mir. Sie hatte den Glauben der Alten an den wilden Jäger benutzt, um sich unentdeckt einige Stunden von mir unterhalten zu lassen. Wenn ich kommen sollte, schmückte sie sich immer wie eine Zauberin; ich setzte sie dann mit auf mein Pferd und brachte sie nach einer Höhle, eine Viertelstunde von ihrer Hütte, welche das Warenlager meines Schleichhandels war; da saß sie in einem mit dem feinsten englischen bunten Kattun ausgeschlagenen Raum mit mir und ergötzte mich und einen verstorbenen Freund mit Tanz, Gesang und freundlicher Rede. Gegen Morgen ging sie zurück, einen Bündel Holz in die Küche tragend, und wurde von der Großmutter wegen ihrem Fleiß gelobt. Ich liebte sie unaussprechlich um ihrer Tugend und Schönheit, und ihr ganzes Wesen war so wunderbar und bei allem Mutwillen und aller kindlichen Ergebenheit so gebieterisch, daß ich nie daran denken konnte, ihre Unschuld auch nur mit einem Gedanken zu verletzen. O, sie war gar nicht mehr wie ein Mensch, sie war wie eine Zauberin, wie ein Berggeist, wenn sie in dem Edelsteinschmuck vor uns tanzte, sang, lachte und weinte; ich kann sie nie vergessen. In der Nacht, wo Ihr und Martino mich so häßlich zerprügelten, ging die ganze Herrlichkeit zu Ende. Anfangs hielt ich meine Angreifer für italienische Gendarmen, die mir auf die Spur kamen; als wir uns aber erklärt hatten, nahm mir die Entdeckung vom Gegenteil allen Zorn hinweg, und unsere erste Sorge war: wo Mitidika hingekommen sei. Die alte Zigeunerin jammerte auch nach ihr, wir suchten alle Winkel aus und fanden sie nicht, bis die Alte die Leiter vermißte. Baciochi sagte: zur Türe könne sie nicht hinausgekommen sein, er habe davorgelegen; da machte uns der Regen, der durch das Loch in der Decke hereinströmte, aufmerksam; Martino kletterte auf den Schultern Baciochis hinan und fand die Leiter, aber Mitidika, welche die Leiter nach sich gezogen, war durch das Strohdach hinaus geklettert und nirgends zu finden. Ich eilte nach der Türe und vermißte mein Pferd; nun war ich gewiß, daß sie nach meinem Schlupfwinkel entflohen sein müsse, und war ruhig. Ich durfte diesen weder an Baciochi noch an die Zigeunerin, die nichts von meinem Verhältnisse mit Mitidika wußte, verraten und suchte deshalb noch lange mit. Das Wetter war aber so abscheulich, daß wir bald wieder zurückkehrten, und die Alte jammerte nicht mehr lange; da hörten wir Hufschlag, und Mitidika stürzte in ihrem ganzen Schmuck mit wilder Gebärde in die Stube auf mich zu: Geschwind, fort, geflohen! schrie sie, die italienischen Gendarmen streifen in der Nähe, Euren Freund haben sie mit einem ganzen Zug Schleichhändler gefangen; es ist ein Glück, daß hier der Spektakel losging, ich bin aus Angst durch das Dach geschlüpft, dadurch habe ich die nahe Gefahr entdeckt, geschwind fort! – Wohin? schrie ich, und Baciochi, Martino und Marinina, die sich auch vor der Entdeckung fürchteten, folgten alle mit mir der treibenden Mitidika zur Türe hinaus. Sie schwang sich auf mein Pferd, ich hinter sie, und so sprengten wir beide nach unserem Schlupfwinkel, unbekümmert um Euch, Herr Baciochi, und die Eurigen.«

»Ja«, sagte der Feuerwerker, »Ihr rittet nicht schlecht, und wir hatten in dem wilden Wetter übles Nachsehen; übrigens war es Euch nicht zu verargen, daß Ihr uns nicht eingeladen, mitzugehen; wir hatten Euch schlecht bewillkommt. Ich will mein Lebtag an den Mordweg denken. Meine Marinina ward krank und starb zwei Monate nachher in Kroatien; Gott habe sie selig! Martino ließ sich bei der österreichischen Artillerie anwerben und war neulich mit in Neapel, wenn er noch lebt. Ich fand mein Brot – Gott sei gelobt! – bei unserm gnädigen Herrn. Es freut mich, daß Ihr so gut davongekommen; aber was ist denn aus der braunen Mitidika geworden?«

»Ja, wer das wüßte!« sagte Devillier; »wir kamen vor der Höhle an und zogen das Pferd herein. Sie war voll Sorge um mich, wusch mir meine Kopfwunden und Beulen mit Wein und bewies mir unendliche Liebe. So brachten wir die Nacht in steter Angst und Sorge zu. Gegen Morgen hatte sie keine Ruhe mehr, sie verlangte nach der alten Mutter; sie beschwor mich, sogleich die Höhle zu verlassen und zu fliehen. Das Schicksal meines Freundes erschütterte mich tief, ich war entschlossen, ihn aufzusuchen. Sie schwur mir ewige Treue; ich versprach ihr, wenn ich sie nach einiger Zeit hier wieder fände, sie zu meiner Frau zu machen; sie lachte und meinte: sie wolle nie einen Mann, der kein Zigeuner sei, und nun auch keinen Zigeuner, sie wolle gar keinen Mann. Dabei scherzte und weinte sie, tanzte und sang noch einmal vor mir, und als ich sie umarmen wollte, schlug sie mich ins Gesicht und floh zur Höhle hinaus. Ich verließ den Ort gegen Abend. Als ich vom Tode meines Freundes gehört hatte und zu Mitidika zurückkehrte, war ihre Hütte abgebrannt; ich ging nach der Höhle, sie war ausgeplündert. Auf der Wand aber fand ich mit Kohle geschrieben: Wie gewonnen, so zerronnen! Ich behalte dich lieb, tue, was du kannst, ich will tun, was ich muß. Ich habe das holdselige Geschöpf durch ganz Ungarn aufgesucht, aber leider nicht wiedergefunden; hundert Mitidikas sind mir vorgestellt worde, aber keine war die rechte.«

»Es gibt auch nur *eine*«, sagte hier Michaly, und wird alle tausend Jahre nur *eine* geboren.« – »Kennt Ihr sie?« sprach Devillier heftig. »Was geht es Euch an«, erwiderte Michaly, »ob ich sie kenne? Habt Ihr nicht die Ehe ihr versprochen und doch eine Ungarin geheiratet? Sie hat Euch Treue gehalten bis jetzt, sie ist meine Schwester, und ich wollte sie abholen, da die Großmutter in Siebenbürgen gestorben, wo sie sich mit Goldwaschen ernährten; der Pestkordon hat mir aber den Weg abgeschnitten.« Da ward Devillier äußerst bewegt; er sagte: »Ich habe sie lange gesucht und nicht gefunden, sie hatte mir ausdrücklich gesagt, sie werde nie einem Blanken die Hand reichen und nun auch keinem Zigeuner; nur in der Hoffnung, sie wiederzusehen, blieb ich bis jetzt in Ungarn, und ich würde nicht die Mittel gehabt haben, hier zu bleiben, wenn ich die alte Dame nicht geheiratet hätte, die mir jetzt mein schönes Gütchen zurückgelassen. Könnt Ihr mich mit Mitidika wieder zusammenbringen, so will ich sie gern heiraten und ihr alles lassen, was ich habe.« – »Das ist ein nicht zu verachtender Vorschlag, Michaly«, sagte der Vizegespan, »schlagt das nicht so in den Wind, Ihr habt Zeugen!« Michaly aber lachte und sprach: »Mitidika wird nicht an dem Stückchen Erde kleben, sie wird nicht in einem gemauerten Hause gefangen sein wollen und sich um Abgaben und Zinsen zerquälen. Wer nichts hat, hat alles; es war immer ihr Sprichwort: Der Himmel ist mein Hut; die Erde ist mein Schuh; das heilige Kreuz ist mein Schwert; wer mich sieht, hat mich lieb und wert.« – »Das ist echt zigeunerisch gesprochen«, sagte der Vizegespan, »drum bleibt ihr auch immer vogelfreies Gesindel.« Michaly nahm da seine Geige und wollte ein Lied auf die Freiheit singen, aber der Nachtwächter blies zwölf Uhr und mahnte die Gesellschaft zur Ruhe. Lindpeindler hatte sich mit dem Feuerwerker und der Kammerjungfer, welche durch die erwachte Neigung Devilliers für Mitidika sehr gekränkt worden war (denn sie spitzte sich selbst auf ihn), noch eine Viertelstunde nach dem Edelhof begeben. Als sie sich der Gesellschaft empfahlen, bot Devillier der Zofe seine Begleitung an; sie sagte aber: »Ich danke, ich möchte das werte Andenken an die unbeschreibliche Mitidika nicht stören.« Damit machte sie einen höhnischen Knicks und verließ die Stube mit Lindpeindler, der diese Nacht als eine der romantischsten seines Lebens pries.

Der Kroate, der Tiroler und der Savoyarde waren bereits eingeschlummert, und der Vizegespan lud Wehmüllern, der mit seiner Arbeit ziemlich fertig war, wie auch den Zigeuner und Devillier zu sich in sein Haus ein. Sie nahmen es mit Freuden an, da sie dort doch ein Bett zu erwarten hatten. Frau Tschermack, die Wirtin, ward bezahlt und schloß die Türe mit der Bitte: wenn sie länger hier blieben, nochmals eine so schöne Gesellschaft bei ihr zu halten. Vor Schlafengehen wußten Devillier und der Zigeuner den Vizegespan zu bereden, am anderen Morgen den Kordon mit durchschleichen zu dürfen, denn Michaly und Devillier sehnten sich ebensosehr nach Mitidika, die jenseits war, als Wehmüller nach seiner Tonerl. Sie schliefen bis zwei Uhr, da packte der Vizegespan jedem eine Jagdflinte auf, und sie zogen, als Jäger, einem Waldrücken zu; aber kaum waren sie hundert Schritt vor dem Dorf, als sie seitwärts bei den Kordonpiketten verwirrtes Lärmen und Schießen hörten und bald einen Husaren, dem das Pferd erschossen war, querfeldein laufen sahen, welcher auf das Anrufen des Vizegespans schrie: »Cordonus est ruptus cum armis in manibus a pestiferatis loci vicini, der Kordon ist mit bewaffneter Hand von den Pestkranken des benachbarten Ortes durchbrochen.« Als der Vizegespan dies hörte, ließ er seine Gesellschaft im Stich und lief über Hals und Kopf nach dem Dorfe zurück, um seine Bauern unter die Waffen zu bringen. Wehmüller und der Zigeuner schrien: »Gott sei Dank, nun laßt uns eilen!« Devillier besann sich auch nicht lange, und sie liefen spornstreichs nach dem verlassenen Pikettfeuer hin, wo sie Bauern beschäftigt fanden, unter großem Geschrei das Brot und die anderen Vorräte zu teilen, welche das Pikett zurückgelassen hatte. Als sie sich näherten, kam ihnen ein Reiter entgegen und schrie: »Steht, oder ich schieße euch nieder!« Sie standen und warfen die Waffen hinweg. Sie wurden gefragt, wer sie seien? und als sie erklärt: sie wollten über den Kordon, und der Reiter ihre Stimmen vernommen, stürzte er vom Pferde und fiel dem Zigeuner und Devillier wechselsweise um den Hals und schrie immer: »Michaly! Devillier! Ich bin Mitidika.«

Vor Freude des Widersehens ganz zitternd, riß das Mädchen sie in die Erdhütte des Piketts, wo sie dieselbe in männlicher Kleidung, mit Säbel und Pistole bewaffnet, erkannten, und sie wollte eben zu erzählen anfangen, als sie Wehmüllern scharf ansah und zu ihm sprach: »Bist du noch immer hier, Betrüger? Ich meinte, du seist gestern zu deiner angeblichen Frau nach Stuhlweißenburg gereist.« Alle sahen bei diesen Worten auf den bestürzten Wehmüller; dieser sperrte das Maul auf vor Verwunderung. »Ich?« fragte er endlich, »ich«, gestern zu meiner angeblichen Frau?« – »Ja, du!« sagte Mitidika, »du, der du dich Wehmüller nennst und es nicht bist, du, der du deine Frau nicht einmal kennst.» – »O, das ist um Rasend zu werden!« schrie Wehmüller, »welche tolle Beschuldigungen, und das von einer wildfremden Person, die ich niemals gesehen!« – »Unverschämter Gesell!« schrie Mitidika; »du kenntest mich nicht? Hast du mir nicht seit mehreren Tagen mit deinen Liebesversicherungen zugesetzt? Hat der wirkliche Wehmüller dir nicht deswegen schon ins Gesicht bewiesen: daß du Wehmüller nicht sein könnest, weil der rechte Wehmüller an niemand denkt als an sein liebes Tonerl?« – »Der rechte Wehmüller?« schrie nun Wehmüller, »wo haben Sie den je gesehen? Er wenigstens kennt Sie nicht.« – »Kennt mich nicht?« erwiderte Mitidika, »und reist mit mir?« – »Ich werde verrückt!« schrie Wehmüller, »nun ist gar noch ein dritter auf dem Tapet; wo sind die zwei andern? Geschwind, ich will sie sehn, ich will sie erwürgen!« – »Den dritten lügst du hinzu«, versetzte Mitidika; »der echte wird nicht weit von hier sein, ich will ihn holen, da sollst du beschämt werden!« Nun lief sie schnell zur Hütte hinaus.

Dieser Wortwechsel war so schnell und heftig und die Veranlassung so wunderbar, daß Michaly und Devillier nicht Zeit hatten, dem verblüfften Maler zu bezeugen: daß er seit gestern in ihrer Gesellschaft sei und unmöglich der sein könne, welchen Mitidika kannte. Sie waren eben noch beschäftigt, den weinenden Wehmüller zu trösten, als eine ganz ähnliche Figur wie er selbst in die Hütte trat; bei dem erloschenen Feuer war es unmöglich, jemand bestimmter zu erkennen. Kaum hatte Wehmüller sein Ebenbild in derselben Gestalt und Kleidung erkannt, als er wie eine Furie darauf losstürzte; der andre tat ein gleiches, und beide schrien: »Ha, ertappe ich dich bei deiner Buhlerei unter meinem ehrlichen Namen!« Sie rissen sich wie zwei Hähne herum. Devillier und Michaly brachten sie mit Gewalt auseinander, und Mitidika führte den dritten Wehmüller herein. Wie groß war die Bestürzung aller, da nun wirklich drei Wehmüller zugegen waren. »Nein, das ist zum Verzweifeln!« rief der Wehmüller, den Mitidika mitgebracht hatte, »da ist noch einer!« – »Herr Jesus!« schrie nun unser Wehmüller, Tonerl, bist du es, bist du hier, Tonerl?« – »Franzerl, lieber Franzerl!« schrie der andere, und sie sanken sich als Mann und Frau in die Arme. Da wurde es dem einen Wehmüller, den Devillier festhielt, nicht recht wohl, und er sank vor Schreck zur Erde. Michaly schürte nun das Feuer wieder an, daß man sehen konnte, und Mitidika bezeugte die größte Freude, daß Tonerl, die in einem ganz ähnlichen Kleide wie ihr Mann von Stuhlweißenburg mit ihr diesem entgegengereist war, ihn endlich gefunden habe, nachdem sie zu ihrem großen Schrecken von dem falschen Wehmüller in dem Dorfe, das man wegen Pestverdacht eingeschlossen, sehr geplagt worden war, ohne sich ihm als Wehmüllers Weib zu entdecken, denn sie war auf einen alten Paß ihres Mannes gereist.

Sie hatten sich kaum von der ersten Freude erholt, als Mitidika sagte: »Wir müssen doch den falschen Wehmüller, der die Sprache verloren hat, wieder zu sich bringen.« Da aber ihr Rütteln und Schütteln ganz vergeblich war, sagte sie: »Ich habe ein untrüglich Mittel von der seligen Großmutter gelernt, das Herz ist ihm gefallen, wir wollen es ihm wieder heraufziehen.« Da nahm sie ein Schoppenglas und gab es Michaly nebst einem Endchen Licht – das sie am Feuer anzündete – und einem Scheibchen Brot. »Aha, ich weiß schon!« sagte Michaly und öffnete dem Ohnmächtigen die Weste über dem Magen, setzte ihm das Licht, auf der Brotscheibe befestigt, auf den Leib und stülpte das Glas darüber. Das brennende Licht, welches die Luft unter dem Glase verzehrte, machte ihm den Leib wie in einem Schröpfkopf in das Glas aufsteigen. Die ganze Gesellschaft lachte über dieses zigeunerische Kunststück, und der falsche Wehmüller kam bald zu Sinnen; der echte ging auf ihn zu und sprach: »Wer sind Sie, der auf eine so unverschämte Weise meinen Namen mißbrauchte?« Da antwortete der Patient, welchen Devillier und Michaly an der Erde festhielten: »Was Guckuck habe ich auf dem Leib? Es ist, als wollten sie mir den Magen herausreißen; tun Sie mir die vermaledeite Laterne vom Leibe, eher sage ich kein Wort; ich bin Wehmüller und bleibe Wehmüller!« – »Gut«, sagte Mitidika, »wenn du noch nicht bei Sinnen bist, wollen wir dir etwas Süßes eingeben.« – »Recht«, sagte Michaly, »Katzenkot mit Honig, Zigeunertheriak.« Auf dieses Rezept bekam der Patient andre Gesinnung und sprach: »Um Gottes willen, laßt mich aufstehen, ich will alles bekennen! Ich bin der Maler Froschauer von Klagenfurt.« – »Das habe ich gleich gedacht«, sagte Wehmüller, »jetzt habe ich Sie in meinen Händen, ich kann Sie als einen Falsarius bei der Obrigkeit angeben, aber ich will großmütig sein, wenn Sie mir einen körperlichen Eid schwören: daß Sie auf ewige Tage resignieren, ungarische Nationalgesichter in meiner Manier zu malen.« – »Das ist sehr hart«, sagte Froschauer, »denn ich habe ganz darauf studiert und müßte verhungern; den Eid kann ich nicht schwören.« – »Er ist noch hartnäckig!« sagte Michaly; »geschwind den Zigeunertheriak her!« Und da Mitidika sich stellte, als wolle sie ihm etwas eingeben, entschloß er sich kurz und schwor alles, was man haben wollte, worauf sie ihn losließen und ihm die Laterne vom Leib nahmen.

Die Freude und der Mutwille ward nun allgemein; aber der Tag näherte sich, und Mitidika rief eben die Kordonbrecher zusammen, um mit ihrem erbeuteten Proviant sich dahin zurückzuziehen, wo sie hergekommen waren. Aber der Vizegespan kam mit dem Kroaten, dem Feuerwerker, dem Gutsbesitzer und einigen Heiducken und Panduren herbei und brachte die freudige Nachricht, daß sie gar nicht nötig hätten, sich zurückzuziehen, denn der Kordonkommandant habe soeben bekanntgemacht: nur durch Mißverständnis sei das Dorf, in dem sie vierzehn Tage blockiert waren, in den Kordon eingeschlossen worden. Es solle ihnen deshalb verziehen sein, daß sie den Kordon durchbrachen, wenn sie dagegen auch keine Klage über den Irrtum erheben wollten; der Kordon habe sich schon nach einer andern Richtung bewegt. Der Gutsbesitzer bestätigte dies und lud die Gesellschaft, von der ihm Baciochi, Nanny und Lindpeindler so viel Interesssantes erzählten, sämtlich nach seinem Edelhofe ein.

Die Bauern und Zigeuner, die unter der Anführung Mitidikas den Kordon durchbrochen hatten, waren hocherfreut über diese Nachricht, dankten ihrer Anführerin herzlich und kehrten singend nach ihrer Heimat zurück. Michaly aber nahm seine Violine und spielte lustig vor der Gesellschaft her, die dem Edelmann folgte. Unterwegs gab es viele Aufklärungen und Herzensergießungen. Devillier und Mitidika hatten ihre Neigung bald zärtlich erneuert und gingen Arm in Arm, dann aber folgten die drei Wehmüller, Tonerl in der Mitte, und die andern gingen hinterdrein über das Stoppelfeld. Mitidika sagte, daß sie Tonerl in Stuhlweißenburg kennengelernt, die, sehr bekümmert über das Ausbleiben ihres Mannes, eine Reisegesellschaft nach Kroatien gesucht, und da sie selbst, nach dem Tode ihrer Großmutter, zu ihrem Bruder Michaly habe ziehen wollen, hätten sie sich entschlossen, zusammen zu reisen in männlicher Kleidung. Frau Tonerl sei in einem Habit ihres Mannes und sie als ungarischer Arzneihändler gereist, bis sie in dem Dorfe plötzlich von dem Kordon eingeschlossen worden seien, wo sie auch Froschauer unter dem Namen Wehmüller ganz in derselben Kleidung vorgefunden, was die arme Tonerl nicht wenig erschreckt habe. Nach vierzehn Tagen sei die Ungeduld und der Mangel der Einwohner, die wohl Hunger, aber keine Pest gehabt, über alle Grenzen gestiegen, und so habe sie sich an ihre Spitze gesetzt und den Kordon durchbrochen; das sei ihr aber gar leicht geworden, denn die Kordonisten wären, aus Furcht, angesteckt zu werden, gleich ausgerissen, als sie mit ihrem Haufen unter ihnen erschien.

Nun mußte Froschauer erzählen; er war eigentlich ein guter Schelm und sagte: »Lieber Herr Wehmüller, ich will Ihnen die Wahrheit sagen; der Spaß kostet mich fünfundzwanzig Dukaten und meine Braut. Ich bin der Maler Froschauer von Klagenfurt und liebe die Tochter eines Fleischhauers; das Mädchen aber wählte immer zwischen mir und einem wohlhabenden Siebmacher, der auch um sie freite. Er setzte dem Vater des Mädchens in den Kopf: es sei in den kaiserlichen Erblanden kein Maler, der eine Frau ernähren könne, und der überhaupt Genie habe, als der Wehmüller in Wien, der die ungarischen Nationalgesichter male, und der so und so gekleidet gehe; dabei hörte er nicht auf, von Ihnen und Ihrer Arbeit zu reden, so daß der alte Fleischhauer und seine Tochter mir endlich erklärten: sie würden den Siebmacher vorziehen, wenn ich Ihnen in Ungarn den Rang nicht abliefe, und nun wettete ich mit dem Siebmacher: daß ich ihm in Jahr und Tag das Mädchen abtreten und noch fünfundzwanzig Dukaten dazu geben wollte, wenn ich Ihnen den Rang nicht ablaufen könne. Ich reiste nach Wien und nach Ungarn, forschte nach allen Ihren Bildern und warf mich so in Ihre Manier, daß man unsre Bilder nicht mehr unterscheiden konnte. Da ich nun erfuhr, daß Sie die Reise nach Stuhlweißenburg machen würden, wo Sie noch nicht gewesen, und sich auf dem Gute des Grafen Giulowitsch vorbereiteten, benutzte ich die Gelegenheit, Ihnen zuvorzukommen, denn ich wußte durch einen Freund bei der Hofkriegskanzlei, daß die dortigen Regimenter verlegt werden würden. Mit einem Vorrate von Nationalgesichtern in einer Blechbüchse und ganz gekleidet wie Sie, machte ich mich nun als neuer Wehmüller auf, und als ich auf der Grenze an der Maut ein Päckchen liegen sah: an Herrn Wehmüller, wenn er durchreist, überschrieben, ward es mir von dem Mautbeamten ausgeliefert. Es war dies das Bild Ihrer Gemahlin, welches sie auf ihrer Reise in einem Posthause hatte liegen lassen; ich nahm es mit, um es ihr einhändigen zu lassen, habe es aber vergessen, dem Boten abzunehmen, der es trug, als er mich durch den Kordon brachte, denn meine Eile war groß, und ich triumphierte schon, daß ich, indem der Kordon Sie aussperrte, Ihnen gewiß zuvorkommen würde. Aber wie war mir zumute, da ich mich mit Ihrer Frau, als einem zweiten Wehmüller, den ich auch nicht für den echten erkannte, weil er von der Malerei gar nichts verstand, eingesperrt sah; bald ward ich aber von der Kühnheit und Schönheit Mitidikas, die es kein Hehl hatte, daß sie eine verkleidete Jungfer sei, so hingerissen, daß ich gern auf meine Braut und Wehmüllerschaft resigniert und alles gleich eingestanden hätte; aber Ehrgeiz und die fünfundzwanzig Dukaten hielten mich zurück. Ihr Erscheinen fuhr mir aber so durch alle Glieder, daß ich die Besinnung verlor; die fatale Laterne auf dem Magen und der angedrohte Theriak haben mich gänzlich hergestellt, und nun bleibt mir nichts übrig, als Sie herzlich um Verzeihung zu bitten, mit dem Vorschlag: mich in

Ihren Unternehmungen zum Kompagnon zu machen; Sie können meine Arbeiten untersuchen, und gehen Sie den Vorschlag ein, so glaube ich, daß wir einen solchen Vorrat von Nationalgesichtern anfertigen, daß unser Glück begründet ist, wenn wir redlich teilen.« – »Das läßt sich hören!« sagte Wehmüller, »die ganze Geschichte macht mir jetzt Spaß, und wenn ich meine Tonerl nicht so lieb hätte, so möchte ich, um es Ihnen wettzumachen, nach Klagenfurt reisen und Ihre Fleischerstochter und die fünfundzwanzig Dukaten Ihnen wegschnappen, aber so geht es nicht.« Da umarmte er Tonerl herzlich und ward mit Froschauer eins: daß er ihm, wenn er seine Arbeiten untersucht, ein eigenhändiges Attest schreiben wolle; daß er ihn in allem sich gleich achte; gewänne er dann seine Wette, so könne er sein Mädchen heiraten und sich mit ihm auf gleichen Vorteil vereinigen. »Ja«, sagte Tonerl, »da habe ich doch eine Gesellschaft an Frau Froschauer, wenn ihr herumzieht.«

So ward der Friede gestiftet, und sie kamen auf dem Edelhofe an. Die Kammerjungfer und Lindpeindler standen unter der Türe und waren in großem Erstaunen über die drei Wehmüller, noch mehr aber über Mitidika; schnell liefen sie, der gnädigen Frau und dem jungen Baron die interessante Gesellschaft anzukündigen, und diese trat, von dem Edelmann geführt, in eine geräumige Weinlaube, wo die Hausfrau bald mit einem guten Frühstück erschien und alle die Abenteuer nochmals berichtet werden mußten; der Tiroler und der Savoyarde stellten sich auch ein, und der Edelmann bat alle, bei der Weinlese ihm behilflich zu sein, was zugesagt wurde.

Am Abend, als noch viel über die drei Wehmüller gescherzt worden war, wollte Devillier der Gesellschaft eine Geschichte erzählen, die er selbst erlebt, und bei welcher die Verwechslung zweier Personen noch viel unterhaltender war, als der Graf Giulowitsch und Lury, sein Hofmeister, mit seinen Eleven bei dem Edelmann zum Besuch kamen; sie freuten sich ungemein, den guten Wehmüller zu finden und die Aufklärung seines Abenteuers zu hören. Die Erzählung Devilliers ward aufgeschoben, aber nach dem Abendessen mußte die schöne Mitidika all ihren Schmuck, den sie einst von Devillier empfing, anlegen; die Edeldame half ihr selbst bei ihrer Toilette, denn Nanny, die Kammerjungfer, wurde unpäßlich. So geschmückt trat das braune Mädchen wie eine Zauberin vor die Gesellschaft; der Tiroler breitete seine Teppiche aus, und das reizende Geschöpf tanzte, schlug das Tamburin und sang – wozu Michaly sie begleitete – so ganz wunderbar hinreißend, daß alles vor Erstaunen versteinert war. Sie schloß ihren Tanz damit, daß sie den Teppich plötzlich erfaßte, sich schnell in ihn einpuppte und an die Erde niederstreckte, wie damals in der Hütte. Ein lebhaftes Beifallklatschen rauschte durch den Saal; Devillier aber kniete vor ihr, weinte wie ein Kind und wurde ausgelacht; so schied die Gesellschaft für diesen Abend auseinander.

Die Erzählung, welche Devillier versprochen, eine andere des Tirolers und eine des Savoyarden unterhielten an den folgenden Tagen, und ich werde sie mitteilen, wenn ich Lust dazu habe.

Gockel und Hinkel

In Deutschland in einem wilden Wald lebte ein altes Männchen, und das hieß Gockel. Gockel hatte ein Weib, und das hieß Hinkel. Gockel und Hinkel hatten ein Töchterchen, und das hieß Gackeleia.

Ihre Wohnung war in einem alten Schloß, woran nichts auszusetzen war, denn es war nichts darin, aber viel einzusetzen, nämlich Tür und Tor und Fenster. Mit frischer Luft und Sonnenschein und allerlei Wetter war es wohl ausgerüstet, denn das Dach war eingestürzt und die Treppen und Decken und Böden auch. Gras und Kraut wuchs uberall, aus allen Winkeln, und Vögel vom Zaunkönig bis zum Storch nisteten in dem wüsten Haus. Es versuchten zwar einigemal auch Geier, Habichte, Weihen, Falken, Eulen, Raben und solche vornehme Vögel, sich da anzusiedeln, aber Gockel schlug es ihnen rund ab, wenn sie ihm gleich allerlei Braten und Fische als Miete bezahlen wollten. Da ihm nun auch sein Weib Hinkel sagte: »Mein lieber Gockel, es geht uns sehr knapp, warum willst du die vornehmen Vögel nicht hier wohnen lassen? Wir könnten die Miete doch wohl brauchen; du läßt ja das ganze Schloß von allen möglichen Vögeln bewohnen, welche dir gar nichts dafür geben!« antwortete Gockel: »O du unvernünftiges Hinkel, vergißt du denn ganz und gar, wer wir sind? Schickt es sich auch wohl für Leute unsrer Herkunft, von der Miete solchen Raubgesindels zu leben? Und gesetzt auch, Gott suchte uns mit solchem Elend heim, daß uns die Verzweiflung zu so unwürdigen Hilfsmitteln triebe, was doch nie geschehen wird, denn eher wollte ich Hungers sterben: womit würden die räuberischen Einwohner uns vor allem die Miete bezahlen? Gewiß würden sie uns alle unsre lieben Gastfreunde erwürgt in die Küche werfen, und zwar auf ihre mörderische Art zerrupft und zerfleischt. Die freundlichen Singvögel, welche uns mit ihrem lieben

Gezwitscher unsre wüste Wohnung zu einem anmutigen, herzerfreuenden Aufenthalt machen, willst du doch wohl lieber singen hören, als sie gebraten essen? Würde dir das Herz nicht brechen, eine liebe Nachtigall, eine treuliche Grasmücke, einen fröhlichen Distelfink oder gar das liebe, treue Rotkehlchen in der Pfanne zu rösten oder am Spieße zu braten, und dann zuletzt, wenn sie alle die Miete bezahlt hätten, nichts als das Geschrei und Geächze der greulichen Raubtiere zu hören? Aber wenn auch alles dieses zu überwinden wäre, bedenkst du dann in deiner Blindheit nicht, daß diese Spitzbuben allein so gerne hier wohnen möchten, weil sie wissen, daß wir uns von der Hühnerzucht nähren wollen? Haben wir nicht die schöne alte Glucke jetzt über dreißig Eiern sitzen, werden diese nicht dreißig Hühner werden, und kann nicht jedes wieder dreißig Eier legen, welche es wieder ausbrütet zu dreißig Hühnern? Macht schon dreißigmal dreißig, also neunhundert Hühner, welchen wir entgegensehen, o du unvernünftiges Hinkel, und zu diesen willst du dir Geier und Habichte ins Schloß ziehen! Hast du denn gänzlich vergessen, daß du ein Nachkömmling aus dem hohen Stamme der Grafen von Hennegau bist, und kannst du solche Vorschläge einem gebornen, leider armen, leider verkannten Rauhgrafen von Hanau machen? Ich kenn dich nicht mehr! O du entsetzliche Armut, ist es denn also wahr, daß du auch die edelsten Herzen endlich mit der Last deines leeren und doch so schweren Sackes zum Staube niederdrükkest?« Also redete der arme alte Rauhgraf Gockel von Hanau in edlem, hohem Zorne zu Hinkel von Hennegau, seiner Gattin, welche so betrübt und beschämt und kümmerlich vor ihm stand, als ob sie den Pips hätte.

Hinkel sammelte sich und wollte eben sagen: »Die Raubvögel bringen aber wohl manchmal junge Hasen«, aber es krähte der alte schwarze, ungemein große Haushahn ihres Mannes, der über ihr auf einem Mauerrande saß, in demselben Augenblick so hell und scharf, daß er ihr das Wort wie mit einer Sichel vor dem Munde wegschnitt, und als er dabei mit den Flügeln schlug und Gockel von Hanau sein zerrissenes Mäntelchen auch auf der Schulter hin und her warf, so sagte die Frau Hinkel von Hennegau auch kein Pipswörtchen mehr; denn sie wußte den Hahn und den Gockel zu ehren.

Sie wollte eben umwenden und weggehen, da sagte Gokkel: »O Hinkel, ich brauche dir nichts mehr zu sagen, der ritterliche Alektryo, der Herold, Wappenprüfer und Kreiswärter, *Notarius publicus* und Kaiserlich gekrönte Poet meiner Altvordern, hat meine Rede unterkrähet und somit protestiert, daß seinen Junghintern, den zu erwartenden Hühnchen, die gefährlichen Raubvögel zugesellt würden.«

Bei diesen letzten Worten bückte sich Frau Hinkel bereits unter der niedrigen Türe und verschwand mit einem tiefen Seufzer im Hühnerstall. Im Hühnerstall? Ja – denn im Hühnerstall wohnte Gockel von Hanau, Hinkel von Hennegau und Gackeleia, ihr Fräulein Tochter, und in der Ecke lag ein altes Schild voll Stroh, worauf die Glucke über den dreißig Eiern brütete, und von einer Wand zur andern ruhte eine alte Lanze in zwei Mauerlöchern, auf welcher sitzend der große schwarze Hahn nachts zu schlafen pflegte. Der Hühnerstall war der einzige Raum in dem alten Schlosse, der noch bewohnbar unter Dach und Fach stand.

Vor alten Zeiten war dieses Schloß eines der herrlichsten in ganz Deutschland, aber die Franzosen, welche es so zu machen pflegen, zerstörten es ganz und gar, als es der Urgroßvater Gockels von Hanau bewohnte, und weil sie außerordentlich gern Hühnerfleisch essen, verzehrten sie ihm alle sein herrliches Federvieh. Dem alten Herrn blieb nichts als sein schönster Hahn und seine beste Henne, mit welchen er sich im Wald versteckt hatte, und von diesen stammt der Hahn und die Henne Gockels ab.

Nach jenem Unfall haben die Vorfahren Gockels sich nie wieder erholt und waren meistens Fasanen- und Hühnerminister bei den benachbarten Königen von Gelnhausen gewesen. Gockel hatte nach dem Tode seines Vaters diese Stelle auch gehabt; weil aber der letzte König ein übermäßiger Liebhaber von Eiern war und keine Brut von Hühnern aufkommen ließ, sondern sie alle als Eier verzehrte, so widersetzte sich Gockel diesem Mißbrauch so lebhaft, daß der erbitterte König ihm seine Stelle als Fasanen- und Hühnerminister nahm und ihm befahl, den Hof zu verlassen.

In den elendsten Umständen kam der alte Gockel von Hanau mit seiner Frau Hinkel von Hennegau und Gackeleia, seiner Tochter, auf dem zerstörten Schlosse seiner Vorfahren an, und sein einziger Reichtum war sein Stammhahn Alektryo und sein Stammhuhn Gallina, welche er von seinem Vater ererbt hatte, und die ihn nie verließen; aber er hatte, was mehr wert war als ein Hahn und das Huhn, ein edles, stolzes Herz in seiner Brust und ein freies, schuldloses Gewissen dazu.

Frau Hinkel von Hennegau folgte zwar ihrem lieben Manne gern in das Elend, aber sie seufzte doch oft unterwegs in dem wilden Wald, wenn sie an die Herrlichkeit der Stadt Gelnhausen gedachte, wo immer ein Haus um das andre ein Bäcker- oder Fleischerladen ist. Traurig dachte sie an die fetten aufgehängten Kälber, Hämmel und Schweine, in deren aufgeschlitzten Leibern dort weiße, reinliche Tücher ausgespannt zu sein pflegten, und an die schön in Reih und Glied auf weißen Bänken aufgestellten braunglänzenden Brote und gelben Semmeln und schön lackierten Eierwecke, Bubenschenkel genannt.

Gackeleia, ihr Töchterchen, das sie an der Hand führte, fragte ein um das andere Mal: »Mutter, gibt es auch Brezeln, wo wir hingehen?« Da seufzte Frau Hinkel; Gockel aber, der ernsthaft und freudig mit seinem Stabe voranschritt und auf der einen Schulter Alektryo, den Stammhahn, auf der andern Gallina, das Stammhuhn, sitzen hatte, sagte: »Nein, mein Kind Gackeleia, Brezeln gibt es nicht, sie sind auch nicht gesund und verderben den Magen; aber Erdbeeren, schöne rote Walderdbeeren gibt es die Menge«, und somit zeigte er mit seinem Stocke auf einige, die am Wege standen, welche Gackeleia mit vielem Vergnügen verzehrte.

Als Gackeleia diese gegessen hatte, fragte sie wieder: »Mutter, gibt es so schöne braune Kuchenhäschen, wo wir hingehen?« Da seufzte Frau Hinkel wieder, und die Tränen kamen ihr in die Augen, Gockel aber sagte freundlich zu dem Kinde: »Nein, mein Kind Gackeleia, Kuchenhäschen gibt es da nicht, sie sind auch nicht gesund und verderben den Magen; aber es gibt da lebendige Seidenhäschen und weiße Kaninchen, aus deren Wolle du der Mutter auf ihren Geburtstag ein Paar Strümpfe stricken kannst, wenn du fleißig bist. Sieh, sieh, da läuft eines!« Und somit zeigte er mit seinem Stock auf ein vorrüberlaufendes Kaninchen. Da riß sich Gackeleia von der Mutter los und sprang dem Hasen nach mit dem Geschrei: »Gib mir die Strümpfe, gib mir die Strümpfe!« – aber fort war er, und sie fiel über eine Baumwurzel und weinte sehr. Der Vater verwies ihr ihre Heftigkeit und tröstete sie mit Himbeeren, welche neben der Stelle wuchsen, wo sie gefallen war.

Nach einiger Zeit fragte Gackeleia wieder: »Liebe Mutter, gibt es denn auch da, wo wir hingehen, so schöne gebackne Männer von Kuchenteig mit Augen von Wachholderbeer und einer Nase von Mandelkern und einem Mund von einer Rosine?« Da konnte die Mutter die Tränen nicht zurückhalten und weinte; Gockel aber sagte: »Nein, mein Kind Gackeleia, solche Kuchenmänner gibt es da nicht, die sind auch gar nicht gesund und verderben den Magen; aber es gibt da schöne bunte Vögel die Menge, welche allerliebst singen und Nestchen bauen und Eier legen und ihre Jungen füttern. Die kannst du sehen und lieben und ihnen zuschauen und die süßen wilden Kirschen mit ihnen teilen.« Da brach er ihr ein Zweiglein voll Kirschen von einem Baum, und das Kind war ruhig.

Als Gackeleia aber nach einer Weile wieder fragte: »Liebe Mutter, gibt es dann dort, wo wir hingehen, auch so wunderschöne Pfefferkuchen wie in Gelnhausen?« und die Frau Hinkel immer mehr weinte, ward der alte Gockel von Hanau unwillig, drehte sich um, stellte sich breit hin und sprach: »O mein Hinkel von Hennegau, du hast wohl Ursache zu weinen, daß unser Kind Gackeleia ein so naschhafter Freßsack ist und an nichts als an Brezeln, Kuchenhasen, Buttermänner und Pfefferkuchen denkt! Was soll daraus werden? Not bricht Eisen, Hunger lehrt beißen. Sei vernünftig, weine nicht, Gott, der die Raben füttert, welche nicht säen, wird einen Gockel nicht verderben lassen, der säen kann; Gott, der die Lilien erhält, die nicht spinnen, wird die Frau Hinkel von Hennegau nicht umkommen lassen, welche sehr schön spinnen kann, und auch das Kind Gackeleia nicht, wenn es das Spinnen von seiner Mutter lernt.« Diese Rede Gockels ward von einem gewaltigen Geklapper unterbrochen, und sie sahen einen großen Klapperstorch, der aus dem Gebüsche ihnen entgegentrat, sie sehr ernsthaft und ehrbar anschaute, nochmals klapperte und dann hinwegflog.

»Wohlan«, sagte Gockel, »dieser Hausfreund hat uns willkommen geheißen; er wohnt auf dem obersten Giebel meines Schlosses, gleich werden wir da sein; damit wir aber nicht lange zu wählen brauchen, in welchem von den weitläufigen Gemächern des Schlosses wir wohnen wollen, so will ich unsre höchste Dienerschaft voraussenden, damit sie uns die Wohnungen aussuchen.«

Nun nahm er den großen Stammhahn von der Schulter auf die rechte Hand und die Stammhenne auf die linke und redete sie mit ehrbarem Ernste folgendermaßen an: »Alektryo

und Gallina! Ihr stehet im Begriff wie wir, in das Stammhaus eurer Voreltern einzuziehen, und ich sehe es an euern ernsthaften Mienen, daß ihr so gerührt seid als wir. Damit nun dieses Ereignis nicht ohne Feierlichkeit sei, so ernenne ich dich, Alektryo, edler Stammhahn, zu meinem Schloßhauptmann, Haushofmeister, Hofmarschall, Astronomen, Propheten, Nachtwächter und hoffe, du wirst unbeschadet deiner eignen Familienverhältnisse als Gatte und Vater diesen Ämtern gut vorstehn. Das nämliche erwarte ich von dir, Gallina, edles Stammhuhn. Indem ich dich hiermit zur Schlüsseldame und Oberbettmeisterin des Schlosses ernenne, zweifle ich nicht, daß du diesen Ämtern trefflich vorstehen wirst, ohne deswegen deine Pflichten als Gattin und Mutter zu vernachlässigen. Ist dies euer Wille, so bestätigt mir es feierlich!«

Da erhob Alektryo seinen Hals, blickte gegen Himmel, riß den Schnabel weit auf und krähete feierlichst, und auch Gallina legte ihre Versicherung mit einem lauten, aber rührenden Gegack von sich; worauf sie Gockel beide an die Erde setzte und sprach: »Nun, Herr Schloßhauptmann und Frau Schlüsseldame, eilet voraus, suchet eine Wohnung für uns aus und empfangt uns bei unserm Eintritt!« Da eilte der Hahn und die Henne, in vollem Laufe, was gibst du, was hast du, in den Wald hinein, nach dem Schlosse zu.

Nun ermahnte Gockel auch noch die Frau Hinkel und das Kind Gackeleia zur Zufriedenheit, zum Vertrauen auf Gott und zu Fleiß und Ordnung in dem neu bevorstehenden Aufenthalt auf eine so liebreiche Art, daß Frau Hinkel und das Kind Gackeleia den guten Vater herzlich umarmten und ihm alles Gute und Liebe versprachen.

Nun zogen sie alle froh und heiter durch den schönen Wald, die Sonne sank hinter die Bäume, es ward so recht stille und vertraulich, ein kühles Lüftlein spielte mit den Blättern, und Frau Hinkel von Hennegau sang folgendes Liedchen mit freundlicher Stimme, wozu Gockel und Gackeleia leise mitsangen:

Wie so leis die Blätter wehn
In dem lieben, stillen Hain!
Sonne will schon schlafen gehn,
Läßt ihr goldnes Hemdelein
Sinken auf den grünen Rasen
Wo die schlanken Hirsche grasen
In dem roten Abendschein.
Gute Nacht! Heiapopeia
Singt Gockel, Hinkel und Gackeleia.

In der Quellen klarer Flut
Treibt kein Fischlein mehr sein Spiel;
Jedes sucht, wo es ruht,
Sein gewöhnlich Ort und Ziel
Und entschlummert überm Lauschen
Auf der Wellen leises Rauschen
Zwischen bunten Kieseln kühl.
Gute Nacht! Heiapopeia
Singt Gockel, Hinkel und Gackeleia.

Schlau schaut auf der Felsenwand
Sich die Glockenblume um;
Denn verspätet über Land
Will ein Bienchen mit Gebrumm
Sich zur Nachtherberge melden
In den zarten blauen Zelten,
Schlüpft hinein und wird ganz stumm.
Gute Nacht! Heiapopeia
Singt Gockel, Hinkel und Gackeleia

Vöglein, euer schwaches Nest,
Ist dies Abendlied vollbracht,
Wird wie eine Burg so fest;
Fromme Vöglein schützt zur Nacht
Gegen Katz und Marderkrallen,
Die im Schlaf sie überfallen,
Gott, der über alle wacht.
Gute Nacht! Heiapopeia
Singt Gockel, Hinkel und Gackeleia.

Treuer Gott, du bist nicht weit,
Und so ziehen wir ohne Harm
In die wilde Einsamkeit,
Aus des Hofes eitelm Schwarm.
Du wirst uns die Hütte bauen,
Daß wir fromm und voll Vertrauen
Sicher ruhn in deinem Arm.
Gute Nacht! Heiapopeia
Singt Gockel, Hinkel und Gackeleia.

Als dies Lied zu Ende war, ward der Wald etwas lichter, und sie sahen den feurigen Abendhimmel durch die leeren Fensterbogen des Schlosses schimmern, an dessen offnem Tore sie standen. Ihr Empfang war feierlich. Der Hahn Alektryo saß auf dem steinernen Wappen über dem Tore, schüttelte sich, schlug mit den Flügeln und krähte als ein rechtschaffener Schloßtrompeter dreimal lustig in die Luft, und alle Vöglein, die in dem verlassenen, baumdurchwachsenen Baue wohnten, und welchen der Hahn die Ankunft der gnädigen Herrschaft verkündigt hatte, waren aus ihren Nestern herausgeschlüpft und schmetterten lustige Lieder in die Luft, indem sie sich auf den blühenden Holunderbäumen und wilden Rosenhecken schaukelten, welche ihre Blüten vor den Eintretenden niederstreuten. Der Storch auf dem Schloßgiebel klapperte dazu mit seiner ganzen Familie, daß es schier wie eine große Musik mit Pauken und Trompeten klang.

Gockel, Hinkel und Gackeleia hießen alle willkommen und traten in die alte, zerfallene Kapelle, wo sie sich an dem Altar neben die wilden Waldblumen niederknieten, ganz nahe dem Grabstein des alten Urgockels von Hanau, und Gott für ihre glückliche Reise dankten und ihn um Schutz und Hülfe anflehten.

Während ihrem Gebet waren alle Vögel ganz stille, und da sie sich von den Knien erhoben, lockten Alektryo und Gallina, als Schloßhauptmann und Schlüsseldame, an der Türe, sie sollten ihnen nach dem ausgesuchten Gemache folgen. Sie taten dies, und der Hahn und die Henne schritten gackernd und majestätisch über den Schloßhof auf den wohlerbauten, ganz erhaltenen Hühnerstall zu, der eine große Türe hatte; als Alektryo über die Schwelle schritt, bückte er sich tief mit dem Kopf, als befürchte er, mit seinem hohen roten Kamme oben anzustoßen, da die Türe doch für einen starken Mann hoch genug war; aber dieses war im Gefühle seines Adels, denn alle hohen Adeligen und alle gekrönten Häupter pflegen es so zu machen.

In diesem Hühnerstalle nun, dessen Fenster in ein kleines Gärtchen gingen, richteten sie sich ein, so gut sie konnten. Gockel machte von grünen Zweigen einen Besen und fegte mit Hinkel den Boden rein; dann machten sie ein Lager von Moos und dürren Blättern, worüber Gockel seinen Mantel und Hinkel ihre Schürze breitete und sich darauf schlafen legten, Gockel rechts, Hinkel links, das Töchterlein Gackeleia in der Mitte zwischen beiden. Der Hahn und die Henne nahmen auch ihren Platz ein, und von der Reise ermüdet, schliefen sie alle bald.

Gegen Mitternacht rührte sich Alektryo auf seiner Stange, und Gockel, der vor allerlei Gedanken, was er alles vornehmen wolle, seine Familie zu ernähren, nicht fest schlief, ward munter und sah umher, was vorging. Da bemerkte er an der Türe, durch welche der Mond schien, eine lauernde große Katze, die tat auf einmal einen Sprung herein, und in demselben Augenblick hörte Gockel ein Gepfeife und fühlte, daß ihm etwas in den weiten Ärmel seiner Jacke lief. Der Hahn und die Henne flatterten schreiend wegen der Katze herum, Gockel sprang auf und trieb die Katze hinaus, trat an die Türe und zog die Tierchen, die ihm in den Ärmel geschlüpft waren, hervor. Da erkannte er zwei weiße Mäuschen von außerordentlicher Schönheit. Sie waren nicht scheu vor ihm, sondern setzten sich auf die Hinterbeine und zappelten mit den Vorderpfötchen, wie ein Hündchen, das bittet, was dem alten Herrn sehr wohl gefiel. Er setzte sie in seine Pudelmütze, legte sich wieder nieder und diese neben sich, mit dem Gedanken, die guten Tierchen am folgenden Morgen seinem Töchterchen Gackeleia zu schenken, welche, sehr ermüdet wie ihre Mutter, nicht erwacht war.

Als Gockel wieder eingeschlafen war, machten sich die zwei Mäuschen aus der Pudelmütze heraus und unterhielten sich miteinander. Die eine sprach: »Ach, Sissi, meine geliebte Braut, da hast du es nun selbst erlebet, was dabei herauskömmt, wenn man des Nachts so lange im Mondschein herumgeht. Habe ich dich nicht gewarnt!« Da antwortete Sissi: »O Pfiffi, mein werter Bräutigam, mache mir keine Vorwürfe, ich zittere noch am ganzen Leibe vor der schrecklichen Katze, und wenn sich ein Blatt regt, fahre ich zusammen und meine, ich sehe ihre feurigen Augen.« Da sagte Pfiffi wieder: »Du brauchst dich nicht weiter zu ängstigen, der gute Mann hier hat der Katze einen so großen Stein nachgeworfen, daß sie vor Angst schier in den Bach hineingesprungen ist.« »Ach«, sagte Sissi, »ich fürchte mich nur auf unsre weitere Reise; wir müssen wohl noch acht Tage laufen, bis wir zu deinem Königlichen Herrn Vater kommen, und da jetzt einmal eine Katze uns ausgekundschaftet hat, werden sie an allen Ecken auf uns lauern.« Da erwiderte Pfiffi: »Wenn nur eine Brücke über den Fluß wäre, der eine halbe Tagereise von hier durch den Wald zieht, so wären wir bald zu Haus; aber nun müssen wir die Quelle des Flusses umgehn.«

Als sie so sprachen, hörten sie eine Eule drauß schreien und krochen bang tiefer in die Mütze. »Auch noch eine Eule!« flüsterte Sissi. »Oh, wäre ich doch nie aus der Residenz meiner Mutter gewichen!« Und nun weinte sie. Der Mäusebräutigam war hierüber sehr traurig und überlegte her und hin, wie er seine Braut ermutigen und vor Gefahren schützen soll. Endlich sprach er: »Geliebte Sissi, mir fällt etwas ein; der gute Mann, der uns in seine Pudelmütze gebettet hat, würde uns vielleicht sicher nach Haus helfen, wenn er unsere Not nur wüßte. Lasse uns leise an seine Ohren kriechen und ihm recht flehentlich unsre Sorgen vorstellen; rede in deinen süßesten Tönen zu ihm, dann kann er nicht widerstehen, aber ja recht leise, damit er nicht aufwacht, denn nur im Schlafe verstehen die Menschen die Sprache der Tiere.«

Sissi war sogleich bereit und kroch an das linke Ohr Gokkels, und Pfiffi an das rechte, und zischelten ihm mit ihren feinsten Stimmchen zu. Pfiffi sang, nachdem er sich auf die Hinterbeine gesetzt und seinen Schweif quer durch das Maul gezogen hatte, um eine rührendere Stimme zu bekommen:

Ich bin der Prinz von Speckelfleck
Und führe heim die schönste Braut;
Die Katze bracht' ihr großen Schreck,
Sie bangt um ihre Sammethaut.
Ach, Gockel, bring uns bis zum Fluß
Und bau uns drüber einen Steg,
Daß ich mit meiner Braut nicht muß
Den Quell umgehn auf weitem Weg!
Gedenken wird dir's immerdar

Ich und der hohe Vater mein;
Ist's auch nicht gleich, vielleicht aufs Jahr,
Stellt Zeit zu Dank und Lohn sich ein.
Doch was braucht's da viel Worte noch?
Hart wird es mir, der edlen Maus,
Vor deinem großen Ohrenloch
Zu betteln, mir, die stets zu Haus
Als erstgeborner Königssohn
Gefürchtet und befehlend sitzt
Auf einem Parmesankästthron,
Der stolze Buttertränen schwitzt.
Sag dir hiermit, erwähl dein Teil,
Nimm mich und meine Braut in Schutz,
Schaff uns nach Haus gesund und heil,
sonst biete ich dir Fehd und Trutz!
Wenn uns die Katze auch nicht beißt,
Maulleckend nur die Zähne bleckt,
Miauend meine Braut erschreckt,
Woran viel liegt, was du nicht weißt,
Krümmt sie uns nur ein einziges Haar,
Faßt uns ein wenig nur am Schopf,
Vielmehr, frißt sie uns ganz und gar,
So kömmt die Tat auf deinen Kopf.
Wonach du dich zu achten hast.
Gegeben vor dem Ohrenloch
Des Wirtes, auf der dritten Rast
Von unsrer Brautfahrt, da ich kroch
In seinen Ärmel vor der Katz
Nebst meiner Braut aus großem Schreck,
Und in der Pudelmütze Platz
Er uns gemacht. Prinz Speckelfleck,
Punktum, Streusand, und halte still,
Ins Ohr beiß ich dir mein Sigill.

Nach dieser ziemlich unhöflichen Rede biß Speckelfleck dem ehrlichen Gockel ins Ohr, daß er mit einem lauten Schrei erwachte und um sich schlug. Da flohen die beiden Mäuse in großer Angst wieder in die Pudelmütze. »Nein, das ist doch zu grob, einen ins Ohr zu beißen!« sagte Gockel. Da erwachte Frau Hinkel und fragte: »Wer hat dich denn ins Ohr gebissen? Du hast gewiß geträumt.« »Ist möglich«, sagte Gockel, und sie schliefen wieder ein.

Nun sprach Sissi zu Pfiffi: »Aber um alle Welt, was hast du nur getan, daß der Mann so bös geworden?« Da wiederholte ihr Pfiffi seine ganze Rede, und Sissi sagte mit Unwillen: »Ich traue meinen Ohren kaum, Pfiffi, kann man unvernünftiger und plumper bitten als du? Die niedrigste Bauernmaus würde sich in unsrer Lage anders benommen haben. Alles ist verloren, ich bin ohne Rettung in die Krallen der Katze hingegeben durch deine übel angebrachte Hoffart. Ach, mein junges Leben! O hätte ich dich niemals gesehen!« usw.

Pfiffi war ganz verzweifelt über die Vorwürfe und Klagen seiner Braut und sprach: »Ach, Sissi, deine Vorwürfe zerschneiden mein Herz; ich fühle, du hast recht ; aber fasse Mut, gehe an das linke Ohr und wende alle deine unwiderstehliche Redekunst an; das linke Ohr geht zum Herzen, er erhört dich gewiß. O ich Unglücklicher, daß ich in die verwünschten königlichen Redensarten gefallen bin!«

Da erhob sich Sissi und sprach: »Wohlan, ich will es wagen.« Leise, leise schlüpfte sie an das linke Ohr Gockels, nahm eine rührende Stellung an, kreuzte die Vorderpfötchen über die Brust, schlang den Schweif wie einen Strick um den Hals, neigte das Köpfchen gegen das Ohr und flüsterte so fein und süß, daß das Klopfen ihres bangen Herzchens schier lauter war als ihre Stimme:

Verehrter Herr, ich nahe dir
Bestürzt, beschämt und herzensbang;
Ich weiß, mein Bräutigam war hier

Und ziemlich grob vor nicht gar lang.
Auch war sein Siegel sehr apart,
Mit Recht hast du ihn angeschnarrt.
Weil er verwöhnt, von Not entfernt,
Als einziger Prinz verzogen ward,
Hat er das Bitten nicht gelernt;
Drum, edler Mann, nimm's nicht so hart!
Wie Grobsein ihm, sei Höflichsein
Dir leicht, weil du erzogen fein.
Er meint's gewiß von Herzen gut,
Doch kömmt beim Sprechen er in Zug,
So regt sich sein erhabnes Blut,
Und er wird gröber als genug.
Bedenk, der Kinder Pfeife klingt,
Wie ihrer Eltern Orgel singt.
Doch reut's ihn immer hinterdrein,
Und in der Pudelmütze sitzt
Jetzt krumm das arme Sünderlein
Und seufzt und wimmert, daß es schwitzt,
Und schimpft, daß ihm die Hofmanier
So grob entfuhr zur Ungebühr.
Bekennet hat er mir, der Braut,
Die ihn erst tüchtig zappeln ließ,
Ihm tüchtig wusch die grobe Haut,
Die Nas ihm auf den Fehler stieß
Und endlich, nach manch bittern Ach,
Dich zu versöhnen ihm versprach.
Doch, daß ich selbst mich nicht vergeß,
Vergönne jetzt in Demut mir
Zu sagen, daß ich, was Prinzeß
Bei Menschen ist, bin als ein Tier,
Und zwar als kleine weiße Maus.
So schütt ich nun mein Herz dir aus.
Prinzeß Sissi von Mandelbiß

Fleht dich um Ritterdienste an;
Du weißt aus dem Äsop gewiß,
Was für die Maus ein Löw getan,
Und wie ihm dankbar half die Maus
Dann wieder aus dem Netz heraus.
Auch meinem Bräutigam und mir
Hilf sicher in das Mausereich.
Die Katz, das ungeheure Tier,
Macht mich vor Schreck ganz totenbleich!
Oh, hättest du ein bißchen nur
Von Mausgeschmack und Mausnatur!
Oh, wüßtest du, wie weiß und zart,
Wie lieblich ich an Leib und Seel,
Gar nicht nach andrer Mäuse Art,
Ja, unter allen ein Juwel,
Du littest lieber selbst den Tod,
Als du mich ließ'st in Katzennot.
Die Äuglein sind wie Diamant,
Die Zähnlein Perl und Elfenbein,
Mein Leib ist zierlich und gewandt,
Die Pfötchen rosenrot und klein,
Das Mäulchen pfiffiglich gespitzt,
Ich schweig vomTeil, auf dem man sitzt;
Die Öhrlein sind zwei Blumen zart,
Die Nase einer Blüte gleich;
Wie Blütenfäden ist mein Bart
So rein, so fein, so weiß und weich.
Und wie Frau Catalani singt,
Mein Stimmlein bei den Mäusen klingt.
Man hat mich drum als Gegensatz
Oft Mausalani auch genannt;
Weil Kata etwas klingt wie Katz,
Hat man das Wort so umgewandt,
Das Lani ließ man angehängt,

Weil man dabei an Wolle denkt.
Verleugne nicht dein Zartgefühl,
Laß rühren dich durch meinen Sang!
Denn lockender als Flötenspiel,
Als Harfen- und als Geigenklang
Fleht er aus meiner Brust heraus:
Beschütz die kleine weiße Maus!
Bei deiner hohen Adelspflicht,
Die dich zum Schutz der Damen weiht,
Beschwör ich dich, verlaß mich nicht!
Vielleicht ist ja der Tag nicht weit,
Daß ich dir wieder helfen kann,
Doch danach fragt kein Edelmann.
Wer, mich zu retten, einen Stein
Der Katze in die Rippen warf,
Wer zugab, daß der Liebste mein
An meiner Seite schlummern darf,
In seiner Pudelmütze warm,
Der schützt mich auch mit starkem Arm!
Erlaub nun, daß dir als Sigill
Der Wahrheit ohne Hinterlist
Hier einsamlich und in der Still
Das Ohrläppchen demütig küßt,
Was niemals sie noch tat gewiß,
Prinzeß Sissi von Mandelbiß.

Nun küßte sie ganz leise das Ohrläppchen Gockels, und weil er im Schlafe etwas durch die Nase pfiff, glaubte sie, er sage ihr in der Mausesprache die artigsten Sachen und verspreche ihr seine Hülfe für gewiß. Mit leichtem Herzen begab sie sich daher nach der Pudelmütze zurück und verkündigte ihrem Bräutigam den guten Erfolg ihrer Bitten, worauf dieser sie zärtlich umarmte.

Jetzt aber war die Stunde gekommen, da die schwarze Nacht gegen Morgen ergrauet, und Alektryo als ein getreuer

Burgvogt streckte dem anbrechenden Lichte seinen Hals entgegen, um es zum erstenmal mit einem krähenden Trompetenstoße hier zu bewillkommen. Da erwachten Gockel und Frau Hinkel, Gackeleia aber schlief fest.

Frau Hinkel fragte ihren Mann, warum er denn heute nacht so unruhig gewesen, und wie er nur geträumt habe, daß ihn jemand ins Ohr gebissen. Da zeigte Gockel ihr die weißen Mäuschen in seiner Pudelmütze und erzählte ihr, wie sie vor der Katze, die er verjagt, zu ihm geflohen, und wie er hernach geträumt habe, die eine Maus begehre auf eine unhöfliche Weise Hülfe von ihm und beiße ihn noch dazu ins Ohr, wie aber hernach die andere Maus so artig gebeten und ihm das Ohrläppchen geküßt habe, daß er ihr versprochen habe, zu helfen. »Und das will ich auch tun«, fuhr Gockel fort, »ich will beide sogleich über den nächsten Fluß bringen, wo sie außer Gefahr in ihrer Heimat sind.«

Da wollte er aufstehen und sich auf die Reise begeben, aber Frau Hinkel sagte: »Du bist nicht recht klug; dir träumt, du hättest den Mäusen etwas versprochen und willst es ihnen nun im Wachen halten, und deswegen willst du mich hier in der Wildnis mit Gackeleia allein lassen, wo du so nötig bist, um aufzuräumen und alles in Ordnung zu bringen?« Da sprach Gockel: »Du hast scheinbar ganz recht, aber versprochen muß gehalten werden; ich habe mein Ehrenwort gegeben, und das ist mir so deutlich und gegenwärtig als der Biß in das Ohr.» Da erwiderte Hinkel: »Wenn der Biß aber ein Traum war, so war auch das Ehrenwort ein Traum.« Gockel sagte hierauf zürnig: »Paperlapapp! Ein Ehrenwort ist nie ein Traum, das verstehst du nicht, und den Biß habe ich so deutlich gefühlt, daß ich mit einem Schrei erwachte; das Ohr brennt mir noch.« »Laß doch einmal sehen!« sagte Frau Hinkel und erblickte mit großer Verwunderung die Spur von fünf spitzen Zähnchen an Gockels Ohr. Als sie ihm dieses gesagt hatte, ließ er sich auch keinen Augenblick länger aufhalten, sprang vom Lager auf, nahm das Brot aus seinem Reisesack, schnitt sich ein Stück herunter, das er einsteckte, und sprach zu seiner Frau: »Hinkel, räum einstweilen alles hübsch auf, sieh dich im Schlosse und der Umgegend um und denke dir alles aus, wie du es gern zu unsrer Haushaltung eingerichtet hättest; besonders gebe auf Alektryo und Galina acht, weil es, wie du gehört hast, Katzen hier gibt; nachmittags hoffe ich wieder hier zu sein.« Und nun nahm er seinen Reisestab in die Hand, schob die Pudelmütze, aus der ihm die Mäuschen freundlich entgegenpfifferten, in den Busen und ging mit starken Schritten in den Wald gegen den Fluß hin.

Als er ein paar Meilen gegangen war, ruhte er an einer Quelle, wo er sein Brot mit seinen Reisegefährten teilte. Da er aber endlich an den Fluß kam, ging er auf und ab, eine schmale Stelle zu finden, fand auch endlich einen Ort, wo er den Fluß leicht mit einem Steine überwerfen konnte. Hier nun nahm er sich vor, die Mäuschen überzusetzen; aber keine Brücke, kein Kahn war da; er entschloß sich daher kurz, zog die Pudelmütze hervor und sprach hinein: »Lebt wohl, meine lieben Gäste! Du, Prinz von Speckelfleck, befleißige dich besserer Sitten, und du, Prinzeß von Mandelbiß, bilde dir nicht soviel auf deine Schönheit ein; übrigens bist du ein vortreffliches Tierchen. Lebt wohl, grüßt eure Anverwandten und vergeßt nicht den armen alten Gockel von Hanau!« Die Mäuschen wußten gar nicht, was er wollte, weil er schon Abschied nahm und sie doch noch diesseits des Flusses waren, auch kein Kahn und keine Brücke weit und breit zu sehen; sie pfifferten ihm daher allerlei Fragen entgegen, aber er verstand kein Wort, ließ sich auch weiter auf nichts ein, sondern wickelte sie in die Pudelmütze fest ein, holte weit aus und warf sie glücklich hinüber in das hohe Gras.

Da sich von dem Falle die Mütze drüben öffnete, schrien die kleinen Tierchen noch immer sehr verwundert, wie er sie nur hinüberbringen wolle, als sie zu ihrer größten Verwunderung sahen, daß sie bereits drüber waren, und fröhlich nach Hause liefen, ihre Abenteuer zu erzählen.

Auf dem Heimwege begegnete Gockel ein paar alte Juden, welche große Naturphilosophen waren; sie führten einen alten Bock und eine alte, magere Ziege an Stricken zur Frankfurter Messe. Sie redeten Gockel an: »Seid Ihr der Besitzer des alten Schlosses hier im Walde?« Gockel: »Ja, ich bin der alte Rauhgraf Gockel von Hanau.« Da fragten ihn die Juden, ob er ihnen nicht seinen alten Haushahn verkaufen wollte, sie wollten ihm den Bock dafür geben. Gockel antwortete: »Ich bin kein Schneider; was soll ich mit dem Bock? Ihn etwa zum Gärtner machen? Kann der Bock etwa krähen? Mein Hahn ist kein gewöhnlicher Alltagshahn, er ist ein Wappenhahn, ein Stammhahn; sein Vater hat auf meines Vaters Grab gekräht, und er soll auf meinem Grabe krähen. Lebt wohl!« Da boten ihm die Juden die Ziege, und als er abermals nicht wollte, boten sie ihm den Bock und die Ziege. Gockel aber lachte sie aus und ging seiner Wege. Da riefen sie ihm nach: »In vier Wochen gehen wir wieder vorbei, da wollen wir wieder nachfragen, vielleicht habt ihr dann mehr Lust, den Hahn zu verkaufen.«

Gockel kam gegen Abend nach Haus, und nachdem er von seiner Reise ausgeschlafen hatte, begann er am andern Morgen mit Frau Hinkel und dem Töchterchen Gackeleia sich in dem wüsten Schlosse seiner Voreltern so gut einzurichten, als es nur immer gehen wollte. Sie legten auf allen fruchtbaren Erdfleckchen zwischen den Mauern Gartenbeete an, ordneten und verbanden alle Winkelchen mit Zäunen und aus umherliegenden Steinen zusammengestellten Treppen. Hinkel sammelte den Samen von allen Gartengewächsen, die da im verschütteten alten Schloßgärtchen noch übriggeblieben waren, und säte sie fein ordentlich in die neu angelegten Beete.

Gackeleia sollte aus Weidenruten Hühnernester flechten und zu einem großen Hühnerkorbe für die jungen Hühnchen, die sie erwarteten, die Weidenruten in den Quell legen, der mitten im Schloßhofe entsprang, damit sie sich recht geschmeidig flechten ließen. Aber sie tat das sehr nachlässig, war eine neugierige, naschhafte kleine Spielratze, guckte in alle Vogelnester, naschte von allen Beeren, machte sich Blumenkränze und hatte keine rechte Lust zum Arbeiten, weswegen der alte Haushahn Alektryo sie manchmal mit rechtem Zorn ankrähte, so daß sie heftig erschrak und zu ihrer Arbeit zurücklief, weshalb sie einen rechten Unwillen auf den alten Wetterpropheten kriegte und ihn immer bei der Mutter verklagte.

Auch diese hatte keine rechte Liebe zu dem Alektryo; denn wenn sie manchmal über der Gartenarbeit ermüdete und sich auf einen Stein setzte und sehnsüchtig an die Fleischer- und Bäckerladen zu Gelnhausen dachte, fing Alektryo an, der ihr überhaupt immer, wie ein beschwerlicher Haushofmeister, auf allen Schritten nachging, auf den zu bestellenden Gartenbeeten zu scharren und zu gackern, um sie an die Arbeit zu erinnern. Und als sie einstens so sitzend eingeschlafen war und vergessen hatte, der Henne Gallina Futter vorzustreuen und frisch Wasser zu geben, träumte ihr auch von den Gelnhausner Braten und Eierwecken so klar und deutlich, daß sie im Traum sagte: »Ach, es ist Wahrheit, es ist kein Traum!« Da krähte ihr der Alektryo so schneidend dicht in die Ohren, daß sie vor Schrecken erwachte und an die harte Erde fiel. Darum faßte sie noch einen viel größeren Unwill gegen den ehrlichen Stammhahn Alektryo und jagte ihn überall hinweg, wo sie zu tun hatte. Auch hätte sie ihm längst gern den Hals abgeschnitten, weil er sie alle Morgen um drei Uhr von ihrem Lager aufweckte. Aber er war ihr zu der Hühnerzucht, auf welche Gockel alle seine Hoffnungen gestellt hatte, gar zu nötig.

Gockel brachte meistens den ganzen Tag auf der Jagd zu und kehrte abends, wenn er in der umliegenden Gegend seine Beute gegen Brot, Nahrungsmittel und andere Bedürfnisse vertauscht hatte, zu den Seinigen zurück. Da kam ihm dann gewöhnlich der alte Alektryo entgegengeflogen, schlug mit den Flügeln, krähte und gackerte allerlei, als wollte er Hinkel und Gackeleia verklagen wegen ihrer Nachlässigkeit, und diese verklagten den Hahn wieder, und es ging ein strenges Nachforschen Gockels über alles an, wo dann Hinkel und Gackeleia mancherlei Verdruß bekamen, so daß sie dem Alektryo immer feindseliger wurden.

Das alles währte so fort, bis die Henne Gallina dreißig Eier gelegt hatte, auf denen sie brütend saß. Auf diese Brut setzte Gockel alle seine Hoffnung für die Zukunft und zürnte drum so gewaltig auf Frau Hinkel, als sie die Vorsprecherin der Raubvögel werden wollte, die gern im Schlosse aufgenommen gewesen wären. Darüber Gockel ihr einen so derben Verweis gab, wie ich gleich anfangs erzählte.

Die Freude des guten Gockels über seine brütende Henne war ungemein groß, und da er täglich erwartete, daß die kleinen Hühnchen auskriechen sollten, eilte er nach einer nah gelegenen Stadt, Hirse zu ihrem Futter zu kaufen, und empfahl sowohl der Frau Hinkel als der kleinen Gackeleia recht sehr, auf die brütende Gallina acht zu haben, damit ihr ja niemals etwas mangle. Er ging schon um Mitternacht weg, weil er einen weiten Weg vor sich hatte.

Frau Hinkel aber dachte nun einmal recht auszuschlafen und nahte sich dem Hahn Alektryo, der noch auf seiner Stange schlafend saß, ergriff ihn und steckte ihn in einen dunklen Sack, damit er den anbrechenden Morgen nicht erblicken und sie mit seinem Krähen nicht erwecken möge, worauf sie sich wieder niederlegte und wie eine Katze zu schlafen begann. Das Töchterlein Gackeleia aber schlief gar nicht lang, denn sie hatte sich lange darauf gefreut, wenn der

Vater Gockel einmal länger abwesend sein würde, um sich ein Vergnügen zu machen, das sie gar nicht erwarten konnte. Sie hatte nämlich bei ihrem Herumklettern in einem entfernten Winkel des alten Schlosses eine Katze mit sieben Jungen gefunden und weder dem Vater noch der Mutter etwas davon gesagt, weil diese immer sehr gegen die Katzen sprachen. Gackeleia aber konnte sich nie satt mit den artigen Kätzchen spielen und brachte alle ihre Freistunden bei denselben zu.

Heute stand sie nun in aller Frische leise neben der schlafenden Mutter auf, froh, daß Alektryo sie nicht verraten könne; denn sie hatte wohl bemerkt, daß die Mutter ihn in den Sack gesteckt. Als sie aber an dem Neste der brütenden Gallina vorüberging, hatte sie eine wunderbare Freude; denn siehe da, alle die Eier waren kleine Hühnchen geworden und piepten um die Henne herum und drängten sich unter ihre ausgebreitete Flügel und guckten bald da, bald dort mit ihren niedlichen Köpfchen hervor. Gackeleia wußte sich vor Freude gar nicht zu lassen; anfangs wollte sie die Mutter gleich wecken, dann aber fiel es ihr ein, sie wollte es zuerst ihren kleinen Kätzchen erzählen, und meinte, die würden sich ebensosehr als sie selbst über die schönen Hühnchen freuen.

Schnell lief sie nun nach dem Katzennest, und als ihr die alte Katze mit einem hohen Buckel entgegenkam und um sie herumzuschnurren begann und die kleinen Kätzchen alle hinter ihr drein zogen, sprach Gackeleia: »Ach, Schurimuri, Gallina hat dreißig junge Hühnchen, und jedes ist nicht größer als eine Maus.« Als die Katze das hörte, war sie so begierig, die Hühnchen zu sehen, daß ihr die Augen funkelten. Da sagte Gackeleia: »Wenn du hübsch leise auftreten willst und nicht miauen, damit die Mutter nicht erwacht, so will ich dir die artigen Hühnchen zeigen; die kleinen Kätzchen können auch mitgehen, die werden große Freude an den Hühnchen haben.«

Gleich lief nun Schurimuri mit ihren Jungen vor Gackeleia her, und als sie an den Stall gekommen waren, ermahnte sie dieselben nochmals, recht artig zu sein, und machte leise die Türe auf. Da konnte sich aber Schurimuri nicht länger halten, sie setzte mit einem Sprunge auf die brütende Gallina und erwürgte sie, und die jungen Kätzchen waren ebenso schnell mit den jungen Hühnchen fertig.

Das Geschrei der Gackeleia und der sterbenden Gallina weckte die Mutter, die noch auf dem Lager schlief und mit Entsetzen ihre ganze Hoffnung von der Katze erwürgt sah, die sich nebst ihren Jungen bald mit ihrer Beute davonmachte. Gackeleia und Hinkel weinten und rangen die Hände, und der arme Alektryo, der das Wehgeschrei der Seinigen wohl gehört hatte, flatterte und schrie in dem Sacke. Gackeleia wollte sterben vor Angst, sie umfaßte die Kniee der Mutter und schrie immer: »Ach, der Vater, der Vater, ach, was wird der Vater Gockel sagen! Ach, er wird mich umbringen! Mutter, liebe Mutter, hilf der armen Gackeleia!«

Frau Hinkel war nicht weniger erschreckt als Gackeleia und fürchtete sich nicht weniger als diese vor dem gerechten Zorne Gockels; denn sie hatte dem Kinde die Katzen verbergen helfen und hatte den wachsamen Alektryo in den Sack gesteckt. Als sie das bedachte, fiel ihr auf einmal ein, sie wollte den Hahn Alektryo als den Mörder der jungen Hühnlein angeben, und hoffte dadurch den Zorn Gockels auf diesen unbequemen Wächter zu wenden. Sie nahm daher den Sack, worin der Hahn war, und sagte: »Komm, Gackeleia, wir wollen dem Vater nacheilen und ihm Alektryo als den Mörder der kleinen Hühner und der Gallina überbringen«, und so eilten sie nun beide, den Gockel einzuholen, der im Walde herumstrich, einiges Wild zu erlegen, das er bei dem Krämer gegen Hirse vertauschen wollte.

Bald sahen sie ihn auch in einem Busche zwei Schnepfen, die sich in einem Sprenkel gefangen hatten, in seinen Ranzen stecken; da fingen sie laut an zu weinen. Gockel schrie ihnen entgegen: »Gott sei Dank! Ihr weinet gewiß vor Freude, Gallina hat gewiß dreißig schöne junge Hühnchen ausgebrütet.« »Ach!« schrie Frau Hinkel, »ach ja, aber« – »Und alle waren bunt und hatten Büsche auf dem Kopf«, unterbrach sie der freudige Gockel. »Ach!«– schrie Gackeleia, »ach ja, aber – aber« – »Was aber?« sagte Gockel, »was aber weint ihr? Dreißig Hühner, wenn jedes wieder dreißig Eier legt, macht aufs Jahr neunhundert Hühner und immer so fort entsetzlich viel Hühner.» Da sagte Hinkel: »O du Unglück über Unglück! Alektryo, dein sauberer Haushahn, hat Gallina und alle die gegenwärtigen und künftigen Hühner gefressen! Da habe ich ihn in den Sack gesteckt; da hast du ihn, strafe ihn, ich will ihn nie wieder sehen!« Mit diesen Worten warf sie dem vor Schreck versteinerten Gockel den Sack mit dem Hahn vor die Füße.

Gockel war über die schreckliche Nachricht, die alle seine Hoffnungen zerstörte, ganz wie von Sinnen. »Ach!« rief er aus, »nun gebe ich alles verloren; das Glück weichet von meinem Stammhaus, alle meine Voreltern und Nachkommen sind betrogen durch den unseligen Alektryo, den wir über Menschen und Vieh hochgeachtet haben. Oh, hätte ich ihn doch den drei jüdischen Naturphilosophen gestern für den Geißbock und die Ziege verkauft, da hätten wir doch etwas gehabt!« Als Frau Hinkel hörte, daß er den Alektryo so gut habe verkaufen können, machte sie dem Gockel bittre Vorwürfe, der noch immer trauriger ward und endlich seinen alten pergamentnen Adelsbrief aus dem Busen zog und zu seiner Frau sagte: »Hinkel, sieh, was mich immer gezwungen hat, den Alektryo zu ehren; da unten auf der buchsbaumenen Büchse, in welcher der treulose Alektryo als mein Familienwappen in Wachs abgebildet ist, steht folgender Spruch, der alle meine Vorfahren und auch mich bewogen, von dem Geschlecht des Alektryo unser Glück zu erwarten.« Und nun las er den Spruch, der auf der Kapsel eingeschnitten stand:

Dem Gockel Hahn
Bringt Glücke selbst
Um Undank,
Hals ab,
Kropf auf,
Stein kauf,
Brot gab.

Als er kaum die letzten Worte gesprochen, traten die drei Juden, die ihm gestern den Hahn abkaufen wollten, aus dem Gebüsch und sprachen: »Was befehlen der Herr Graf Gockel von Hanau von uns?« »Wie!« sagte Gockel unwillig, »was soll ich begehren?« »Der Herr Graf haben uns doch mit Namen gerufen«, sagten die Juden alle drei, »denn haben Sie doch Halsab, Kropfauf, Steinkauf gesprochen, und dies sind unsre drei Namen; vielleicht wollen Sie Ihr Wappen auf ein Petschaft stechen lassen, denn wir sind auch Petschierstecher und sehen, daß Sie Ihr Wappen in den Händen haben.«

»Ach!« sagte Gockel, »ich möchte mein Wappen lieber ganz vernichten; denn der Hahn Alektryo, der drauf abgebildet ist, hat uns schändlich betrogen«, und nun erzählte er ihnen sein ganzes Unglück. »Sehen der Herr Graf«, sagten die drei philosophischen Petschierstecher, »wie gut wir es mit Ihnen gemeint, da wir Ihnen den Hahn abkaufen wollten? Haben wir nicht gesagt, Sie würden ihn nächstens vielleicht gern loswerden, wenn ihn nur jemand wolle?« »Wieso gut gemeint?« sagte Gockel, »wie konntet ihr denn wissen, daß mich der Hahn in solches Leid versetzen würde?« Da erwiderte der eine Jude: »Dies Leid steht ja hell und klar auf der buchsbaumenen Kapsel, unsere Voreltern haben ja selbst dieses Siegel verfertigt, und deswegen ihre drei Namen Kopfab, Kropfauf, Steinkauf unter die alte Unglücksprophezeiung geschnitten. Da wir nun hörten, daß der Herr

Graf wirklich in Armut geraten ist, wollten wir demselben den Hahn abkaufen, weiteres Unglück von Ihnen abzuwenden, weil Ihre Vorfahren den unsern durch die Verfertigung des Wappens Brot gaben, weswegen auch Brotgab unter die Namen geschrieben wurde.«

»Das ist wunderbar«, erwiderte Gockel, »aber ich sehe in dem Wappenspruch gar keine Unglücksprophezeiung, sondern grad das Gegenteil. Steht nicht in den Worten

Dem Gockel Hahn
Bringt Glücke selbst
Um Undank

ganz deutlich ausgesprochen, daß der Hahn selbst für Undank dem Geschlecht der Gockel Glücke bringen werde?«

»Ja«, sagte da der zweite Jude, »der Spruch ist wie alle solche Sprüche geheimnisvoll gestellt; wir aber als Petschierstecher müssen dergleichen besser verstehn; es kommt hier nur auf ein paar Strichlein zuviel oder zuwenig an. Sehen der Herr Graf: ein Strichlein über dem ü im Wort Glücke ist zuviel von unsern Vätern hineingeschnitten, und der Spruch heißet eigentlich:

Dem Gockel Hahn
Bringt Glücke selbst
Um, Undank!

Nämlich: der Hahn bringt dem Gockel die Glucke selbst um, o Undank! Und daß dies so heißt, bezeugt die Tatsache, daß der undankbare Hahn auch wirklich die brütende Glucke mitsamt den Küchlein umgebracht.«

Durch diese Auslegung war Gockel ganz von der Rede der Juden und seinem Unglück überzeugt. Er bat die Juden, ihm doch den Bock und die Ziege jetzt für den Hahn zu geben, aber das wollten sie nicht mehr und sprachen: »Was soll uns der Hahn? Er ist ein Unglückshahn, er kann uns ein Leid antun, wer wird einen Unglückshahn essen? Und bleibt er leben, er könnte einem ein Unglück ankrähen. Aber lassen ihn der Herr Graf einmal sehen, man kauft keine Katze im Sack, viel weniger einen Hahn!«

Da zog der Gockel den Hahn aus dem Sack und sprach weinend: »O Alektryo, welch Leid hast du mir getan!« Alektryo ließ Kopf und Flügel hängen und war sehr traurig. Aber als ihm der eine Jude an den Kropf fühlen wollte, ward er ganz wütend, alle seine Federn sträubten sich empor, er hackte und biß nach ihm und schrie und schlug so heftig mit den Flügeln, daß der Jude zurückwich und Gockel den Hahn kaum halten konnte. »Schau eins!« sagten die Juden, »das wilde Ungeheuer, es will die Leute fressen, das tut das böse Gewissen. Wer wird ihn kaufen?«

Als aber Gockel ihn immer wohlfeiler bot, sagten ihm endlich die Juden: »Wenn Ihr uns den Hahn nach Haus tragen wollt, so wollen wir Euch neun Ellen Zopfband für ihn geben, daß Ihr auch einen schönen langen Zopf binden könnt, wie sich's einem Grafen gebührt«; und Gockel willigte endlich ein, um nur etwas für den Alektryo zu erhalten.

Frau Hinkel und Gackeleia hatten alles dies still mit angehört und gingen mit schwerem Gewissen nach Haus; denn sie wußten, daß die Juden die Unwahrheit sagten.

Gockel aber nahm den Alektryo unter den Arm und folgte traurig den philosophischen Petschierstechern durch den Wald nach ihrem Wohnorte. Anfangs gingen die Juden dicht um ihn, weil der Hahn aber dann immer nach ihnen biß und schrie, sagten sie dem Gockel, einige Schritte mit dem grausamen Ungeheuer hinter ihnen her zu gehen.

Gockel hörte, wie immer die drei Juden zueinander sagten: »Kropfauf, Steinkauf, Halsab«, und wie sie dann miteinander zankten und immer einer zum andern schrie: »Nein, ich Steinkauf, nein, du Kropfauf, nein, du Halsab«, und als Gockel sie fragte, warum sie immer ihre Namen nennend zankten, sagten sie: »Ei, es will keiner von uns den Hahn schlachten, weil er ein so grausames Tier ist; wenn du ihn uns gleich schlachten willst, so wollen wir dir seinen Kamm, seine Füße und Sporen und seinen Schwanz geben, die kannst du auf deine Mütze setzen zum ewigen Andenken. Drehe ihm unterm Tragen den Hals ganz leise um!« »Gut«, sagte Gockel und faßte den guten Alektryo an der Kehle. Da fühlte er aber etwas sehr Hartes in seinem Kropfe, und der Hahn bewegte sich so heftig dabei, daß die Juden sich sehr fürchteten und zu Gockel sprachen: »Gehe ein wenig weiter hinter uns her!« Das tat Gockel, und als er wieder an den Hals des Alektryo faßte, fühlte er das Harte im Kropfe wieder und machte sich allerlei Gedanken, was es doch nur sein könnte. Da sagte auf einmal der Hahn mit deutlichen Worten zu ihm:

Lieber Gockel, bitt dich drum,
Dreh mir nicht den Hals herum,
Köpf mich mit dem Grafenschwert,
Wie es eines Ritters wert!
Graf Gockel, o bittre Schmach!
Trägt den Juden Hahnen nach.

Gockel blieb vor Schrecken und Rührung starr stehen, als er den Alektryo reden hörte; aber er besann sich bald eines andern und wollte den Juden nicht mehr den köstlichen Hahn, der reden konnte, um neun Ellen Zopfband nachtragen und rief den Juden zu, links in das Gebüsch zu treten, jetzt wolle er das grausame Ungeheuer töten.

Die Juden sprangen in das Gebüsch, aber da war eine mit Reisern bedeckte Wolfsgrube, die kannte Gockel gut, denn er hatte sie selbst gegraben, und plumps! fielen alle drei naturphilosophischen Petschierstecher hinein und riefen dem Gockel, ihnen herauszuhelfen. Aber der gab keine Antwort und schlich sich in die Nähe der Grube, um zu hören, was die alten Petschierstecher vorbringen würden.

»Ach!« schrie der eine, »da haben wir es: wer einem andern eine Grube gräbt, fällt selbst hinein; alle Mühe und Arbeit und der köstliche Zauberstein in des Hahnen Kropf ist verloren für uns. Der Gockel muß es gemerkt haben, daß Halsab, Kropfauf, Steinkauf, Brotgab nicht unsre Namen sind, und daß dieser Spruch nichts anders heißt, als man müsse dem Hahn den Hals ab- und den Kropf aufschneiden, um den köstlichen Stein aus demselben zu erhalten, der einem nicht nur Brot gibt, sondern alles, was man von ihm begehrt, Jugend, Reichtum, Glück und alle Güter der Welt.« Da schrie der andre: »O wehe uns, daß wir jemals etwas von dem Steine in dem Hals des Hahnen erfahren haben! O hätten unsre Väter doch niemals in dem alten Gockelschloß nach Schätzen gegraben und dort das ganze Geheimnis auf dem alten Steine eingehauen gelesen, so hätten wir Ruhe gehabt; jetzt schwebt uns der Stein immer vor Augen, mit dem wir all unser Glück verloren haben.« Nun schrie der dritte Petschierstecher: »Unglück über Unglück! Alle Mühe und Arbeit verloren! Wie lange haben wir dem König von Gelnhausen zugesetzt, wiviel Geld haben wir an seine Minister bezahlt, bis sie den Gockel vertrieben und in Armut gebracht, damit wir ihm den Hahn leicht abkaufen könnten! Haben unsre Eltern doch allein das Petschierstechen gelernt, um das Wappen des alten Gockels in die Hände zu kriegen und den Spruch auf der Kapsel zu lesen; wieviel Arbeit und Kopfbrechens hat uns die Naturphilosophie nicht gekostet, um den Spruch ganz zu verstehen! Alles, alles ist verloren, und Gockel wird uns noch dazu auslachen, daß wir in dem Loche sitzen! Wenn wir nur aus dem Loche wären! Und wer bezahlt mir nun die Katze, die ich mit ihren sieben Jungen selbst aus meinem Beutel gekauft und in das Schloß gesetzt habe, damit sie die Gallina mitsamt der Brut fressen sollte, auf daß dem Gockel der Hahn feil würde? Wer bezahlt mir die Katze? Ich will mein Geld für die Katze! Hätte ich ihr den Pelz doch abziehen können und sie als einen Hasen verkaufen und den Pelz auch verkaufen können! Ich will mein Geld für die Katze!«

Über dies Geschrei mußte Gockel lachen; da glaubte der eine Petschierstecher, einer seiner Gesellen habe ihn ausgelacht, und schlug nach ihm; der schrie und sagte, der andre sei es gewesen; da schlug dieser nach ihm, und daraus entstand eine allgemeine Prügelei unter den dreien, worüber Gockel mit seinem Hahn Alektryo die Grube verließ und nach seinem Schlosse in tiefen Gedanken zurückging.

Er hatte gar vieles erfahren, die Lüge der Frau Hinkel und der kleinen Gackeleia, die Anwesenheit einer alten Schrift auf Stein in seinem Schloß, das Geheimnis von dem Zauberstein in des Hahnen Kropf und die ganze Betrügerei der naturphilosophischen Petschierstecher. Alles dieses machte ihn gar tiefsinnig und betrübt; er drückte den edlen Hahn Alektryo ein Mal um das andre an sein Herz und sagte zu ihm: »Nein, du geliebter, ehrwürdiger, kostbarer Alektryo, und wenn du den Stein der Weisen und Salomons Petschaft in deinem Kropf hättest, du sollst darum durch meine Hand nicht sterben, und ehe Gockel nicht verhungert, sollst du auch nicht umkommen.« Nach diesen Worten wollte er dem Alektryo ein bißchen Brot geben, der schüttelte aber den Kopf und sprach gar traurig:

Alektryo ist in großer Not,
Gallina tot, dreißig Hühnchen tot,
Alektryo will mehr kein Brot,
Will sterben durch das Grafenschwert,
Wie es ein edler Ritter wert.
Will haben ein ehrlich Halsgericht,
Wo Gockel von Hanau das Urteil spricht
Und der Katze das Stäblein bricht.
Alektryo ist ein armer Tropf,
Schneid du ihm ab den edlen Kopf
Und nimm den Stein ihm aus dem Kropf!

»O Alektryo«, sprach Gockel mit Tränen, »ein schrecklich Gericht soll über die Katze ergehen, deine verstorbene Gallina und deine dreißig Jungen sollen gerächt werden, und was noch von ihnen übrig ist, soll in einem ehrlichen Grabe bestattet werden; aber du, du mußt bei mir bleiben.«

Der Hahn aber wiederholte immer die nämlichen Worte, daß er in jedem Fall sterben wollte, und wenn Gockel ihn nicht schlachten wollte, so werde er sich zu Tode hungern; Gockel werde schon auf dem alten Stein alles beschrieben finden und dann kurzen Prozeß machen. Kurz, er blieb immer bei seiner Meinung und begehrte, daß Gockel ihm den Kopf mit dem Grafenschwert abhauen solle.

Es war Nacht geworden, als Gockel nach Haus kam, und Frau Hinkel und die kleine Gackeleia schliefen schon; denn sie erwarteten den Gockel heute nicht zurück, weil sie glaubten, er sei mit den Käufern des Alektryo nach der Stadt gegangen. Zuerst schlich sich Gockel nach dem Winkel, wo die mörderische Katze mit ihren Jungen lag; Alektryo zeigte ihm den Weg. Gockel ergriff sie alle zusammen und steckte sie in denselben Sack, in welchem der arme Alektryo gefangengelegen hatte.

Ach, wie trauerte der arme Gockel und Alektryo, als sie die Federn und Gebeine der guten ermordeten Gallina und ihrer Küchlein um das Nest der Katze herumliegen sahen! Sie weinten bittre Tränen miteinander, und Alektryo trug, mit seinem Schnabel herumsuchend, alle die Beinchen und Federn der Gallina und ihrer Jungen auf einen Haufen.

Nun führte der Hahn den alten Gockel in die wüste Schloßkapelle und begann vor dem Altar heftig mit den Füßen in der Erde zu scharren. Gockel verstand ihn und fing an diesem Orte zu graben an. Da entdeckte er einen großen Marmorstein, auf welchem geschrieben stand, daß vor langen Zeiten ein Vorfahre Gockels von Hanau den Edelstein aus dem Ringe Salomonis besessen habe; als aber die Feinde das Schloß verwüstet hätten, habe der Hahn, welcher immer bei der Familie ernährt werde, den kostbaren Stein verschluckt, damit ihn die Feinde nicht eroberten. Der fromme Gockel aber habe darum den Hahn nicht schlachten wollen, weil es ein heiliges Gesetz sei bei der Familie, den Hahnen nie zu ermorden, bis er selbst den Tod begehre.

Als Gockel diese Schrift gelesen, sagte er zu Alektryo: »Da kannst du selbst lesen, lieber Alektryo , daß ich dich nicht umbringen darf; aber sage, wie ist denn der edle Zauberstein an dich gekommen?« Da erwiderte ihm Alektryo:

Urgroßvater sterbend spie aus den Stein,
Da schluckte ihn mein Großvater ein;
Großvater sterbend spie aus den Stein,
Da schluckte ihn mein Herr Vater ein;
Herr Vater sterbend spie aus den Stein,
Da schluckte ihn ich, der Alektryo, ein;
Alektryo sterbend spie aus den Stein,
Da kehrt er zu Gockel, dem Herren sein.
Gallina tot und Küchelchen tot,
Alektryo frißt mehr kein Brot,
Will sterben durch das Grafenschwert,
Wie eines edlen Ritters wert.
Die Prophezeiung auf deinem Siegel steht,
Ist aus, an mir in Erfüllung geht.

»Wohlan«, sagte Gockel, »so will ich dann morgen früh allhier ein strenges Halsgericht halten, und soll dir eine strenge Genugtuung für denTod der Gallina und deiner Jungen gegeben werden. Dann will ich an dir tun, was du begehrst.« Nun setzte sich Gockel auf die Stufen des Altars, um noch ein wenig zu schlummern, Alektryo aber trug alle Gebeine und Federn der Gallina und ihrer Jungen in die Kapelle und legte aus den Gebeinen einen kleinen Scheiterhaufen auf dem ausgegrabenen Steine zusammen und stopfte die Federn alle in die Mitte desselben.

Als aber der Morgen zu grauen begann, flog der Alektryo auf die höchste Mauer des Schlosses und krähte dreimal so laut und heftig in die Luft hinein, daß sein Ruf wie der Schall einer Gerichtstrompete von allen Wänden widerschallte und alle Vögel erwachten und die Köpfe aus dem Nest steckten, um zu hören, was er verkünde. Und da sie hörten, daß er sie zu Recht und Gericht gegen die mörderische Katze vor den Rauhgrafen Gockel von Hanau rief, fingen sie gewaltig an, mit tausend Stimmen ihre Freude über diesen Ruf zu verkünden. Sie machten sich alle auf, schüttelten sich die Federn und putzten sich die Schnäbel, um ihre Klagen vorzubringen, und flogen alle in die leeren Fenster, auf die Spitzen der zerbrochnen Säulen und auf die Mauervorsprünge und auf die hie und da drin wachsenden Büsche, setzten sich und erwarteten die Eröffnung des Gerichts.

Als die Vögel alle versammelt waren, trat Alektryo vor die Stalltüre, worin Hinkel und Gackeleia noch schliefen, und indem er gedachte, daß hier der Mord an der frommen Gallina geschehen, krähte er mit solchem Zorne in den Stall hinein und schlug dermaßen mit den Flügeln dazu, daß Frau Hinkel und Gackeleia mit einem gewaltigen Schrecken erwachten und beide zusammen ausriefen: »O weh! O weh! Da ist der abscheuliche Alektryo schon wieder; er ist gewiß dem Vater im Walde entwischt, wir müssen ihn nur gleich fangen.« Nun sprangen sie beide auf und verfolgten den Alektryo, mit ihren Schürzen wehend; er aber lief spornstreichs in die Kapelle hinein, und wie erschraken Hinkel und Gackeleia, als sie daselbst auf den Stufen des Altars den Gockel mit finsterm Angesicht, das große, rostige Grafenschwert in der Hand haltend, sitzen sahen!

Sie wollten ihn eben fragen, wie er wieder hierher gekommen sei, aber er gebot ihnen, zu schweigen, und wies ihnen mit einer so finstern Miene einen Ort an, wo sie ruhig stehenbleiben sollten, bis sie vor Gericht gerufen würden, daß sie sich verwundert einander ansahen. Der Hahn Alektryo war immer sehr traurig und ging in schweren Gedanken mit gesenktem Kopfe vor Gockel auf und ab, wie ein Mann, der in traurigen Umständen sehr tiefsinnige und verwickelte Dinge überlegt. Ja, er sah ordentlich aus, als lege er die Hände auf den Rücken. Auch Gockel sah einige Minuten still vor sich hin, und alle Vögel rührten sich nicht.

Nun stand Gockel auf und hieb mit seinem Grafenschwert majestätisch nach allen vier Winden mit dem Ausruf:

Ich pflege und hege ein rechtes Gericht,
Wo Gockel von Hanau das Urteil spricht
Und über den Mörder den Stab zerbricht.

Nach diesen Worten flog Alektryo auf die Schulter Gokkels und krähte dreimal sehr durchdringlich. Frau Hinkel wußte gar nicht, was dies alles bedeuten sollte, und schrie in großen Ängsten aus: »O Gockel, mein lieber Mann, was machst du? Ach, ich Unglückliche, er ist närrisch geworden.« Da winkte ihr Gockel nochmals, zu schweigen, und sprach:

Wer kömmt zu Rüge, wer kömmt zu Recht?

Da trat Alektryo hervor und sprach mit gebeugtem Haupt:

Alektryo klagt, dein Edelknecht!

Ach, wie fuhr das der Frau Hinkel und der kleinen Gackeleia durch das Gewissen, als sie hörten, daß der Hahn reden konnte; sie zitterten, daß nun alles gewiß herauskommen würde. Da sprach Gockel:

Alektryo, was ward dir getan?

Da trat Alektryo zu den Gebeinen der Gallina und sprach:

Ach Herr, schau diese Gebeinlein an!
Das war mein Weib und meine Brut,
Die Katze zerriß sie und trank ihr Blut.

Des schrei ich weh! und aber weh!
Und immer und ewig herrjemine!

Bei diesen Worten krähte er wieder gar betrübt, und Gockel sagte:

Alektryo, du mein edler Hahn,
Ich hörte, du hättest es selbst getan.
Nun bringe du mir auch Zeugen bei,
Daß deine Klage wahrhaftig sei!

Da antwortete Alektryo:

Weil ich die Faulen zu früh geweckt,
Ward ich vor Tag in den Sack gesteckt;
Ich hab nur gehört, hab nicht gesehn,
Wie das grausam Unglück geschehn.
Aber ich bitte alle die lieben Vögelein,
Sie sollen meine treuen Zeugen sein.

Nach diesen Worten fingen alle die Vögel an, so gewaltig durcheinander zu zwitschern, zu schnarren und zu klappern, daß Gockel sprach:

Halt't ein, hübsch still, macht kein Geschrei!
Ich will euch vernehmen nun nach der Reih.
Zuerst Frau Schwalbe, die früh aufsteht,
Mein Zeugen auch an dich ergeht.

Da flog die Schwalbe heran und sprach:

Es ist wirklich, gewiß, sicherlich geschehn,
Ich will's immer und ewig nimmermehr wieder sehn,
Wie die wilde Kätzin und ihre Kätzchen
Sprangen mit zierlichen Sprüngen und Sätzchen
Und rissen ripps, rapps die Küchlein und ihr Mütterlein treu
Gripps, grapps in viele, viele klein winzige Fetzen entzwei.
Ich blieb drüber im Schrecken
Schier im zierlichsten Gezwitscher stecken.
Ich bin aber im Begriffe gewesen,

Meinen Kindern, wie üblich, ein Kapitel aus der Bibel
Von Tobiä Schwälblein explizierend zu lesen,
Da geschah das himmelschreiende, grimmige Übel.
Als ich, wie's schicklich ist, mit witziger List meine Geschichte
Und Hirngespinste, die figürlichen, manierlichen Traumgedichte,
Meinen Kindern so ziemlich klimperklärlich im Schimmer
Des glitzernden Frühlichts rezitierte, ist, was ich nimmer
Sehen will, geschehen, die verzweifelte, verzweifelte Misse –
Misse – Missetat. Sieh, es ist die liebe, fleißige, emsige,
Pickende, kritzende, kratzende Gickel, Gackel, Gallina nicht mehr.
Das liebe, zierliche, von weißen Weidenzweigen gewickelte,
Gezwickelte, von piependen, pickenden, trippelnden Küchelchen
Wimmelnde Nest ist zerrissen und lee, lar, ler, leer.
Ach, ich will mit denen, die drum wissen, das bös Gewissen
Teilen für immer und ewiglich nimmer und nimmer me, ma, me, mehr.

Nach dieser sehr beweglichen Aussage der kleinen Schwalbe krähte Alektryo wieder:

So kräh ich dann weh! und aber weh!
Und immer und ewig herrjemine!

Bei dem Krähen aber ward der Frau Hinkel und der kleinen Gackeleia fast zumute wie dem heiligen Petrus, als der Hahn krähte, da er den lieben Herrn Jesus verleugnet hatte. Gockel sprach nun:

Hab Dank, Frau Schwalbe, tritt von dem Plan,
Nun komme, Rotkehlchen, und zeuge an!

Da flog das liebe kleine Rotkehlchen auf einen wilden Rosenstrauch in die Nähe des Altars und sagte:

Auf des höchsten Giebels Spitze
Sang im ersten Sonnenblitze
Ich mein Morgenliedlein fromm,
Pries den lieben Tag willkomm.
Bei mir saß, gar freundlich lächelnd,
Sich im Morgenlüftchen fächelnd,
Der erwachte Sonnenstrahl;
Unten lag die Nacht im Tal.
Unten zwischen finstern Mauern
Sah ich Katzenaugen lauern,
Und ich dankte Gott vertraut,
Daß ich hoch mein Nest gebaut.
Nun sah ich die Katze schleichen,
Mit den Jungen unten streichen
In den Stall und hört' Geschrei,
Wußt' bald, was geschehen sei.
Denn sie und die Jungen alle
Sprangen blutig aus dem Stalle,
Trugen Hühnchen in dem Maul
Und zerrissen sie nicht faul.
Ach, da war ich sehr erschrecket,
Hab die Flügel ausgestrecket,
Flog ins Nest und deckt' in Ruh
Meine lieben Jungen zu.
Ja, ich muß es eingestehen,
Hab den bösen Mord gesehen,
Und mein kleines Mutterherz
Brach mir schier vor Leid und Schmerz!

Nach diesen Worten krähte Alektryo wieder:

So kräh ich weh! und aber weh!
Und immer und ewig herrjemine!

Nun hörte Gockel noch viele andre Vögel als Zeugen ab,

und alle, vom Storch bis zur Grasmücke, erzählten, wie sie den Mord durch die Katze gesehen.

Als aber Gockel nun sich zu Frau Hinkel und zu Gackeleia wendete und sie beide fragte, wie sie das hätten können geschehen lassen, da die Gallina doch dicht neben ihrem Ruhebett gebrütet habe, und warum sie gelogen und alles auf den edlen Alektryo geschoben hätten, sanken beide auf die Kniee, gestanden ihr Unrecht unter bittern Tränen und versprachen, es niemals wiederzutun. Gockel hielt ihnen eine scharfe Ermahnung und bat den Alektryo, ihnen selbst ihre Strafe zu bestimmen. Der gute Hahn aber bat für sie und verzieh ihnen selbst. Gockel aber sagte: »Deine Strafe, Frau Hinkel, soll sein, daß ich dir und deiner Tochter ein Hühnerbein und einen Katzenellenbogen in das Wappen setze zum ewigen Angedenken für eure böse Handlung, und außerdem soll Gackeleia, weil sie die Katzen heimlich sich zum Spiele erzogen und durch diese ihre Spielerei ein solches Unglück angestellt hat, nie mit einer Puppe spielen dürfen.«

Ach, da fingen Frau Hinkel und Gackeleia bitterlich zu weinen an! Gockel aber befahl dem Hahn, den Scharfrichter zu holen, damit die Katze mit ihren Jungen hingerichtet würden. Da schrie der Hahn und alle Vögel: »Das ist die Eule, die große alte Eule, die dort drauß in der hohlen, dürren Eiche mit ihren Jungen sitzt.« Und sogleich ward die Eule gerufen.

Als sie ernsthaft und finster, wie ein verhaßtes, gefürchtetes, von allen andern verlassenes Tier, mit ihren Jungen zu der Kapelle mit schweren Flügeln hereinrasselte und mit dem Schnabel knappte und hu hu schrie und die Augen verdrehte, flohen die Vögel zitternd und bebend in alle Löcher und Winkel; Gackeleia verkroch sich schreiend hinter der Schürze ihrer Mutter, welche sich selbst die Augen zuhielt.

Gockel aber legte den Sack, worin die böse Katze mit ihren Jungen stak, in die Mitte der Kapelle, und die Eule trat mit ihren drei Jungen vor den Sack hin und sprach:

Ich komme, zu richten und zu rechten
Mit meinen drei Söhnen und Knechten.
Nun höre, du Katz, armer Sünder,
Nun höret, ihr Katzenkinder,
Die ihr seid arme Sünderlein:
Ein Exempel muß statuieret sein.
Nun, Hackaug, Blutklau und Brichdasgnick,
Meine Söhne, macht euer Meisterstück!

Da wollten sie den Sack aufmachen und die Katzen vor aller Augen hinrichten; aber Gackeleia schrie so entsetzlich, daß Gockel der Eule befahl, mit ihren Söhnen den Sack fortzutragen und ihr Geschäft zu Haus zu verrichten, was sie auch taten.

Als so dieses schreckliche Schauspiel vermieden war, trat Alektryo vor Gockel und verlangte, daß er ihm nun mit dem Grafenschwert den Kopf abschlagen, sich den Zauberstein aus seinem Kropfe nehmen und ihn sodann mit den Gebeinen der Gallina und ihrer Jungen verbrennen sollte. Gockel weigerte sich lange, dem Begehren des Alektryo zu folgen; aber da er sich auf keine Weise wollte abweisen lassen und ihn versicherte, daß er sich doch in jedem Falle zu Tode hungern werde, so willigte Gockel ein. Er umarmte den edlen Alektryo nochmals von ganzem Herzen. Dann streckte der ritterliche Hahn den Hals weit aus und krähte zum letztenmal mit lauter Stimme, und unterdem schwang Gockel das Grafenschwert und hieb den Hals des Alektryo mittendurch, so daß der Edelstein ihm vor die Füße fiel und der tote Hahn daneben.

Alle Anwesenden weinten bitterlich; man legte den guten Hahn auf die Gebeine der Gallina, und alle Vögel brachten dürre Reiser und legten sie drum her. Da steckte Gockel die

Reiser an und verbrannte alles zu Asche; aus den Flammen aber sah man die Gestalt eines Hahns wie ein goldnes Wölkchen durch die Luft davonschweben. Nun begrub Gockel die Asche und deckte den Stein mit der Schrift wieder mit Erde zu und hielt dann eine schöne Rede über die Verdienste und die großmütige Seele des verstorbenen Alektryo und des edlen Hahnengeschlechts überhaupt; unter anderm aber sprach er:

»Wer gibt die Weisheit ins verborgne Herz des Menschen? Wer gibt dem Hahnen Verstand? Gleichwie der Hahn den Tag verkündet und den Menschen vom Schlafen weckt, so verkünden fromme Lehrer das Licht der Wahrheit in die Nacht der Welt und sprechen: Die Nacht ist vergangen, der Tag ist gekommen, lasset uns ablegen die Werke der Finsternis und anlegen die Waffen des Lichts! O wie lieblich und nützlich ist das Krähen des Hahnes! Dieser treue Hausgenosse erwecket den Schlafenden, ermahnet den Sorgenden, tröstet den Wanderer, meldet die Stunde der Nacht und verscheuchet den Dieb und erfreuet den Schiffer auf einsamem Meere, denn er verkündet den Morgen, da die Stürme sich legen. Die Andächtigen wecket er zum Gebet, und den Gelehrten rufet er, seine Bücher bei Licht zu suchen. Den Sünder ermahnet er zur Reue, wie Petrum. Sein Geschrei ermutiget das Herz des Kranken. Zwar spricht der weise Mann: Dreierlei haben einen feinen Gang, und das Vierte geht wohl, der Löwe, mächtig unter den Tieren, er fürchtet niemand – ein Hahn mit kraftgegürteten Lenden, ein Widder und ein König, gegen den sich keiner erheben darf – aber dennoch fürchtet der Löwe, der niemanden fürchtet, den Hahn und fliehet vor seinem Anblick und Geschrei; denn der Feind, der umhergeht wie ein brüllender Löwe und suchet, wie er uns verschlinge, fliehet vor dem Rufe des Wächters, der das Gewissen erwecket, auf daß wir uns rüsten zum Kampf. Darum auch ward kein Tier so erhöhet; die weisesten

Männer setzen sein goldenes Bild hoch auf die Spitzen der Türme über das Kreuz, daß bei dem Wächter wohne der Warner und Wächter. So auch steht des Hahnen Bild auf dem Deckel des Abcbuches, die Schüler zu mahnen, daß sie früh aufstehen sollen, zu lernen. O wie löblich ist das Beispiel des Hahnen! Ehe er kräht, die Menschen vom Schlafe zu wekken, schlägt er sich selbst ermunternd mit den Flügeln in die Seite, anzeigend, wie ein Lehrer der Wahrheit sich selbst der Tugend bestreben soll, ehe er sie andern lehret. Stolz ist der Hahn, der Sterne kundig, und richtet oft seine Blicke zum Himmel; sein Schrei ist prophetisch, er kündet das Wetter und die Zeit. Ein Vogel der Wachsamkeit, ein Kämpfer, ein Sieger, wird er von den Kriegsleuten auf den Rüstwagen gesetzt, daß sie sich zurufen und ablösen zu gemessener Zeit. So es dämmert und der Hahn mit den Hühnern zu ruhen auf die Stange setzt, stellen sie die Nachtwache aus. Drei Stunden vor Mitternacht regt sich der Hahn, und die Wache wird gewechselt; um die Mitternacht beginnt er zu krähen, sie stellen die dritte Wache aus, und drei Stunden gen Morgen rufet sein tagverkündender Schrei die vierte Wache auf ihre Stelle. Ein Ritter ist der Hahn, sein Haupt ist geziert mit Busch und roter Helmdecke, und ein purpurnes Ordensband schimmert an seinem Halse; stark ist seine Brust wie ein Harnisch im Streit, und sein Fuß ist bespornt. Keine Kränkung seiner Damen duldet er, kämpft gegen den eindringenden Fremdling auf Tod und Leben, und selbst blutend verkündet er seinen Sieg stolz emporgerichtet gleich einem Herold mit lautem Trompetenstoß. Wunderbar ist der Hahn; schreitet er durch ein Tor, wo ein Reiter hindurchkönnte, bücket er doch das Haupt, seinen Kamm nicht anzustoßen, denn er fühlt seine innere Hoheit. Wie liebet der Hahn seine Familie! Dem legenden Huhn singt er liebliche Arien: Bei Hühnern, welche Liebe fühlen, fehlt auch ein gutes Herze nicht, die süßen Triebe mitzufühlen, ist auch der Hahnen erste Pflicht. Stirbt ihm die brütende Freundin, so vollendet er die Brut und führet die Hühnlein, doch ohne zu krähen, um allein Mütterliches zu tun. O welch erhabenes Geschöpf ist der Hahn! Phidias setzte sein Bild auf den Helm der Minerva, Idomeneus auf seinen Schild. Er war der Sonne, dem Mars, dem Merkur, dem Äskulap geweiht. O wie geistreich ist der Hahn! Wer kann es den morgenländischen Kabbalisten verdenken, daß sie sich Alektryos bemächtigen wollten, da sie an die Seelenwanderung glaubten, und der Hahn des Micyllus sich seinem Herrn selbst als die Seele des Pythagoras vorstellte, die inkognito krähte? Ja, wie mehr als ein Hahn ist ein Hahn, da sogar ein gerupfter Hahn noch den Menschen des Plato vorstellen konnte!« usw.

Diese schöne Leichenrede ward sehr oft von dem lauten Schluchzen und Weinen des Gockels, der Frau Hinkel und der kleinen Gackeleia unterbrochen; auch alle Vögelein waren sehr gerühret und weineten stille mit. Den ganzen übrigen Tag weinten Frau Hinkel und Gackeleia noch und wollten sich gar nicht zufrieden geben, daß sie an dem Tode der Gallina und des Alektryo schuld gewesen. Gockel gab ihnen die schönste Ermahnung, sie versprachen die aufrichtigste Besserung, und so entschlief die ganze Familie am Abend dieses traurigen Tages nach einem gemeinschaftlichen herzlichen Gebet.

Als Gockel in der Nacht erwachte, dachte er der Frau Hinkel und seines Töchterleins Gackeleia mit vieler Liebe und entschloß sich, ihnen nach dem vielen Schrecken, den sie gehabt, eine rechte Freude zu machen und zugleich den Zauberstein aus des Hahnen Kropf zu versuchen. Er nahm daher den Stein aus seiner Tasche, steckte ihn an den Finger und drehte ihn an demselben herum mit den Worten:

Salomon, du weiser König,
Dem die Geister untertänig,
Mach mich und Frau Hinkel jung!

Trag uns dann mit einem Sprung
Nach Gelnhausen in ein Schloß!
Gib uns Knechte, Magd und Roß,
Gib uns Gut und Gold und Geld,
Brunnen, Garten, Ackerfeld!
Füll uns Küch und Keller auch,
Wie's bei großen Herren Brauch!
Gib uns Schönheit, Weisheit, Glanz,
Mach uns reich und herrlich ganz!
Ringlein, Ringlein, dreh dich um,
Mach's recht schön, ich bitt dich drum!

Unter dem Drehen des Ringes und dem öftern Wiederholen dieses Spruches schlief Gockel endlich ein. Da träumte ihm, es träte ein Mann in ausländischer Tracht vor ihn, der ein großes Buch vor ihm aufschlug, worin die schönsten Paläste, Gärten, Hausgeräte, Wagen, Pferde und alle andern dergleichen Dinge abgebildet waren, aus welchen er sich die schönsten heraussuchen mußte. Gockel tat dies mit großem Fleiß und träumte alles so klar und deutlich, als ob er wache. Da er aber das Buch durchgeblättert hatte, schlug der Mann im Traume es so heftig zu, daß Gockel plötzlich erwachte.

Es war noch dunkel, und er war so voll von seinem Traum, daß er sich entschloß, seine Frau zu wecken, um ihr denselben zu erzählen; auch fühlte er ein so wunderbares Behagen durch alle seine Glieder, daß er sich kaum enthalten konnte, laut zu jauchzen. Da er sich immer mehr vom Schlafe erholte, empfand er die lieblichsten Wohlgerüche um sich her und konnte gar nicht begreifen, was nur in aller Welt für köstliche Gewürzblumen in seinem alten Hühnerstall über Nacht müßten aufgeblüht sein. Als er aber, sich auf seinem Lager wendend, bemerkte, daß kein Stroh unter ihm knistere, sondern daß er auf seidenen Kissen ruhe, begann er vor Erstaunen auszurufen: »O jemine! was ist das?« In demselben Augenblick rief Frau Hinkel dasselbe, und beide riefen:

»Wer ist hier?« und beide riefen: »Ich bin's, Gockel! Ich bin's, Hinkel!« Aber sie wollten's beide nicht glauben, daß sie es wären. Es hatte ihnen beiden dasselbe geträumt, und sie würden geglaubt haben, daß sie noch träumten, aber sie fanden gegenseitig ihre Stimme so verändert, daß sie vor Verwunderung gar nicht zu Sinnen kommen konnten.

»Gockel«, flüsterte Frau Hinkel, »was ist mit uns geschehen? Es ist mir, als wäre ich zwanzig Jahr alt.« »Ach, ich weiß nicht«, sagte Gockel, »ob ich nicht über fünfundzwanzig alt bin.« »Aber sage nur, wie kommen wir auf die seidenen Betten?« sagte Frau Hinkel. »So weich habe ich selbst nicht gelegen, als du noch Fasanenminister in Gelnhausen warst; und die himmlischen Wohlgerüche umher! Aber ach, was ist das? Der Trauring, der mir immer so lose an dem Finger hing, daß ich ihn oft nachts im Bettstroh verloren, sitzt mir jetzt so fest, daß ich ihn kaum drehen kann, ich bin gar nicht mehr mager.« Diese letzten Worte erinnerten den Gockel an den Ring Salomonis; er dachte: »Ach, das mag alles von meinem gestrigen Wunsch herkommen.« Da hörte er auch Rosse im Stalle stampfen und wiehern, hörte eine Tür gehn, und es fuhr ein Licht durch die Stube an der Decke weg, als wenn jemand mit einer Laterne nachts über den Hof geht.

Er und Hinkel sprangen auf, aber sie fielen ziemlich hart auf die Nase, denn jetzt merkten sie, daß sie nicht mehr auf der ebenen Erde, sondern auf hohen Polsterbetten geschlafen hatten, und der Schein, der durch die Stube gezogen war, hatte nicht die rauhe Wand ihres Hühnerstalls, an der Stroh und eine alte Hühnerleiter lag, sondern prächtige gemalte und vergoldete Wände, seidene Vorhänge und aufgestellte Silber- und Goldgefäße beleuchtet. Sie rafften sich auf von einem spiegelglatten Boden, sie stürzten sich in die Arme und weinten vor Freude wie die Kinder. Sie hatten sich so lieb, als hätten sie sich zum erstenmal gesehen. Nun bemerkten sie den Schein wieder und sahen, daß er durch ein hohes

Fenster hereinfiel. Mit verschlugenen Armen liefen sie nach dem Fenster und sahen, daß es von der Laterne eines Kutschers mit einer reichen Livree herkam, der in einem großen, geräumigen Hof stand, Haber siebte und ein Liedchen pfiff. Im Schein der Laterne, der an das Fenster fiel, sah Gockel Hinkel an und Hinkel Gockel, und beide lachten und weinten und fielen sich um den Hals und riefen aus: »Ach Gockel, ach Hinkel, wie jung und schön bist du geworden!«

Da sprach Gockel: »Alektryo hat die Wahrheit gesprochen; der Ring Salomonis hat Probe gehalten, alle meine Wünsche, bei welchen ich ihn drehte, sind in Erfüllung gegangen«, und da erzählte er der Frau alles von dem Ring und zeigte ihr ihn, und ihre Freude war unaussprechlich.

Nun liefen sie an ein anderes Fenster und sahen in einen wunderschönen Garten; ein wunderlieblicher Blumenduft strömte ihnen entgegen, die herrlichsten Springbrunnen plätscherten im Mondschein, und die Nachtigallen sangen ganz unvergleichlich dazu.

Nun liefen sie an ein drittes Fenster. »O je, welche Freude!« rief Frau Hinkel aus. »Wir sind in Gelnhausen, da oben liegt das Schloß des Königs, und da drüben, oh! zum Entzücken! da sehe ich in einer Reihe alle die Bäcker- und Fleischerläden; es ist noch ganz stille in der Stadt, horch, der Nachtwächter ruft in einer entfernten Straße, drei Uhr ist es. Ach, was wird er sich wundern, wenn er hierher auf den Markt kömmt und auf einmal unsern gräflichen Palast sieht! Und der König, was wird der König die Augen aufreißen und alle die Hofherrn und Hofdamen, die uns so spöttisch nachsahen, da wir ins Elend gingen, was werden sie gedemütigt sein durch unsern Glanz! O Gockel, lieber Gockel, was bist du für ein allerliebster, bester Mann mit deinem Ringe Solomonis!« und da fielen sie sich wieder um den Hals.

Der Tag brach aber an, und sie sahen verwundert den Glanz ihres prächtigen Schlafgemachs und ihrer schönen atlassenen, himmelblauen Schlafröcke und ihrer Goldnachtmützen. Nun erinnerten sie sich in ihrer Freude erst an Gackeleia, ihr liebes Töchterlein, und eilten nach einem wunderschönen Bettchen, rissen die rotsamtnen, goldgestickten Vorhänge hinweg: da lag Gackeleia, schön wie ein Engel, ach, viel schöner, als sie je gewesen. Gockel und Hinkel erweckten sie mit Küssen und Tränen: »Wach, wach auf, Gackeleia! Ach, alle Freude ist um uns her! Ach, Gackeleia, sieh alle die schönen Sachen an!« Da schlug Gackeleia die blauen Augen auf und glaubte, sie träumte das alles nur, und da sie Vater und Mutter, welche beide so jung und schön geworden waren, gar nicht wiedererkannte, fing sie an zu weinen und verlangte nach ihren Eltern. Ja, alle die schönen Sachen konnten sie nicht zufriedenstellen; sie sagte immer: »Oh, was soll ich mit alle der Herrlichkeit, ich will zu meiner lieben Mutter, Frau Hinkel, zu meinem guten Vater Gockel zurück!« Die Mutter und der Vater konnten sie auf keine Weise bereden, daß sie es selbst seien. Endlich sagte Gockel zu ihr: »Wer bist du denn?« »Gackeleia bin ich«, erwiderte das Kind. »So«, sagte Gockel, »du bist Gackeleia? Aber Gakkeleia hatte ja gestern ein Röckchen von grauer, grober Leinwand an; wie kömmt dann Gackeleia in das schöne buntgeblümte, seiden Schlafröckchen?« »Ach, das weiß ich nicht«, antwortete Gackeleia, »aber ich bin doch ganz gewiß Gackeleia, ach, ich weiß es gewiß, die Augen schmerzen mich noch so sehr, ich habe gestern gar viel geweint; ich habe großes Unglück angestellt, ich habe die Katze ans Nest der Gallina geführt, ich bin schuld, daß sie gefressen worden, ich habe dadurch den guten Alektryo in den Tod gebracht, ach, ich bin gewiß die böse Gackeleia!« Dabei weinte sie und fuhr fort: »Oh, du bist Gockel nicht, der Vater Gockel hat ganz schneeweiße Haare und einen weißen Bart und ist bleich im Gesicht und hat eine spitze Nase; du Schwarzer mit den roten Wangen bist Gockel nicht, du bist auch die Mutter

Hinkel nicht, du bist ja so geschmeidig und schlank wie ein Reh; die Mutter Hinkel ist ganz breit. Ich will fort ins alte Schloß; ihr habt mich gestohlen!« Und da weinte das Kind wieder heftig. Gockel wußte sich nicht anders zu helfen, als daß er dem Kinde sagte: »Schau mich einmal recht an, ob ich dein Vater Gockel nicht bin!« Da guckte Gackeleia ihn scharf an, und er drehte den Ring Salomonis ganz sachte am Finger und sprach leise:

Salomon, du großer König,
Mache mich doch gleich ein wenig
Dem ganz alten Gockel ähnlich,
Mach mich wieder wie gewöhnlich!

Und wie er am Ringe drehte, ward er immer älter und grauer, und das Kind sagte immer: »Ach Herr, ja, ja, fast wie der Vater!« Und als er ganz fertig mit dem Drehen war, sprang das Kind aus dem Bett und flog ihm um den Hals und schrie: »Ach ja, du bist's, du bist's, liebes, gutes, altes Väterchen! Aber die Mutter ist es mein Lebtag nicht!« Da begann Gockel auch für Frau Hinkel den Ring zu drehen, daß sie wieder ganz alt ward. Aber der machte das gar keine Freude, und sie sagte immer: »Halt ein, Gockel, nein, das ist doch ganz abscheulich, einen so herunterzubringen; nein, das ist zu arg, so habe ich mein Lebtag nicht ausgesehen, du machst mich viel älter, als ich war!« Und nun begann sie zu weinen und zu zanken und wollte dem Gockel mit Gewalt nach der Hand greifen und ihm den Ring wieder zurückdrehen, aber Gackeleia sprang ihr in die Arme und küßte und herzte sie und rief ein Mal über das andre auf: »Ach Mutter, liebe Mutter, du bist's, du bist's, ganz gewiß!« Da sagte Frau Hinkel: »Nun, meinethalben!« und küßte das Kind Gackeleia von ganzem Herzen. Gockel aber sprach: »Ei, ei, Frau Hinkel, ich hätte mein Lebtag nicht gedacht, daß du so eitel wärst; es ist gut, nun habe ich ein Mittel, dich zu strafen. Sieh, wenn du nun nicht fein ordentlich und fleißig bist oder brummst

oder bist neugierig, da drehe ich gleich den Ring um und mache dich hundert Jahre alt.« Da sagte Frau Hinkel: »Tue, was du willst, ich habe es nicht gern getan, es hat mich nur so überrascht.« Da umarmte sie Gockel und drehte den Ring wieder, und sie wurden beide wieder jung und schön.

So erfuhr auch Gackeleia das Geheimnis mit dem Ringe, und Gockel schärfte ihr und der Frau Hinkel ein, ja niemals etwas von dem Ringe zu sprechen, sonst würde er ihnen gestohlen werden, und dann würden sie um all ihr jetziges Glück kommen und wieder in das Elend nach dem alten Schlosse ziehen müssen. »Jetzt aber«, fuhr Gockel fort, »wollen wir vor allem Gott herzlich danken für unsern neuen Zustand, denn ihm gebührt allein die Ehre.« Da knieten sie in die Mitte der Stube und dankten Gott von ganzem Herzen.

Aber unterdessen war der Nachtwächter auf den Markt gekommen und hatte das herrliche Schloß Gockels, das wie ein Pilz in der Nacht hervorgewachsen, kaum erblickt, als er ein entsetzliches Geschrei anfing:

Hört, ihr Herrn, was will ich euch sagen,
Die Glocke hat vier Uhr geschlagen,
Aber das ist noch gar nicht viel
Gegen ein Schloß, das vom Himmel fiel.
Da steht's vor mir ganz lang und breit,
Ich weiß nicht, ob ich recht gescheit;
Ich schau es an, es kömmt mir vor
Wie der alten Kuh das neue Tor.
Wacht auf, ihr Herrn, und werdet munter,
Sehet an das Wunder über Wunder
Und bewahret das Feuer und das Licht,
Daß dieser Stadt kein Unglück geschicht,
Und lobet Gott den Herrn!

Da wachten die Bürger rings am Markte auf, die Bäcker und die Fleischer rieben sich die Augen und rissen die Mäuler sperrangelweit auf und staunten das Schloß an und machten ein entsetzliches Geschrei vor Verwunderung. Gockel und Hinkel und Gackeleia standen am Fenster und guckten hinter dem Vorhang alles an. Endlich schrie ein dicker Fleischer: »Da ist da, das Schloß kann keiner wegdisputieren, aber ob Leute drin sind, die Fleisch essen, das möcht ich wissen!« »Ja, und Brot und Semmeln und Eierwecke«, fuhr ein staubiger, untersetzter Bäckermeister fort. Da ging aber auf einmal die Schloßtüre auf, und es trat ein großer, bärtiger Türsteher heraus mit einem großen Kragen, wie ein Wagenrad, und einem breiten, silberbordierten Bandelier über die Brust und weiten, gepufften Hosen und einem Federhut, wie ein alter Schweizer gekleidet; er trug einen langen Stock, woran ein silberner Knopf war, wie ein Kürbis so groß, und auf diesem ein großer silberner Hahn mit ausgebreiteten Flügeln. Die versammelten Leute fuhren alle auseinander, als er mit ernster, drohender Miene ganz breitbeinig auf sie zuschritt; sie meinten, er sei ein Gespenst. Auch Gockel und Hinkel oben am Fenster waren sehr über ihn verwundert und öffneten das Fenster ein wenig, um zu hören, was er sagte. Er sprach aber:

»Hört einmal, ihr lieben Bürger von Gelnhausen, es ist sehr unartig, daß ihr hier bei Anbruch des Tages einen so abscheulichen Lärm vor dem Schlosse Ihrer Hoheit des hochgebornen Rauhgrafen Gockel von Hanau, Hennegau und Henneberg, Erbherrn auf Hühnerbein und Katzenellenbogen, macht! Ihre hochgräflichen Gnaden werden es sehr ungern vernehmen, so ihr Sie also frühe in der Ruhe stört, und wünsche ich, das nicht wieder zu erfahren; das laßt euch gesagt sein.«

»Mit Gunst«, sagte da der Fleischer und zog seine Mütze höflich ab, »wenn's erlaubt ist, zu fragen, wird dies Schloß, das über Nacht wie ein Pilz aus der Erde gewachsen ist, von dem ehemaligen hiesigen Fasanenminister bewohnt?«

»Allerdings«, erwiderte der Schweizer, »es ist bewohnt von ihm und seiner gräflichen Gemahlin Hinkel und Hochdero Töchterlein Gackeleia, außerdem zwei Kammerdienern, zwei Kammerfrauen, vier Bedienten, vier Stubenmädchen, zwei Jägern, zwei Läufern, zwei Heiducken, zwei Kammerhusaren, zwei Kammermohren, zwei Kammerriesen, zwei Kammerzwergen, zwei Türstehern, wovon ich einer zu sein mir schmeicheln kann, zwei Leibkutschern, sechs Stallknechten, zwei Köchen, sechs Küchenjungen, zwei Gärtnern, sechs Gärtnerburschen, einem Haushofmeister, einer Haushofmeisterin, einem Kapaunenstopfer, einem Hühnerhofmeister, einem Fasanenmeister und noch allerlei anderem Gesinde, welche alle zusammen täglich hundert Pfund Rindfleisch, hundert Pfund Kalbfleisch, fünfzig Pfund Hammelfleisch, fünzig Pfund Schweinefleisch, sechzig Würste und dergleichen essen.« »Ach!« schrie da der Metzger und kniete beinah vor dem Schweizer nieder, »ich rekommandiere mich bestens als hochgräflicher Hofmetzger.« Und der Bäcker zupfte den Schweizer am Ärmel mit den Worten: »Ihre hochgräflichen Gnaden und die hochgräfliche Dienerschaft werden doch das viele Fleisch nicht so ohne Brot in den Magen hineinfressen; das könnte ihnen unmöglich gesund sein.« »Ei behüte!« sagte der Schweizer, »sie brauchen täglich dreißig große Weißbrote, hundertfünzig Semmeln, hundert Eierwecke, hundert Bubenschenkel und zweihundertundsechsundneunzig Zwiebacke zum Kaffee.« »Oh, so empfehle ich mich bestens zum hochgräflichen Hausbäcker«, rief der Bäkkermeister. »Wir wollen sehen«, sprach der Schweizer, »wer heute gleich das beste Fleisch und die besten Semmeln liefern wird.« Da stürzten alle die Bäcker und Fleischer nach ihren Buden und hackten und kneteten und rollten und glasierten die Eierwecke und rissen die Laden auf und stellten alles heraus, daß es eine Pracht war. Aber dies ging nun auf allen Seiten von Gelnhausen so; alle Krämer und alle Krauthändler kamen, sahen, staunten und wurden berichtet und waren voll Freude, daß sie viel Geld verdienen sollten.

Gockel und Hinkel und Gackeleia aber liefen im Schloß herum und sahen alles an; alle die Dienerschaft setzte sich in Bewegung, man kleidete sich an, man wurde frisiert, man putzte Stiefel und Schuh, man klopfte Kleider aus, tränkte die Pferde, fütterte Hühner, frühstückte; es war ein Leben und Weben wie in dem größten Schloß. Die Bürgerschaft, um ihre Freude zu bezeigen, kam mit fliegenden Fahnen gezogen, jede Zunft mit ihrem Schutzheiligen und schöner Musik; sie standen alle vor dem Schloß, feuerten ihre rostigen Flinten in die Luft und schrien: »Vivat der Graf Gockel von Hanau! Vivat die Gräfin Hinkel und die Komtesse Gackeleia! Vivat hoch! und abermals hoch!« Gockel und Hinkel und Gackeleia standen auf dem Balkon am Fenster und warfen Geld unter das Volk, und der Kellermeister wälzte ein Stückfaß Wein aus dem Keller und schenkte jedem ein, der trinken wollte.

Der König von Gelnhausen wohnte damals nicht in der Stadt, sondern eine Meile davon in seinem schönen Lustschloß Kastellovo, auf deutsch Eierburg, denn das ganze Schloß war von lauter ausgeblasenen Eierschalen errichtet, und in die Wände waren bunte Sterne von Ostereiern hineingemauert. Dieses Schloß war des Königs Lieblingsaufenthalt, denn der ganze Bau war seine Erfindung, und alle diese Eierschalen waren bei seiner eigenen Haushaltung ausgeleert worden. Das Dach der Eierburg aber ward in Gestalt einer brütenden Henne wirklich von lauter Hühnerfedern zusammengesetzt, und inwendig waren alle Wände eiergelb ausgeschlagen. Grade der Bau dieses Schlosses war schuld gewesen, daß Gockel einstens aus den Diensten des Königs gegangen war, weil er sich der entsetzlichen Hühner- und Eierverschwendung widersetzte und dadurch den König erbittert hatte.

Täglich kam nun der königliche Küchenmeister mit einem

Küchenwagen nach Gelnhausen gefahren, um die nötigen Vorräte für den Hofstaat einzukaufen. Wie erstaunte er, als er die ganze Stadt in einem allgemeinen Bürgerfest vor einem nie gesehenen Palast erblickte und den Namen Gockels an allen Ecken ausrufen hörte! Aber sein Erstaunen war bald in einen großen Ärger verwandelt, denn wo er zu einem Bäcker oder Fleischer oder Krämer mit seinem Küchenwagen hinfuhr, um einzukaufen, hieß es überall: »Alles ist schon für Seine hochgräfliche Gnaden Gockels von Hanau gekauft.« Da nun der königliche Küchenmeister endlich sich mit Gewalt der nötigen Lebensmittel bemächtigen wollte, widersetzten sich die Bürger, und es entstand ein Getümmel. Gockel, der die Ursache davon erfuhr, ließ sogleich dem Küchenmeister sagen, er möge ohne Sorge sein, denn er wolle Seine Majestät den König und seine ganze Familie und seine ganze Dienerschaft alleruntertänigst heute auf einen Löffel Suppe zu sich einladen lassen, und er, der Küchenmeister, möchte nur mit seinem Küchenwagen vor seine Schloßspeisekammer heranfahren, um ein kleines Frühstück für den König mitzunehmen. Gockel ließ ihm den Küchenwagen mit Kiebitzeneiern anfüllen und setzte seine zwei Kammermohren obendrauf, welche den König unterrichten sollten, wie man die Kiebietzeneier mit Anstand esse, denn der König hatte sein Lebtage noch keine gegessen.

Mit höchster Verwunderung hörte der König Eifraßius die Geschichte von dem Schloß und dem Gockel von dem Küchenmeister erzählen und ließ sich sogleich einhundert von den Kiebitzeneiern hart sieden. Als nun die zwei schwarzen Kammermohren in ihren goldbordierten Röcken mit der silbernen Schüssel voll Salz, in welches die Eier festgestellt waren, hereintraten und mit ihrer schwarzen Farbe so schön gegen den weißen Eierpalast abstachen, hatte König Eifraßius große Freude daran. Er ließ seine Gemahlin Eilegia und seinen Kronprinzen Kronovus berufen zum Frühstück und erzählte ihnen das große Wunder vom Palast und Gokkel. »Ach«, sagte Kronovus, »da ist wohl die kleine Gackeleia, mit welcher ich sonst spielte, auch wieder dabei?« »Natürlich«, sprach Eifraßius, »und wir wollen gleich nach diesem Frühstück hineinfahren und uns den ganzen Spektakel ansehen. Aber seht nur die kuriosen Eier, die er uns zum Frühstück sendet! Grün sind sie mit schwarzen Punkten, man nennt sie Kibitkeneier; sie kommen aus Rußland und werden so genannt, weil sie in Kibitken, einer Art von Hühnerstall auf vier Rädern, gefunden oder gelegt oder hierhergefahren werden.«

Da sprach der eine Kammermohr: »Ich bitte Euer Majestät um Vergebung, man nennt sie Kiebitzeneier, sie werden vom Kiebitz, einem Vogel, gelegt, der ungefähr so groß wie eine Taube und grau wie eine Schnepfe ist und wie eine französische Schildwache beim Eierlegen immer Ki wi, Ki wi schreit; wenn man dann Gut Freund! antwortet, so kann man hingehen und ihm die Eier nehmen, worauf er gleich wieder andre legt.«

Den König Eierfraß ärgerte es, daß der Mohr ihn in Eierkenntnissen belehren wollte, und sagte zu ihm: »Halt Er sein Maul! Er versteht nichts davon, sei Er nicht so naseweis!« Darüber erschrak der Mohr wirklich so sehr, daß er ganz weiß um den Schnabel wurde. Der andre Mohr sprach nun: »Der Rauhgraf Gockel hat uns befohlen, Euer Majestät zu zeigen, wie diese Eier jetzt nach der neuesten Mode gegessen zu werden pflegen.« »Ich bin begierig«, sagte der König, »es zu sehen.« Da nahm jeder der Kammermohren eins von den Eiern in die flache linke Hand, und so traten sie sich mit aufgehobener Rechte einander gegenüber und baten den König, eins, zwei, drei zu kommandieren. Das tat Eifraßius, und wie er drei sagte schlug der eine Mohr dem andern so auf das Ei, daß der gelbe Dotter gar artig auf die schwarze Hand herausfuhr. Dem König gefiel dieses über die Maßen, und sie mußten es ihm bei allen hundert Eiern machen, wofür er ihnen beim Abschied beiden den Orden des Roten Ostereis dritter Klasse zur Belohnung um den Hals hängte.

Nun fuhr der König und seine Gemahlin und der Kronprinz sogleich im Gefolge des ganzen Hofstaats nach Gelnhausen zu Gockel, der ihm mit Hinkel und Gackeleia an der Schloßtüre entgegentrat. Die Verwunderung über den Reichtum und die jugendliche Schönheit Gockels konnte nur durch die außerordentliche Mahlzeit noch übertroffen werden. Alles war in vollem Jubel; Kronovus und Gackeleia saßen an einem aparten Tischchen und wurden von den zwei Kammerzwergen bedient, und Musik war an allen Ecken. Beim Nachtisch tranken Eifraßius und Gockel Bruderschaft und Eilegia und Hinkel Schwesterschaft, und Kronovus und Gackeleia sagten zu einander: »Du bist mein König, und du bist meine Königin.« Eifraßius zog dann den Gockel in ein Fenster und hing ihm das Großei des Ordens des Goldnen Ostereis mit zwei Dottern um den Hals und borgte hundert Gulden von ihm, worauf das Ganze mit einem großen Volksfeste beschlossen wurde.

So lebten Gockel und die Seinigen beinah ein Jahr in einer ganz ungemeinen irdischen Glückseligkeit zu Gelnhausen, und der König war so gut Freund mit ihm und seiner vortrefflichen Küche und seinem unerschöpflichen Geldbeutel, und alle Einwohner des Landes hatten ihn seiner großen Freigebigkeit wegen so lieb, daß man eigentlich gar nicht mehr unterscheiden konnte, wer der König von Gelnhausen war, Gockel oder Eifraßius. Auch wurde es unter beiden fest beschlossen, daß einstens Gackeleia die Gemahlin des Erbprinzen Kronovus werden und an seiner Seite den Thron von Gelnhausen besteigen sollte.

Aber »der Mensch denkt und Gott lenkt«, und so kamen auch über diese guten Leute noch manche Schicksale, an die sie gar nicht gedacht hatten.

Alles hatte die kleine Gackeleia im vollen Überfluß, nur keine Puppe; denn Gockel hielt streng auf dem Verbot, das er über sie bei dem Tode des Alektryo hatte ergehen lassen, sie sollte zur Strafe niemals eine Puppe haben. Wenn sie nun um Weihnachten oder am St. Niklastag alle Mägdlein in Gelnhausen mit schönen neuen Puppen herumziehen sah, war sie gar betrübt und weinte oft im stillen, eine solche Sehnsucht hatte sie nach einer Puppe. Merkte der alte Gockel aber, daß Gackeleia, die er über alles liebte, so traurig war, so tat er ihr alles zuliebe, um sie zu trösten, zeigte ihr die schönsten Bilderbücher, erzählte ihr die wunderbarsten Märchen, ja, gab ihr wohl auch manchmal den köstlichen Ring des Salomonis in die Hände, der mit seinem funkelnden Smaragd und den wunderbaren Zügen, die darauf eingeschnitten waren, alle Augen erquickte, die ihn anschauten.

Einstens ging nun Gackeleia einmal in ihrem kleinen Gärtchen spazieren. Da waren die zierlichsten Beete voll schöner Blumen, alle mit Buchsbaum und Salbei eingefaßt, und die Wege waren mit glitzerndem Goldsand bestreut; in der Mitte war ein Springbrunnen, worin Goldfische schwammen, und über demselben ein goldner Käficht voll der buntesten singenden Vögel; hinter dem Brunnen aber war eine kleine Laube von Rosen und eine kleine Rasenbank. Ein schönes goldnes Gitter umgab das ganze liebe Gärtchen.

»Ach«, dachte Gackeleia, »wie glückselig wäre ich, wenn ich eine Puppe in meinem schönen Garten spazierenführen könnte! So allein gefällt er mir gar nicht; was hilft es mir auch, wenn ich mir aus meinem Taschentuche durch allerlei Knoten eine Puppe zusammensetze? Sie ist doch nie eine schöne Gliederpuppe, ganz wie ein Mensch mit einem schönen lackierten Gesicht, und der Vater hat mir selbst diese Puppen verboten.«

Während Gackeleia so in schweren Puppensorgen auf ihrer Rasenbank saß, hörte sie auf einmal eine angenehme, summende, aber sehr leise Musik ganz nahe hinter ihr vor dem Garten, der an einem Feldweg lag. Da guckte sie durch die Blätter und sah etwas gar Kurioses. Dicht vor dem Gitter saß ein Mann in einem schwarzen Mantel ohne Kopf an der Erde zusammengehuckt, und unter dem Mantel hervor schnurrte die Musik. Gackeleia legte sich ganz dicht an die Erde, um zu sehen, wo nur in aller Welt die feine Musik herkomme, und wie war sie erstaunt, als sie da unten ein Paar allerliebste Puppenbeinchen in himmelblauen, mit Silber gestickten Pantoffelchen ganz im Takte der Musik herumschnurren sah! Sie wußte gar nicht, was sie vor Neugierde, die Puppe ganz zu sehen, anfangen sollte. Oft war sie im Begriff, die Hand durchs Gitter zu stecken und den schwarzen Mantel ein wenig aufzuheben, aber die Furcht, weil sie an dieser Gestalt keinen Kopf sah, hielt sie immer wieder zurück. Endlich brach sie sich eine lange Weidenrute ab, steckte sie durch das Gitter und lüftete den Mantel ein wenig. Da schnurrte eine wunderschöne Puppe in den artigsten Kleidern, wie eine Gärtnerin geputzt, unter dem Mantel hervor und rannte grade auf das Gitter des Gartens zu, stieß einigemal an die goldnen Gitterstäbe und würde gewiß zu ihr hineingekommen sein,wenn nicht eine hagere Hand aus dem Mantel sich nach ihr hingestreckt und sie wieder in die Verborgenheit zurückgezogen hätte, wo die kleine Puppe von einer rauhen Stimme sehr ausgeschimpft wurde, daß sie sich unterstanden habe, unter dem Mantel hervorzulaufen.

Gackeleia konnte sich nicht mehr länger zurückhalten und rief ein Mal über das andere Mal: »Ach, du schwarzer Mantel, schimpfe doch die liebe, schöne Puppe nicht so, ach, lasse sie doch ein wenig heraus, zu mir in den Garten!« Da tat sich auf einmal der Mantel auf, und ein alter Mann mit einem langen weißen Bart richtete sich vor Gackeleia auf und sprach: »Ich bitte dich sehr um Verzeihung, daß ich meine Puppe hier ein wenig unter meinem Mantel tanzen ließ und auf der Maultrommel dazu spielte; ich habe nicht gewußt, daß mir jemand zusah. Ich wollte nur versuchen, ob sie mir auf der Reise nicht verdorben sei, denn ich will sie hier in Gelnhausen vor Geld auf dem Rathause tanzen lassen. Sieh nur, sie ist ganz artig, jetzt ist sie wie eine Gärtnerin gekleidet und hat einen Harken in der einen Hand und eine Gießkanne in der andern, aber ich habe noch viele andre Kleider für sie. Sieh nur, mein Kind, hier ist ein Schäferkleid und Hut und Stab und ein Lämmchen, und hier ein Jagdröckchen und ein Spieß und ein Hündchen und noch gar viele Kleider, daß ich sie ankleiden kann, wie ich will.« Bei diesen Worten zog der Alte allerlei bunte Puppenkleider aus allen Taschen hervor und reichte sie der kleinen Gackeleia durch das Gitter, welche sie mit großer Freude betrachtete. Die kleine Puppe aber guckte dem alten Manne aus dem Ärmel hervor und wakkelte immer mit dem Kopf.

»Ach«, sagte Gackeleia, »wie allerliebst sind die Kleider! Lieber alter Mann, leih mir doch die Puppe nur einen Augenblick, daß ich sie nur einmal recht betrachte!« Der Alte aber sagte: »Kind, das kann ich nicht; gib mir die Kleider wieder, ich muß machen, daß ich in meine Herberge komme. Willst du mir aber einen Gefallen tun, so sollst du die Puppe und alle die Kleider von mir zum Geschenke erhalten.« »Ach, ich darf keine Puppe haben«, sagte Gackeleia, »und hätte diese doch so gern!« Da erwiderte der Alte: »Diese darfst du haben, denn es ist keine Puppe, sondern eine Kunstfigur mit einem Uhrwerk im Leibe, und wann ich das aufziehe, lauft sie wie ein lebendiger Mensch eine halbe Stunde allein herum. Schau nur her!« Da zog er die Puppe aus dem Ärmel, nahm einen Uhrschlüssel und steckte ihr denselben in eine Öffnung in der Brust und drehte knirr, knirr, knirr, wie man eine Taschenuhr aufzieht, setzte dann die kleine Gärtnerin an die Erde, und sie lief, mit dem Kopfe nickend, immer vor dem Gitter des Gartens herum. »Ach, sie winkt mir«, rief Gackeleia und patschte in die kleinen Hände, »sie möchte gern zu mir in den Garten. Ach, sage mir doch, alter Mann, was soll ich dir zu Gefallen tun, daß du mir die kleine Puppe gibst?« »Es ist nur eine Kleinigkeit«, erwiderte der Alte. »Sieh, mein liebes Kind, ich bin ein sehr betrübter, alter Mann und habe keinen Vater und keine Mutter, keinen Sohn, keine Tochter, keinen Bruder, keine Schwester, keinen Hof und kein Haus, keine Katze und keine Maus, ich habe auf der Welt nichts als diese Puppe, aber ich bin so betrübt, daß sie mich nicht trösten kann; du aber kannst mich trösten, daß ich so lustig werde wie ein Lämmerschwänzchen.« Bei diesen Worten weinte und wimmerte der alte Mann dermaßen, daß Gackeleia sprach: »Ach, weine nur nicht, ich will dir ja alles tun, was dich trösten kann, wenn du mir die Puppe gibst; sage nur um Gottes willen, was dich trösten kann!« Da erwiderte der Alte:

Dein Vater hat ein Ringelein
Mit einem grünen Edelstein,
Der hat gar einen schönen Schein.
Laß mich nur einmal sehn hinein,
So werd ich gleich durch Mark und Bein
Froh wie ein Lämmerschwänzchen sein.
Und dann lass ich mein Püppchen fein
Zu dir ins Gärtchen gleich hinein;
Es bleibt mit allen Kleidern sein
Dann, Gackeleia, dein allein.

»Ei«, sagte Gackeleia, »den Ring kenne ich wohl, er hat auch mich manchmal fröhlich gemacht, wenn ich ihn ansehen durfte; warte nur bis heute nach Tisch, da will ich dir den Ring hieher bringen, wenn der Vater schläft. Aber daß du ja wieder hierher kömmst, wenn ich mit dem Ringe in den Garten komme!« »Ganz gewiß!« sagte der Alte, »ich will dir die

Kleider der Puppe gleich hier lassen; du kannst sie alle hübsch glatt streichen, ich habe sie in der Tasche ein wenig zerdrückt.« Da gab er ihr die Kleider, ließ die Puppe nochmals vor ihr tanzen und verließ dann mit derselben die kleine Gackeleia, die ihm immer nachrief: »Aber daß du mir auch ganz gewiß kömmst, der Ring soll dich recht anlachen!« »Ja, ja, ganz gewiß!« rief der Alte und verschwand hinter den Hecken. Gackeleia aber setzte sich in ihre Laube, musterte und ordnete alle Kleider der Puppe und dachte schon, wie die kleine Gärtnerin bei ihr zwischen den Blumenbeeten herumlaufen würde, und konnte sich zum voraus vor Freude gar nicht lassen.

Als nach Tisch der Vater Gockel auf seinem Stuhle schlief, saß Gackeleia zu seinen Füßen und hatte seine Hand in der ihrigen und sah in den grünen Stein des Rings, und als sie den Ring berührte und vor sich sagte: »Ach wenn der Vater nur nicht aufwachte und gar nichts merkte, ach, wenn ich den Ring nur leise von seinem Finger herunter hätte!« da tat der Ring, welcher alle Wünsche desjenigen erfüllte, der ihn berührte, seine Wirkung. Gockel schlief fest und schnarchte, und der Ring fiel in das Händchen der Gackeleia, welche geschwind wie der Wind nach ihrem Gärtchen lief, wo der alte Mann vor Begierde nach dem Ring sein mageres Gesicht mit dem Barte schon wie ein alter Ziegenbock über das Gegitter herüberstreckte.

Gackeleia rief ihm entgegen: »Die Puppe her, die Puppe her, hier ist der Ring! Aber gucke geschwind hinein, ich muß gleich wieder mit dem Ring ins Schloß, ehe der Vater aufwacht.« Da gab ihr der Alte die Puppe und lehrte sie, wie sie das Uhrwerk aufziehen müßte. Sie gab den Ring hin und tanzte mit Entzücken vor der Puppe her, die überall nachschnurrte, und patschte in die kleinen Hände. Der Alte aber patschte auch in die Hände, und als sie das hörte, fragte sie ihn, ob er schon von dem Anschauen des Ringes getröstet sei.

»Ja«, erwiderte er fröhlich und gab ihr den Ring wieder und wünschte ihr mit einem häßlichen Gelächter viel Freude mit der Puppe und ging seiner Wege. Nun eilte Gackeleia mit dem Ringe zu Gockel zurück, der noch schlief, und steckte ihm den Ring wieder an den Finger. Ihre Puppe hatte sie mit den Kleidern in ihrer Laube ins Gebüsch versteckt.

Da Gockel aufwachte, erhielt er eine Einladung von dem König, ihn mit den Seinigen auf der Eierburg zu besuchen. Da lief Gackeleia geschwind nach dem Garten und steckte ihre Puppe und die Kleider zu sich und dachte dem Prinzen Kronovus, wenn sie allein beieinander sein würden, eine große Freude damit zu machen. Hierauf stieg sie mit ihren Eltern auf einen prächtigen Wagen, mit sechs Pferden bespannt, und sie fuhren auf die Eierburg, wo viele Menschen versammelt waren auf einer grünen Wiese, wo getanzt und gespielt wurde um Eier; denn es war Ostern und das große Ordensfest des Ostereierordens.

Man lief und sprang um die Wette nach aufgestellten Eiern, man warf mit Eiern nach Eiern, man stieß mit Eiern gegen Eier, und wessen Ei eingeknickt wurde, der hatte verloren; die Kinder von ganz Gelnhausen suchten Eier, welche der große Königliche Geheime Ober-Hofosterhas in versteckten Winkeln ins hohe Gras gelegt hatte; kurz, die Freude war allgemein. Und soeben reihte sich das Volk in einen großen Kreis, die königlichen Hofmusikanten und die Gelnhausner Stadtpfeifer bliesen einen herrlichen Tanz, nämlich den Eiertanz, welchen die königliche Familie der rauhgräflichen in höchsteigner Person tanzen wollte. Ein köstlicher Teppich ward ausgebreitet und auf demselben hundert vergoldete Pfaueneier in zehn Reihen gelegt. Nun trat die Königin Eilegia zu Gockel und verband ihm die Augen mit einem seidnen Tuch, und er tat ihr ebendasselbe; ebenso verbanden sich der König Eifraßius und Frau Hinkel und der Prinz Kronovus und Gackeleia die Augen und wur-

den nun von den Hofmarschällen auf den Eierteppich geführt, auf welchem sie mit den zierlichsten Schritten und Sprüngen und Wendungen zwischen den Eiern herumtanzen mußten, ohne auch nur eins mit den Füßen zu berühren. Die Zuschauer sahen mit gespannter Aufmerksamkeit ganz stille zu und bewunderten die Geschicklichkeit der hohen Herrschaften. Aber nicht weit davon in einem Gebüsche saßen ein paar alte Männer, die hatten keine Freude an dem Tanz und guckten alle Augenblicke nach dem Fußsteige aus der Stadt, ob ihr Geselle, der dritte alte Mann, nicht bald komme, und ehe sie sich's versahen, stand er mitten unter ihnen.

»Hast du? Hast du?« schrien sie dem Neuangekommenen mit weit vorgestreckten Hälsen entgegen und machten Finger, so spitz wie Krallen, gegen seine festgeschloßne Faust, und er erwiderte: »Ja, ich habe glücklich den Ring durch Gackeleias Spielsucht ertappt; ich habe ihr einen ganz ähnlichen mit einem falschen grünen Glasstein gegeben, welchen Gockel jetzt am Finger hat. Jetzt können wir uns an ihm rächen, daß er uns bei dem Hahnenkauf betrogen und uns in die Wolfsgrube hat fallen lassen, wo wir elend verhungert wären, wenn uns die Bauern nicht herausgezogen hätten.«

So sprachen die drei Alten, welche niemand anders als die naturphilosophischen Petschierstecher waren, die Gockel hatten anführen wollen, und die er angeführt hatte. Sie hatten sich nun doch mit ihrer List in den Besitz des Rings gebracht und wollten jetzt gleich seine Wunderkraft versuchen. Sie faßten alle drei an den Ring und sprachen zu gleicher Zeit die Worte:

Salomon, du weiser König,
Dem die Geister untertänig,
Mach den Gockel wieder alt,
Zumpig, lumpig, mißgestalt;

Mach Frau Hinkel wieder häßlich,
Zänkisch, ränkisch, griesgram, gräßlich;
Mach die Gackeleia schmutzig,
Ruppig, struppig, zuppig, trutzig!
Nehme ihnen Gut und Geld,
Schloß und Roß und Hof und Feld,
Jag sie wieder Knall und Fall
In den alten Hühnerstall!
Aber uns drei Petschaftstechern
Bau ein Schloß mit goldnen Dächern,
Mache uns zu Hofagenten,
Hoffaktoren, Konsulenten,
Rittern und Kommerzienräten,
Kommissären und Propheten!
Gib uns Gold und Ehr und Glanz,
Stell uns hoch in der Finanz,
Mach uns schön wie Davids Sohn,
Den scharmanten Absalon!
Mach uns glücklich ganz enorm,
Orden gib und Uniform!
Ringlein, Ringlein, dreh dich um!
Mach es schön, wir bitten drum.

Während sie so an dem Ring drehten, entstand ein lautes Murren und Lachen und Schimpfen unter dem versammelten Volk. »Ei, seht den alten Bettler, die alte, schmutzige Bettlerin, das schmutzige, freche Kind! Nun, das ist unverschämt! Jagt sie fort, pratsch, pratsch, wie sie die Eier zertreten!« Und bald ward das Geschrei und Getümmel so allgemein, daß der König Eifraßius und die Königin Eilegia und der Prinz Kronovus ihre Binden von den Augen rissen, und wie erstaunten sie nicht, als sie den Rauhgrafen Gockel und die Frau Hinkel und Fräulein Gackeleia, die vorher so schön und jung und prächtig gekleidet gewesen waren, in eine alte, häßliche, zerrissene Bettlerfamilie verwandelt sahen, welche alle Eier auf dem köstlichen Teppich zertreten hatten!

Auf ihr unwilliges Geschrei rissen nun auch diese Armen die Binden von den Augen und fingen bitterlich an zu weinen und zu klagen über ihren verwandelten Zustand, denn sie erkannten sich kaum mehr. Gockel griff nach seinem Ring Salomonis und drehte, aber der falsche, verwechselte Ring vermochte nichts. Da sah er ihn an und erkannte, daß er ausgetauscht war, und schrie laut aus: »O weh mir! Ich bin verloren, ich bin um den Ring betrogen!«

Er wollte eben dem König zu Füßen fallen und ihm sein Unglück klagen, aber dieser stieß ihn von sich, und Eilegia wendete der Frau Hinkel den Rücken und sprach von Bettelgesind. Der Prinz Kronovus allein war noch menschlich gegen Gackeleia; als sie ihm weinend die Hand reichte, gab er ihr einen Taler, den er in der Tasche hatte, und sein Taschentuch, sie solle sich das schmutzige Gesicht waschen, und bat sie, doch geschwind fortzulaufen, denn er sehe den Bettelvogt kommen. Er wolle ihr auch immer sein Taschengeld aufbewahren, und wenn sie Sonnabends am Abend hinten an den Brunnen bei dem Eierschloß kommen wolle, werde sie bei dem Vergißmeinnicht immer ein Ei finden, auf dem »Vivat Gackeleia!« geschrieben sei, und darin solle immer sein Wochengeld für sie stecken. Gackeleia weinte bitterlich über seine Güte und wollte ihn eben herzlich umarmen, da riß der Bettelvogt sie von ihm los und trieb das Kind mit Vater und Mutter unbarmherzig über die Grenze.

Der König und seine Familie begaben sich in das Schloß, der seltsamen Geschichte nachzudenken, und das Volk zog nach der Stadt zurück, um Gockels Palast zu plündern; aber es war schon Nacht geworden, und da sie auf dem Markte ankamen, sang ihnen der Nachtwächter entgegen:

Hört, ihr Herrn, und laßt euch sagen,
Die Glock hat zehn Uhr geschlagen,

Aber das ist noch gar nicht viel
Gegen ein Schloß, das in Staub zerfiel.
Hier hat es gestanden lang und breit,
Ich weiß nicht, ob ich recht gescheit;
Der Markt ist leer als wie zuvor,
Die Kuh steht wieder vor dem alten Tor.
Schaut an, ihr Herrn, das große Wunder
Ging schnell, wie es entstanden, unter.
Bewahrt das Feuer und das Licht,
Daß nicht der Stadt solch Unglück geschieht,
Und lobet Gott den Herrn!

Wirklich war auch das herrliche Schloß Gockels und alle seine Gärten und alles, was drin war, mit Mann und Maus verschwunden; auf dem Markt plätscherte der alte Stadtbrunnen, als wenn er von gar nichts wüßte. Die guten Bürger gingen nach Haus, nachdem sie lange in die leere Luft geschaut hatten, und überlegten, wo sie mit allen ihren Semmeln und Braten hin sollten, da der große Hofstaat Gockels nicht mehr bei ihnen einkaufen würde.

Der arme Gockel, die arme Hinkel, die arme Gackeleia zogen wieder, wie ehedem, durch den wilden Wald nach dem alten Schloß, aber sie waren viel trauriger und redeten kein Wort, ja, Frau Hinkel hatte gar die Schürze über den Kopf gehängt, weil sie sich schämte, so häßlich geworden zu sein.

Als sie auf einer Höhe angekommen waren, wo man Gelnhausen noch einmal sehen konnte, drehte sich Gockel um und sprach: »Unseliger Ort, wo ich um den köstlichen Ring Salomonis betrogen ward! Abscheulicher, undankbarer Eifraßius, wie schändlich hast du mich in meinem Unglück verstoßen und hast nicht dran gedacht, mir das Geld wiederzugeben, das du in glücklicher Zeit von mir geborgt!«

Frau Hinkel aber rief aus: »O Königin Eilegia, wie manches Backwerk habe ich dir zum Geschenk gemacht, wie viele Eierspeisen habe ich dich bereiten gelehrt, wieviel hundert Ostereier habe ich dir bunt gesotten! Die schönsten Muster zu Hauben und Kleidern habe ich dir mitgeteilt, und nun, da wir den Ring verloren und arm geworden, läßt du Undankbare mich zerlumpt und hungernd über die Grenze führen!«

Nun erhob auch Gackeleia ihre Stimme und sprach: »Ach, du kleines Prinzchen Kronovus, du bist doch der Beste von allen; du hast mir deinen Taler geschenkt und dein Taschentuch, daß ich mich abwischen soll; du willst mir dein Wochengeld alle Sonnabend an den Brunen in ein Ei verstecken; ach, du bist doch mein guter Kronovus geblieben und hast die arme, schmutzige Gackeleia nicht von dir weggestoßen. Ach, es tut mir recht leid, daß ich in der Angst vergessen, dir meine herrliche Puppe zum Andenken zu schenken.«

Kaum hatte Gackeleia das Wort Puppe ausgesprochen, als Gockel zornig nach ihr blickte und heftig sprach: »Du unseliges Kind! Du hast eine Puppe? Welche Puppe? Woher hast du die Puppe? Ach, ich ahnde die Ursache meines Verderbens!« Und da er hierauf die kleine Gackeleia ergreifen wollte, lief sie vor dem erzürnten Vater nach dem äußersten Rande eines Felsen hin, der über einen schroffen Abhang hinausragte. Frau Hinkel schrie: »Um Gottes willen, das Kind fällt sich zu Tode!« und hielt Gockel beim Arme zurück. Gackeleia aber kniete auf dem äußersten Rande des Felsens und breitete ihre Ärmchen gegen den Vater aus und sprach:

Vater Gockel, ach, verzeih!
Mutter Hinkel, steh mir bei!
Oder Gackeleia klein
Springt und bricht sich Hals und Bein.

Da bat die Frau Hinkel den Gockel sehr, er solle dem Kind verzeihen, und Gockel sagte: »Sie soll nur alles erzählen, was sie angestellt, ich werde sie nicht umbringen.« »Erzähle, Gackeleia«, sagte die Mutter, »wo hast du eine Puppe herbekommen?« Da war Gackeleia in großer Angst, denn der Vater riß während der Erzählung an einer Birke, die bei dem Felsen stand, dann und wann ein Zweiglein ab, und es sah so ziemlich aus, als wenn er, wo nicht einen Besen, doch wenigstens eine Rute binden wollte; aber was half alles? Das Kind mußte sprechen:

An mein Gärtchen kam heut morgen
Ein alt Männchen, ganz voll Sorgen,
Ließ vor mir im Tanz sich drehen
Ach! ein Püppchen, wunderschön.

»Da haben wir es«, rief Gockel und riß ein starkes Birkenreis ab, »da haben wir es, o, es ist abscheulich!« Gackeleia aber sagte geschwind:

Nein, kein Püppchen, es ist nur
Eine schöne Kunstfigur,
Eine kleine Gärtnerin,
Jägerin und Fischerin,
Bäurin, Hirtin und so weiter,
Jede hat besondre Kleider.

»Ach, abscheulich!« sagte Gockel, aber Gackeleia fuhr fort:

Allerliebst, kaum auszusprechen,
Mir wollt' schier das Herz zerbrechen
Nach dem schönen Wunderding;
Als es an zu laufen fing,
Als die Räder in ihm schnarrten,
Wollt' es zu mir in den Garten,
Lief am Gitter hin und her,
Als ob es lebendig wär.
Und ich glaubt' des Alten Schwur,
Daß es eine Kunstfigur,
Daß es keine Puppe sei,
Glaubt', daß das nicht Unrecht sei.

»Schöne Ausreden!« sagte Gockel unwillig und riß wieder ein Birkenreis ab. Gackeleia gefiel das gar nicht, und sie sagte:

Vater Gockel, ich bitt schön
Laß das Birkenreis doch stehn,
Ach, ich bin vor Angst verwirrt,
Daß es eine Rute wird.

Da sprach Gockel ernsthaft:

Gackeleia, glaub du nur,
Daß es eine Kunstfigur,
Daß es keine Rute sei,
Denk nichts Arges dir dabei!

Da sagte Gackeleia:

Kunstfigur von Birkenreis?
Ach, du machst mir gar zu heiß.

Und Gockel sagte:

Kunstfigur für Kunstfigur,
Rute für die Puppe nur.

Da ward Gackeleia wieder sehr betrübt und schrie wieder ganz erbärmlich:

Vater Gockel, ach, verzeih!
Mutter Hinkel, steh mir bei!
Oder Gackeleia klein
Springt und bricht sich Hals und Bein.

Frau Hinkel bat sehr, und Gockel sagte: »Ich werde sie nicht umbringen, sie soll nur erzählen, was der Alte weiter gesagt hat, und was sie ihm für die Kunstfigur gegeben hat.« Da fuhr Gackeleia fort:

Ach, der Alte weinte sehr,
Hätt nicht Vater, Mutter mehr,
Bruder nicht noch Schwesterlein,
Keinen Sohn, kein Töchterlein,
Keinen Vetter, keine Base,
Nichts als eine lange Nase,

Einen Bart, ganz weiß und lang,
War betrübt und angst und bang.

»Der alte Schelm!« rief da Frau Hinkel aus und riß auch ein starkes Birkenreis ab, »der alte Schelm ist schuld, daß ich auch wieder eine so häßliche lange Nase habe.« Und Gockel sagte: »Schau, Frau Hinkel, jetzt merkst du auch, was wir ihm zu danken haben, du die Nase und ich den Bart. Oh, unglückselige Kunstfigur, was sind wir für abscheuliche Figuren durch dich geworden! Aber erzähle weiter, Gackeleia, was wollte er für die Puppe?« Da erwiderte Gackeleia mit großer Angst:

Für die schöne Kunstfigur
Wollt in deinen Ring er nur
Einmal ein klein bißchen blicken,
Seinen Kummer zu erquicken.

»O du abscheulicher Betrüger!« rief Gockel aus, »o du unseliges, leichtsinniges, spielsüchtiges Kind! Und du zogst mir den Ring im Schlaf ab und gabst dem Schelmen den Ring? Sprich, sprich, hast du das getan? Sprich gleich, oder ich werfe dich gleich vom Felsen!« Da rief Gackeleia wieder in großer Angst:

Vater Gockel, ach, verzeih!
Mutter Hinkel, steh mir bei!
Ja, als Vater Gockel schlief,
Mit dem Ring ich zu ihm lief;
Doch er sah nicht lang hinein,
Gab zurück den Edelstein,
Den ich gleich zurückgebracht,
Eh der Vater aufgewacht.
Ach, ich will's nicht wieder tun,
Einmal ist das Unglück nun
Durch mich böses Kind geschehn.
Werdet ihr die Puppe sehn
Nein, nicht Puppe, es ist nur

Eine schöne Kunstfigur,
Ganz natürlich nach dem Leben,
Ach, ihr müßt mir dann vergeben!

Und nun zog sie die Puppe aus ihrer Tasche, zog das Uhrwerk auf, und die kleine Gärtnerin schnurrte so artig zwischen dem Thymian auf dem Felsen herum, daß Gackeleia ihr, in die Hände patschend, nachlief. Da erwischte der alte Gockel das Kind beim Arm und sagte: »Nun habe ich dich, ungehorsames Kind! Habe ich dir nicht tausendmal verboten, meinen Ring ohne meine Erlaubnis nicht anzurühren? Du hast ihn aber dem alten Betrüger gegeben, und der hat ihn mit einem andern vertauscht, der keinen Heller wert ist, und so hast du deine Eltern und dich in Schande und Armut gebracht durch deine Begierde nach einer elenden Puppe.« Da schrie Gackeleia ganz erbärmlich:

Keine Puppe, es ist nur
Eine schöne Kunstfigur.
Vater, Vater, laß mich los!
Ach, sie lief durch Stein und Moos
Von dem Fels in vollem Lauf;
Mutter Hinkel, halt sie auf,
Daß sie nicht den Hals zerbricht,
Denn sie kennt die Wege nicht!

Die kleine Puppe lief auch ganz wie toll den Felsen hinunter, und Frau Hinkel wollte sie aufhalten, aber glitt auf dem glatten Rasen aus und rollte ein ziemlich Stück Weg hinunter. Darüber wurde der alte Gockel noch viel ungeduldiger und sagte: »Nun sieh das Unglück! Deine Mutter bricht noch schier ein Bein über der abscheulichen Puppe. Recht muß sein, du hast unverzeihlich gefehlt, jetzt wähle, Gackeleia, entweder kriegst du hier recht tüchtig die Rute, oder du läßt die Puppe laufen.« Und da Gackeleia wieder schrie:

Keine Puppe, es ist nur
Eine schöne Kunstfigur,

legte Gockel sie über das Knie und gab ihr tüchtig die Rute mit den Worten:

Keine Rute, es ist nur
Eine schöne Kunstfigur,

und Gackeleia schrie:

Mutter, halt, o jemine,
Halt sie auf, sie tut sich weh!

und Gockel schlug immer zu und schrie:

Fitze, fitze, Domine,
Tut die ganze Woche weh!

Er hätte auch noch länger zugeschlagen, aber Frau Hinkel schrie so erbärmlich, sie könne nicht wieder herauf, daß Gockel das Kind losließ und hinabging, ihr zu helfen. Kaum aber war Gackeleia los, so rüttelte und schüttelte sie sich über die abscheuliche Kunstfigur, die sie empfunden hatte, und lief ihrer kleinen Kunstfigur nach, die sie eben unten im Tal über den Steg eines Baches laufen sah; aber die Puppe lief, als ob sie vier Beine hätte, über den Steg und linksum in den Wald hinein, und Gackeleia immer hinter ihr drein.

Gockel hatte indessen Frau Hinkel durch einen Umweg wieder auf die Höhe gebracht, und sie klagten sich unterwegs einander, wie der Alte, der sie durch Gackeleias Spielsucht um den köstlichen Ring des Salomon gebracht, gewiß einer von den alten Petschierstechern sei, die ihn einst um den Hahn Alektryo hätten betrügen wollen. Als sie unter solchen Reden auf den Fels zurückkamen und die Gackeleia nicht mehr sahen, riefen sie nach allen Seiten nach dem Kind, aber nirgends hörten und sahen sie etwas von ihr. Da ward ihr Kummer um allen ihren Verlust in eine große Sorge um ihr Kind verwandelt; sie liefen hin und her und schrien durch den Wald: »Gackeleia! Gackeleia!« Und wenn das Echo wieder rief: »Eia! Eia!« glaubten sie, das Kind antworte, und so verirrten sie sich immer tiefer in der Wildnis, bis sie endlich beide, ach, aber ohne Gackeleia, sich bei ihrem alten Stammschlosse wiederfanden. Die Vögel wachten alle auf und flogen wie alte Bekannte um sie her und grüßten sie, aber Gockel und Hinkel riefen immer:

Gackeleia, liebe Gackeleia, komm doch nur!
Ja, es ist eine Kunstfigur,
Komm, es soll dir nichts geschehn,
Wenn wir dich nur wiedersehn!

Aber keine Antwort, von keiner Seite. Da saßen die zwei armen Eltern auf der Schwelle des alten Hühnerstalles nieder und weinten die ganze Nacht bitterlich, und alle Vögelein weinten mit.

Am Morgen aber schnitt sich Gockel einen tüchtigen Knotenstock und gab auch der Frau Hinkel einen und sagte: »Liebe Frau, wir sind arme Leute geworden, aber es gebühret einem Rauhgrafen Gockel von Hanau und einer Rauhgräfin Hinkel von Hennegau nicht, im Unglück zu verzweifeln; lasse uns auf Gott vertrauen und unsere Fräulein Tochter Gackeleia durch die weite Welt suchen, und sollten wir unterwegs Hungers sterben! Geh du links, und ich geh rechts, alle Monate kommen wir hier wieder zusammen und sagen uns, was wir entdeckt haben; dabei können wir zugleich dem Dieb unsers Ringes nachforschen.« Frau Hinkel war das zufrieden; sie umarmten sich beide unter bittern Tränen und wanderten dann auf getrennten Wegen, Herr Gokkel rechts, Frau Hinkel links. Und wenn sie in die Dörfer oder Städte kamen, sangen sie vor allen Türen:

Habt ihr nicht ein Kind gesehen?
Ein klein Mägdlein wunderschön,
Blaue Augen, rote Backen,
Zähnchen weiß zum Nüsseknacken,
Einen roten Kirschenmund
Frisch und froh und dick und rund,
Glänzend wie ein Mandelkern,
Hüpft und spielt und singet gern.

Es hat einen blonden Zopf,
Einen Strohhut auf dem Kopf,
Trägt auch eine alte Juppe
Und lauft hinter einer Puppe
Her und schreit, es sei ja nur
Eine schöne Kunstfigur.
Barfuß lauft es ohne Schuh;
Fragt man es: Wie heißest du?
Sagt es gleich ganz freundlich: Eia,
Ich bin Gockels Gackeleia.
Ach, das Kind hab ich verloren,
Habe einen Eid geschworen,
Nicht zu ruhn, bis ich das Kind
Gackeleia wiederfind!

Aber immer sagten die Leute:

Wir haben so kein Kind gesehn,
Ihr armer Mensch müßt weitergehn,
Da habet Ihr ein Stückchen Brot,
Gott helfe Euch in Eurer Not!

Da nahmen sie dann das Brot, die armen Eltern, und aßen es mit Tränen und setzten ihren Stab traurig weiter.

So waren sie schon dreimal in dem alten Stammschlosse wieder ohne Gackeleia zusammengekommen, hatten mit großem Jammer in dem alten Hühnerstall geschlafen und sich ihre vergeblichen Nachforschungen einander mitgeteilt. »Ach Gott«, sagte Frau Hinkel, »das arme Kind ist gewiß umgekommen, hättest du es doch nicht so hart wegen der Puppe behandelt!« Da erwiderte Gockel: »Und hättest du besser auf sie achtgegeben, so hätten wir den Ring und das Kind nicht verloren; nichts ist leichter zu sagen als: Hättest du. Lasse uns lieber auf dem Grabe des Alektryo in der Kapelle recht herzlich beten, daß wir das Kind morgen zum vierten Male nicht vergebens suchen mögen.« Hierauf gingen sie nach der Kapelle und beteten recht eifrig, legten sich dann auf ihr Mooslager und schliefen einen gar süßen Schlaf und träumten von Gackeleia.

Gegen Morgen hörte Gockel noch halb im Schlaf etwas um sich her rascheln, es war noch sehr dunkel in der Stube, aber er sah etwas an der Erde hinlaufen und verschwinden; er stieß Frau Hinkel an und sagte: »Mir war gerade, als wenn die fatale Puppe der Gackeleia vorübergelaufen wäre.« Da sprach eine Stimme:

Keine Puppe, es ist nur
Eine schöne Kunstfigur.

Gockel meinte, Frau Hinkel habe das gesagt, und verwies ihr, daß auch sie so eigensinnig wie Gackeleia spreche. Frau Hinkel hatte schlaftrunken die Worte auch gehört und behauptete, er habe es selbst gesagt. Sie wollten eben hierüber zu zanken anfangen, als sie leise an der Türe pochen hörten. Sie fuhren ordentlich vor Schreck zusammen, wer das wohl sein könnte, der in dem wüsten, zerstörten Schlosse so leis anpoche. Da es aber zum dritten Male pochte, fragte Gockel laut: »Wer ist drauß?« Und es antwortete eine männliche Stimme: »Ich bitte alleruntertänigst um Verzeihung, Herr Graf, daß ich so früh störe; aber die Leute lassen mir keine Ruhe, sie sagen, daß ich ihnen drei Zentner Käse aus der gräflichen Käsefabrik abliefern soll, nun wollte ich doch den Befehl des Herrn Grafen selbst abholen.«

Gockel wußte auf diese Rede gar nicht, wo ihm der Kopf stand. »Drei Zentner Käse«, sagte er, »aus der gräflichen Käsefabrik! Hast du gehört, Hinkel?« – »Ja«, sagte Frau Hinkel, »was kann das sein? Ich weiß nicht, ob ich träume oder wache.« Da aber der Mann immer von neuem pochte und um die Erlaubnis bat, den Käse abzuliefern, schrie Gockel heftig: »Bist du, der da pochet, toll oder ein Spötter, der einen armen Greis zum Narren haben will, so nehme dich in acht, oder ich komme mit meinem Knotenstock über dich! Wo habe ich Käse oder eine Käsefabrik? Gehe von dannen und gönne den Armen ihr einziges Gut, die Ruhe und den Schlaf!« Da antwortete die Stimme wieder: »Gnädigster Graf, vergebet mir, daß ich Euch erweckte; ich sehe sohl, daß Ihr den Leuten den Käs nicht abliefern lassen wollet, ich werde sie abweisen.«

Nun hörte Gockel draußen auf dem Hofe sprechen und hin und wieder gehen, und seine Verwunderung, was das zu bedeuten habe, wuchs immer mehr. »Ach«, sagte er zu seiner Frau, »ich fürchte fast, es ist irgendeine Nachstellung von unseren Feinden, die uns ermorden wollen.« »Das wäre entsetzlich!« erwiderte Frau Hinkel und drückte sich in der Angst an ihn. Da pochte es wieder an der Türe, und Gockel rief zwar erschrocken, doch ziemlich laut: »Wer da?«

Da antwortete eine andere Stimme: »Eurer Hochgräflichen Gnaden untertänigster Küchenmeister fragt an, ob er einen Zentner Schinken aus der gräflichen Rauchkammer abliefern darf, welche auf drei Eseln, die vom König Sissi angekommen sind, abgeholt werden sollen.«

Gockel wußte nicht, wo ihm der Kopf stand bei diesen Reden. »Warte, ich will dir Schinken geben, du nichtswürdiger Spötter!« rief er aus, indem er aufsprang und nach seinem Stocke suchte. Als er aber ganz klar und deutlich drei Esel vor der Türe wiehern hörte, schrie er und Frau Hinkel zugleich: »Herrjemine, die Esel sind wirklich da!«

Es war noch dunkel in dem Stalle, der kein Fenster hatte, und dessen verschlossene Türe nur durch einen Spalt einen Schimmer des Tages hineinfallen ließ. Gockel tappte an der Wand nach seinem Knotenstock herum, und plötzlich wurde er von ein Paar zarten Armen herzlich umschlossen, so daß er laut aufschrie: »Um Gottes willen, wer ist das?« Aber die Unbekannte hörte nicht auf, ihn mit den zärtlichsten Küssen zu bedecken, und als Frau Hinkel auch dazukam, ging es derselben nicht besser; und da sie sich in diese Liebkosungen gar nicht finden konnten, sagte endlich das unbekannte Wesen mit einer wohlbekannten Stimme zu ihnen: »Ach, kennt ihr denn euer Töchterlein Gackeleia gar nicht mehr?« »Du? Gackeleia?« riefen beide aus. »Nein, das ist nicht möglich, du bist ja eine erwachsene Jungfrau.« »Ach, groß oder klein«, antwortete es, »ich bin doch eure Gackeleia«, und da riß sie die Türe auf, und es fiel zu gleicher Zeit so viel Fremdes und Wunderbares in die Augen des alten Gockels und der Frau Hinkel, daß sie sich einander in die Arme sinken und herzlich weinen mußten. Denn erstens sahen sie wirklich die ganze Gackeleia vor sich, aber nicht mehr als ein kleines Mädchen, sondern als eine blühende, wunderschöne, allerliebst geputzte Jungfrau, und zweitens sahen sie sich selbst beide nicht mehr alt und in Lumpen, sondern als zwei schöne, wohlbekleidete Leute in den besten Jahren, und drittens sahen sie durch die Türe nicht mehr in einen verfallenen, mit Schutt und wildem Unkraut bewachsenen Burghof hinaus, sondern in einen schön gepflasterten, reinlichen Hof, von Schloßgebäuden und allen Wohnungen und den Ställen umgeben, in der Mitte aber, an einem plätschernden Springbrunnen, sahen sie drei verdrießliche alte Esel mit langen Ohren angebunden, welche die Köpfe zusammendrückten, als ob sie sich schämten. Auch sahen sie allerlei Gesind in schönen Livereien geschäftig auf und nieder gehen, die immer, sooft sie am Hühnerstall vorüberkamen, tiefe Verbeugungen machten und schönen guten Morgen wünschten.

»Ach, was ist das? Es ist nicht möglich! Woher alle diese Wunder?« rief Gockel aus; da reichte Gackeleia ihm ihre schöne Hand und sah ihm freundlich lächelnd in die Augen, und Gockel schrie mit lautem Jubel aus: »Ach, der Ring! Der köstliche Ring Salomonis ist wieder da, den du durch die Puppe verloren!« Da sagte aber Gackeleia gleich wieder:

Keine Puppe, es ist nur
Eine schöne Kunstfigur,

und Gockel sagte: »Meinetwegen, ich will dir die Rute nicht mehr geben, du bist auch zu groß dazu, und alles ist ja wieder gut.« »Aber wie hast du alles angefangen?« sagte Frau Hinkel, welche immer um die schöne, prächtige Jungfrau herumgegangen war, sie zu betrachten und zu küssen und zu drücken, »um Gottes willen, Herzwunder Gackeleia, erzähle!« »Ja, erzähle!« rief Gockel und drückte sie herzlich an seine Brust.

Gackeleia aber erwiderte: »Lobet mich nicht zu sehr, geliebter Vater, denn all unser neues Glück haben wir allein Euch selbst zu verdanken.« »Mir?« fragte Gockel, »das müßte seltsam zugehen. Ach, ich habe ja nichts tun können, als vor den Häusern, nach dir suchend, bettelnd herumzuziehen.«

Da sagte Gackeleia: »Schon gut! Ihr sollt alles hören, folgt mir nur nach einer andern Stube, wir wollen das wiederhergestellte Stammschloß unsrer lieben Vorfahren einmal ein wenig durchmustern, wir werden gewiß ein Plätzchen finden, wo es uns besser gefällt als in dem alten Hühnerstall, in dem wir ohnedies dem Federvieh Platz machen wollen, das gleich wieder hineinmuß.« Da drehte Gackeleia den Ring und sprach:

Salomon, du weiser König,
Dem die Geister untertänig,
Fülle gleich den Hühnerstall!
Laß die bunten Hühner all
Gackeln, scharren, glucken, brüten,
Sie vom hohen Hahn behüten!
Alle soll er übersehen,
Stolz mit Spornen einhergehen,
Kamm und Sichelschweif hoch tragen,
Streitbar mit den Flügeln schlagen,
Krähen wie ein Hoftrompeter,
Daß bei seinem Anblick jeder

Ganz mit Wahrheit sagen kann:
Das ist recht ein Rittersmann.
Bringe uns auch schöne Pfauen,
Die bei ihren grauen Frauen
Goldne Augenräder schlagen,
Abends nach der Sonne klagen.
Gib uns dann auch welsche Hahnen,
Zornig-schwarze Indianen,
Solche hoffärtige Gesellen,
Denen rot die Hälse schwellen,
Die sich kollernd neidisch blähen,
Wenn sie rote Farbe sehen,
Aufgespreizt mit Hofmanieren
um die Hennen her turnieren.
Schenk uns Enten bunt und prächtig,
Weiße Gänse, die bedächtig
Nach dem Wolkenhimmel sehn
Und auf einem Beine stehn
Oder auf der Wiese gackeln,
Bis sie in das Wasser wackeln.
Lasse auch schneeweiße Schwäne,
Rein wie blanke Silberkähne,
Ernst und klar mit edlem Schweigen
Schwimmen in den Spiegelteichen.
Auf dem Dache laß sich drehen
Tauben, schimmernd anzusehen,
Um den Hals mit goldnen Strahlen,
Schöner, als man sie kann malen.
Alles sei recht auserlesen,
Wie's im Paradies gewesen.
Ringlein, Ringlein, dreh dich um,
Mach's recht schön, ich bitt dich drum!

Kaum hatte Gackeleia dies gesagt, als aus dem Hühnerstall, den sie verlassen hatten, ihnen eine Schar der buntesten

Hühner, Pfauen, Puten, Enten, Gänse und Schwanen nachströmte und auf dem Dache alles von Tauben wimmelte. Gockel und Hinkel hatten die größte Freude an den herrlichen Tieren und begaben sich, nachdem sie alle bewundert hatten, in das Schloß.

Freudig und neugierig betrachteten sie eine Reihe von Gemächern und Sälen, welche alle mit dem prächtigsten alten Hausrat versehen waren, und setzten sich endlich in dem obersten Stockwerke auf die Galerie eines Turms, von welchem sie die Aussicht über die höchsten Gipfel des Waldes hin in die Ferne bis nach den Turmspitzen von Gelnhausen hatten.

»Hier ist es gar schön«, sagte Gackeleia, »hier will ich euch alles erzählen, wie ich den Ring wiedererhalten habe, aber wir wollen auch etwas frühstücken.« Kaum hatte sie dies gesagt, als ein alter Diener einen großen Korb voll Früchten und kaltem Fleischwerk und feinem Gebackenen und Wein und Milch die Treppe herauf brachte und, als er alles vor sie niedergesetzt hatte, nochmals fragte, ob die drei Esel mit dem Käse und den Schinken sollten bepackt werden. »Ja«, sagte Gackeleia, »und daß nur alles recht gut und ausgesucht sei! Ich werde hernach das Weitere selbst befehlen.« Gockel und Hinkel waren sehr begierig nach ihrer Erzählung und baten sie, zu beginnen. Da erzählte sie folgendes:

»Als du mich so hart straftest, lieber Vater, fühlte ich vor Angst um meine Puppe – nicht doch Puppe, es ist nur eine schöne Kunstfigur –, also um meine Kunstfigur gar nichts von der Rute; ich erwartete nur mit Sehnsucht den Moment, meiner kleinen Gärtnerin nacheilen zu können, welche bergab lief, wie sie noch nie gelaufen war. Da rief die Mutter um Hülfe; da ließt du mich los, und wie ein Pfeil nach dem Ziel stürzte ich meiner Kunstfigur nach. Sie lief über den Steg, in den Wald, durch Distel und Dorn, und ich hatte sie einigemal zum Greifen nah; wie ich aber die Hand ausstreckte, fing sie von neuem so zu rennen an, daß ich ermüdet endlich niedersank und weinend ausrief: Ach, schöne Gärtnerin, wie handelst du so undankbar gegen mich, ich habe dich so lieb, so lieb, daß ich lieber die schimpflichste Strafe über mich ergehen ließ, als dich zu verlassen, und jetzt läufst du vor mir, als wenn ich deine ärgste Feindin wäre.

»Als ich diese Worte gesprochen hatte, fiel mir auch erst ein, wie sehr weit ich von euch, liebe Eltern, fortgelaufen war; ich sah die Sonne bereits sinken und war außer allem Weg und Steg; mit Verzweiflung rief ich: Vater Gockel! Mutter Hinkel! Aber alles war vergebens.

So sank ich ganz erschöpft in einen tiefen Schlaf und träumte immer von der Figur, und da ich zu ihr sprach: Nicht wahr, du bist keine Puppe, sondern nur eine schöne Kunstfigur? hörte ich ein feines Stimmchen zu mir sprechen: Eigentlich, meine liebe Gackeleia, bin ich keine Kunstfigur und keine Puppe, sondern ich bin – hier griff ich mit beiden Händen zu und hatte sie glücklich wieder ertappt; denn ich war über den Worten der kleinen Gärtnerin leise aufgewacht, hatte aber nur durch die Augen geblinzelt, um sie unvermutet zu erwischen.

»Nun sollst du mir nicht mehr entwischen, sagte ich, besonders da ich weiß, daß du reden kannst; nun habe ich dich noch einmal so lieb, warte, ich will dir etwas zu essen geben. Da stopfte ich ihr einige Brotkrumen in den Mund und hörte sie knäppern und beißen. Dann bat ich sie wieder, sie solle mir doch eigentlich sagen, wer sie sei, aber sie war stumm wie zuvor und sagte kein Wort. Ich war schier unwillig über sie, band sie mit meinem Strumpfband an meinen Arm fest und deckte meine Schürze über mein Gesicht, betete auch zu Gott, daß er mich in dieser Nacht beschützen möge, damit ich morgen früh meine Eltern wiederfinden möge, und so schlief ich ruhig wieder ein.

»Da träumte ich wieder von der kleinen Gärtnerin, und es

war, als ob sie zu mir spreche: Liebe Gackeleia, wache nur nicht auf; denn nur im Traum kannst du meine Worte verstehen. Siehe, ich bin dir ganz außerordentlich gut, weil du lieber die Rute hast empfinden wollen, als dich von mir trennen. Ich bin aber eigentlich gar keine Kunstfigur, sondern bin eine arme gefangene Prinzessin und bin allein so entsetzlich vor dir gelaufen, um meinen Gemahl, den Prinzen, der gewiß ganz verzweifelt über meinen Verlust ist, wiederzusehen; denn er und meine ganze königliche Familie wohnt keine Stunde Wegs mehr von hier. Du kannst dir denken, wie lieb ich dich habe, da ich, als du einschliefst, meinen Weg nicht fortsetzte, sondern zu dir hinlief, um dir auf deine harten Vorwürfe der Undankbarkeit antworten zu können, weil du mich schlafend nur verstehen kannst.

»Eine Prinzessin wärst du? antwortete ich, und dein Prinz und deine ganze königliche Familie wären ebenso wunderschöne Figürchen? Ach, das möchte ich vor mein Leben gern sehen, führe mich doch zu ihnen! Nein, solche Figürchen sind sie nicht, erwiderte sie, denn sonst wären sie so unglücklich als ich, die niemand anders ist als die arme, kleine Mäuseprinzessin Sissi von Mandelbiß, welcher diese fatale Figur auf den Rücken geheftet ist, damit sie von mir herumgetragen wird.«

»Potztausend!« rief der alte Gockel aus, »das ist ja dieselbe kleine Mäuseprinzessin, welcher ich in der ersten Nacht unseres Hierseins das Leben vor der Katze rettete, und die ich nachher nach ihrer Heimat brachte.«

»Ganz recht«, sagte Gackeleia, »und sie ist nicht undankbar; denn sie ist es, der wir den Wiederbesitz des Rings und somit unser ganzes neues Glück verdanken.«

»Ist nicht möglich!« sagte Frau Hinkel.

»Schau, schau!« sagte Gockel, »man soll doch nie versäumen, auch dem geringsten Geschöpfe Liebe zu erweisen! O die gute Mäuseprinzessin! Nun erzähle nur weiter!«

Nun fuhr Gackeleia fort:

»Sie erzählte mir nun alle Liebe, die du ihr und ihrem Gemahl einst erwiesen, und war in Verzweiflung, daß sie gegen ihren Willen in der Kunstfigur mit schuld an unserm Unglück gewesen, versprach mir aber, so ich sie aus der Figur befreien und ihr nach ihrer Residenz nachfolgen wollte, alles mögliche zu versuchen, um uns wieder zu dem Ringe zu verhelfen. Dazu aber sei es unumgänglich nötig, daß ich in ihrer Residenz, wenn sie den großen Rat versammle, mir alle Mühe geben müßte, einzuschlafen, damit ich die Sprache ihrer Nation verstehen könne. Ich versprach, mein mögliches zu tun, und bat sie, mir doch noch zu erzählen, wie sie dann in die Kunstfigur gekommen seie.

»Ach, erwiderte sie, ich begleitete meinen Gemahl auf einer Wallfahrt, die wir wegen unserer Rettung durch deinen Vater gelobt hatten. Da ließ ich mich verführen, in der Nachtherberge, wo drei alte, bärtige Männer, welche sich für Petschierstecher ausgaben, auf der Streu schliefen, dem Geruche von gebratnem Specke nachzugehen, und so ward ich in der Falle gefangen. Der eine von den Alten kam am Morgen an die Falle und sagte: »Ei, da habe ich ja alles, was ich brauche«, und heftete mich gleich unter den Rock der kleinen seidnen Puppe, welche er aus dem Schnappsack zog, und hatte tausend Freude, wenn ich mit der Puppe hin und her lief, welche doch zu schwer war, als daß ich mit ihr entlaufen konnte. Am Anfange rannte ich gegen Tisch und Bänke; da er aber einmal sagte: »Wenn die kleine Maus nicht bald sich durch Hunger zähmen läßt, so werde ich sie der Katze vorwerfen«, kriegte ich eine solche Angst vor diesem Schicksal und tat von nun an alles, was er wollte, immer in der Hoffnung, bei guter Gelegenheit zu entwischen, und diese fand ich, wie du es weißt. Die Liebe zur Freiheit und die Nähe meiner Heimat gab mir ungewöhnliche Kräfte, und so sind wir dann gekommen bis hierher. Jetzt aber erschrick nicht zu sehr, ich will dich ein wenig ins Ohr beißen, damit du mich losmachen kannst; dann folge mir nach meiner Residenz, wo ich dir ein Plätzchen zum Schlafen anweisen und meinen Rat um dich versammeln will. Kaum hatte sie dies gesagt, als sie mich ins Ohrläppchen biß, daß ich erwachte.

»Es war Nacht und heller Mondschein. Gleich untersuchte ich nun die Kunstfigur und erblickte das artigste weiße Mäuschen mit einem goldnen Krönchen auf dem Kopf, welchem die kleine seidne Puppe mit einem Draht um den Leib befestigt war; ich löste diesen Draht mit Behutsamkeit auf, und die Mäuseprinzessin machte die lustigsten Freudensprünge vor mir her durch das Gras. Ich folgte ihr nach, aber sie eilte so sehr, daß ich sie oft aus dem Gesicht verlor; wenn ich dann ängstlich rief: Mäuseprinzessin, laß mich nicht im Stiche! pfiff sie laut und sprang vor mir hoch aus dem Gras in die Höhe, wodurch ich mich wieder zurechtfand.

»Als wir ungefähr eine halbe Stunde gegangen waren, hörte ich ein großes Gepfeife und sah um einen Hügel herum die Residenz des Mäusekönigs im Mondschein liegen, die ich auch gleich beschreiben will.

»Kaum hatte die Prinzessin sich am Tor der Stadt gezeigt, als es aufflog und ein freudiges Gepfeife durch die ganze Stadt und das oben liegende Schloß sich verbreitete, aus welchem viele weiße Mäuse ihr entgegenstürzten und sie mit großem Jubel empfingen. Sie wollte aber nicht in das Schloß hinein, sondern drehte sich abwechselnd gegen mich und die Ihrigen, welchen sie von mir zu erzählen schien, so daß alle Mäuse bald ihre Köpfchen gegen mich aufhoben und allerlei pfiffen, was ich nicht verstand. Da sagte ich ihnen: Ihr lieben Mäuse, gleich will ich mich schlafen legen, damit ich eure Gespräche verstehen kann, und kaum hatte ich das gesagt, als sie auch zu Tausenden anströmten und das zärteste Moos an einem trocknen Ort unter einer großen Eiche zusammentrugen. Ich sah wohl, daß dies ein Bettchen für mich werden sollte, und betrachtete mir unterdessen die schöne Mäusestadt.

»Oben auf dem Hügel lag das königliche Schloß, ein weites Viereck von großen holländischen Käsen zusammengelegt, die alle auf das reinlichste ausgenagt waren; alle Türen und Fenster waren zwar etwas nach altem Geschmack und nicht ganz gleichförmig verteilt, doch hatte die Burg ein ehrwürdiges Ansehen. Rings um das Schloß her und selbst auf seinen Dächern waren die schönsten Gärten von Schimmel angelegt, den ich nie höher und leichter gesehen habe. Türme von Käserinden, mit Mandelschalen statt Ziegeln gedeckt, gaben dem Gebäude eine besondere Zierde. Die Häuser der Untertanen bestanden aus hohlen Kürbissen und Melonen und Kommißbroten und Semmeln; einige wohnten auch in alten Stiefeln und Schuhen. Und alle die Wohnungen lagen in Reih und Ordnung um den Hügel herum und hatten größere und kleinere Anlagen von Schimmel um sich her. Auch bemerkte ich viele Höhlen in die Erde hinein, welches ihre Keller und Vorratskammern waren. Das Schönste war in der Mitte des Hügels, auf einem weiten freien Platz, eine große gotische Kirche, von weiß gebleichten Pferdeschädeln zusammengebaut und von tausend kleinen Knochensplittern verziert und verspitzt; um sie her war aber der Kirchhof, Grab an Grab schön geordnet, und mitten drauf ein Beinhaus von lauter Mäusegerippen und Beinchen, weiß wie Elfenbein, in schönster Ordnung zusammengelegt. Alles das konnte ich nicht genug bewundern, und der Mond schien so hell in die kleine wimmelnde Welt, daß es eine Lust war, hineinzuschauen. Währenddessen war mein Mooslager fertig geworden, und ich war so müde, daß ich mich drauf niederlegte und entschlief. Da versammelte sich denn die ganze königliche Familie und ihr ganzer Staatsrat um meinen Kopf, und ich konnte alle ihre Gespräche vernehmen.

»Nachdem der Prinzessin Sissi nochmals von ihrem Gemahl und von ihren Eltern Glück gewünscht worden war zu ihrer Rettung, sagte sie, wie man die Gelegenheit nicht versäumen müßte, der Familie des Rauhgrafen Gockel, welcher sie zum zweitenmal so verbindlich geworden, sich dankbar zu erzeigen. Sie erzählte, daß ich ihretwegen die Rutenschläge standhaft erlitten. Da sagte ein alter Rat, die Rute hätte ich wohl verdient, weil ich einstens eine so große Katzenfreundin gewesen, und es sei überhaupt zu überlegen, ob ich nicht eine Spionin der Katzen sei. Dieser Verdacht ängstete mich dermaßen, daß ich mich selbst mit Tränen dagegen verteidigte, und zwar so nachdrücklich, daß dem alten Rat das Maul verboten wurde.

»Prinz Pfiffi gab endlich der ganzen Sache den Ausschlag mit folgenden Worten: Nach der unglücklichen Nacht, in welcher meine geliebte Sissi in die Gefangenschaft der alten Petschierstecher kam, welche sie unter die Puppe befestigten, machte ich viele Reisen durch die Welt, um sie wieder aufzusuchen. Ich hatte die alten Schelmen ganz aus dem Gesicht verloren, und so kam ich einst über Nacht in ein Schloß, um da zu übernachten. Da sah ich drei junge, freche Gesellen in einem Saale in heftigem Zank, und zwischen ihnen lag ein schöner Ring, nach welchem sie während ihrem Streit einer nach dem andern heftig hingriffen, sich aber immer wieder einander davon zurückstießen. Sie hatten jeder eine andere seltsame Uniform und nannten sich Kommerzienrat, Hoffaktor und Hoflieferant und schrien und lärmten ganz gewaltig. Jeder warf dem andern vor, er wolle ihn übervorteilen, jeder wollte den Ring vor allen andern haben, und endlich sagte der eine: »Ich muß ihn von Rechts wegen statt aller tragen, und wer von euch beiden etwas gewünscht haben will, der kömmt zu mir und gibt nur einen vollwichtigen Louisdor, so wünsche ich ihm etwas. Ich muß den Ring bewahren, denn ich habe die Maus gefangen und unter die

Puppe geheftet, durch welche der Ring gewonnen worden ist.« »Was soll mir das?« sagte der andre. »Habe ich nicht den falschen Ring gemacht, welcher für den echten ist hingegeben worden?« Dann schrie der dritte: »Was soll mir das? Habe ich nicht die Puppe mit der Maus der kleinen Gackeleia gegen den Ring aufgeschwätzt? Bin ich es nicht, der euch den Ring gebracht, durch dessen Besitz wir uns an Gockel gerächt und uns jung und schön zu vornehmen Standespersonen gemacht haben?« Sie waren in Begriff, sich in die Haare zu fallen, aber ich hatte genug gehört, ich wußte, daß Sissi lebte, und daß sie zu Gelnhausen bei der kleinen Gackeleia in einer Puppe stecke.

»Gleich begab ich mich wieder auf die Reise. Aber in Gelnhausen auf dem Markt erfuhr ich von einer Menge Mäusen, welche dort in allerlei Küchenabfall nagten, der umherlag, wo die rauhgräfliche Küche gestanden, daß Gockel und Hinkel und Gackeleia arm und lumpicht ins Elend gezogen seien. Nun suchte ich diese guten Leute auf und fand sie betrübt, daß Gackeleia der fatalen Puppe nachgelaufen sei. Ich machte mich nun von neuem auf den Weg, und so war ich denn endlich so glücklich, dich, liebe Sissi, und deine Freundin Gackeleia hier wiederzufinden. Jetzt aber halte ich es für das beste, wenn wir dem Gockel den Ring wiederverschaffen, und ich glaube, in eigner Person das ausführen zu können.

»Nein, rief da die Prinzessin Sissi, ich will auch dabei sein, du bist zu ungestüm, wir wollen es zusammen versuchen, und Gackeleia soll auch mitgehen.

»Da sprach ich: Ja, ja, das wollen wir, und ich verspreche euren königlichen Eltern, wenn ich den Ring wiedererhalte, einen Zentner der schönsten holländischen Käse und einen Sack der besten Knackmandeln, ihre Residenz neu erbauen zu können, und dazu noch einen Zentner der besten Schinken zu allgemeiner Belustigung der Nation, und sonst alles, was dem edeln Volk der Mäuse lieb und angenehm sein kann.

»Ach, rief da der alte König aus, meine liebe Gemahlin sagt mir soeben, daß sie vor ihr Leben gern einmal Königsberger Marzipan und Thornischen Pfefferkuchen und Jauersche Bratwürste und Spandauer Zimtbrezeln und Nürnberger Honigkuchen und Frankfurter Brenten und Mainzer Vitzen und Gelnhäuser Bubenschenkel und Koblenzer Totenbeinchen und dergleichen patriotische Kuchen essen möge.

»Alles das sollt ihr im Übermaß erhalten, sagte ich, wenn ich nur erst den Ring besitze.

»Wohlan, sagte der König, so mag Sissi und Pfiffi morgen früh gleich mit dir auf das Abenteuer ausziehen, lasset uns aber vor allem in die Kirche einziehen und den Schöpfer um einen glücklichen Ausgang bitten! Schlafe du indessen wohl, liebe Gackeleia, bis wir dich morgen früh erwecken!

»Nun begaben sie sich paarweis in einer schönen Prozession in die Kirche, und jede Maus hatte ein Stückchen leuchtendes faules Holz im Maule, welches sie im Vorübergehen aus einer hohlen Weide abbissen, so daß sie wie ein Fackelzug in die Kirche einzogen, und dazu sangen sie folgendes frommes Lied:

Kein Tierlein ist auf Erden
Dir, lieber Gott, zu klein,
Du ließt sie alle werden,
Und alle sind sie dein.
Zu dir, zu dir
Ruft Mensch und Tier.
Der Vogel dir singt,
Das Fischchen dir springt,
Die Biene dir brummt,
Der Käfer dir summt.
Auch pfeifet dir das Mäuslein klein:
Herr Gott, du sollst gelobet sein!

Das Vöglein in den Lüften
Singt dir aus voller Brust,
Die Schlange in den Klüften
Zischt dir in Lebenslust.
  Zu dir, zu dir
  Ruft Mensch und Tier usw.

Die Fischlein, die da schwimmen,
Sind, Herr, vor dir nicht stumm,
Du hörest ihre Stimmen,
Ohne dich kommt keines um.
  Zu dir, zu dir usw.

Vor dir tanzt in der Sonne
Der kleinen Mücken Schwarm,
Zum Dank für Lebenswonne
Ist keins zu klein und arm.
  Zu dir, zu dir usw.

Sonn, Mond gehn auf und unter
In deinem Gnadenreich,
Und alle deine Wunder
Sind sich an Größe gleich.
  Zu dir, zu dir usw.

Zu dir muß jedes ringen,
Wenn es in Nöten schwebt,
Nur du kannst Hülfe bringen,
Durch den das Ganze lebt.
  Zu dir, zu dir usw.

In starker Hand die Erde
Trägst du mit Mann und Maus,
Es ruft dein Odem: Werde!

Und bläst das Lichtlein aus.
  Zu dir, zu dir usw.

Kein Sperling fällt vom Dache
Ohne dich, vom Haupt kein Haar,
O teurer Vater, wache
Bei uns in der Gefahr!
  Zu dir, zu dir usw.

Behüt uns vor der Falle
Und vor dem süßen Gift
Und vor der Katzenkralle,
Die gar unfehlbar trifft!
  Zu dir, zu dir usw.

Daß unsere Fahrt gelinge,
Schütz uns vor aller Not,
Und helf uns zu dem Ringe
Und zu dem Zuckerbrot!
  Zu dir, zu dir usw.

»Während diesem Gesange war ich eingeschlafen, und am andern Morgen weckte mich Prinz Pfiffi und Prinzessin Sissi. Ich stand auf und folgte ihnen durch den Wald über Berg und Tal einen weiten Weg. In den Dörfern und Städten befestigte ich den Prinzen oder die Prinzessin unter meine Puppe und ließ diese vor den Kindern auf dem Markte tanzen, wodurch ich für mich und meine Reisegefährten Brot gewann; denn den Taler, welchen mir der kleine Prinz Kronovus geschenkt, hatte ich zu lieb, um ihn auszugeben.

»Als ich nun einst in der Nähe einer großen Stadt bei einem kühlen Brunnen im Gebüsche wegemüd eingeschlummert war, sagte mir Pfiffi ins Ohr: Liebe Gackeleia, die Stadt, welche vor uns liegt, ist der Ort unsrer Bestimmung. Du sollst drin gleich in die Kirche gehn und beten, daß unser Vorhaben gelinge, wir laufen indessen in den Palast der Petschierstecher und geben dir, sobald wir alles ausgeforscht, die gehörige Nachricht. Ich versprach, ihrem Rate zu folgen, und da wir in die Stadt kamen, begab ich mich sogleich in die Kirche und kniete mich in ein Winkelchen und betete recht herzlich zu Gott, daß ich den Ring wiedergewinnen und zu euch, liebe Eltern, zurückfinden möge. Die Mäuse aber hüpften in den Korb einer alten Köchin, die auch da betete, und ließen sich von ihr in den Palast der Petschierstecher tragen; denn Pfiffi erkannte sie als die Köchin derselben, welche er bei seinem vorigen Aufenthalt in der Speisekammer besucht hatte.

»Als ich allein war, kamen mancherlei Leute in die Kirche und beteten und klagten Gott ihre bittre Not, und da ich durch den Umgang mit den Mäusen mein Gehör sehr geschärft hatte, hörte ich das meiste, was sie in ihrer Herzensangst flüsterten, und alle beteten, Gott möge doch die Stadt von dem bösen Hoffaktor befreien, er sei schuld, daß der Fürst die Semmeln so klein backen lasse. Ein andrer betete, Gott möge doch den geizigen Kommerzienrat vertreiben, er sei schuld, daß der Fürst das Salz so teuer verkaufe. Ein dritter betete, Gott möge die Stadt doch von dem habsüchtigen Hoflieferanten befreien, er sei schuld, daß der Fürst das Fleisch so teuer werden lasse. Alle beteten um Hülfe gegen die drei Petschierstecher, und ich betete um so herzlicher, daß ich den Ring wieder von ihnen erhalten möchte, weil sie doch niemand dadurch glücklich machten.

»Da es aber in der Kirche so hübsch still und kühl war, überfiel mich ein leiser Schlummer, und ich hatte schier so lange geschlafen, daß mich der Küster in die Kirche eingesperrt hätte, aber Sissi kam gerade zu rechter Zeit und flüsterte mir in die Ohren: Geschwind, Gackeleia, gehe mit mir aus der Kirche, hörst du? Der Küster rasselt schon mit den Schüsseln. Gehe mit mir, du selbst sollst sehen, wie wir den Ring erwischen; wir haben die beste Hoffnung.

»Fröhlich nahm ich nun die kleine Maus in den Ärmel und ging mit ihr nach dem Schlosse der drei Betrüger. Als wir an die Gartenmauer kamen, sprang Sissi an die Erde und zeigte mir den Weg zur Türe. Ich gelangte hinter ein kleines Gartenhaus, wo ich mich im Gebüsch versteckte und durch eine Spalte im Fensterladen alles sehen und hören konnte, was im Gartenhaus vorging.

»Die drei Betrüger saßen um einen Tisch, in dessen Mitte der köstliche Ring lag, und stritten miteinander, wer in dieser Woche den Ring am Finger tragen sollte. Da sie gar nicht einig werden konnten und lange geschrien und geschimpft hatten, weil immer der eine fürchtete, der andre möge ihm den Tod wünschen, wenn er den Ring am Finger habe, griff endlich der eine mit solcher Heftigkeit nach dem Ring, daß er den Tisch umstieß, und das machte sich der andere zunutz und ertappte den an die Erde gefallnen Ring, steckte ihn an den Finger und drehte und schrie:

Salomon, du weiser König,
Dem die Geister untertänig,
Mach zwei Esel aus den beiden,
Die in diesem Garten weiden!
Ringlein, Ringlein dreh dich um,
Mach's geschwind, ich bitt dich drum!

Während er dieses mit der größten Eile hergeschnattert hatte, rissen die beiden anderen ihn hin und her, aber es währte nicht lang, so waren sie beide zwei dicke, häßliche Esel, und er nahm einen Prügel und trieb sie aus dem Gartenhaus hinaus, das er hinter ihnen verschloß. Sie schrien und bissen sich untereinander noch eine Weile, fingen aber bald an, sich in ihre neue Natur zu schicken und allerlei Gras und Disteln am Wege zu fressen.

»Ich guckte wieder in das Gartenhaus, da wollte sich der, welcher den Ring hatte, schier bucklig lachen, weil er seine Gesellen endlich so sauber angeführt. Gott sei Dank! sagte er, nun kann unsereins doch einmal ruhig ausschlafen ohne die Gefahr, daß der andre ihm den Tod wünscht, und nach diesen Worten legte er sich breit in einen Sorgenstuhl und fing bald an, tüchtig zu schnarchen.

»Nun ist es Zeit, dachten Pfiffi und Sissi und schlupften beide durch ein Loch in das Gartenhaus. Ich wendete kein Aug von dem Schlafenden und dem Ring an seinem Finger. Ach, er hatte eine Faust gemacht, und der Ring schien sehr schwer zu bekommen. Aber Sissi nahte sich seinem Ohre und sang mit der süßesten Stimme nichts als das Verslein:

Louisdore und Dukaten,
Echte Perlen, Diamant,
Ritterorden, Ihro Gnaden,
Hohe Bildung, Ordensband,
Witz und Wesen, scharf und zart,
Gänsefett und Backenbart.

»Kaum hatte der Schlafende diesen Vers gehört, als er die Hand so öffnete, als wolle er nach all den schönen Sachen greifen. Nun biß ihm Prinz Pfiffi in den Finger, er wachte auf und sagte: Ein scharmanter Traum, aber der Ring drückt mich auf; wer kann ihn mir hier nehmen? Die zwei Esel grasen draußen nach dem besten Appetit, was brauchen sie mehr? Sie haben keine andern Bedürfnisse. Ach, der schöne Traum! Ich will versuchen, ob ich ihn wieder träumen kann. Der Ring soll mich nicht wieder stechen; ich lege ihn, bis ich erwache, auf den Tisch. Nun zog er den Ring ab und schlief wieder ein. Kaum schnarchte er, als Sissi ihm wieder ins Ohr sang:

Louisdore und Dukaten,
Echte Perlen, Diamant,
Ritterorden, Ihro Gnaden,

Hohe Bildung und Verstand,
Witz und Wesen, scharf und zart,
Gänsefett und Backenbart.

»Da lächelte er gar süß wie ein Topf voll Sauermilch, und Pfiffi brachte mir den Ring dem Loch heraus. Schnell steckte ich ihn an den Finger und sprach:

Salomon, du weiser König,
Dem die Geister untertänig,
Lasse diesen, wie die andern,
Gleich als einen Esel wandern,
Schaff auch einen Eseltreiber,
Der mir ihre faulen Leiber
Mit dem Prügel tüchtig rührt
Und zum Vater Gockel führt!
Ringlein, Ringlein, dreh dich um,
Mach's recht schnell, ich bitt dich drum!

»Und sieh da, gleich war der Esel fertig, und der Treiber stand schon bei ihm drin und trieb ihn mit einem Prügel dem Gartenhaus hinaus und erwischte auch die beiden andern, und ich drehte den Ring und wünschte bei euch zu sein. Da war ich gleich hier auf dem Hof, und als ich euch in dem alten Hühnerstall so klagen hörte, wünschte ich, daß das Schloß wieder sein möchte, wie es einst im höchsten Glanze bei unseren Voreltern gewesen; auch wünschte ich, daß ihr wieder schön und jung werden möchtet, und daß auch ich eine schöne, vernünftige Jungfrau sein möchte, damit ich meine gefährliche Spielsucht verlöre. Und da alles das so geworden war, schlich ich zu euch in den Hühnerstall und drückte mich in einen Winkel, um eure Überraschung recht zu genießen. Sissi aber wollte mit aller Gewalt unter die Puppe gebunden sein, um euch zu necken. Da lief sie über euer Stroh, und als ihr riefet: Die Puppe, die Puppe! sagte ich:

Keine Puppe, es ist nur
Eine schöne Kunstfigur.

»Das andre wißt ihr alles.«

Nach dieser Erzählung umarmten Gockel und Hinkel die Gackeleia unter Freudentränen und sagten: »Dank, tausend Dank, liebes Kind, du sollst zum Lohne deiner Güte auch den Ring immer am Finger haben, du sollst alles wünschen, was du willst.«

Gackeleia sagte: »Ich nehm es an; vor allem wollen wir die drei Esel, welche im Hofe stehen, mit allem beladen, was ich dem guten Mäusekönig versprochen habe, und dann sollt ihr sehen, wie vernünftig ich wünschen will.«

Nun gingen sie hinab und wünschten, nachdem die Käse und die Schinken den Eseln auf den Rücken gepackt waren, den Königsberger Marzipan, den Thornischen Pfefferkuchen, die Jauerschen Bratwürste, die Spandauer Zimtbrezeln, den Nürnberger Lebkuchen, die Frankfurter Brenten, die Mainzer Vitzen, die Gelnhausner Bubenschenkel und die Koblenzer Totenbeinchen auch dazu, welche sich ohne Verzug einstellten und die Esel so belasteten, daß sie schier niederbrachen. Als nun Prinz Pfiffi und Prinzessin Sissi ihren Freunden den zärtlichsten Abschied zugepfiffen hatten, befestigte Gockel seine Pudelmütze auf den Kopf des einen Esels und setzte die Mäuschen hinein und ließ den Treiber die drei Esel nach dem Mäuseland hintreiben und recht viele schöne Grüße ausrichten.

»Ach«, sagte Gackeleia, »jetzt wollen wir auch einmal in unsre Schloßkapelle gehen und sehen, wie sie sich verändert hat.« Kaum hatte sie diese Worte gesprochen, als die Glocke zu läuten anfing und sie in die Kapelle rief. Sie traten hinein und konnten sich nicht satt sehen an den schönen Bildern und Leuchtern, mit denen die Altäre geschmückt waren. Besonders aber erfreuten sich sich an einer silbernen Bildsäule des heiligen Petrus, neben welchem ein goldener Hahn saß, der mit seinem Krähen immer die Stundenzahl ansagte und dabei mit den Flügeln schlug, als wenn er lebte. Gockel und

Hinkel erinnerten sich lebhaft des getreuen Alektryo dabei, denn er glich ihm über die Maßen, und kaum hatten sie den Wunsch ausgesprochen, daß er noch leben möge, als auch Gackeleia den Ring drehte und sprach:

Salomon, du weiser König,
Dem die Geister untertänig,
Mache meine Eltern froh
Durch den Hahn Alektryo!
Ringlein, Ringlein, dreh dich um,
Mach's geschwind, ich bitt dich drum!

Gleich flog der silberne Hahn dem Gockel auf die Schulter und schlug mit den Flügeln und war Alektryo. Nun aber begann der Gottesdienst; alles Schloßgesinde füllte die Kirche, man spielte die Orgel und sang und predigte, daß es eine Lust war. Als aber am Schlusse des Gottesdienstes der Geistliche am Altar fragte, ob niemand da sei, der Hochzeit machen wolle, drehte Gackeleia ihren Ring und sprach:

Salomon, du weiser König,
Dem die Geister untertänig,
Bring doch den Kronovus her,
So ganz wie von ungefähr!
Ringlein, Ringlein, dreh dich um,
Mach's geschwind, ich bitt dich drum!

Da hörten sie Jagdhörner im Schloßhof, Gackeleia lief hinaus und sah den Prinzen Kronovus in einem grünen Jagdröckchen von einem kleinen Schimmel springen, und sie flogen sich einander in die Arme mit dem Ausruf: »Ach, wie bist du so klein, ach, wie bist du so groß!« Da aber drehte Gackeleia ihren Ring und wünschte, daß Kronovus so groß und verständig wie sie sei, und das ward er auch alsogleich. Da trat sie mit ihm in die Kirche, und Gockel und Hinkel grüßten den Kronovus; der sagte ihnen, daß sein Vater Eifraßius und seine Mutter Eilegia gestorben seien, und wann Gockel ihm Gackeleia zur Gemahlin geben wolle, solle sie seine Königin von Gelnhausen sein. Hinkel war es zufrieden und Gockel auch; sie führten die beiden vor den Altar, und der Priester legte ihre Hände zusammen, und sie wechselten die Ringe.

Im ganzen Schlosse wurde nun ein großes Fest gefeiert, nach Gelnhausen wurden Boten gesandt, um alles Volk einzuladen, und bald war das Schloß und der Wald umher mit lustigen Leuten angefüllt. Als nun Gockel, Hinkel und Gakkeleia dem Kronovus bei Tische alles erzählten, zog dieser den Ring Salomonis, den ihm Gackeleia am Altar geschenkt hatte, vom Finger, legte ihn auf seinen Teller und betrachtete ihn sehr aufmerksam und sagte: »Den ersten Wunsch der Gackeleia soll mir der liebe Ring gleich erfüllen.«

»Ach«, sagte Gackeleia, »alles ist so herrlich und so glücklich, was bleibt zu wünschen übrig, als daß wir alle Kinder wären und die ganze Geschichte ein Märchen, und Alektryo erzählte uns die Geschichte, und wir wären ganz glücklich drüber und patschten in die Hände vor Freude!«

Kaum hatte sie dies gesagt, als Alektryo, der vor der Mitte des Tisches saß, mit dem Schnabel nach dem Ring zuckte und ihn verschluckte, und in demselben Augenblick waren alle Anwesende in lauter schöne, fröhliche Kinder verwandelt, die auf einer grünen Wiese um den Hahn herumsaßen, der ihnen die Geschichte erzählte, worüber sie dermaßen in die Hände patschten, daß mir meine Hände noch ganz brennen; denn ich war auch dabei, sonst hätte ich die Geschichte niemals erfahren.

Aus der Chronika eines fahrenden Schülers

Vorwort

Vor funfzehn Jahren machte es mir Freude, die folgende einfache Geschichte niederzuschreiben. Sie sollte nur die Einfassung mehrerer schöner altdeutschen Erzählungen sein, die sie mit mancherlei Ereignissen aus dem Zusammenleben des alten Ritters Veltlin von Türlingen und seiner drei Töchter unterbricht, mit deren Versorgung und der Abreise des Erzählers sie schließt. So lieb ich das Gedicht hatte, blieb es doch unterbrochen; der Sinn der Leser schien dazu zu fehlen. Jetzt, da diese Erzählung mehr, ja selbst die altdeutschen Röcke vor sich hat, fiel sie mir wieder in die Hände, und ich versuche es, sie den Lesern vorzulegen mit der Erinnerung, daß sie zu pädagogischen Zwecken entworfen worden, als ich von der sogenannten Romantik noch wenig wußte, und daß sie daher neben den allerneuesten Ritterromandichtern in ihrer redseligen Einfalt um Schonung bittet. Sollte dem Leser, durch Eisenfresserei und Isländisches Moos verwöhnt, diese Geschichte wie unsre deutsche Kamillen- und Holunderblüte nicht behagen, so bringe er sie einem kranken Freunde oder Mägdlein, denen sie Gott gesegnen möge!

* * *

Im Jahr, da man zählte nach Christi, unsers lieben Herrn, Geburt 1358, am zwanzigsten Tage des Maimonats, hörte ich, Johannes, der Schreiber, die Schwalbe in der Frühe an meinem Kammerfenster singen und ward innigst von dem Morgenliede des frommen Vögeleins erbauet, bedachte auch auf meinem Bettlein, wie die Schwalbe in daurender Freude lebet, gegen den Winter in ferne wärmere Länder ziehet und, der Heimat getreu, gegen den Frühling wiederkehret; also nicht der Mensch, der arme fahrende Schüler, der wohl viel gegen Sturm und Wetter ziehen muß, ja der oft kein Feuer findet, die erstarrten Hände zu erwärmen, daß er sie falte zum Gebet; aber so er es ernstlich meinet, haucht er hinein. Da ich in solchen Betrachtungen versunken war, und das Schwälblein auch auf seine Weise fortphantasierte, wäre ich schier wieder eingeschlummert, aber der Wächter auf dem Münster blies: »In süßen Freuden geht die Zeit«, welches ich hier noch nie gehöret; denn ich war zum erstenmale in Straßburg erwacht. Nun richtete ich mich in meinem Bettlein auf und schaute in meinem Gemache umher; das hatte aber Fenster rings herum und war in einem Sommerhäuslein des Gartens. Links stand der Mond noch blaß am Himmel, und rechts war der Himmel wie das lauterste Gold. Da fand ich mich zwischen Nacht und Tag und faltete die Hände, und es fiel mir freudig aufs Herz, daß heute mein zwanzigster Geburtstag sei, und wie mir es viel besser geworden als in dem letzten Jahre, da ich meinen lieben Geburtstag auf freiem Felde in einem zerrissenen Mäntelein empfangen und mit einem Bissen Almosenbrot bewirten mußte. O Freude und Ehre! dachte ich bei mir selbst und schaute zum Morgenlichte hin und sprach: Du bist mein Licht, du wirst mein Tag!, glaubte auch schier in meiner Einfalt, der Himmel sei golden um meines Besten willen, die Schwalbe habe nur gesungen, mir Glück zu wünschen, und der Türmer habe allein so lieblich geblasen, mir zur Feier; da der Himmel sich doch nur gerötet vor der Sonne, die der Herr gerufen, da die Schwalbe doch nur gesungen in Gottes Frühlingsluft, und der Wächter nur geblasen zu Gottes Ehren, ja wohl gern noch ein Stündlein geschlafen hätte, so es ihm von den Münsterherren verstattet wäre. Also wird der Mensch leicht übermütig in der Freude und glaubet, er sei recht der Mittelpunkt aller Dinge, und sei er mit allem gemeint. Da ließ ich die Augen fröhlich in der Kammer umherschweifen und sah auf dem Schemel ein neues Gewand liegen, das mir mein gütiger Herr und Ritter Veltlin von Türlingen am Abend im Dunkeln hatte heraufttragen lassen, und konnte ich meine Begierde nun nicht länger zurückhalten, sprang auf von meinem Lager und legte diese Kleider nicht ohne Tränen des Dankes an. Es war dies aber ein feines blaues Wams, um die Lenden gefaltet und gestutzet, und rot und weißes Beinkleid von ländschem Tuch, auch stumpfe Schuh und eine schwarze Kogel mit einer blauen Feder, nicht zu vergessen ein Hemmet von weißem Hauslinnen, am Halse bunt genäht und gekrauset, dergleichen ich vorher nie getragen. Da ward es mir fast leicht und fröhlich zumute, und hätte ich wohl mögen einen Sprung tun, als hätte ich einen neuen Menschen angezogen mit dem neuen Kleide. Aber meine Hoffart währte nicht lange; denn mein zerrissenes Mäntelein, welches ich als einen Vorhang vor das Fenster gehängt hatte, erleuchtete sich durch die aufgehende Sonne, und alle seine Löcher waren so viele Mäuler und alle seine Fetzen so viele Zungen, die mich meiner törichten Hoffart zeihten. Es war, als sage das Mäntelein zu mir: O Johannes, bist du ein so eitler Kaufherr, daß du, angelanget in den Hafen, des zerrissenen Segels vergißt, das dich in denselben geführet? Johannes, bist du ein so stolzer Schiffbrüchiger, daß du das Brett, welches dich mit Gottes Hilfe an ein grünes Eiland getragen, mit dem Fuße undankbar in die Wellen zurückstößest? O Johannes, du undankbarer Freund, willst du, gerettet, mich nicht auf deinen Schultern in ein Gotteshaus tragen und aufstellen als ein Gedächtnis, daß sich Gott deiner erbarmet? Ach, das waren wohl harte und wahre Worte meines Mänteleins, und ich nahm es mit Schämen von dem Fenster und legte es um über meinen neuen Staat und faßte es fest mit den Händen um die Brust, als wollte ich es um Verzeihung bitten, und ging mit dem Gedanken die Treppe hinab in den Garten: wenn ich ein armer fahrender Schüler gewesen bin, so werde ich immer ein armer fahrender Schüler bleiben; denn auf Erden sind wir alle arm und müssen mannigfach mit unserm

Leben herumwandeln und lernen, und bleiben doch arme Schüler, bis der Herr sich unser erbarmet und uns einführet durch seinen bittern Tod in das ewige Leben. Da ich nun in den Garten gekommen war, den ich vorher auch noch nicht gesehen, denn mein gnädiger Herr und Ritter war den Abend spät mit mir angekommen und ich im Finstern in mein Stüblein gebracht worden, konnte ich vor Schauen und Betrachten der neuen Dinge um mich her auch nicht zum Gebete kommen. Ich fand mich von den schönen Laubgängen, Zierfeldern und Pflanzen und den blühenden Bäumen schier ebensosehr überraschet als von meinem neuen Gewande. Ich fand mich gleich einem neugebornen Kinde, welches mit allem spielet und noch nicht beten kann und erst nach einiger Erfahrung in der Süßigkeit des Lebens seine Hände zum Danke falten lernet. Der blühende Mai, das lustige Singen der Vögel, die vielen jungen Kräuter und Blümlein, die mit Taublicken vor der Sonne erwachten, der kühle Wasserstrahl, welcher in einem mit bunten Kieseln und Muscheln ausgelegten Brunnen tanzte, schienen mir alle so neu und wunderbar, als hätte ich dergleichen niemals gesehen, und wußte ich auch nicht, was aus allem diesem werden sollte. So wie die lieben Kinder durch die Blumen gehen und sie brechen und Kränze winden und sich bei den Händen fassen und mit den Kränzen im Kreise tanzen, gleichsam selbst ein lebendiger Blumenkranz; wie sie aber nicht gedenken der Frucht im treibenden Sommer und der Ernte im reichen Herbst und des Todes in dem trüben, tiefsinnigen Winter: also wandelte auch ich armer Schelm wie ein einfältiges Kind ohne Witz durch den Garten und konnte vor großer Bewegung über mein neues Glück, das mir gestern früh noch nicht geträumt hatte, nicht zum Gebete gelangen. Mein freudiges Erstaunen wollte aber nicht lange dauern; denn als ich meine Augen ersättiget hatte, ward es mir als einem Hungrigen, der sich ohne Gebet zu einer reichlichen

Mahlzeit gesetzet hat, welche ihm Gott darum nicht gesegnet. Alle das häusliche, wohlgepflegte Behagen des schönen Ziergartens erfüllte mich mit traurigen Gedanken, und die Armut, die Einsamkeit meines eigenen Lebens trat mir in dieser reichen Umgebung zum erstenmal recht lebendig vor die Seele. Was mag trauriger sein als das Bild eines Bettlers, auf goldnem Grunde gemalet? O meine Mutter, sagte ich in mir, wer war sanfter und schöner und feiner und edler als du, wer war würdiger, zwischen Blumen zu wandeln, als du, die wohl ihre Schwester und Gespielin sein konnte? Standen die Tränlein nicht auf den Wangen wie die Tautröpflein auf diesen Rosen, gingst du nicht durch den Wald wie ein Lüftlein durch die Blüten, und waren deine Augen nicht getreu und süß schauend wie die blauen Veilchen, deine Lippen nicht wie die rosinfarbenen Nelken, und flog dein gelbes Haar nicht wie der Sonnenschein? Aber du mußtest gehen wie Hagar mit deinem Ismael durch die Dornen in der Wüste. Ach, warum ward nicht dir so ein Garten und so ein Haus, und warum wohnest du zwischen fünf Brettern und zwei Brettlein und bist deines Lebens nicht froh geworden noch deines Todes? Sie haben dir keinen Kranz geflochten. Mir aber ist nichts geblieben als deine Zucht, und ich kann dein nicht gedenken in Freuden, denn mir gehöret nichts als die Armut, und ich habe keinen Seckel, aus dem ich dir das schönste Grab könnte erbauen lassen von Marmelstein und Gold. Wie traurig ward ich da und wendete meine Augen von allem, was ihnen wohlgefiel, und wollte nichts anschauen, weil sie es nicht mit mir sehen konnte, weil sie ihre Augen nie mit so erlaubter Lust erquicken konnte. Auch fiel es mir bittrer noch auf die Seele, daß ich eines Ritters Sohn sei, ohne Wappen und ohne Waffen. Tränen füllten mir die Augen, und Unwill erfüllte meinen ganzen Leib, der in dem neuen geschenkten Gewand zu brennen schien, und ich spannte mein enges, durchlöchertes Mäntelein so um mich, daß es noch mehr zerrissen. So schritt ich, als suche ich die Wildnis, nach einem einsamern ungepflegten Teile des Gartens, und kaum stand ich im hohen Gras unter hohen Linden, so konnte ich schon nicht mehr begreifen, wie dieser innre Schmerz und Zorn in mich zum ersten Male in meinem Leben gekommen sei, und, gegen die Mauer des Gartens schreitend, sah ich an derselben in einem tiefen Bogenraum ein Heiligenhäuslein angebracht, darinnen war wohlvergittert ein bunt gemaltes Schnitzwerk, die Anbetung der heiligen drei Könige im Stall zu Bethlehem, aufgestellt. Davor kniete ich nieder ins Gras und betete von ganzem Herzen. Da zerrann bald all mein Leid und meine Hoffart vor dem Sohne Gottes, der nackt und arm in einer Krippe vor mir lag, und dem doch die Könige dienten. Wie fühlte ich mich in meiner Ungebärdigkeit beschämt! Und da ich mich mit Tränen angeklagt hatte, dankte ich von ganzem Herzen dem Herrn, daß er mich armen fahrenden Schüler nicht vergessen und mich durch seine Barmherzigkeit zu meinem gnädigen Herrn und Ritter gebracht, gelobte auch, ferner mich aller Hoffart zu enthalten und die Künste, welche ich durch seinen Beistand mit schwachen Sinnen erlernet, zur Mehrung seines Reiches auf Erden treu anzuwenden. Da ich nun nach solchem Gebete einen merklichen Trost in meinem Herzen spürte, nahm ich ein gülden gewirktes Band, worauf das Ave Maria stand, aus meinem Gebetbüchlein und hängte es, durch das Gitter langend, dem Bilde der Jungfrau Maria über den Arm, als das Opfer eines törichten Menschen, der vor ihrem Sohne betend Trost gefunden hatte. Dieses Band aber war mir das Liebste, was ich hatte. Eine fromme Klosterfrau, meiner selgen Mutter Befreundete, hatte es mir einst für ein Lied, das ich ihr gedichtet und gesungen, geschenket, und war es zu Marburg an St. Elisabethen Grab angerühret worden, ich aber hatte es bisher als einen Blattzeiger in meinem Gebetbüchlein geführet. Dann nahm ich auch mein Mäntelein ab und rollte es zusammen in einen langen Wulst und flocht es durch die obern Stäbe des Gitters vor dem Bilde als einen aufgerollten Vorhang zum Gedenken meiner zeitlichen Armut, welche durch Gott sich in Freud und Fülle gewandelt hatte. Nun wendete ich mich nach dem Garten zurück, der mir ganz anders erschien als vorher. So mag nichts vor dem Gemüte des Menschen bestehen, welches alles nach sich umgestaltet. Jetzt, da ich gebetet hatte, erschienen mir alle die roten, leibfarben und weißen Blümlein des Gartens, jene Blumen, durch die der König Ahasverus in seinem Schloßgarten zu Süsan gewandelt, seines Zornes zu vergessen. Ja, es war mir, als sei der liebe Gott durch diese Blumen gegangen und habe seinen gerechten Zorn über meine Ungebärde hier an der Lieblichkeit seiner Werke gesänftiget; denn hier an diesem ersten Morgen meines zwanzigsten Jahres ist mir vieles Licht in der Seele aufgegangen, und ist mir der Frühling ein weiser Lehrer geworden. Besonders aber hat mich der hohe Münsterturm erschüttert, als ich aus einem schattichten Baumgang hervortrat und ihn über die Dächer der Nachbarhäuser auf mich niederschauen sah. War mir es doch im Anfang so bange vor ihm, wie es einer Grasmücke sein muß, wenn ein Riese den Busch über ihrem Neste öffnet und auf sie niederblickt. Alles Menschenwerk, so es die gewöhnlichen Grenzen an Größe oder Vollendung überschreitet, hat etwas Erschreckendes an sich, und man muß lange dabei verweilen, ehe man es mit Ruhe und Trost genießen kann. Ich habe dieses aber nicht allein bei dem Anblicke dieses schwindelhohen Turmes empfunden, sondern auch bei gar lieblichen und feinen Werken, von welchen ich nur nennen will die überaus feinen und natürlichen Gemälde des Malers Wilhelm in Köln, der von den Meistern als der beste Meister in allen deutschen Landen geachtet wird, denn er malet einen jeglichen Menschen von aller Gestalt, als lebe er. Die Werke dieses Wilhelms aber, die ich zu Köln gesehen, sind dermaßen zart, fein, scharf und lebendig, daß man schier glauben sollte, sie seien von Händen der Engel gemacht, und erbebet man bei ihrem Anblick, weil sie zu leben scheinen und doch nicht leben. Man fühlet da wohl, daß der Mensch etwas sein und schaffen kann, was viel herrlicher ist als sein gewöhnliches Sein und Schaffen, und man erschrickt darüber, daß diese Herrlichkeit so fremd und selten ist, daher wohl eine Menge Sprossen auf der Leiter zu dieser Vollkommenheit wo nicht fehlen, doch unsichtbar sein müssen und wir alle wohl tief herunter geworfen sind. Die gewaltige Künstlichkeit des wunderwürdigen Münsterturms hätte mich beinahe wieder niedergeschlagen; denn ich bedachte mit Verwunderung, wie ich doch unter den hohen Eichen, in finstern Wäldern, auf hohen Bergen, an steilen Abgründen und bei stürzenden Wasserfällen in einsamen Tälern recht in Einöde, ja ganz verlassen, auch wohl gar hungrig gesessen und mich doch nicht so bewegt gefühlt als bei dem Anblick dieses Turmes. Wenn ich die Blätter und Zweige der Bäume betrachte, so frage ich nicht, wie sie da hinauf gekommen, und erschrecke nicht, wenn sie sich hin und her bewegen mit Rauschen; aber wenn ich diesen wunderbaren Turm anschaue mit seinen vielen Türmlein, Säulen und Schnörkeln, die immer auseinander heraustreiben und durchsichtig sind wie das Gerippe eines Blattes, dann scheint er mir der Traum eines tiefsinnigen Werkmeisters, vor dem er wohl selbst erschrecken würde, wenn er erwachte und ihn so fertig vor sich in den Himmel ragen sähe; es sei denn, daß er auf sein Antlitz niederfiele und ausriefe: Herr, dies Werk ist nicht von mir in seiner Vollkommenheit, du hast dich nur meiner Hände bedienet, mein ist nichts daran als die Mängel, diese aber decke zu mit dem Mantel deiner Liebe, und lasse sie verschwinden im Geheimnis deiner Maße. Keiner aber hat dieses wohl erlebet, keiner hat einem solchen Werke seiner Erfindung die Krone aufgesetzet, ganze Geschlechter sind von den Baugerüsten herabgestiegen und haben sich zu Ruhe in die Gräber zu den Füßen des Turmes gelegt, der nichts davon weiß und dasteht ernst und steinern, der kein Herz und keinen Verstand hat, ja eigentlich ein recht unvernünftiger Turm ist und doch da steht, als wäre er aus sich selbst hervorgewachsen und brauche es keinem Menschen zu danken. Dieser gewaltige Ausdruck der Erhabenheit aber in einem solchen Werke, an welchem die Weisheit und Mühe und Andacht von Jahrhunderten an unendlichen Linien des Gesetzes, des Verhältnisses, der Not und der Zier mit halsbrechender Kühnheit hinangeklommen, um auf dem Gipfel dem Herrn zu lobsingen, verbunden mit seinem eigentlichen inneren Tode, so daß er, der alles durch sein Dasein im tiefsten Herzen rühret, doch gar nichts davon mitempfindet, das ist es, was seinem Anblick und der Erscheinung aller gewaltigen Menschenwerke einen Schrecken beimischet. Es ist, als frage er: Was bin ich, und warum bin ich, und was ist es, das dich also rühret in mir? Was können wir ihm aber anderes antworten als: die Werke des Herrn sind unbegreiflich, er treibt uns, zu bauen und schaffen über das Leben hinaus, denn wir waren unsterblich und vollkommen, und wir sind gefallen in den Tod durch die Sünde; du Turm aber stehe, als ein Zeuge, daß wir dunkel fühlen, war wir waren vor dieser Zeit, und daß wir noch ringen nach unendlichem Ziel; so stehe du dann als ein Träger unsrer Mühe und unsrer Buße zu Ehren unsres Heilands und Seligmachers Jesu Christi, der uns erlöset hat durch sein bittres Leiden und Sterben. Amen. Also gedachte ich in mir, und wenngleich umgeben von lebenden Bäumen und Blumen, in welchen, wie selbst in den harten Felsen, eine Seele zu wohnen scheint, welche mit dem Menschen atmet und fühlet, im Frühling sich mit ihm freuet und im Winter mit ihm trauert, konnte ich doch meine Augen nicht von dem Turme wenden. Der Sinn des Menschen strebet immer nach dem Unbegreiflichen, als sei dort das Ziel der Laufbahn und der Schlüssel des Himmels; denn bewundern kann der Mensch allein, und alles Verwunderung Erregende ist ein Bote Gottes, der uns mahnet an das Licht, das wir verloren, und das uns wieder verheißen ist durch das Blut Christi, so wir uns dessen teilhaftig machen. Also ist mir auch immer alle meine Drangsal erschienen als eine Sehnsucht nach einem bessern Leben, und alle meine bittern Stunden waren nur die kalten, stürmenden Tage des Winters, denen der liebliche Frühling, angekleidet mit Blumen und Gesang, folget, so ich säe guten Samen und fülle meine Seele mit dem Lobe Gottes. In solchen Betrachtungen wollte ich wieder nach dem Sommerhäuslein gehn, sah aber meinen gnädigen Herrn und Ritter gar tiefsinnig mit gefalteten Händen unter einem Baume im Sonnenschein sitzen und traute nicht, ihm vorüberzugehen, damit ich ihn nicht störe. Ich stellte mich darum in seiner Nähe bescheidentlich an die Laubwand und nahm mein Barett in die Hände, erwartend, ob er seine Augen vielleicht nach mir wenden möge. Der Anblick meines Herrn erweckte eine große Ehrfurcht in mir. Ich hatte ihn gestern nicht recht gesehen, denn es dunkelte schon, da er mich am Wege barmherzig zu sich nahm. Er hatte ein schneeweißes Haar am Haupt und Bart, und mochten wohl viele Sorgen über ihn hingeflogen sein. Ich erinnerte mich, nie einen so frommen alten Ritter gesehen zu haben, der mit seinem ernsten und milden Antlitz ein solches Vertrauen in mein Herz senkte. Gott gebe, daß ich also in Ehren grau werden möge! dachte ich bei mir und fühlte mich mit ganzer Seele zu dem lieben Herrn hingezogen. Er aber schien sehr betrübt zu sein, seufzte auch oft und tief, und die kleinen Vöglein, die über ihm in dem Baume so lustig sangen, konnten ihn nicht trösten. Da ich so eine Weile nach ihm hingesehen hatte, wendete er die Augen zufällig zu dem Orte, an dem ich stand, und redete mich freundlich an mit den Worten: »Wie ist dir, Johannes, daß du so stille da stehest?«

Worauf ich ihm entgegnete: »Ich wollte Eure Ruhe nicht stören, Herr, Ihr scheinet mir in schweren Gedanken.« Der Ritter aber sprach hierauf: »Johannes, wie gefällt dir deine neue Heimat; bist du zufrieden bei mir?« Da sagte ich: »Herr, sollte ich nicht froh sein? Da ich nun weiß, wo schlafen und wo Brot finden und wem dienen um des Herrn willen, da weiß ich nun auch, wen lieben, wem danken außer Gott, und für wen beten außer für mich. Herr, meine neue Heimat gefällt mir wohl, Gott gebe, daß ich auch ihr wohlgefalle und ihrer würdig werde.« Da lächelte der Ritter und sprach: »Johannes, wenn dir deine Worte ernst sind, so werden wir gute Gesellen sein, denn deine Rede gefällt mir wohl. Aber was willst du tun, mir wohlzugefallen; was willst du mir geben, da du nichts hast?« Hierauf erwiderte ich: »Herr, ich bleibe Euer Schuldner vor der Welt, denn ich kann Euch kein Wams geben für das Wams, das ich durch Eure Gnade trage; aber vor Gott gebe ich Euch einen guten Zahlmann, denn vor ihm schenke ich Euch mein Herz.« Da versetzte der Ritter scherzhaft: »Wenn ich dir nun auch mein Herz geben wollte für das deinige, so behielt ich doch das Wams zugute; wie dann, Johannes?« Worauf ich entgegnete: »Herr, Ihr rechnet so gestreng, als wolltet Ihr mich versuchen in Gegenrechnung, und so muß ich dann schon sagen, daß mein Herz gewiß nicht Wert hat gegen das Eure, welches geprüfet ist durch lange Jahre, da das meinige arm ist und ohne Verdienst, ja da ihm alles Gute, was es gewollt hat, nicht zugute kömmt, da es keinen Wert hat, den es Euch mit sich geben kann, weil der Glaube an die Barmherzigkeit des Heilands nicht mit dem Herzen geschenkt werden kann, und dieser Glaube allein doch ein Herz zu beseligen und selig zu machen vermag. So nehmt es denn hin, wie es ist, und füget hinzu, was man nicht mitgeben kann. Doch habe ich noch eine Gabe, deren ich Euch genießen lassen will, und die Ihr mir nicht so leicht einholen sollet; denn sie ist rasch und fliehet davon, auch werdet Ihr sie mit allem Ernste nicht leicht verdrängen mögen; denn sie ist lieblich und lustig anzuschauen, und könnte ich sie Euch wirklich zu eigen geben, so würdet Ihr sie nicht gerne wieder lassen, eine also gute Gesellin ist sie.« Mein Herr, der sehr ernst geworden war, sagte hierauf, traurig vor sich niederschauend: »Und was ist das vor ein Kleinod, Johannes, mit dem du so prahlest?« da erwiderte ich: »Herr, es ist meine Jugend, deren will ich Euch genießen lassen, wie ich kann. Damit Ihr Euer Alter vergesset bei mir, will ich Euch erfreuen mit mancherlei fröhlichen Reden und Gedanken.« Aber was ich da zuletzt gesprochen hatte, war wohl töricht und ein schlechter Anfang meiner versprochenen erfreulichen Reden, denn mein gnädiger Herr ward nun sehr stille und finster. Weil ich ihn an sein Alter erinnert hatte, glaubte ich. Da redete ich ihn schüchtern an: »Herr, ich habe Euch mit törichten Worten erzürnet.« Er aber sprach: »Das hast du nicht getan, Johannes, du hast die Wahrheit gesprochen, aber mir ist schwerer aufs Herz gefallen, was mir lange schon darauf liegt, mein Unwert. Nun aber bedenke ich, ob dein fröhlicher Mut mir wohl diese Last von der Brust nehmen wird; aber das mag wohl nicht sein; hast du mich nicht gefunden hier im Grünen, in einem lustigen Garten, von der lieben Sonne beschienen und angesungen von den unschuldigen Vögelein, nachdenklich und betrübt; wirst du können, was der Frühling nicht vermag? So du aber Künste gelernt hast, die ich nicht besitze, so wirst du mein Schuldner nicht bleiben, wenn ich gleich selbst ewig Gottes Schuldner bleibe. Setze dich zu mir und sage mir treulich, wie du zur Armut gekommen bist im Guten, und wie es sich mit dir begeben, bis ich dich gestern an der Eiche gefunden habe im Blobsheimer Wald, und dann sollst du ebenfalls von mir hören, warum ich betrübt bin.« Da ich die große Freundlichkeit meines Herrn aus dieser Rede vernommen hatte, faßte ich einen guten Mut, setzte mich zu ihm unter den Baum und sprach also: »Mein gnädiger Herr und Ritter, es gibt keinen ehrlicheren Weg ins Leben als die Geburt, denn unser Heiland ist ihn auch gewandelt, und so gibt es auch keinen ehrlicheren Weg zur Armut, als in ihr geboren zu sein, denn auch unser Heiland ward in ihr geboren, und so kam ich zur Armut, als ich zur Welt kam. Aber ich bin doch nicht lang arm geblieben; denn ich fand eine unaussprechlich liebe Mutter; die ließ mich an ihrem Herzen schlummern und sah auf mich nieder mit sorgenden Liebesblicken, und weckte sie mich nicht mit ihren Tränlein, die auf mich niederfielen, so weckte sie mich mit Küssen und ließ mich ihr eignes Leben aus ihren Brüsten trinken; o Herr, war ich nicht reich, wer ist reicher als ein neugebornes Kindlein? – Ja, ich war so reich, daß ich meiner lieben Mutter Freud und Leid verdoppeln konnte, was Ihr wohl aus einem Liede vernehmen werdet, das meine Mutter oft sang, wenn sie mich in frühester Jugend einschläferte, und habe ich es nach ihrem Tode in ihrem Gebetbüchlein liegend gefunden; es ist aber gestellt, bald als rede ein Kindlein zur Mutter, bald die Mutter zu ihm; nun höret:

O Mutter, halte dein Kindlein warm,
Die Welt ist kalt und helle,
Und trag es fromm in deinem Arm
An deines Herzens Schwelle.

Leg still es, wo dein Busen bebt,
Und, leis herab gebücket,
Harr liebvoll, bis es die Äuglein hebt,
Zum Himmel selig blicket.

Und weck ich dich mit Tränen nicht,
So weck ich dich mit Küssen,
Aus deinem Aug mein Tag anbricht,
Sonn, Mond dir weichen müssen,

O du unschuldger Himmel du!
Du lachst aus Kindesblicken,
O Engelsehen, o selge Ruh,
In dich mich zu entzücken!

Ich schau zu dir so Tag als Nacht,
Muß ewig zu dir schauen,
Und wenn mein Himmel träumend lacht,
Wächst Hoffnung und Vertrauen.

Komm her, komm her, trink meine Brust,
Leben von meinem Leben;
Oh, könnt ich alle fromme Lust
Aus meiner Brust dir geben!

Nur Lust, nur Lust, und gar kein Weh,
Ach, du trinkst auch die Schmerzen;
So stärke Gott in Himmelshöh
Dich Herz aus meinem Herzen!

Vater unser, der du im Himmel bist,
Unser täglich Brot gib uns heute,
Getreuer Gott, Herr Jesus Christ,
Tränk uns aus deiner Seite.

Du strahlender Augenhimmel du,
Du taust aus Mutteraugen,
Ach Herzenspochen, ach Lust, ach Ruh,
An deinen Brüsten saugen!

Ich schau zu dir so Tag als Nacht,
Muß ewig zu dir schauen;
Du mußt mir, die mich zur Welt gebracht,
Auch nun die Wiege bauen.

Um meine Wiege laß Seide nicht,
Laß deinen Arm sich schlingen,
Und nur deiner milden Augen Licht
Laß zu mir nieder dringen.

Und in deines keuschen Schoßes Hut
Sollst du deine Kindlein schaukeln,
Daß deine Kinder, so lieb, so gut,
Wie Träume mich umgaukeln.

Da träumt mir, wie ich so ganz allein
Gewohnt dir unterm Herzen;
Da waren die Freuden, die Leiden dein
Mir Freuden auch und Schmerzen.

Und ward dir dein Herz ja allzu groß,
Und hattest nicht, wem klagen,
Und weintest du still in deinen Schoß,
Half ich dein Herz dir tragen.

Da rief ich: Komm, lieb Mutter, komm!
Kühl dich in Liebeswogen!
Da fühltest du dich so still, so fromm
In dich hinabgezogen.

So mutterselig ganz allein
In deiner Lust berauschet,
Hab ich die klare Seele dein,
Du reines Herz, belauschet.

Was heilig in dir zu aller Stund,
Das bin ich all gewesen;
Nun küß mich, süßer Mund, gesund,
Weil du an mir genesen.

O selig, selig ohne Schuld,
Wie konnt ich mit dir beten,
O wunderbare Ungeduld,
Ans scharfe Licht zu treten!

O Mutter, halte dein Kindlein warm,
Die Welt ist kalt und helle,
Und trag es fromm, bist du zu arm,
Hin an des Grabes Schwelle.

Leg es in Linnen, die du gewebt,
Zu Blumen, die du gepflücket,
Stirb mit, daß, wenn es die Äuglein hebt,
Im Himmel es dich erblicket.

So lallt zu dir ein frommes Herz,
Und nimmer lernt es sprechen,
Blickt ewig zu dir, blickt himmelwärts
Und will in Freuden brechen.

Bricht's nicht in Freud, bricht's doch in Leid,
Bricht es uns allen beiden.
Ach, Wiedersehen geht fern und weit,
Und nahe geht das Scheiden!

Als ich das Lied ganz hergesagt, waren ich und mein Herr Ritter ein bißchen stille. Dann hob er an und sprach: »Du hast recht, lieber Johannes, du warst recht reich, eine so liebe Mutter auf Erden zu finden; das ist ein schönes Lied, aber es ist auch viel Trauer darin; wer hat es denn also gesetzet, daß es am Ende so schmerzlich vom Scheiden spricht?« da sagte ich: »Mein Vater hat es gesetzt, als ich noch nicht geboren war, da er von meiner Mutter scheiden mußte, und hat sie ihn nie wiedergesehn, und kenne ich ihn auch nicht.« Da brachen mir die Tränen aus, aber mein gnädiger Herr fuhr mir freundlich mit der Hand über das Haupt und sagte: »Sei wohlgemut! ich will dein Vater sein, das reicht auf Erden hin, Gott geb's!« Da küßt' ich ihm die Hand und fuhr fort: »Ach, Herr Ritter, solcher Reichtum an einer so lieben Mutter war noch nicht genug; denn gute Leute nahmen mich auf ihre Arme und trugen mich in die Kirche; da ward ich durch die heilige Taufe aufgenommen unter die Kinder Gottes und ward gereinigt von aller Sünde und ward teilhaftig der Versühnung unseres Herrn Jesu Christi. Da ward ich erst reich über alle Maßen, da hatte ich das ewige Leben und den Schlüssel des Himmels geschenket. Dann aber auch ward mir gegeben viele irdische Herrlichkeit, und was zum Leben nötig und lustig ist; denn ich ward gelehret, daß der Glanz der Sonne all mein Gold sei, der Spiegel der Flüsse all mein Silber, die grünen Wiesen mit ihren Blumen all meine Teppiche und Tapezereien, der Himmel mit seinen blauen gestirnten Gewölben und der grüne hohe Wald alle meine Gebäude und Hallen; ja, endlich bin ich so reich geworden, daß mir die ganze Welt offen stand und alle guten Menschen meine Diener wurden, zu denen ich sprechen durfte: gib mir dies, gib mir jenes; und hatte ich auch keinen Herrn, als den Herrn aller Herren, den lieben Gott, der mir das Leben zu einem Lehen gegeben, und in dessen Hände ich es, so der heilige Geist seine Gnade verleiht und mein Herr Jesus sich meiner erbarmt, ohne große Makel zurückzugeben hoffe, und habe ich mir zum Spruche auf mein Schild erwählt, denn ich bin eines Ritters Sohn:

Der Himmel ist mein Hut,
Die Erde ist mein Schuh,
Das heilige Kreuz ist mein Schwert,
Wer mich sieht, hat mich lieb und wert.

Da lächelte Herr Veltlin und sprach: »Dein Hut ist besser als deine Schuh, die wirst du dir halb ablaufen, aber dein

Schwert ist das mächtigste auf Erden und hat einen guten Waffenschmied gehabt, du bist ein guter Ritter, und deine Fahrt mag friedlich abgehen, denn die dich sehen, haben dich lieb und wert. Aber erzähl mir nun dein Herkommen!« Da zog ich ein Buch aus meinem Buchbeutel und sprach: »Ich will es Euch lesen, denn ich habe angefangen, es mir aufzuschreiben, und zwar so recht ausführlich, wie es mir eingefallen, mit allerlei Rede und Betrachtung; wie mir bewußt ward, daß es gewesen ist und gewesen sein kann.« Da sprach Herr Veltlin: »Du kannst schreiben? Johannes, das kann ich nicht, und bin ich begierig zu hören, ob du auch alles so aufgeschrieben, daß ich es wohl genießen mag; denn da die Schrift als etwas Künstlicheres und dem Menschen Merkwürdigeres gegeben wird, als gewöhnliche Rede, die schnell dahin fliegt, so soll sie auch des Aufbehaltens würdiger dem Menschen dargereicht werden und also wohlgesetzt und deutlich sein. Lies nun!« Da hob ich an:

Chronika des fahrenden Schülers Johannes Laurenburger, von Polsnich an der Lahn

Dies Buch ist mir wert und lieb,
Wer es mir stiehlt, der ist ein Dieb.

Ich bin geboren am 20. Mai 1318 zu Polsnich an der Lahn, das ist ein Hof, der gehört zum Kloster Arnstein, darin ich getauft wurde Johannes. Meine Mutter selig wohnte in einem kleinen Häuslein vor dem Hof, und nannte man sie die schöne Laurenburger Els; mein Vater aber, den ich nie gesehen, war der Ritter Hans von der Laurenburg, die dem Kloster Arnstein gegenüber an der Lahn liegt. Was es aber für eine Beschaffenheit mit ihm habe, will ich dir niederschreiben, so viel ich erfahren, wenn ich zu der Zeit in meinem

Leben gelange, da es mir selbst bekannt worden. Das erste, dessen ich mich aus frühster Jugend von meiner Mutter recht deutlich erinnre, ist, daß sie mich lehrte, mich mit dem Zeichen des heiligen Kreuzes zu bezeichnen und die Hände zu falten und das Vaterunser und den englischen Gruß zu beten. Sie sagte mir die Gebete vor, ich schaute nach ihren Lippen und sprach ihr nach, und ich erinnere mich noch recht sehr deutlich meiner großen Freude, als ich zum ersten Male abends neben ihr an ihrem Betschemel kniete und diese heiligen Gebete mit ihr fertig und ohne Fehl sprach. Jetzt noch, wenn ich bete, ist es mir oft, als schaute ich nach ihren Lippen und spräche ihr nach. Sie war arm, fromm und arbeitsam, und wenn ich sie gleich später in mancherlei Geschäft gesehen, schwebt mir ihr Bild doch meistens betend, singend oder spinnend vor Augen. Wenn sie mich manchmal abends schon im Bette entschlafen glaubte, wachte ich noch und horchte auf das Schnurren ihrer Spindel und ihren rührenden Gesang; denn sie saß spät auf, ihr Brot in Ehren zu verdienen. Der Anblick meiner holdseligen Mutter, wenn sie so bei Lampenschein vor sich hinsang und spann, rührte mich oft bis zu Tränen; warum, das weiß der liebe Gott gewiß, zu dem ich wohl zuhörend mit kindlichem Herzen für sie gebetet habe. Einmal weiß ich, daß ich gar sehr weinen mußte; als ich sie nachts bei ihrem Rocken so vor sich hin singen hörte, da fing eine Nachtigall vor unserm Fenster auch an zu singen; es war schon sehr spät, und der volle Mond schien klar und hell. Meine Mutter aber hörte nicht auf zu singen, und sang das Vögelein und sie zugleich. Da habe ich zum erstenmal Traurigkeit empfunden und kindische Sorgen um den Ernst des Lebens gehabt, die ich wohl noch fühle, aber nicht auszusprechen vermag; da habe ich mich auch leise im Bette aufgerichtet und meiner Mutter zugehört. Sie sang aber ein Lied, das lautete also:

Es sang vor langen Jahren
Wohl auch die Nachtigall,
Das war wohl süßer Schall,
Da wir zusammen waren.

Ich sing und kann nicht weinen
Und spinne so allein
Den Faden klar und rein,
Solang der Mond wird scheinen.

Da wir zusammen waren,
Da sang die Nachtigall;
Nun mahnet mich ihr Schall,
Daß du von mir gefahren.

So oft der Mond mag scheinen,
Gedenk ich dein allein;
Mein Herz ist klar und rein,
Gott wolle uns vereinen!

Seit du von mir gefahren,
Singt stets die Nachtigall;
Ich denk bei ihrem Schall,
Wie wir zusammen waren.

Gott wolle uns vereinen,
Hier spinn ich so allein,
Der Mond scheint klar und rein,
Ich sing und möchte weinen!

Besonders traurig aber kam es mir vor, daß der Vogel und meine Mutter zugleich sangen und doch nicht recht miteinander, und hätte ich damals wohl wissen mögen, ob der Vogel auch in seinem Gesange meiner Mutter gedachte, und ob er auch lieber geweint als gesungen hätte. Ich fragte darum meine Mutter mit den Worten: Mutter, was singt denn die Nachtigall dazu? da sagte sie: Die Nachtigall sehnt sich und lobet Gott, also tue ich auch. Aber Johannes, warum wachst du? Schlafe, du mußt morgen früh heraus und mit mir nach Kloster Arnstein gehn; wenn du nicht schläfst, so nehme ich dich nicht mit. Da löschte sie die Lampe aus und trat vor mein Bettlein und machte mir das Zeichen des Kreuzes auf Stirne, Mund und Herz und küßte mich, und da ich fühlte, daß sie weinte, schlang ich meine Arme um ihren Hals und drückte ihr Antlitz fest an das meinige, und da weinten wir beide. Ich fragte sie aber: O liebe Herzmutter, was weinest du, und warum machst du mir nochmals das Kreuz? ich habe ja schon gebetet. Lieber Johannes, sprach sie hierauf, ich mache dir immer das Kreuz und küsse dich, wenn ich schlafen gehe, daß dir Gottes und deiner Mutter Segen in der Nacht zugute komme; aber du hast bisher immer schon geschlafen, wenn ich es tat, und wußtest es darum nicht. Aber warum sie weine, sagte sie mir damals nicht. Darauf entkleidete sie sich und legte sich zu Bette und betete laut, ich aber sprach ihr nach:

Herr Jesus, ich will schlafen gehn,
Laß vierzehn Engel bei mir stehn,
Zwei zu meiner Rechten,
Zwei zu meiner Linken,
Zwei zu meinen Häupten,
Zwei zu meinen Füßen,
Zwei, die mich decken,
Zwei, die mich wecken,
Zwei, die mich weisen
Zum himmlischen Paradeise!

Worauf wir ruhig einschliefen. Am folgenden Morgen wachte ich früher auf als die Mutter. Die Schwalbe begann zu singen. Ich kleidete mich leise an und trat an das Bett meiner

Mutter; die hatte die Hände ruhig gefaltet, und der junge Tag schien auf ihr Angesicht. Ihr Anblick erfüllte mich mit Liebe und Trauer, denn ich hatte Barbara, die Tochter des Hofmeiers, neulich also mit gefalteten Händen stille im Sarge liegen sehn, und ergriff mich eine so tiefe Angst, daß ich meine Mutter mit ungestümen Küssen erweckte. Sie erwachte in meinen Armen, und als ich ihr die Ursache meiner Tränen sagte, nahm sie meine Hände von ihrem Hals und faltete sie und schloß sie in ihre lieben Hände, und so beteten wir zusammen zu Gott und dankten ihm, daß er uns diese Nacht erhalten und uns verliehen habe, diesen Tag zu unserer Besserung anzutreten. Am Schlusse des Gebetes sagte die Mutter: Du hast gefürchtet, ich sei tot, Johannes; sterben müssen wir alle, halte dich an unsern Herrn Jesum und die himmlische Mutter Maria, die werden dir Vater und Mutter sein, besser als dein irdischer Vater und ich, wenn auch ich dich verlassen muß. Und wenn ich einst die Hände so schließe, um zu beten, da ich zur ewigen Ruhe entschlafe, so schließe auch deine Hände so in die meinigen und bete mit mir, auf daß uns der Heiland zusammen in die ewige Herrlichkeit seines Angesichts schauen lasse. Da wurd' ich still und trat an das Fensterlein unsrer Kammer und sah nach dem kommenden Tag. Als sich aber meine Mutter angekleidet hatte, trat sie hinter mich und hielt mir freundlich die Augen zu, mit den Worten: Warte ein wenig, liebes Kind, gleich wirst du etwas sehen, das du nie gesehen. Während sie mir so die Augen zuhielt, fragte ich sie: liebe Mutter, ist das Gebet dann kräftiger, und gefällt es dem lieben Gott dann besser, wenn man die Hände so zusammen faltet, wie du mit mir getan? Gewiß, sagte die Mutter, wenn die, so es tun, sich so lieben wie wir, aber den lieben Gott doch noch viel mehr als einander, und wenn in der Kirche alle Leute zusammen beten und der Priester am Altare betet, da ist das Gebet des Priesters die Hand, in die sie alle ihre Hände gefalten haben. Was habe ich dich von der christlichen Liebe gelehrt? Da sprach ich: Du sollst Vater und Mutter lieben, auf daß du lang lebest auf Erden; du sollst deinen Nächsten lieben wie dich selbst und Gott über alles. Recht, sagte die Mutter, o wie selig wäre die Welt, wenn alle Menschen so vereinet beteten, wie wir es heut tun konnten, und wie es eine fromme Gemeinde in der Kirche tut. Da sagte ich kindisch: Aber alle Menschen können doch nicht ihre Hände zu zwei Händen zusammenlegen. O gewiß, das können sie, erwiderte die Mutter, und das in unsers lieben Erlösers Jesus Christi Hände, der überall und an allen Orten ist und seine heiligen Hände für uns am Kreuze ausgespannt hat, uns zu erlösen von der Sünde. Denn er hat uns ja das Gebet gelehret, und er ist die Hand, in welche wir unsre Hände legen müssen, so unser Gebet zu Gott dringen soll; denn er selbst hat auf Erden gesagt: Alle Dinge sind mir übergeben von meinem Vater, und niemand erkennet den Sohn, als nur der Vater, und niemand kennet den Vater, als nur der Sohn, und wem es der Sohn will offenbaren. Kommet her zu mir, alle, die ihr mühselig und beladen seid, ich will euch erquicken, und der heilige Johannes sagt: »Der Vater hat den Sohn lieb und hat ihm alles in seine Hand gegeben. Wir haben einen Fürsprecher beim Vater, Jesum Christum, den Gerechten, der ist die Versöhnung für unsre Sünden, doch nicht allein für die unsrigen, sondern für die Sünden der ganzen Welt. Es ist ein Gott und ein Mittler zwischen Gott und den Menschen, der Mensch Jesus Christus, der sich selbst für uns alle zur Erlösung hingegeben hat. Ach, möchten nur alle ihre Hände in des Heilands Hand, in die Gott alles gegeben hat, glaubend, hoffend und liebend legen, dann würden wir alle zusammen schauen in das Angesicht Gottes.« Nach diesen Worten tat die liebe Mutter ihre Hände von meinen Augen und sprach: »Gelobet sei Jesus Christus!«, und ich erwiderte: »In Ewigkeit, Amen!« und sah mit großer Seligkeit in den Glanz der Morgensonne, die über dem Lahntal hervorstieg. Ach Mutter, rief ich aus, ist dieses Gottes Angesicht? Nein, mein Kind, erwiderte sie, das ist nur seine erschaffene Sonne, die er über uns arme sündige Menschen scheinen läßt; aber denen, die ihn lieben, hat Gott bereitet, was kein Auge gesehn und kein Ohr gehört hat, und was in keines Menschen Herz gekommen ist. Ich habe aber damals die Sonne zum ersten Male aufgehen sehen, weil ich so früh vorher nie aufgestanden. Dieses Morgens und aller meiner Mutter Rede und Tun an demselben habe ich bis jetzt gar oft mit großem Nutzen gedacht. Nun aber nahm meine Mutter Linnen, das sie gewebt, und Garn, das sie gesponnen und gezwirnet, um es in dem Kloster zu verkaufen. Sie trug es in dem Korbe auf dem Kopfe, und da ich sie darum gebeten, gab sie mir einige Stränge des Garns zu tragen, welche ich mit einer großen Liebe zu meiner Mutter sehr sorgfältig bis nach Arnstein getragen habe. Wir kamen daselbst in des Abtes Stube, die war mit schönen Bildern ausgemalt, auch handelte der Abt selbst um das Tuch mit der Mutter und war ein heiliger, aber sonst gar freündlicher und lustiger Mann, fragte mich auch, da ich die schönen Bilder an den Wänden so fleißig betrachtete: »Hanns, dir gefällt wohl meine Zelle; hast du auch Lust, ein geistlicher Ordensherr zu werden? wenn du fromm und fleißig bist, kannst du mit der Zeit diese meine Bilder besitzen und Abt sein, wenn ich in dem stillen Konvent unter der Kirche schlafe.« Da erwiderte ich: »Ich hätte wohl Lust dazu, Abt in der schönen Zelle zu sein, Hochwürdiger Herr, wenn meine liebe Mutter mit drinnen wohnen wollte.« Da lachte der Abt und sprach: »Lieber Hanns, wenn die schöne Laurenburger Els mit in den Zellen wohnen dürfte, möchte wohl das kleine Klosterpförtlein zu enge werden, so viele sollten den heiligen Orden suchen; aber das geht nicht, denn der Herr spricht, wir sollen das Kreuz auf uns nehmen, alles verlassen und ihm nachfolgen; und doch wohnet eine Mutter mit uns in unsern Zellen, die ist noch viel lieblicher und milder als die deine.« Da sah ich bald den Abt, bald meine Mutter an und konnte seine Rede nicht recht glauben, sagte auch zuletzt: »Ach, hochwürdiger Herr, zeiget mir sie!« Da lachte der Abt wieder und sprach: »Mein Hanns, zeigen kann man sie nicht, aber wir leben alle in ihrem Schoße, und auch du, es ist die heilige Mutter, die Kirche, welche unser lieber Herr Jesus sich zu einer Braut erkoren; aber das verstehest du noch nicht.« Da sagte ich: »Nein!« und er gab mir drei Bildlein aus seinem Gebetbuch, das war St. Jörgen Bild, meines Vaters, Ritter Jörgen von der Laurenburg, Patron, St. Elsbethen Bild, meiner Mutter Patronin, und St. Johannsen mit dem gülden Mund Bild, mein Patron, worüber ich große Freude empfand, und als ich ihm den Ärmel küssen wollte, reichte er mir die Hand und sprach: »Johannes, bitte Frau Else, deine Mutter, daß sie dich bald herauf zur Schule tut, da sollst du zur Messe dienen lernen und für jede Messe einen halben Heller von mir erhalten.« Da bat die Mutter den Abt um seinen Segen, und knieten wir beide vor ihm, und er legte seine Hände auf uns und betete. Meine Mutter ließ aber von dem Geld, das er ihr für die Linnen gegeben, zurück, eine heilige Messe für ihr Anliegen in Sankt Jörgen-Kapelle zu lesen, und da der Abt fragte: »Laurenburgerin, was ist Euer Anliegen?«, traten meiner Mutter die Tränen in die Augen, und sie sprach mit Schämen: »Das stell ich Gott anheim, Hochwürdiger Herr.« Der Abt erwiderte hierauf mit ernster und freundlicher Stimme: »Laurenburgerin, nehmet Euer Geld zurück und wendet es Eurem Kinde zu; ich weiß, Ihr lebet bedrängt, ich will das heilige Meßopfer selbsten für Euch halten und von ganzem Herzen für Euch beten; aber ergebet Euch auch in den Willen des Herrn und hanget nicht weltlichem Kummer allzusehr nach.« Meine Mutter aber wollte das Geld nicht wieder nehmen und sprach: »Der Himmel segne Euch, Hochwürdiger Herr, für Eure Milde, aber ich bedarf des Geldes nicht, welches ich zu heiligem

Opfer erarbeitet; tut des edlen Laurenburgers Weib den Schimpf nicht an, als könne sie nicht ein kleines Opfer erarbeiten.« Da sprach der Abt: »So Ihr Euch das zu Herzen nehmet, will ich dafür ein Kerzlein vor St. Jörgen Bild aufstecken lassen. Linnen und Garn gebet unten im Kloster dem Bruder Sulpizius, daß er Chorhemden daraus mache; denn Eure Linnen sind gar fein.« Da nahm die Mutter die Linnen, und gaben wir sie unten dem Bruder Schneider; der hielt aber der Mutter den Korb zurück, bis wir aus der Kirche kamen. In der Kirche gingen wir zur Linken in eine Kapelle; da stand auf dem Altar St. Jörgen Bild, wie er den Drachen durchbohret; den Altar haben die Ritter von der Laurenburg gestiftet und viele Gaben zu dem Kloster getan, haben auch ihr Begräbnis in dieser Kapelle, wie ich nachmals erfahren. Zur Rechten des Altars kniete ich mit meiner Mutter nieder, bei einem steinernen Bilde, das in die Wand gemauert war. Dieses stellte aber einen alten Ritter vor, der hatte ein langes geistliches Gewand an und legte einem jungen Ritter, der vor ihm kniete, die Hände auf das Haupt. Meine Mutter sah oft und mit recht innerlicher Bewegung nach dem knienden Ritter. Ich betrachtete ihn auch und empfand eine große Freude an ihm, hätte ihm auch gern etwas Liebes getan und setzte ihm drum einen grünen Kranz auf sein steinernen Haupt, den ich mir im Walde geflochten und noch spielend in der Hand trug. Da meine Mutter dies sah, fuhr es wie ein Blitz durch ihre Augen, und umarmte sie mich heftig in der Kirche, aber ihre Wangen wurden schamrot und ihre Augen voll Tränen; da ließ sie mich los und senkte das Haupt auf den Betstuhl. Ich empfand große Bangigkeit um ihre rührende Gebärde. Da trat ein Ordensbruder aus der Sakristei mit einer schönen bunten Wachskerze; die zündete er an der ewigen Lampe an, nahte dann unserm Betstuhl und reichte sie meiner Mutter und mir zu küssen, und als wir dies getan, steckte er sie auf St. Jörgen Leuchter, der neben St. Jörgen

Altar stand und gestaltet war wie eine Lanze, die durch einen Lindwurm gestochen ist. Das war die Opferkerze, die uns der Herr Abt versprochen. Nun klang das Glöcklein, und der fromme liebreiche Herr trat mit dem Ministranten zum Altar und las uns die heilige Messe selbst mit großer Andacht. Da sagte mir meine Mutter ins Ohr: Bete hübsch fromm, Johannes, der stehende alte Ritter ist der alte Laurenburger, dein Großvater, bete hübsch für ihn! Nun hatte ich den Mut nicht mehr, nach dem Bilde zu schauen, und ward mir mein Großvater von damals an ein gar ernster und sorglicher Gedanke, aber ich habe zum ersten Male gebetet mit einer recht innerlichen Herzensangst, wie früher nie; warum ich aber so gebetet, kann ich mich nicht mehr deutlich entsinnen. Da die Messe zu Ende war, fragte ich meine Mutter wieder nach dem steinernen Bilde mit den Worten: Mutter, was macht denn der alte Laurenburger da? Aber sie antwortete nicht und sah mit nassen Augen den knienden Ritter an, dem ich das Kränzlein aufgesetzet. Als ich sie nochmals fragte, sagte sie: Der alte Laurenburger tut, was ich dir gestern abend tat, da ich dich im Bette mit dem heiligen Kreuze bezeichnete. Da fragte ich sie weiter: Will denn der alte Laurenburger auch schlafen gehen? und sie sprach: Ja, er will schlafen gehn in die ewige Ruhe. Ich aber fragte weiter: Will denn der kniende Ritter auch schlafen gehn? Da sprach sie: Ach, Gott gebe ihm ein seliges Erwachen, so er schon schläft! und ward wieder sehr traurig und hob mich hinauf an dem Bilde, mit den Worten: Küsse den Knienden, hab ihn recht lieb, es ist dein guter Vater. Da küßte ich ihn herzlich und setzte ihm das Kränzlein zurecht auf seinem Haupt, wollte ihn auch nicht lassen. Meine Mutter aber behielt mich auf dem Arme und trug mich aus der Kirche hinaus, und hätte sie schier auch ihren Korb vergessen, der noch bei dem Bruder Sulpizius stand. Der aber kam uns nachgelaufen und brachte den Korb; da war ein schönes weißes Klosterbrot drinnen und ein Krüglein voll Weins, das schenkte uns der Herr Abt. Sie dankte und ging ruhig mit mir links dem Walde zu, einen andern Weg, als wir hergekommen waren. Sie hatte den Korb am rechten Arm und trug mich auf dem linken; ich sagte ihr, daß ich nicht müde sei und es ihr sauer werde, sie solle mich gehen lassen. Aber sie wollte mich nicht loslassen, und ich merkte in ihr eine geheime Lust, mich zu tragen, und sie schloß mich manchmal fester mit dem Arme an ihre Brust, so daß ich den Schlag ihres Herzens fühlte. Da ward ich mir so recht lebendig ihrer Liebe bewußt und genoß ihrer Güte mit kindlicher Freude; denn sie pflegte mich sonst nicht zu tragen, weil sie, wenn gleich groß und schlank, doch durch manche Sorge und Nachtwache entkräftet war. Sie war zart und weiß mit langen blonden Haaren, und wie goldne Strahlen waren die Wimpern über ihren reinen blauen Augen, die mich noch immer mit Friede, Liebe und Warnung anblicken. Ja, ihr liebes Angesicht war wie ein durchsichtiges Fensterlein ihres Herzens, aus dem ihre Seele mit jeder innern Bewegung errötend und erbleichend zum Himmel schaute. Ihr Mund war aber ruhig und zart geschlossen und erregte eine züchtige Ehrfurcht. Ich sage dies hier; denn ich werde nimmermehr vergessen, mit welcher Liebe ich damals ihr edles Angesicht betrachtete, und wie gut und holdselig sie aussah, da sie mich so zärtlich durch die freie Luft über die grüne Wiese hintrug und meine Härlein und ihre langen blonden Haare in dem Winde durcheinanderflogen und die Lerche über uns, gegen die Sonne schwebend, lobsang. Da war mir unendlich wohl, und meine Sehnsucht, sie nicht zu ermüden, ward so inbrünstig, daß ich glaubend fühlte, ich ermüde sie nicht, und, mit ihren Haaren spielend, zu ihr sagte: Liebe Mutter, bin ich nicht recht leicht? Mir ist, als träume ich, ich flöge. Sie aber antwortete nicht, als mit einem zärtlichen Druck ihres Arms, und ich begann ihr ihre Haare in Zöpfe zu flechten, daß ihr der spielende Wind nicht beschwerlich fallen möge, und sie ließ es mit freundlichem Hinneigen ihres Kopfes gern geschehen. Da ich aber fertig war und sie mich durch den Wald unter den Bäumen hintrug, brach ich einen grünen Eichenzweig ab, wand ihn in einen Kranz und setzte ihn ihr auf das Haupt mit den Worten: Liebe Mutter, nun bist du geschmückt wie der kniende Ritter in St. Jörgen-Kapelle, nun hast du auch ein Kränzlein auf, und wenn er uns nun durch den Wald entgegengeschritten käme, würdet ihr euch beide wohl sehr aneinander erfreuen über die schönen Kränze? Meine Mutter aber antwortete nicht und ging traurig fort, worüber ich auch betrübt wurde. So zogen wir still und einsam wohl eine Stunde lang durch den dichten Wald, als wären wir die einzigen Menschen auf der Welt und hätten nicht viel Freude. Nun ward es lichter in den Zweigen, und der Wald endete sich gegen den Rand des Berges, der sich in das einsame Lahntal senkte; hier küßte mich die Mutter und ließ mich an die Erde. Wir standen aber auf einer grünen Waldwiese, die ein frischer Quell erquickte, der mit Umwegen an dem mannigfaltig unterbrochenen Abhange zu der Lahn hinabeilte. Wo wir standen, war die Gegend sanft und mild, ein großer alter Birnbaum hing schwer voll gelber Birnen, und um ihn her standen mehrere Vogelbeerbäume, die mit ihren feuerfarbenen Früchten lustig gegen den dunkeln Wald abstachen; außerdem begrenzten und durchschnitten den Platz mancherlei Fruchtsträucher, Haselbüsche, Johannis- und Klosterbeersträucher, und ich hatte die Fülle zu brechen und zu genießen. Gegen uns über erschien die Gegend ernster. Das Lahntal schließt, von diesem Punkte gesehen, den Spiegel des Flusses mit einer Krümme wie einen tiefliegenden See ein, und die Berge lagen, mit dunklem Walde bedeckt, streng und finster um diesen her, als hätten sie tiefsinnige Gedanken über ein Leid, das hier geschehen. Die Mutter stand stille und schaute ruhig in die Gegend hinein, ich hatte aber den Deckel des Korbes genommen, ihn mit breiten Haselnußblättern bedeckt und sammelte mit ängstlichem Fleiße die schönsten Brombeeren und Himbeeren, und was sonst an wohlschmeckenden Träublein zu reichlicher Lese sich darbot. Zwischen der Arbeit schaute ich oft nach ihr, sah auch mit Freude, wie der Anblick der Gegend ihr Antlitz zu erheitern schien, und als ich meine Ernte ihr darbot, lächelte sie freundlich, strich mir mit der Hand über die Stirne und sagte: Schönen Dank, Johannes, du bist ein gutes Kind. Dann führte sie mich rechts dem Dickicht zu, wo wir nach wenigen Schritten vor einer kleinen verlassenen Hütte standen; der Efeu hatte frei die Wände umrankt und selbst die verschlossene Tür mit seinem Gitter umzogen. Die Mutter hob mich an einem alten Wacholderbaum in die Höhe, der neben der Türe stand, und ich mußte ihr aus einem Loche in demselben einen Schlüssel holen, mit welchem sie die Türe aufschloß, nachdem ich ihr geholfen hatte, die Efeuranken behutsam, ohne sie zu zerreißen, von der Türe abzulösen. Nun gingen wir durch eine kleine, gerätlose Küche in eine viereckige Stube. Ich trat mit Scheu hinein; denn die wenigen Strahlen, welche durch die verschlossenen Fensterladen fielen, zeigten mir allerlei große Vögel an den Wänden in unbestimmtem Lichte. Meine Mutter aber stieß sogleich einen Fensterladen auf, und da sah man nach der andern Seite des Lahntals, wo das alte Laurenburger Schloß aus schwarzem Bergwald hervorragte. An den Wänden der kleinen Stube sah ich auf eingemauerten Hirschgeweihen vielerlei ausgestopfte Vögel befestigt, und besonders eine Reihe alter Falken; außerdem lehnten und hingen mancherlei Jagdgeräte, Armbrust, Speere, Netze und dgl. in schöner Ordnung um einen einfachen Betschemel, der vor dem holzgeschnitzten heiligen Hubertusbilde stand. Da war St. Hubertus abgebildet, wie er vor einem Hirsche kniet, der ihm mit einem Kreuze zwischen den Geweihen auf der Jagd entgegengetreten, da ihm der Herr sein wildes Herz gerührt. Ich betrachtete alle diese Dinge, die ich früher nie gesehen, mit bangem Staunen, während meine Mutter, auf einem hölzernen Stuhle sitzend, still dem Fenster hinaus nach der Laurenburg sah. Alles, was mir seit dem letzten Abend begegnet war, hatte die ruhige Folge der gewohnten Eindrücke in meiner Seele unterbrochen, und wenn ich jetzt zurückgedenke, möchte ich meine damalige Empfindung wohl dem Gefühl eines Rades vergleichen, wenn es in der Mühle plötzlich lebendig werden und sehen könnte, wie es sich selbst und alle die andern Räder sich mit ihm herumdrehen, ohne sich doch gleich vorstellen zu können, was es selbst und die andern Räder eigentlich sollen, und was überhaupt eine Mühle ist. Besonders aber befremdete es mich, daß meine Mutter mit allem dem Geräte der Hütte ganz vertraut war und in der Hütte tat, als wäre sie immer darin gewesen; darum fragte ich sie mit den Worten: Liebe Mutter, bleiben wir nun hier, ist dies auch unser Häuslein? Dann will ich uns einen kleinen Garten bauen und ein Vogelsteller werden. Da entgegnete sie freundlich: Was willst du dann mit den Vöglein anfangen? worauf ich sagte: Ich will sie das Vaterunser beten lehren. Da fragte sie: Weißt du denn, wo dein Vater ist? Und ich antwortete: Im Himmel. Nun nahm sie mich zu sich, und ich mußte mich zu ihren Füßen setzen, und da erzählte sie mir ohngefähr das, was ich hier weiter niederschreibe. Wenn ich auch gleich jedes ihrer lieben Worte jetzt, da ich erwachsen bin, nicht mehr so recht eigentlich wissen kann, dürfte es doch nicht viel anders gelautet haben; denn ich habe mir alles scharf in das Gedächtnis gefaßt und es mir oft wieder von ihr erzählen lassen, so daß wohl eher zu viel als zu wenig hier stehen mag. Sie sprach aber: Lieber Johannes, du hast mich seit gestern wohl trauriger als je gesehen, denn ich dachte gestern, da die Arbeit vollendet war, schon daran, wie ich heute alle die Wege gehen würde, die du mit mir gegangen bist. Du hast mich auch gestern abend gefragt, warum ich weine, da ich vor deinem Bettlein stand, aber ich habe dir keine Antwort gegeben, sondern nur mit dir gebetet, damit wir ruhig schlafen möchten. Jetzt aber will ich dir vieles erzählen; denn ich glaube, es wird dir frommen, wenn du früh weißt, wie auf Erden viel Traurigkeit ist und im Himmel allein die Freude, die wir durch umwandelbare Treue und Stärke in dem irdischen Leide allein verdienen können. Du wirst dann deine Sinne immer mehr zu Gott wenden und dich führen lassen von seinen Engeln auf Erden, dem Glauben an Jesus, der Hoffnung auf Jesus und der Liebe zu Jesus, deren Gespielen sind die Einfalt, die Demut, die Unschuld und die Wahrheit. Auch sollst du nicht traurig sein um des Leides willen, das dich auf Erden treffen wird, nein, nur um deine und aller Schuld, deren Strafe das Leid ist. Auch sollst du nicht trauren um deinen Schmerz, sondern allein um die Leiden deines Erlösers am Kreuze, an dem er gestorben ist wie ein unschuldiges Lamm, das dahinnimmt die Schuld der Welt, und zu dieser Versöhnung sollst du dich wenden und fest an sie glauben und auf sie hoffen und dich rein erhalten von aller Sünde, damit du deine Seele nicht wieder befleckest, die dein Jesus, dein Erlöser, dein Heiland, dein Gott dir mit seinem heiligen Blute rein gewaschen hat; dann wird dein Glaube, dein Vertrauen alles Leid überwachsen, und du wirst dir ein freudiges Herz erkämpfen zu deinem Gott, der dich erschaffen hat im Vater, erlöset im Sohn und geheiliget im Heiligen Geist.«

Was mir meine selige Mutter, die schöne Laurenburger Els, in dem Häuslein meines seligen Großvaters, des Voglers Kilian, auf der Hirzentreu von sich und dem lieben Großvater erzählt hat

Diese Berghöhe heißt die Hirzentreu, und dieses Häuslein, worin wir sitzen, gehörte meinem lieben seligen Vater, dem Vogelsteller Kilian, den man weit und breit nur den guten Kilian und den frommen Falkenmeister nannte. Er ist zu Gott gegangen vor zehn Jahren und liegt begraben auf dem Kirchhofe zu Kloster Arnstein. Er ist geboren zu Kitzing in Franken und hat sich dies Häuslein hier selbst erbauet, da er als ein Falkenier des Grafen von Nassau meine selige Mutter, eines Jägers zurückgelassene Waise, zu seiner Hausfrau wählte und sich mit ihr niederließ. Es stehet auch draußen im Garten noch der Baum, an welchem mein Vater meine Mutter zum ersten Male gesehen; da rettete er ihr das Leben; denn als mein Vater einen Hirsch verfolgte, fand das erzürnte Tier hier meine Mutter, welche als ein armes Mägdlein Kräuter für die Klosterherren in Arnstein sammelte, und faßte der Hirsch in seinem Grimm meine Mutter auf die Geweihe. Mein Vater, der herzulaufend dieses sah, schoß einen Bolz von seiner Armbrust nach dem Hirsch und traf ihn nicht ohne Gefahr meiner Mutter in das rechte Auge, und das verwundete Tier trat ihm, geblendet, nun grade entgegen; da faßte mein Vater einen guten Mut und riß ihm die halbtote Jungfrau von dem Geweihe, legte sie unter jenen Baum und erquickte sie an dem Bächlein, das hier entspringt. Als sie sich wieder erholt hatte, sahen sie zu ihrer großen Verwunderung, daß der Hirsch neben ihnen im Gebüsche stand und mit Schmerzen das Haupt bald hin und her schwenkte, bald traurig zur Erde senkte. Da rührte das niederrinnende Blut meinen guten Vater, er trat zu dem leidenden Tiere, zog ihm den Bolz aus dem Auge und wusch ihm die Wunde mit Wasser aus, welches alles der Hirsch ruhig geschehen ließ. Als aber mein Vater die erschreckte Jungfrau nach Kloster Arnstein begleitete, lief ihnen der Hirsch durch den ganzen Wald nach, was sie beide sehr rührte und ihrem Gespräche eine größere Vertraulichkeit gab. Vor Kloster Arnstein reichten sie sich die Hände und trennten sich mit der gegenseitigen Versicherung, miteinander in christlicher Ehe zu leben. Nun machte sich mein Vater von seinen herrschaftlichen Diensten los, baute mit Erlaubnis der Klosterherren diese Hütte und führte meine Mutter Agnes, als seine liebe Hausfrau, hinein. Der gute Hirsch war durch die Hilfe, die ihm mein Vater geleistet, so mild und zahm geworden, daß er ihm immer zur Seite war, wenn er hier an seiner Hütte mit der Mutter baute. Mein Vater pflegte dabei immer des Hirsches krankes Auge, welches bald ausheilte, aber blind wurde. Hernach, als meine Eltern hier wohnten, hielt sich der Hirsch immer freundlich zu ihnen, und ich weiß noch recht wohl, daß er, wenn wir aßen, den Kopf hier zum Fenster hereinsteckte und ich als ein Kind ihm Brot gab. Einstens aber hörte mein Vater ihn in der Nacht heftig schreien; da stand er mit der Mutter auf, und sie gingen hinaus, zu sehen, was dem guten Tiere fehlte. Er war aber im Kampf mit andern Hirschen, welche ihm seines blinden Auges wegen überlegen waren, so heftig verwundet, daß er mit anbrechendem Tage zu den Füßen meiner Eltern starb. Wir weinten um ihn, wie um einen treuen und dankbaren Freund, und hat ihn mein Vater unter demselben Baume, wo er ihn geschossen, begraben, sein Geweih aber in den Baum so befestigt, daß es, zu ewigem Gedächtnis in denselben verwachsen, noch zu sehen ist, und hat mein Vater diese Hütte wegen des treuen Hirschen Hirzentreu genannt.

Meine gute Mutter ist auch bald gestorben, und ich war noch ein so kleines Mägdlein, daß ich nicht recht wußte, was Sterben ist. Ich erinnre mich noch recht wohl, daß ich auf ihrem Bette saß, als sie krank war, und ihr die Fliegen wehrte und ihr alle die kleinen Gebete und Sprüche, die sie mich gelehrt, vorsagte und meinem Vater zur Hand ging, sie zu pflegen, so viel es ein Kind vermag. Da ich nun oft, wenn meine Mutter Arzneikräuter suchte, mit ihr im Walde gewesen war und sie mir dabei allerlei Heilkräfte der Pflanzen mitgeteilt hatte, so war meine Seele damals so erfüllt von der Begierde, ihr zu helfen, daß ich einstens in der Nacht vor einbrechendem Tage in den Wald hinauslief, um ihr einige Kräuter zu suchen, von welchen mir geträumt hatte. Ich lief lange herum und suchte mit unbeschreiblicher Angst die Kräuter, welche ich mich vorher gesehen zu haben nicht erinnerte. Schon stand die Sonne hoch am Himmel, und ich war weit von unsrer Hütte verirrt, aber ich vergaß, vor Begierde, das Arzneikraut zu finden, meinen Hunger, und als ich endlich in großer Ermüdung niederkniete und mit Tränen zu dem lieben Jesuskinde betete, es möge mir doch das Kraut suchen helfen, ich wollte ihm auch mein Brot schenken, bin ich darüber vor Müdigkeit entschlafen. Nach einigen Stunden erwachte ich und sah eine schöne edle Frau vor mir stehen; ein Diener führte ihr Roß, auf welchem ihr Söhnlein saß, und war sie abgestiegen, als sie mich so allein im wilden Walde liegen sah. Sie fragte mich, wer ich sei, und da ich ihr gesagt, ich sei Voglers Els von der Hirzentreu und heute früh ausgegangen, ein Kräutlein für die kranke Mutter zu suchen, küßte sie mich und sagte, daß sie mich heimführen wollte mit sich nach der Laurenburg, denn sie war die Hausfrau des alten Laurenburgers, deine Großmutter; von da wolle sie mich über die Lahn nach der Hirzentreu bringen lassen. Sie setzte sich nun auf das Roß und nahm mich vor sich auf des Pferdes Hals; ihr Söhnlein aber, Jörg, saß hinter ihr und hatte sie mit den Armen umfaßt. So zogen wir ein Stück Wegs nach dem Lahntal hinab, und hatte ich schier auch alles vergessen; denn das Reiten, die fremde Frau und ihr Söhnlein, das mancherlei kleine Lieder mit ihr sang, beschäftigten meine Seele. Aber der Hunger fing mich an zu drücken, und ich bemerkte mit Weinen, daß ich mein Brot nicht mehr in meiner Tasche fand. Da fragte mich die Edelfrau: Els, was weinst du? und ich sagte ihr: Ich hungre, denn ich habe dem Jesuskind mein Brot gegeben und das Kräutlein von ihm erhalten, aber nun habe ich das Kräutlein verloren und hungre; und dabei verlangte ich heftig, sie möge mich in den Wald zurücklassen, das Kräutlein zu suchen. Ich mußte der Edelfrau das Kraut aber beschreiben, denn seinen Namen wußte ich nicht. Da sagte sie auf einmal: Mein liebes Kind, du hast wohl geträumt, aber die Barmherzigkeit Gottes ist groß, denn sieh, mein Diener trägt ein solches Kraut in einem feuchten Tuche eingeschlagen in seinem Wadsack auf dem Rücken; dies Kraut aber wächst nicht hierzulande, sondern habe ich es im Kloster Arnstein, wo ich zur Beichte war, von dem Gärtner erhalten, der es von einem Priester aus fremden Landen jenseits des Meeres hat. Da mußte der Knecht den Wadsack öffnen, und siehe da, es war dasselbe Kraut darinnen, das ich im Traume gesehen. Meine Freude war unaussprechlich, und die gute Edelfrau befahl zum Knechte, sogleich das Kraut meinem Vater zu bringen und ihm zu erzählen, wie ich es gesucht, und wie mich die Edelfrau mit nach der Laurenburg genommen. Der Diener kannte meinen Vater gar wohl und lief mit Freuden die Waldstege nach unsrer Hütte zu. Nun tritt die Edelfrau mit mir und ihrem Söhnlein allein vollends zur Lahn hinab und an einer seichten Stelle hinüber nach der Laurenburg, wohin der Diener bald auch kam und mich auf dem Kahne zu meinen Eltern hieher zurückbrachte. Die gute Edelfrau hatte mir viele Liebe erwiesen und gab mir noch ein Krüglein mit altem Wein und einige stärkende Gewürzküchlein für die kranke Mutter mit und versprach, sie selbst morgen zu besuchen. Ihr Söhnlein aber, das nicht zugegen war, als ich aus der Laurenburg ging, kam mir bis zum Wasser nachgelaufen und gab mir einen ganzen Rosmarinstock, den er aus seinem Gärtlein ausgerissen, und sprach: Du Kleine, das stell an deiner Mutter Bett, das ist ein guter Ruch, wenn man siech ist. Elslein, komm wieder; da gab er mir die Hand, und wir schieden. Als wir auf Hirzentreu ankamen, trug mich mein Vater an der Mutter Bette; die umarmte mich und sagte: Els, ich habe den ganzen Tag nicht leben und nicht sterben gekonnt aus Sorge, daß du verloren seist; Gott aber hat mich wunderbar getröstet durch das, was geschehen, und hat mir dein Vater von dem Kraute einen Trank gekocht, der hat mich wunderbar erquickt. Da gab ich dem Vater den Rosmarinstock, der pflanzte ihn in einen schönen neuen Krug neben der Mutter Lagerstätte, und nun nahm der Diener Abschied, nachdem er den Wein und die Würzküchlein dem Vater gegeben. Es war darüber Abend geworden, mein Vater gab der Mutter noch von dem Weine und der Würze, und sie fand sich so gestärkt, daß sie das Abendlied mit dem Vater mit großer Andacht leise mitsang, worüber ich zu ihren Füßen auf ihrem Lager entschlief. Gegen Morgen aber weckte mich der Vater und sagte mir mit Weinen: Wach auf, lieb Elslein, und schau nach der Mutter und gib ihr, was sie verlangt, sie ist gar krank, und ich will nach Kloster Arnstein laufen um die letzte heilige Wegzehrung für sie. Halte dich still, so sie schläft, und bete still, und so sie es verlangt, reiche ihr zu trinken, auch schaue nach dem brennenden Kienspan im Kamin, daß kein Unglück entsteht. Dann trat er zur Mutter, trocknete ihr das Antlitz und sprach: Gott erhalte dich, liebe Agnes, zu christlichem Geleite, ich geh nach Kloster Arnstein; o wie ist dir, liebe Agnes? Da sagte die Mutter: Ich lege wie ein Kind mein krankes Haupt in den Schoß dessen, der gesagt hat: Ich will euch trösten, wie einen seine Mutter tröstet, und ich habe das Vertrauen, er wird mich mit vollem Troste von dir scheiden lassen; so gehe denn hin und bringe mir den letzten Trost! Da küßte sie der Vater und ging fort.

Ich aber redete leise zu Füßen des Bettes: Mutter, darf ich zu dir kommen? da sagte sie: Ja, lieb Elslein, doch steh erst auf und bringe mir das kleine Kreuz aus meiner Truhe; mich verlanget sehr danach. Geschwind eilte ich an die Truhe, doch der Deckel war so schwer, daß ich ihn nicht erheben konnte; das klagte ich der Mutter, die sagte: Elslein, bete! der dir das Kraut gebracht, das mich wo erquickete, wird dir auch helfen, die Truhe zu eröffnen, so du ihm vertrauest. Da fiel ich vor der Truhe auf die Knie und betete, Jesus möge mir die Truhe eröffnen, und Gott erbarmte sich meiner, ich öffnete die Truhe mit kleiner Mühe und brachte der Mutter das kleine Kreuz. Es ist dasselbe, welches noch in Polsnich an meinem Bette hängt, und unsre Truhe zu Haus ist auch dieselbe Truhe. Die Mutter nahm das Kreuz in ihre gefalteten Hände und küßte es und drückte es an ihr Herz, und ich legte mich zu ihr auf das Hauptkissen und drückte meine Wange an die ihrige. Sie sprach nicht, sie flüsterte betend, und so entschlief ich; bald aber weckten mich laute Worte von ihr, und ich hörte sie sagen: Hüter, ist die Nacht schier hin? Wer da? Gut Freund! Sei getrost! Ich bin's! Fürchte dich nicht! Herr, bist du es, so heiße mich zu dir kommen auf dem Wasser! und nach diesen Worten bewegte sie sich mühsam im Traume. Ich verstand sie nicht und weckte sie mit Küssen: Lieb Mutter, was verlangt dein Herz? Da schlug sie die Augen auf und sagte: O mein Jesus, ich bin noch nicht bei dir! Elslein, mein Kind, sage, hast du den lieben Heiland gesehn, wo ist er hingegangen? Ich verstand sie nicht und suchte ihr das Kreuzlein in dem Bette, das ihren Händen entfallen war, und legte es ihr wieder in die Hände mit den Worten: Herzmutter, da ist der liebe Heiland. Da küßte sie das Kreuz wieder und sagte dann: Elslein, ich war allein auf einem Kahn auf einem großen Wasser eine lange, lange Nacht, kein Stern am Himmel, und sehnte mich nach dem Tage; endlich sah ich ein Sternlein, das zog leise über das Wasser wie ein Wächter durch die Flur, und da rief ich mit aller Macht: Hüter, ist die Nacht schier hin? und der Stern antwortete: Wenn der Morgen schon kommt, so wird es doch Nacht sein; wenn du schon fragest, so wirst du doch wieder kommen und wieder fragen. Da kam es gegen mich über die Wogen geschritten, und ich sah, daß es eine einsame Gestalt war. Da rief ich: Wer da? und es antwortete: Gut Freund! Ach, da ward mein Herz so freudenvoll, und ich gedachte: Sollte es wohl mein Jesus sein? Da sprach er: Sei getrost, ich bin's, fürchte dich nicht, und ich sprach: Herr, bist du es, so heiße mich zu dir kommen auf dem Wasser. Da winkte er mir, und ich trat aus dem Kahn auf das Wasser, konnte aber den Herrn nicht erreichen, der vor mir herschwebte, wie eine Wolke oder ein Schatten, und wenn ich so recht mutig und begierig auf ihn zuging und recht glaubte, daß er es gewiß sei, daß er sich meiner erbarmen werde und einen Eliaswagen vom Himmel rufen, mich zu sich hineinsetzen und zu dem himmlischen Paradiese fahren werde, ach, da war er mir so nah, so nah, daß ich schon das Wehen der Seligkeit fühlte; dann kam aber plötzlich eine Welle und erhob sich ein Wind, und ich verzagte und glaubte zu versinken auf dem Wasser, und wie meine Sorge wuchs, schwand das Bild des Herrn vor mir in die Ferne, ja, es ward wieder zu dem einsamen Stern, den ich zuerst gesehen, und auch der verschwand. Da war ich ganz allein auf dem Wasser, und der Kahn trieb zu mir her, da sah ich dich drauf sitzen und nach mir weinen, und ich wandelte mit Mühe zu dir hin und saß bei dir im Kahn und herzte dich, und du entschliefst in meinem Arme. Ich aber wachte, und die Nacht ward wieder so lang, so lang. Da hörte ich den Flügelschlag einer Taube durch die Luft, und ich rief abermals mit großer Sehnsucht: Hüter, ist die Nacht schier hin? Es flog aber ein Täublein über meinem Haupt, das rief zu mir: Lege Flügel der Liebe an und folge mir nach, deine Seele findet nicht, da sie ruhet auf der Sintflut; sieh, der himmlische Noah strecket seine Hand aus der gestirnten Arche, aus der du ausgeflogen, um dich wieder hinein zu nehmen; aber achte, daß dein Gefieder rein sei! Da sah ich den Himmel voll Sterne; aus dem blickten die Hände, die Füße und die Seite des Herrn, und die heiligen fünf Wunden leuchteten wie Rubin und bluteten hernieder, und die Taube flog ihnen zu; ich aber hatte Flügel und breitete sie aus und wollte sie schwingen, aber sie waren schwer und unrein; ich rief aber: O Herr, nur einen Tropfen deines Blutes auf meine Flügel, und sie werden gereinigt sein. Und es floß nieder zu ihnen, da waren sie rein, und ich schwang sie freudig, aber du lagst in meinem Schoß; da wollte ich dich küssen und Abschied nehmen von dir, da schlangst du die Hände um mich und wolltest mich nicht lassen, und deine Worte erweckten mich von dem seligen Traume. So erzählte mir die kranke Mutter, was ihr geträumet, und ich hörte ihr mit noch größerer Aufmerksamkeit zu, als wenn sie mir sonst eine Geschichte erzählte. Da sie geendet hatte, sagte ich zu ihr: Mutter, das war sehr schön, aber schlafe wieder ein, und wenn die Taube wieder kömmt, so bitte sie, daß ich auch mitfliegen darf, ich will auch recht beten; der mir das Kräutlein gegeben und mir die Truhe geöffnet, der wird mir auch gewiß Flügel geben, daß ich mit dir fliegen kann. – Das wird er gewiß, liebes Elslein, so es dir gut ist, sagte die Mutter, aber wenn ich wieder einschliefe, und das Täublein käme wieder, und ich flöge mit ihm fort, so würdest du gewiß gern zurückbleiben bei deinem Vater, daß er nicht allein sei, so ich dich darum bitten würde. Da sagte ich zu ihr: Ja, das will ich, so du bald wiederkehrst und mir etwas mitbringest. Sie aber antwortete: Ich werde nicht wiederkehren, doch werdet ihr mir nachfolgen, und da wird alles voll Herrlichkeit sein; aber hörst du, Elslein, du mußt mir den Abschied nicht schwer machen und auch den Vater trösten, wenn er weinen sollte, und ihm erzählen, wie ich dir gesagt, daß ihr mir nachkommen werdet; denn das Täublein wird bald kommen, mir ist, als höre ich schon seinen Flügelschlag. Da küßte ich die Mutter und sagte: Ich will tun, wie du willst, und will dein gutes Elslein sein, und die Mutter küßte mich wieder mit den Worten: O du gutes, gutes Elslein! Dann bat sie mich, ihr das Lied von der Taube zu sagen, das sie mich gelehrt; da sprach ich:

Hör, liebe Seel! Wer rufet dir?
Dein Jesus aus der Höhe:
Komm, meine Taube, komm zu mir!
Den Ruf ich wohl verstehe.

Wenn ich soll deine Taube sein,
Mußt du mir Flügel geben;
Die wasch in deinem Blut ich rein,
Und werde glaubend schweben.

Du rufest mir! Wie arm ich bin,
Darf ich zu dir doch kommen;
Die Mängel hat dein treuer Sinn
Ja all von mir genommen.

Sag, Herr, wird auch ein Nestlein sein,
Für mich bei dir gefunden?
Ja, meine Taube, komm herein,
Wohn hier in meinen Wunden!

Mein Jesu, ach, was willst du mir
In deinen Wunden geben?
Durch meine Wunden, sag ich dir,
Fliegst sterbend du zum Leben.

Wohlan, es zielt des Todes Pfeil,
Er wird mich nicht verderben,

Zu deinen Wunden, Herr, ich eil,
Da werd ich's Leben erben.

Da ich der Mutter das Lied hergesagt, war sie leise wieder eingeschlummert. Der Tag brach an, und ich nahm ein Zweiglein von dem Rosmarinstock, der bei ihrem Lager stand, und gab es ihr zu dem Kreuze in ihre gefaltenen Hände. Da flog auch die Turteltaube, welche bei unserm Hause nistete, an das Fenster und pickte daran und rief: Rukkuck. Sie tat es sonst alle Morgen, denn ich streute ihr Futter dahin, aber heute hatte ich nicht den Mut und gedachte: Ach! da kömmt die Taube schon, welche die Mutter mitnehmen will, aber ich soll ihr den Abschied nicht schwer machen. So stand ich leise, leise von der Seite der Mutter auf und ging hinaus und kniete an dem Bächlein in das Gras und betete für sie: Da hörte ich ein Glöcklein im Walde und sah bald meinen Vater kommen; der trug eine Leuchte, und zwei Ordensherren gingen mit ihm, deren einer trug das Hochwürdige Gut und der andre das heilige Öl, und ihnen folgten einige fromme Männer und Frauen, die stille beteten. Da lief ich meinem Vater entgegen und sprach: Herzvater, die Himmelstaube ist schon da, welche die Mutter abholen will, wir dürfen aber nicht gleich mit, ich habe es ihr versprochen, bei dir zu bleiben und dich zu trösten, bis wir nachkommen in die Herrlichkeit. Mein Vater verstand mich wohl und trat mit dem Geistlichen in die Hütte, ich aber blieb draußen und betete mit den Begleitern. Hernach kam die Edelfrau von der Laurenburg mit ihrem Söhnlein, dem Junker Jörg, über die Lahn zur Hirzentreu, wie sie den Abend vorher mir versprochen, und derselbe alte Diener war wieder bei ihr. Die Edelfrau ging zu meiner Mutter hinein, der Junker aber blieb bei mir, und wir spielten im Gras an der Quelle; er fragte mich auch nach dem Rosmarin, den er mir gegeben für meine Mutter; da erzählte ich ihm von der Taube und von allem.

Nach einiger Zeit aber trat die Edelfrau heraus und nahm mich mit in die Hütte, da lag die Mutter ganz still, und der Vater kniete an ihrem Bette und weinte; da ich zu ihm trat, hob er mich zur Mutter und sprach: Agnes, segne das Elslein, ehe du scheidest; und er legte der Mutter Hand auf mein Haupt. Die Mutter aber sagte: Gott segne dich, tröste den Vater, bis ihr nachkommet. Elslein, ich fliege schon. Da sah sie mich mit unaussprechlicher Liebe an und wendete dann den Blick zum Himmel. Ich sprach: Geleit dich Gott, lieb Mutter! und weinte laut. Da trug mich die Edelfrau hinaus zu ihrem Söhnlein, dem erzählte ich alles, und da ein paar Tauben hinüber zur Laurenburg flogen, streckten wir beide kindisch die Hände aus und riefen: Da fliegen sie, da fliegen sie, geleit dich Gott, liebe Herzmutter! Hernach nahm mich die Edelfrau mit nach der Laurenburg, und ich blieb bis zum andern Tag dort, da die Mutter schon im Kloster Arnstein begraben war. Der alte Knecht aber war bei meinem Vater geblieben, und war mein Vater einen ganzen Tag in Kloster Arnstein gewesen, des Trostes der geistlichen Herren zu genießen. Die Edelfrau ist auch mit zu Grabe gewesen, und da sie nach der Laurenburg kehrte, brachte sie ihren Herrn, den Ritter von der Laurenburg, und den ältern Sohn, Johann, mit welchem der alte Laurenburger bei dem Grafen zu Nassau gewesen, der des Johann Taufpate war, und hatte die Laurenburgerin ihnen auf der Heimkehr begegnet. Der Ritter war mir freundlich und gab mir Wecken von des Grafen von Nassau Tisch, und da seine Hausfrau ihm den frommen Tod meiner Mutter erzählet, war er sehr mitleidig mit meinem Vater und sprach: Der Graf Johann hat noch heute zu Tisch von dem frommen Falkenmeister gesprochen und vor allen seinen Dienern sein in Ehren gedacht, ich habe ihm auch versprechen müssen, den Vogler von ihm zu grüßen, und will er ihm nächstens einen kranken Falken schicken, daß er ihn pflege. Komm, Elslein, sagte der Ritter dann zu mir, ich will dich selbst zu deinem Vater bringen; es ist noch hoch am Tage, und mag er wohl Trostes bedürfen. Da brachte mich der Ritter wieder zur Hirzentreu, und ging Georg wieder mit. Die Edelfrau aber blieb mit Johann zurück; der sollte ihr von dem Wesen des Grafen von Nassau erzählen. Wir fanden aber meinen Vater mit dem Laurenburger Knecht vor der Türe sitzen in stillem Gespräch, und als dieser seinen Herrn herankommen sah, der mich auf dem Arm den steilen Pfad herauf trug, stand er auf und trat beiseite; mein Vater aber lief mir entgegen, nahm mich von des Ritters Armen und herzte mich unter Tränen. Da sprach ihm der Laurenburger ehrlich zu und getröstete ihn, so gut er es vermochte, setzte sich auch zu ihm auf die Bank und erzählte ihm von des Nassauers Gunsten zu ihm, und sprachen sie mancherlei, nicht als ein Ritter zu einem Knecht, sondern als gute Nachbarn und Freunde, denn das Unglück machet Gesellen. Es war aber dem Laurenburger auch seine erste Hausfrau mit samt dem Kindlein in dem Kindelbett gestorben, deren gedachte er mit vieler Liebe. Unter solchem Gespräch stand ich zwischen meines Vaters Knien und Georg neben dem Laurenburger, und spiegelten uns in dessen blankem Brustharnisch und lachten, weil es, hohl geschliffen, unsre Gesichter auf mancherlei Weise verstellte. Dann sagte mir der Vater ins Ohr, ich möge den Wein und die Würze von der Mutter Tischlein bringen; da ging ich zur Stube, aber die war ganz anders geworden; wo das Bett gestanden, stand der Betschemel und das Altärlein, und hing ein neu Muttergottesbild an der Wand und an demselben der Mutter und des Vaters Brautkränzlein, ihre Spindel aber stand vor meinem Bänklein, und war alles gar verändert. Das hatte meinem Vater der gute alte Laurenburger Knecht so geordnet, daß er seines Leids desto eher vergessen und ein neues Leben anfangen möge. Nachdem ich mich genugsam über alles gewundert, nahm ich den Wein und die Würze, was von dem Geschenk der Laurenburgerin noch übrig war, und brachte es dem Vater hinaus; der reichte den Krug dem Ritter. Da trank der Herr, und mußte ihm der Vater Bescheid tun. Auch sagte der Ritter: Das ist ein köstlicher Wein, den man wohl dem Kaiser bieten dürfte; Ihr habt ihn wohl aus einem Klosterkeller? Einem Edelmann wächst solcher Wein nicht um die Lanze, der schmeckt nach dem Krummstab. Mein Vater lächelte und sagte: Gnädiger Herr, Ihr habt von dem Euren getrunken, aber er hat auf einem milden Fasse gelegen; denn Eure liebe Frau Ida hat diesen Trunk meiner seligen Agnes zur Labung gebracht, und wenn er Euch besser schmeckt als zu Haus, so ist's, weil Ihr Gottes Segen schmecket. Da trank der Laurenburger nochmals und sprach: Wahrhaftig, in Gottes Segen soll man den Wein legen, in Gottes Segen soll man des Weines pflegen, in Gottes Segen gedeiht der Wein auf allen Wegen. Das Faß, aus dem Frau Ida diesen Krug gefüllt, muß mir ebenso gut werden; Ihr müßt mir wohl erlauben, daß ich es mit Euch hier oben austrinke, Kilian, da es mir so wohl bei Euch geschmeckt. Da dankte mein Vater dem Ritter herzlich und sprach: So Ihr einen armen Mann nicht verschmähet, will ich Euren Zuspruch hoch in Ehren halten, aber Ihr müßt dann auch von meiner Wasserquelle hier trinken, da fließt auch Gottes Segen drin. Nun schied der Ritter freundlich von uns mit den Seinen, und ich ging mit dem Vater in unser einsames Häuslein, worin die Mutter nicht mehr war.

Der Philister vor, in und nach der Geschichte

Aufgestellt, begleitet und bespiegelt aus göttlichen und weltlichen Schriften und eignen Beobachtungen.

Scherzhafte Abhandlung
auf Subskription einer fröhlichen Tischgesellschaft, für die Mitglieder derselben, zum Besten einer armen Familie abgedruckt.

Hierbei eine Handzeichnung aus der Italienischen Schule, vorstellend die Kehrseite eines Philosophen, dem alles zu kurz wird; weiter einen philosophierenden Philister, dem alles zu lang wird, und den seine Frau widerlegt; sodann des Teufels Kompaß und Windmühlenflügel, weiter eine tragische Muse, einige begeisterte Anhänger und eine skeptische Gans.

Ecco alfine teschio orrendo;
Como orribile m'apparve!
Quanti mostri, quante larve!
L'empio sangue nascer fé!
Antonio Filistri

Jesaias 15, 29. 11, 14.
Hesekiel 25, 15, 16.
Zephanja 2, 5.
Zacharia 9, 15.
Psalm 108, 10.
Sirach 50, 27, 28.

An die Herren Subskribenten

Es ist uns allen bekannt, daß nachfolgender Scherz im Vertrauen auf fröhliche und verstehende Gesinnung entstanden und mitgeteilt worden, und daß der Entschluß, diesen Aufsatz zu vervielfältigen, sich an dem Wunsche, einen armen Mann, der schreiben kann, zu unterstützen, unter den Zuhörern zuerst realisiert hat. Der Druck wurde scherzhafterweise, als an sich etwas philistrisch, verwiesen, vorzüglich aber, um dem Schreiber das ganze Verdienst zuzuwenden; da aber die Zahl der Subskribenten ansehnlicher, als erwartet, ausfiel, war zu befürchten, der Schreiber, der an den Augen leidet, möchte bei aller Anstrengung erst spät vermögen, alle seine Wohltäter zu befriedigen, und dabei noch ein schweres Opfer mit seinem Gesichte bringen; es wurde daher beschlossen, den philistrischen Druck als vorteilhafter vorzuziehen, und somit erscheint dieses gedruckte Manuskript, oder lederne Hufeisen, wobei zu erwähnen, daß, da durch die Druckkosten der gehoffte Verdienst für den Schreiber allerdings geschmälert wird, diesem philistrischen Fehler nur dadurch abgeholfen werden kann, daß mehrere Exemplare abgezogen werden und *daher jeder der Besitzer eingeladen wird, sein Exemplar nicht zu verleihen, sondern jeden, der sich über die Philister, oder sich selber, Rats erholen will, gefälligst an die Wittichische Kunsthandlung, Jägerstraße, gegen der Bank über, zu weisen, wo eine Anzahl Exemplare werden niedergelegt werden und ums Geld zu haben sein.* Es ist dies Verweigern der Mitteilung an andere eine Wohltat für den Armen und keine Härte für den Neugierigen, da jeder, der dergleichen zu lesen Lust und Zeit haben kann, auch das Geld dazu haben muß. Ja, es ist dies die wahre Freudenerfindung, die ein Westphälinger vor Jahren im Reichsanzeiger auf Subskription von 8 Groschen bekanntzumachen versprach, und die endlich darin bestand, ihm viele Achtgroschen als einem armen Schelmen verschafft zu haben; hier läuft es am Ende auf dasselbe hinaus, wenn alles Folgende dem Käufer nicht einige Freude und einigen Ernst erwecken sollte, das heißt, wenn er ein Philister wäre; dann aber kauft er es ja gar nicht.

Ein Taler Kurant!
Kauf', milde Hand,
Philister Hohn
Und Gotteslohn.

Sätze, die verteidigt werden können

1. Was hier philistrisch genannt wird, ist nur, was jeder Philister von Herzen gern ist.

2. Was hier als jüdisch aufgeführt wird, ist nur, was jeder Jude um alles in der Welt gern los würde, außer ums Geld, und was ein edler Jude selbst an unedlen Christen verachtet.

3. Bei den Juden assoniert Edel auf Ekel, bei den Philistern auf Esel.

4. Kein Jude kann ein Philister sein.

5. Juden und Philister sind entgegengesetzte Pole; was bei den ersten in den Samen, ist bei den letzteren ins Kraut geschossen.

6. Die Philister haben einen unsichtbaren bewußtlosen Bund miteinander und recken wie die Gänse alle den Hals in die Höhe, wenn es einer tut.

7. Eine Gans, mit einem papiernen Haarbeutel promenierend, hat viel vom Philister.

8. Ein Philister kann nie ein Seiltänzer zu werden wünschen.

9. Ein Philister kann wohl ein Steinfresser werden.

10. Ein philosophierender Philister ist = einem Seehund.

11. Ein dichtender Philister ist = einer Fledermaus.

12. Ein betender Philister ist = einer fliegenden Katze (gehört ein Fallschirm dazu).

13. Kein Philister kann glauben, daß er einer sei; er kann überhaupt nur sein und nicht glauben.

14. Wenn ein Philister jemals ein wirkliches Mittel gegen die Kienraupe erfindet, so wird er ein Selbstmörder. Wir sind dann beider los, und unsere Fichtenhaine, die jetzt kritische Wälder sind, werden Dichterhaine.

15. Wenn ein Philister ein Gerstenkorn am Auge hat und ein Hühnerauge am Fuß, so legt er sich mit Schmierstiefeln ins Bett, damit, während er entschlafen, das Hühneraug das Gerstenkorn nicht sehe und er sich die Augen im Schlafe nicht mit den Beinen austrete, denn er weiß wohl, daß ein blindes Huhn oft ein Gerstenkorn findet.

16. Es gibt mir keine schärfere Probe der Philisterei als das Nichtverstehen, Nichtbewundern der unbegreiflich reichen und vollkommenen Erfindung und der äußerst kunstreichen Ausführung in Herrn von Schelmuffskys ›Reise zu Wasser und zu Lande‹. Wer dies Buch liest, ohne auf irgendeine Art hingerissen zu werden, ist ein Philister und kommt sicher selbst darin vor.

* * *

Die großen und herrlichen Flüsse sammeln sich aus reinen, ursprünglichen, fröhlichen Quellen der Gebirge, aus dem heiligen Wasser, welches aus göttlichem Triebe in die Höhe gestiegen, das Licht gegrüßt hat und nun freudig unter demselben an der grünen Erde durch die Täler niederzieht, bis zu den Meeren, welche den Kern umgeben; nicht aber sammeln sie sich aus schmutzigen, toten Pfützen, welche leblos, verbraucht und sozusagen ausgespuckt, ohne Zusammenhang mit dem lebendigen Blutumlauf nichts anders sind als eine Judenschule der Frösche, ein hoch- und rotbeiniges Halsgericht der Störche, eine anarchische Rennbahn gesetzmangelnder Wasserratzen, ein Börsenphilisterium der Zeitungsunken, ein Akkouchier- und Invalidenhaus abstrakter Kröten, eine Sternwarte des ziffernden Ungeziefers der Wasserspinnen, ein Laich- und Leich- und Bleichkontor, und Milchbureau und Montierungskammer und Theatergarderobe, und geheim gesellschaftliches Gradierhaus aller sich erst durch Schwanz- und Bauchablegungen zum höchsten Grade ihrer Bildung perfektionierenden kaltblütigen Amphibien, eine undeutsche, unchristliche, philistrische Tischgesellschaft, eine Koaxakademie, eine Ludertafel galvanischer, zuckmistischer Achselzucker. Gleich den Flüssen nun hat diese edle Tischgesellschaft sich gesammelt, aus reinen, ursprünglichen und fröhlichen Herzen, und hat ausgewiesen auf ewig von sich, nicht aus eigenem Dünkel, sondern aus frommer Achtung gegen die Geschichte, die Juden und die Philister, über welche die Flüche der Schrift längst wahr geworden, welche nur noch als Wahrzeichen ihres Untergangs, als unauslöschliche Blutflecken einer bösen Schuld, als Gespenster ihres nicht seligen historischen Todes, als eine alte Essigmutter der Sünde auf Erden verweilen, und sind sie über die ganze Erde verbreitet, so heißt das doch nur soviel als: ihre Asche ist in den Wind gestreut, oder die vier Viertel ihres historischen Leibes sind an die vier Tore der Weltgegenden genagelt – und scheinen sie gleich oft auf dem Rade des Glückes zu stehen, so sind sie doch eigentlich nur darauf geflochten; denn es ist kein Heil, außer dem Herrn und der Ewigkeit; diese aber sind verspätete Kinder des Todes, und sie sind nicht mehr zu Haus im Leben, sie sind verrückte Musterreuter und tollgewordene Voyageurs eines schon vor Christi Geburt schändlich fallierten Handlungshauses, sie wollen Geschäfte machen in Manna, die ihnen vor dreitausend Jahren vom Himmel gefallen, hütet euch, ihnen nichts vorauszubezahlen; sie sind jene Maulaffen, die das A so laut geschrien haben, daß sie die Maulsperre davongetragen und nun nimmer B sagen können, oder umgekehrt. Selig die Taube, die einen so starken und großen Ölzweig im Schnabel trägt, daß sie, in ihrer Unschuld durch Gottes Friedensbogen dahinstreichend, nicht in den Rachen der Juden und Philister fliegen kann; denn die alte Schlange trägt Köpfe an beiden Enden, und sie ist eine Klapperschlange, deren Geräusch betört und verführet. Das A aber nenne ich, in tieferer Bedeutung, bei den Juden das alte Testament, das B das neue. Bei den Philistern, welche eigentlich kein Testament, höchstens das Pflichtteil schlechter Angewohnheiten haben, nenne ich das A das Ursprüngliche, Ewige, den Quell, das B aber das scheinbar Gegenwärtige, das Pechpflaster, das einem der Teufel über die Augen wirft, das Zeitliche, das bequem Tote, den *cul de sac*, wo die Welt mit Brettern vernagelt ist; und so sind die Philister jene, welche das Maul so über dem B aufgerissen, daß sie das A, der Natur eines offenen Mauls nach, zwar wohl noch aussprechen könnten, aber aus Dummheit nicht darauf kommen, oh, wie dumm müssen sie sein! Wir können übrigens hieraus schon sehen, wie so ganz entgegengesetzt Juden und Philister sich sind, da das A und das B bei ihnen so verschieden ist und sie sich dennoch darin teilen; es ist aber die schmutzige Pfennigkerze, die ewige Lampe vor des Teufels Nachtthron, an beiden Enden angesteckt. So wie aber von Gott jeder sein neues, noch von keinem gelebtes oder gestorbenes Leben erhalten, wie wir von unserm Wirte noch ungegessene Speisen und ungetrunkenen Wein und reines Tischzeug begehren, und wie meine verehrten Tischgenossen eine noch unabgehandelte Abhandlung von mir zu fordern berechtigt sind, so hat diese ganze Gesellschaft unverbrauchte lebendige Gesellen an sich selbst gefordert und somit die Juden, welche nur noch civiliter, und die Philister, welche nur noch moraliter existieren, von sich abgewiesen.

Die Juden, als von welchen noch viele Exemplare in persona vorrätig, die von jeder ihren zwölf Stämmen für die Kreuzigung des Herrn anhängenden Schmach Zeugnis geben können, will ich gar nicht berühren, da jeder, der sich ein Kabinett zu sammeln begierig, nicht weit nach ihnen zu botanisieren braucht; er kann diese von den ägyptischen Plagen übriggebliebenen Fliegen in seiner Kammer mit alten Kleidern, an seinem Teetische mit Theaterzetteln und ästhetischem Geschwätz, auf der Börse mit Pfandbriefen und überall mit Ekel und Humanität und Aufklärung, Hasenpelzen und Weißfischen genügsam einfangen. Nützlicher und ergötzlicher wende ich mich zu euch, ihr Philister, die ihr nur noch als ein Contagium, als lächerliche Allegorien einer Art gelben Fiebers, dessen Patienten bei vollkommener Gesundheit mausetot sind, in dem ewigen Triumphzuge des Teufels als verstockt geborne Stocknarren einherzieht; um euch nun, ihr üblen Seelen, bei den Ohren, ehe ihr welche hattet, a priori hinter der Ofenhölle des Himmels herauszulocken, euch sodann, nachdem ihr sogar noch Hörner dazu gewonnen, unter der Bank, unter die ihr gefallen, in der Geschichte a posteriori hervorzuziehen, werde ich euch nun bei eurem definitiven Schweife, mit dem ihr unter uns wedelt, a posthumis zu erkennen und zu definieren gezwungen.

Die Denkenden und Glaubenden denken und glauben, daß die geschaffene Welt nur die kristallisierte Idee des Schöpfers von sich selbst sei, und daß jedes Geschaffene ein Gedachtes gewesen, ehe es ins Leben getreten; aus seinem Tode aber können wir sehen, wie es gedacht war, ehe es lebte. Dieses aber denkt und glaubt keiner unter den Philistern, sondern sie meinen, sie seien von den Bäumen gefallen, wie die Holzbirnen, als der Teufel seinen Prügel hineingeworfen, woran sie so wohl tun, als er wohl daran getan.

Ich aber will, ihnen zum Trotz, ihre Geschichte von da anfangen, wo sie sich, aus dummer Hoffart, nie hinträumen (weil sie überhaupt gar nicht, oder höchstens Lotterienummern, die nicht herauskommen, träumen), ich fange ihre Geschichte an vor Adam und vor der Erde, aus der Idee. Um aber sagen zu können, was die Philister, ehe sie in der Geschichte als Volk aufgetreten, in der Idee waren, muß ich sie erst als das betrachten, was sie jetzt als die allegorischen Figuren ihres Wesens geworden sind, und ich sage daher: Ein Philister ist ein steifstelliger, steifleinener, oder auch lederner, scheinlebendiger Kerl, der nicht weiß, daß er gestorben ist, und ganz unnötigerweise sich länger auf der Welt aufhält; ein Philister ist ein mit allerlei lächerlichen, äußerlichen Lebenszeichen behängter, umwandelnder Leichenbitterstock seines eigenen innern ewigen Todes; ein Philister ist ein Kerl, vor dem alle Spiegel, und so auch die Schöpfung, Gottes Spiegel, blind sind von Ewigkeit; ein Philister ist der ausgeborne Feind aller Idee, aller Begeisterung, alles Genies und aller freien göttlichen Schöpfung; er ist die komische Karikatursilhouette des Teufels, welche er, vom Himmel niederstürzend, gegen die Sonnenseite des Lebens geworfen, wo sie, in tausend Zerrbildern zerbrochen, scheinbar unschuldig und scherzhaft herumgaukelt, aber jeden, der nicht, aus ewigen Quellen berauscht, in ihrem Schatten entschlummert, vergiftet, und zwar zu ewiger Nüchternheit.

Warum man über das Allertiefsinnigste am besten von Herzen lachen könne, aber nicht von Verstand

Um meine verehrten Tischgenossen nicht zu langeweilen, will ich Ihnen erst mehrere Ursachen angeben, aus welchen Sie über folgenden Abschnitt, wenn er gleich mein ernsthaftester Ernst und mein innigster Glaube ist, von Herzen lachen können, wenn Sie nur nicht von Verstande lachen, denn so lacht der Teufel. Wohl kann man von Herzen am allerbesten über das Allertiefsinnigste lachen, weil man dasselbe mit dem Verstande so außerordentlich kurios anpacken muß, um ihm ein wenig auf die Zähne zu fühlen. Denn 1) was ist lächerlicher, als daß man besser in die Sonne sehen kann, wenn man durch ein Löchelchen guckt, welches man meinethalben mit einer Stecknadel oder einem Zahnstocher in eine Herzdame gestochen (mit einem Ohrlöffel geht es nicht); 2) ist manches Philosophieren darum schon lächerlich, weil ein Kerl, der im Mittelpunkte steht und einen Spiegel gegen sich gekehrt an der Leine haltend wie ein Pferd die Ronde machen läßt, ihn doch nie so schnell schwingen kann, daß ihm nicht ein ordinärer Feldhase durch das System laufen könne, und daß er am Ende sich doch immer mehr allein sieht, je schneller er dreht, und daß, will er gar eine Kugel schwingen, ihm das Ding leicht auf die Nase fällt; 3) ist es ebenso lächerlich als des Zinngießers Spitzhund, der, das Rad tretend, auf derselben Stelle eine Wallfahrt nach Jerusalem im Sinne zurücklegt, wenn einer so außerordentliche Dinge mit Worten herumdreht und sein Maul doch nicht unter der Nase wegbringen kann. Willst du aber einen Hund Brot fressen lehren, so schmiere ihm Butter auf die Nase und reiche ihm das Brot; er frißt nur Brot, riecht aber die Butter und macht dir so eine erhabene Miene, als fräße er Butterbrot, glaubt es auch; 4) ist es sehr lächerlich, wenn ein Huhn in einem runden Gitterkorbe von Stab zu Stab herumkreiset und, weil das Gefängnis rund ist, sich nimmer überzeugt, daß es kein Loch zum Ausgang gebe als den Tod; indes gehet die Sonne ebenso über dem Korbe am Himmel herum; ich kann beides bewundern von Verstand und belachen von Herzen; 5) ist es doch ganz ungemein lächerlich, wenn ein Hase einen Berg aus dem Weg räumen will und statt dessen hinaufläuft; das geht gut, seine Vorderfüße sind kurz a priori; treiben ihn aber oben die Hunde auf, so geht es schwer wieder hinab, denn die Hinterfüße sind a posteriori zu lang;

ebenso lächerlich ist es, wenn eine Kraft, und wäre sie auch der kräftigste Stier, eine ungeheure Last hinwegheben will, auf der sie selbst steht; zu einem größern Gedanken aber ist ein Doktor nie gekommen, als daß er ausruft: Gebet mir einen Punkt draußen, auf den ich den Hebel gründe, und ich will euch und alles, was drinnen ist, hinausschmeißen! Daß er selbst drinnen, weiß er nicht, so außer sich ist er; und wenn der Philosoph vollendet ist, wird er, zum Boden gefallen fühlen, daß er auf dem Aste saß, den er herunterhieb; 6) ist es lächerlich, daß der Mensch, um zu philosophieren, nichts tut, als einen unendlichen Strickstrumpf aufziehen, und dann die Wolle auch aufziehen möchte, und das Schaf und die ganze Schafheit und Geschaffenheit, und wenn es möglich wäre, daß ein Hund, der sich immer nach seinem Schwanze umdrehet, denselben erwischte und sich rücklings mit Haut und Haaren auffräße, so würde die ganze Schöpfung bald wieder von den Philosophen, als Beilage zu ihrem Kompendium mitsamt dem Kompendium ins absolute Nichts zurückgedacht sein. Ja, es ist wahrlich nur der kleine Unterschied zwischen ihnen und Gott, daß dieser, als er dachte, schaffen mußte, und je unendlicher er dachte, je herrlicher und gegliederter ward die Schöpfung, und endlich stieg die ganze Welt, ein unendlich harmonisches Meisterstück, aus seinen Gedanken heraus, und obendrauf saß der Philosoph selber, er reitet auf dem Fädchen, mit welchem der Strickstrumpf sich endigt; dieser nun, wenn er denkt, muß von sich heraus alles rückwärts entschaffen, da er aber alles in einer Reihe entschaffen soll und er doch gar keine Stelle findet, wo er das viele geschaffene Zeug hinbergen könnte, so ist er häufig wie die Lalenbürger beschäftigt, ein Loch zu graben, um den Schutt eines andern hineinzuwerfen. Dieses unendliche Zurückhufen der philosophischen Retourchaise macht allen Anfängern etwas übel, wenn sie das Rückwärtsfahren nicht vertragen können, und diese Seekrankheit äußert sich meistens in einer ekeln Hoffart, wobei die Herren eine Miene machen, als hätten sie einen üblen Geschmack in dem Munde, mit welchem sie uns den besten lehren wollen. Wenn sie es weit gebracht, gleichen sie einem welschen Hahn, der ein so hoffärtiges Rad schlägt, daß er sich ganz überstript und umkehrt wie ein Handschuh; meistens aber gleichen sie einem Storche, den ich in Mainz gesehen, er fraß eine kleine Schlange, die augenblicklich wieder bei ihm durchpassierte, und die er so oft wiederfraß, daß er endlich, des Zirkulierofens ganz gewohnt, sobald er sie verschlungen, den Schnabel sogleich ad loca führte, um sie alsbald wieder in Empfang zu nehmen, und wenn durch die französische Regierung nicht eine andere Philosophie und Zirkulation in jene Gegenden gekommen, daß etwa die Schlange Aus- und Eingangsrechte bezahlen muß, die der Magister Langbein nicht aufbringen kann, so glaube ich, der Kerl steht noch da und philosophiert. Doch ist dies letzte System noch eines von den allerklarsten und leichtesten, und gehört dazu hauptsächlich ein kurzes Gedärm, offener Leib und schlüpfrichte Gedanken; andere, welche das Hemd, das sie anhaben, zum Rockärmel herausziehen, sind schon viel transzendentaler. Ich könnte nun zwar noch unzählige Ursachen anführen, warum man von Herzen über das Allerheiligste lachen kann, wenn diese ernsthaften Auseinandersetzungen nicht dabei Gefahr liefen, dem Ei zu gleichen, welches über das Huhn denkt, und ich schließe damit, daß ich keinen für einen gotteslästerlichen Spötter halte, welcher über den ehrwürdigsten Papst lacht, dem die Rockärmel so kurz sind, daß ihm die nackten Arme, wenn er die Hände nach dem Allerheiligsten hebt, so weit herausfahren, daß man alle Hieroglyphen und Keilschriften der Schröpfköpfe sehen kann, mit denen er sich neulich das böse Geblüt zwischen Haut und Fleisch weggezogen.

Der Philister vor der Geschichte. Theosophische Ansicht von Gott und der Schöpfung, Einheit, Eigenheit, Ja, Nein, Sündenfall Luzifers, Sündenfall Adams, der Philister in der christlichen Mythe bis auf Ham

Gott ist die ewige Einheit außer Natur und Kreatur, in sich selber, und in seinem Aussichwallen ist das Wollen. Die ewige Einheit wohnet in dem geschöpflosen Abgrund aller Dinge, in dem unergründlichen Nichts, und das Ichts des Nichts ist Gott selber, und indem sich die Einheit auftut, ist sie das lautere Wollen, welches nur sich selbst wollen kann. Dies Bewegen, das Wallen des Wollens und die Empfindung seiner selbst, in der Lust des Wollens ausgehend, ist der Geist des göttlichen Lebens, und so ist der Wille der Vater und die Liebe der Sohn, der Ausgang der wollenden Liebe aber ist der Geist, und sie sind die ewige Einheit, der Schein des Insichselbst-Scheinens ohne alles Erscheinen und Erschienenes, das Auge des ewigen Sehens, *das ewige Ja, die ewige Einheit*, die sich aber im Willen wollend zurückzog, um sich zu empfinden, und dieses ist das *ewige Nein oder die ewige Eigenheit*. Das Ja und das Nein sind eins, haben aber zwei Zentra. Das Ja als das Ausfließen ist ohne Grund, das Nein als das Einziehen machet den Grund. Das Zentrum des Jas ist die Liebe, das Zentrum des Neins ist der Zorn. Vor aller Schöpfung aber lag die ewige Einheit in diesen zwei Zentris, des Jas und Neins, als die sich selbst wollende Gebärung aller Kreatur, als das Sichselbstempfangen, als die Idee; da aber die Eigenheit sich aus sich selbst bewegte, ward die Idee ein Bild der Einheit, und die sichtbare Schöpfung trat hervor, das Ebenbild der Idee. Diese bewegte sich aber aus dem Zentrum der Eigenheit, dem Nein, dem Zorn, und hat also den Grund der Hölle in sich. Da aber das Bild, als erscheinend und handgreiflich und selbstisch und voll Eigenheit, und als die

Eigenheit selbst, nur sich wollte und nach der Einheit nicht mehr fragte, entstand der erste Philister oder die Idee des Philisters, Luzifer, der als Bild, gebildet, eingebildet und ausgebildet, als geneintes Nein, sich über das Ja erheben wollte und zur Hölle niedergestürzt wurde. Luzifer, der Lichtträger, der Leuchter, stolzierte, weil in ihm das Licht zuerst materialisch brannte, denn der Zorn ward das materialische Licht und Feuer, als die Liebe, das idealische Feuer, sich selbst wollte. Aber er ward von Michael, einem andern Engel, einer andern Figur des göttlichen Selbstwollens und Namens, von Michael (welches zu deutsch heißt, wer ist wie der ewige Gott?) niedergestürzt in die Finsternis, und ist dieser Sturz des Leuchters mitsamt der Kerze, die Trennung des Schweren von dem Leichten, die Gründung der Erde und die Finsternis selbst und die Materie und das ausgeborene ewige Nein, der Feind der Idee als ewiger Einheit, das bloß Sich-selbst-bedeuten-wollende, der Satan, und in seinen weitern Ausgeburten die Sünde, der Philister.

So hätte ich dann mit vorhergehenden seltsam klingenden Worten, die einer der heiligsten Denker gedacht, den Philister bei den Ohren, ehe er sie hatte, aus dem Himmel zur Erde gestürzt oder bin selbst der Michael gewesen, habe selbst die Erde geschaffen und das heruntergeworfen, auf das ich ihn herunterwerfen wollte, und worauf ich eigentlich selbst sitze, und habe so wirklich den Ast heruntergehauen, auf dem ich noch reite. Der Philosoph *Ast* in Landshut hat es viel bequemer, der braucht gar nicht erst hinaufzusteigen, um herunterzukommen, er kann es à plein pied in jedem Garten neben dem blätterreichsten *Salat*, einem andern dortigen Philosophen, tun.

Nun aber, verehrte Tischgenossen, erlaube ich Ihnen, von Herzen zu lachen, indem ich die Ärmel wieder hervorziehe, die meinen Armen bei dem hohen Griffe etwas zu kurz geworden; Sie werden vielleicht mit einiger Ehrfurcht bemerkt haben, daß mir der erleuchtete *Jakob Böhme* gütig dabei unter die Arme gegriffen. Aber, was ich gesprochen, das glaube ich, und das Lächerliche von Herzen ist nur, daß das Wort an allen Enden zu kurz ist; das Bewunderungswürdige aber ist die heilige Begierde der Erkenntnis, die Sie in dem, der die Arme so ausstreckt, ebenso anbeten müssen, als sie in jener Darstellung der göttlichen Einheit selbst in dem Konflikt des Jas und Neins liegt. Der Philister aber philosophiert umgekehrt, er, als das ausgeborene Nein, als das sich selbst Eignende des Eignen, als das Zurückziehen, streckt die Arme nicht heraus, sondern zieht sie zurück, und der schlaffe niederfallende Ärmelschlauch ist sein Produkt; der Rock wird ihm allerorten zu lang und schleift ihm im Kot; da er aber nie herauskam, aus Furcht, sich zu erkälten, so guckt er durch ein Knopfloch heraus und fraget seine Liebste, wie das Ding aussehe; treibt er das Abstrahieren sehr weit, so treten ihm die Rocktaschen von hinten heraus und gewähren mit den niederhängenden Ärmeln ein so betrübtes Spektakel, daß die Frau Liebste behauptet, der natürliche Verstand stehe ihm doch besser zu Gesichte, und sie hilft ihm dadurch zu einer reinen Anschauung seines Systems, daß sie ihm eine wohlgesteifte weiße Schlafmütze auf den Tisch stellt und dabei spricht: Das bist du, mein Freund, insofern du nicht philosophierst; und nun zieht sie die Mütze auseinander wie einen Beutel und sagt: Das aber bist du, insofern du philosophierst, aber das Ding ist nichts nütze; und somit setzt sie ihm die Mütze auf, und er ist der gesunde Menschenverstand wieder, und es endet sich zuletzt die Abstraktion damit, daß sie den schmutzigen Rand des Rockes miteinander ausreiben; aus solchem Schmutz, den ein Philister, der auf einer von verdauten Würzkräutern überdüngten Kuhweide philosophiert hatte, sich aus dem Saum des Rockes rieb, soll der Schneeberger Schnupftabak entstanden sein, der den Philistern bis jetzt noch das Gedächtnis stärkt, und welchem wir eigentlich die Mnemonik verdanken, auf die Herr *von Aretin* sich hat subskribieren lassen.

Ich komme nun zu dem vom Himmel gestürzten Philister zurück, mit dem Wunsche, daß er alle Rippen im Leibe möchte zerbrochen haben; aber sieh da, er befindet sich vortrefflich, oder vielmehr seine Ärzte, die Humoralpatho- und Moraltheologen, wenn sie nicht logen, sagen, es beßre sich täglich mit ihm. Jener Stolz und Sturz des Philisters Luzifer war die Entstehung der Materie, war die Erbsünde der neugebornen Erde, denn das ist die Sünde, daß sie eine ewige Zurückziehung aus dem Ja ist, eine immer sich verstärkende Eigenung des Neins im Nein, und ist der Sündenfall unendlich wiederkehrend, denn Luzifer fiel aus der Idee ins Bild, aus dem Bild in die Materie; da aber nichts aus dem ewigen Gott herausfällt, so empfand er Mitleid mit der Erde und berührte sie in dem Hauche Ja und machte sie erblühen in dem Adam, einem Geschöpfe, in dem er von neuem in niederer Ordnung sein Ebenbild frei hinstellte; und als Adam sich sehnte, war er wieder das bloß ausfließende Ja, und Gott stellte ihm das Nein in der Eva abermals gegenüber und warnte sie vor dem Fall durch den verbotenen Baum; aber das Weib ließ sich durch die Schlange, durch das Nein, abermals verführen, sich über Gott heben zu wollen, und wir sehen einen neuen Fall aus der Unschuld in die Schuld, aus der Einheit des Lebens in die Eigenheit des Todes, dieses ist nun schon wieder ein neuer Grad der Weihe, den das Nein, sich immer tiefer verphilisternd, erhält, und dies ist unser Sündenfall, welchen der Herr zu lösen sich selbst geopfert.

Da ich nun das Nein, als den Quell der Philister, glücklich herunter und zwar in den Menschen selbst habe, so sehen wir es als lebendige Person auftreten, wir sehen es im Kain und dem ganzen Sündenanflug, und das Nein, die Feindschaft gegen die Idee, die Philisterei, wuchs so an, daß der Herr sprach, 1. Moses, Kap. 6: Die Menschen wollen sich meinen Geist nicht mehr strafen lassen (das heißt, sie sind Philister), es reuet mich, daß ich sie gemacht habe; – hier werden nun die Philister auf dem nassen Wege der Sündflut beiseitgebracht; Noahs Arche schwimmt obenauf, die Wasser rinnen ab, und der Herr errichtet einen Friedensbund mit dem Menschen im Regenbogen, wo das Licht, durch die Wolken in Farben gebrochen, ausspricht die Versöhnung des ewig Leichten, der Idee, mit dem Schweren, dem Niedergestürzten, dem Nein, dem Urquell der Philister. Aber die Philister glauben nicht daran und halten ihn bloß für eine Beilage zur Optik, aus der man den Newton oder den Goethe widerlegen könne, wenn sie überhaupt könnten. – Die Söhne Noah*, die aus dem Kasten gingen, sind diese: Sem, Ham und Japhet. Ham aber ist der Vater Kanaans. Noah fing an und ward ein Ackermann und pflanzte Weinberge (ich dächte, wir tränken seine Gesundheit), und da er des Weins trank, ward er trunken und lag in der Hütte aufgedeckt; da nun Ham, Kanaans Vater, sahe seines Vaters Scham, sagte er's seinen beiden Brüdern draußen, da nahmen Sem und Japhet ein Kleid und legten es auf ihre beiden Schultern, und gingen rücklings hinzu und deckten ihres Vaters Scham zu, und ihr Gesicht war abgewendet; als nun Noah erwachte von seinem Weinrausch und erfuhr, was ihm sein kleiner Sohn getan hatte, sprach er: *Verflucht sei Kanaan und sei ein Knecht aller Knechte unter seinen Brüdern!*

* Da die ganze Mythe der Schöpfung mannigfaltig ausgelegt worden, so werde ich hinten die Erklärung des Mystikers Thomas Bromley von der geistlichen Bedeutung dieser Söhne des Noah beifügen. Bromley war geboren in Worcester 1629 und lebte bis 1691. Sie ist zugleich eine Stammtafel der Philister und das beste Rezept zu denselben in jeder Teufelsapotheke.

Dieser Fluch ist nun an Hams Nachkommen wahr geworden, denn er, in dem sich die Sünde nach der Sündflut zuerst wieder kundtut, er, der nüchterne Philister, welcher des ersten Weinrausches spottete, hat einen Sohn gehabt, *Mizraim*, und von diesem (1. Mose 10, 14) sind kommen die Philistim und Caphtorim, dieses aber sind die Stammväter der Philister, und sind sie aus der Insel Caphtor nach Palästina gekommen. Der gelehrte Abt Calmet in seinen biblischen Untersuchungen tut dar, daß die Insel Caphtor keine andere als Creta, das heutige Candia, sei; was wir heutzutage Crethi und Plethi nennen, waren damals Philister, was sie noch sind, und zwar Crethi kontrahierte (kontrakte) Cretenser, Plethi kontrakte Philister – von den Cretensern aber sagt der Poet Epimenides, daß sie allezeit Lügner, böse Tiere und faule Bäuche gewesen. Der Apfel fällt nicht weit vom Stamm, so auch die Philister. Pauli Epistel an Titum, Bischof in Creta, zeugt davon, Kap. 1, V. 10 usw. Noch muß ich nicht vergessen, anzuführen, daß viele Gelehrte behaupten, die Nachkommen Hams, also die Vorfahren der Philister, hätten hauptsächlich den Turmbau zu Babel betrieben, dessen dumme Hoffart ihnen ganz ähnlich sieht, und ich zweifle gar nicht daran, da das verwirrte Schwätzen der Philister heutzutage noch nach der babylonischen Sprachverwirrung schmeckt und wir noch jetzt so viele unter ihnen finden, welche eine eigene Wut haben, neue Worte zu machen, ohne begeistert zu sein; der Geist aber nur macht das Wort und der Dichter, nicht aber der Feind aller Idee, das ewig ausgeborne Nein, der Philister. Mir ist neulich einer in der Allee begegnet, und als ich ihn fragte, wo er hin spazierte, sagte er: Ich lustwandele nicht, sondern gehe die Wandelbahn hinab, weil ich ein Stelldichein mit einer gattentoten Frau hier habe, mit der ich in die Zusammenstimmung gehe. Ich sagte zu ihm:

Sie wollen wohl die Witwe durch das Konzert in ihrer Melancholie trösten, durch Trompeten- und Violin- und Flötengetön? – Ja, erwiderte er, ich sprach heute morgen zu ihr die Worte Vossens: Zeuch aus den Flausrock deiner Drangsal und putze dich und eile flugs Dorthin, wo bald den hellen Klangsaal Durchströmet Erz und Darm und Bux. Hierauf fragte ich ihn, ob er musikalisch sei. Ja, sagte er, ich bin etwas kunstschallend. – Was spielen Sie für ein Instrument? – Die Schallwerkzeuge, die ich spiele, sind viele: ich blase etwas auf dem Erzschallrohr und zur Abwechslung auf dem Tiefknüppel, auch blase ich Hochholz und Hellholz, streiche auf der Hals- und Kniegeige und schlage das Tastenhackebrett – das ist alles, was man verlangen kann von einem Dilettanten –, ja, ich bin aber auch ein großer Vergnügling! – Sagen Sie mir doch, ist keine Apotheke hier in der Nähe? Ich möchte mir gern etwas asa foetida kaufen. – Dort unten links, wo der Vier-Fuß-König über dem Hausgeheim abgebildet ist, finden Sie eine Heilstoffhandlung, der Vorseher schaut zum Tageleuchter heraus, da können Sie den Teufelsdreck bekommen. – So nennen Sie die asa foetida, wie nennen Sie denn die asa dulcis? – Engelsdreck. Hiermit hatte ich genug.

Von den Cretensern sage ich nur, daß von ihrer Stadt Cydonia aus malum cydonium, der Quittenapfel, sich zuerst verbreitet, wahrscheinlich die Ursache, warum die Philister besonders den Quittenschnaps lieben; auch glauben sie, Jupiter liege bei ihnen in Creta begraben, auch sehr philistrisch; sie erfanden den Gebrauch des Bogens, um einen aus der Ferne zu töten, auch sehr philistrisch, usw. Einige wollen den Namen Philister von der ägyptischen Stadt Pelusium herleiten, die ihren Namen von πηλός, Kot, haben soll. Es läßt sich hören. Unter ihren Städten zeichnet sich Askalon aus, von welcher die Zwiebeln, die wir Scharlotten nennen, herkommen; überhaupt waren sie große Liebhaber der

Zwiebeln und des Knoblauchs und schworen nicht höher, als bei einer Zwiebel, Plin. I 19. c. 6. allium cepasque inter Deos in jure jurando habent, und Juvenal in Sat. 15. Porrum et cepe nefas violare aut frangere morsu, o sanctus gentes, quibus haec nascuntur in hortis numina! Auch hat eine Zwiebel wirklich etwas von einem Philister, als welche, gleich ihnen, aus unzählig übereinander gezogenen Häuten bestehen, in denen sich nichts weiter befindet; und wenn ich bedenke, daß ein Philister sehr gern, erstens eine Jacke auf bloßem Leib, dann eine rote Bauchbinde, Unterhosen, dann Unterhemd, weiter Unterweste, dann Oberhemd, Hosen, Weste, Überhosen (worunter drei Paar Strümpfe), Rock, Überrock, Wildschur, Pelzstiefel, baumwollne Mütze, Perücke, Lederkäppchen, Pudelmütze, Fußsack, und sodann um alles noch eine Portechaise, Kutsche oder Diligence, wenn's hineingeht, und endlich die ganze Natur, die ihm ein Futteral scheint, und ganz zuletzt seine dicke, undurchdringliche, steifleinene, lederne oder wachsleinene Ansicht, worauf ein Wetterableiter, auf dem Leibe trägt; wenn ich dies bedenke, so halte ich einen Philister für ein in krankhafter, abnormer Hauterzeugung ertapptes Zwiebelnaturschauspiel. Ihr Charakter in der Geschichte ist Stolz und Hoffart, und Haß gegen das Volk Gottes, gegen das Volk der Verheißung, bis diese endlich den verhießenen Erlöser, den Sohn Gottes, kreuzigten und so, mit den Philistern den Streit aufhebend, nach den entgegengesetzten Punkten die beiden Pole des Verkehrten darstellen. Sie waren sonst durch Krämerei berühmt, heutzutage sind viele Krämer durch Philisterei unberühmt. Unter ihren Göttern war Beelzebub, der auch ein Herr der Fliegen genannt wird. Procopius Gazeus sagt, er sei durch eine große Fliege abgebildet worden. Wer sah noch nicht einen Philister, dem eine Fliege auf der Nase spazieret? Vielleicht haben die Fliegen von jeher dies Recht; ich kenne einen, den sie zu seinem großen Kummer gar nicht verlassen, und der daher voller Mucken ist. Schon in ihren besten Zeiten verstopften sie den Israeliten ihre Brunnen* und hatten den beständigen Streit über die Brunnen. Noch heutzutage hängt ihnen diese Brunnenliebhaberei an, und in mehreren Reichsstädten haben sie die Gewohnheit, irgendeinen zum Brunnenmeister zu erwählen, dem sie eine kleine Krone von Papier präsentieren, wofür er sie traktieren muß, und sind sie mir mit ihrer Krone einst bis in mein Museum so zudringlich nachgesetzt, daß ich nur ihrer Krönung durch heftigen Zank entgangen; bei jenen Brunnen in Israel ward auch gezankt, und sie hießen Sitna, Zank; Essek, Groll (1. Mose, Kap. 26). Als sie lange über Israel mächtig gewesen, erlitten sie eine sehr rühmliche Niederlage (Buch der Richter, Kap. 3, 31). Darnach war Samgar, der Sohn Anath, der schlug sechshundert Philister mit einem Ochsenstecken. Wer kann ihm seinen Beifall versagen? – Endlich erschien nun ihr Hauptfeind, Simson, ein Held wie wenige, ein freier Streiter ganz auf seine eigene Hand gegen die Philister. Seiner Mutter ward seine Geburt durch einen Engel verkündet, er hatte sich von Jugend auf dem Nazareat, einer reinen, begeisterten Sekte der Gottesverehrung, gewidmet, er verliebte sich in die Tochter eines Philisters und erhielt sie zum Weibe; da er seine Braut besuchte, zerriß er unterweges zum Zeitvertreib einen Löwen und fand nach einiger Zeit in dem Gerippe des Löwen einen Bienenstock und nahm und teilte den Honig mit. Bei seiner Hochzeit nun legte er dreißig Philistern (eine komplette Ressource) das Rätsel vor: Speise ging von dem Fresser und Süßigkeit von dem Starken; und wettete um seine Garderobe von dreißig Röcken. Drei Tage hatten sie Zeit, aber nie hat ein Philister etwas erraten, oft aber verraten; und die dreißig Ratsherren säßen noch beisammen,

* Die Juden wurden in früheren Jahrhunderten oft wegen Brunnenvergiftung verfolgt, in diesem Verstopfen und Vergiften liegt ihr Gegensatz ganz.

wenn die saubere Braut, eine Philisterin, das Geheimnis dem Simson nicht abgeschwatzt und ihren Gästen nicht verraten hätte. Diese nun sagten ihm die Auflösung: Was ist süßer als Honig und stärker als ein Löwe? Und Simson sagte ihnen erbittert: Wenn ihr nicht mit meinem Kalbe gepflüget hättet, nimmer hättet ihr es erraten, und nun entledigte er sich seines Versprechens auf eine tüchtige Art, er ging und schlug dreißig Stück Philister tot und gab jenen die Kleider; kommst du mir so, so komm ich dir so, pflügst du mit meinem Kalbe, so pflüg ich mit deinem Kalbe; schlägst du mir meinen Juden, so schlag ich dir deinen Juden. Nun verließ er aus Zorn sein Weib, aber in herrlichen Menschen ist der Zorn ein Wetter Gottes, das vorübergeht; Friede und Sonnenschein im Herzen und eine Ziege an der Hand zum Geschenk, ging er nach seiner Frau. Sieh da, der Herr Philister, ihr Vater, hatte sie unterdessen einem von jenen Ratsherrn vermählt, und nun stand die Sache so, wie Simson sie wollte; er hatte einen gerechten Krieg. Er fing dreihundert Füchse, band ihnen Feuerbrände an die Schwänze und jagte sie in die Kornfelder der Philister; die Juden lieferten ihn hierauf, mit neuen Stricken gebunden, an die Philister aus. Eine recht jüdische Belohnung für ihren Streiter! aber der gebundne Simson zerriß die Stricke vor den jubelnden Philistern, erwischte einen faulen Eselskinnbacken, der da lag, und schlug mit demselben tausend Stück Philister zu Boden und sprach: Da liegen sie bei Haufen. Er warf den Kinnbacken weg und durstete sehr und bat Gott um Wasser, da sprang ein Quell aus dem Kinnbakken, der seinen Geist stärkte. Ein heutiger Philister, welcher aus angeborner Nüchternheit kein Wunder leiden können und alles gerne aus ihrer miserablen Philisternatur erklären möchten, behauptete mir neulich, der Eselskinnbacken sei der Name eines Generals gewesen; als wenn man die Philister besser mit einem Generale als mit einem Kinnbacken schlagen könne, das wäre der Mühe wert. Er fügte hinzu, wenn man nach tausend Jahren läse, Friedrich der Einzige ritt in der und der Schlacht einen Fuchs, würde man vielleicht auch nicht wissen, daß dies ein rotes Pferd sei, und sich sehr darüber wundern. Worauf ich ihm antwortete, so müsse er auch die dreihundert Füchse für neu angekommene Studenten und die Feuerbrände für Journalhefte halten; für meinen Teil gönne ich das Wunder mit dem Fuchs statt eines roten Gauls der Nachwelt von Herzen und halte mir den Eselskinnbacken, statt des Generals, bevor. – Nach dieser Tat richtete Simson zwanzig Jahre in Israel, und es scheint, daß der freie, kühne Held über diesem langen Justizwesen etwas zum Philister geworden sei, denn wir finden ihn wieder in einiger Hurerei begriffen. Die Schrift nennt sie selbst eine Hure, bei der er in Gaza gewesen, sie scheint also eine anerkannte Dirne der Philister gewesen zu sein, bei der man mit schändlicher Bequemlichkeit der Liebe pflegen konnte, und ich nenne dergleichen Philisterei, weil der herrlichste Trieb im Menschen, ohne Leidenschaft, ohne Heiligung durch den Priester oder ohne Heiligung durch Kühnheit, Abenteuer und Gefahr ekelhaft und bequem befriedigt, eine Philisterei ist und die Anerkennung, der Schutz solcher Sünderinnen nur durch eine Philistergesinnung in einem Staat kann eingeführt werden; ja ich halte selbst Verführung, bei welcher doch eine Tätigkeit, und Notzucht, bei welcher doch ein Sündengefühl und eine innere Rache erzeugt wird, für weniger in der Totalität der Folgen schrecklich als diesen Hurenindult der Philisterei. Die Philister hofften, ihren Feind in dieser Falle zu fangen, und umringten das Haus, Simson aber verließ es um Mitternacht, hob die Tore der Stadt aus und trug sie auf den Berg Hebron; bald hierauf kam er doch in dic Hände der Philister, durch eine andere Buhlerin, Delila, die ihn um 5500 Silberlinge an die fünf Fürsten der Philister verriet. Simson betrog sie dreimal; er sagte ihr, er verliere seine Stärke, gebunden mit frischem Bast, oder mit neuen Strikken, oder festgenagelt mit den heiligen Locken seines Hauptes; und die Hure schrie ihn immer mit den Worten: Philister über dir, Simson! aus dem Schlaf, aber stets zerbrach er seine Fesseln; doch endlich zerquälte sie den verliebten Helden so sehr, als es ein philistrisches Weib vermag, und er gestand ihr, seine Stärke liege in seinen Haaren. Er schlief abermals in ihrem Schoß, und unter ihrer fatalen Schere sanken seine heiligen Locken, sank seine Kraft, und sie rief abermals: Philister über dir, Simson! da konnte sie ihn selbst zwingen, alle Kraft war ihm entwichen, die Philister fingen ihn und stachen ihm die Augen aus, und er mußte in ihrem Gefängnisse Korn mahlen. Aber nach einiger Zeit, da ihm die Haare und seine Kräfte wiedergekommen, feierten sie ein Fest im Tempel ihres Götzen und ließen den blinden Helden vor sich und trieben ihren Spott mit ihm (sehr philistrisch), er aber ließ sich von dem Knaben zu der Säule führen, worauf das Haus ruhete, um daran gelehnt sich zu erholen. Das Haus war voll von Männern und Weibern, alle Fürsten waren darin, und sogar auf dem Dache bei dreitausend Menschen. Simson aber rief zu Gott: Herr! Herr! gedenke mein und stärke mich doch, Gott, dieses Mal! Und er faßte die zwei Mittelsäulen, auf denen das Haus ruhete, eine in die Rechte, eine in die Linke, und sprach: Meine Seele sterbe mit den Philistern! und neigte sich kräftiglich; da fiel das Haus, und es starben mehr mit ihm, als er je erschlagen, und seine Brüder hoben ihn auf und begruben ihn in seines Vaters Manoah Grab.

Wenn je einer als ein Held gestorben, wenn je einer sich ein Grab von seinen Feinden selbst erbaut, so ist es Simson. Kein Philister wird diesen herrlichen Tod begreifen, aber ich leere seinem Andenken ein Glas, und mit diesem Glase dem Andenken aller freien Helden, die, für gute Sache streitend, einsam unter Philistern gesunken sind! – Lange nachher, als sich die Philister wieder erholt hatten, nahmen sie den Israeliten die Bundeslade hinweg, aber dieser wunderbare heilige Schatz brachte sie in tausend Not; ihre Götzen fielen um, sie bekamen alle die Hämorrhoiden, und alles war voll von Mäusen. Um nun diese Büchse der Pandora loszuwerden, ließen die fünf Fürsten als ein Sühnopfer ihrer Plagen fünf goldene Ärse und fünf goldene Mäuse an die Lade befestigen, spannten ein paar Kühe vor, und diese führten die Lade zu Israel. Diese Plage hat heutzutag noch mancher Philister, und sie bedienen sich in Erinnerung des Sühneopfers ihrer Vorfahren dabei des Ausdrucks *güldene Ader*, welches ihre einzige poetische Ader ist; aber insofern sie nicht von jenen sind, an denen keine falsche Ader ist, so soll jenes Gold auch nicht echt sein.

Nun sehen wir den Hauptphilister *Goliath* durch die Schleuder des Hirtenknaben *David* sinken, derselbe gewinnt die Tochter Sauls, *Michal*, zum Weibe, um den Preis von zweihundert Philistervorhäuten; sodann nehmen sie den vor dem Wahnsinne Sauls flüchtigen David aus Staatsklugheit auf und glauben, er werde für sie als Vaterlandsverräter fechten. Überhaupt ist Staatsklugheit, mit Niederträchtigkeit verbunden, ein Hauptzug aller Philister.

Unter Davids Regierung, steht bei Sirach 47, V. 8, sei ihnen ihr Horn abgebrochen worden, es ist aber nicht dabei angezeigt, wo ihnen dieses Horn gesessen habe, oder ob es nur ein Hornwerk ihrer Reichsverschanzung gewesen, wie es ein heutiger Philister auslegen möchte. Sie kamen in der Folge immer mehr herunter, zuerst unter die Assyrer; sodann taten sie noch einen Hauptcoup, der ohne Beispiel in der neuern Geschichte ist, den sie aber doch am Ende nicht zustande bringen konnten. Sie ließen sich in der Stadt Asdod von dem ägyptischen König Psamettichus, nach Herodot, B. 2, Kap. 157, neunundzwanzig Jahre lang, wahrscheinlich bloß für die Langeweile, belagern, und wären keine Philister gewesen, hätten sie sich nicht endlich übergeben, so säßen sie noch darin, und wir brauchten sie nicht von einer deutschen christlichen Tischgesellschaft auszuschließen. Aber die Worte des Propheten Zephania wurden und werden wahr über sie: O Kanaan, Land der Philister, ich will dich verwüsten, daß kein Einwohner mehr da sein soll!

Rückblick auf das Gesagte, Übergang zu den Philistern nach der Geschichte oder zu ihrer Bedeutung unter uns

Indem ich den Philister aus der Idee ins Bild, aus dem Bild in die Schöpfung gesündenfället, ihn dort wieder im Adam erlöset und von neuem als Ebenbild durch Selbstheit aus dem Leben in den Tod habe stürzen sehen, indem ich ihn so aus der Einheit durch die Mythe seiner Eigenheit begleitet habe, habe ich seine Möglichkeit in dem Einziehen, dem Prinzipe des Neins, so weit verfolgt, daß ich ihn, den immer tiefer fallenden, immer materieller werdenden, endlich als einen Samenkern zur Geschichte erwühlet und im Ham eingeholet. Dieser Kern nun schlug seine Wurzeln und seine Keime abwärts zum Dunkel und aufwärts zu Tage in mannigfachen Zweigen, und mit dieser Periode überging ich die Geschlechter, die aus ihm hervorschossen, die mehr oder weniger im Dunkel, welches seine Fledermausflügel zwischen alle Mythe und Geschichte legt, wanderten und kreisten, und erfaßte die Philister, endlich an die Oberfläche der Geschichte als Volk zutage getrieben; als solches habe ich sie nun in der zweiten Periode, nachdem sie aus der Idee in die Poesie und aus ihr in die Geschichte gefallen, mit Quittenschnaps und Zwiebeln gestärkt, unter dem Ochsenstecken Samgars, den Eselskinnbacken und dem Säulensturz Simsons, der Schleuder Davids, unter Hämorrhoiden und Mäusen nicht ohne selbsteigne Gefahr bis in die Festung Asdod auf einer musterhaften Retirade geführt, sie dort eine 29jährige Belagerung aushalten lassen und dann das persönliche Gewehr strecken, die Fahnen der Namhaftigkeit ablegen und sie endlich auf dem Glacis, welches die Außenwerke der befestigten Innerlichkeit von dem Ozean der weiten Welt trennt, auseinander laufen lassen; so gehen sie unter in den völkerverschlingenden Abgründen und Stürmen der Geschichte, in der Sklaverei, der Feigheit, der Länderfresserei, wie man im großen die Menschenfresserei nennt, und wir sehen sie eintretend in den Fluch Zephaniä. Nun aber wende ich mich zu ihrer dritten Periode, welche ich also beginne mit dem katholischen Aschermittwoch, wo der Priester, dem Christen ein Kreuz mit Asche auf die Stirn schreibend, spricht: Memento, homo, quia pulvis es et in pulverem reverteris. So wie nämlich die Idee zur Materie gesunken, wird diese wieder in die Idee zerfallen, alles Gedachte ward ein Gedichtetes, alles Gedichtete ein Geschehenes, alles Geschehene kehrt wieder zurück in ein Gedachtes. Alles, was auf Erden in unsre Sinne fällt, ist nur dasselbe, aber in irgendeiner solchen Modifikation der ewigen Transsubstantiation alles Gottesausflusses, und nur die Philister können nie begreifen, daß z. B. irgend etwas, was sie Aberglauben nennen, nur eine Modifikation seiner eignen Geschichte sei und irgend früher oder später als ein Poetisches, Naturhistorisches, Religiöses wieder auftreten müsse; denn diese Narren glauben, es könne irgend etwas einsam und allein oder verkehrt und, wie sie sagen, unnatürlich sich in der Welt einstellen, oder es könne sich irgend etwas nach einem Gesetze bewegen, das nicht in dem Selbstgesetz der ewigen Einheit in ihrem Ausfluß sei, da doch die ganze Welt und der Philister selbst nichts als das Setzen dieses Gesetzes ist; er ist aber freilich nur ein Tintenklecks darin, weil auch dieser gesetzt werden mußte, da er möglich war, und Doktor Luther hat das Schaffen des Philisters auf der Wartburg parodisch wiederholt, als er dem Philister, dem Teufel, das Tintenfaß an den Kopf warf, welches ich ihm in dieser Abhandlung etwas weitläuftiger nachmache.

Nach diesem Gesetze nun trat der Philister aus der Idee in die Geschichte und versinket wieder in die Idee seiner selbst, er wird die Asche, die, in alle Welt zerstreuet, nun auf das Haupt unserer Philister gefallen, und welche sie lieber als Haarpuder denn als Bußasche tragen. Diese ihre Periode ist ihre letzte und ewige, im Gegensatze ihres Ursprungs, der ein ewiger war, und sie können durch Eingehen in die Erlösung allein wieder aus der langen Geschichte des Neins ins ursprüngliche Ja zurück, wozu sie aber keine Lust zu haben scheinen.

Der Philister nach der Geschichte

Der Name Philister ist für die jetzigen Philister, die ein transzendentaler Teeaufguß, ein übersinnliches Kofentbier, ein fader, idealer Nachgeschmack der alten, von der Geschichte längst verdauten Philister sind, ursprünglich von den hohen Schulen ausgegangen, wo die Jugend, dieser begeisterte, hochzeitstrunkene Löwenzerreißer, den Honig der Weisheit in dem Rachen des besiegten Tieres findet, wo die Jugend, dieser sich ewig erneuernde Simson, freudig, im Vertrauen auf göttliche Sterne, das planvolle Segel eines leichten Kahns, weltensuchend, den treibenden Winden des Himmels übergibt und, rasch auf dem Flügel der Begeisterung über den Meerspiegel des Gottes hinfliehend, häufig die bedächtige, breite Treckschuite der Philister in Grund segelt, welche, mit guten Pässen versehen, kannengießend unter dem Verdecke, auf ihrer Reise vom Buttermarkt nach dem Käsemarkt begriffen sind. Philister also wurden alle genannt, die keine Studenten waren, und nehmen wir das Wort Student im weitern Sinne eines Studierenden, eines Erkenntnisbegierigen, eines Menschen, der das Haus seines Lebens noch nicht wie eine Schnecke, welche die wahren Hausphilister sind, zugeklebt, eines Menschen, der in der Erforschung des Ewigen, der Wissenschaft oder Gottes begriffen, der alle Strahlen des Lichtes in seiner Seele freudig spiegeln läßt, eines Anbetenden der Idee, so stehen die Philister ihm gegenüber, und alle sind Philister, welche keine Studenten in diesem weitern Sinne des Wortes sind.

Wann ich nun das Studieren ein tätiges Leiden oder ein Empfangen aller Erkenntnis, als einer unendlich zusammenhängenden, ewigen, nenne, so könnte ich den in seiner Individualität vollendeten Studenten (heißt hier nur Nichtphilister) jenen nennen, der auf allen Punkten seiner selbst gleich stark empfängt und gibt, und diesen denke ich mir als eine Kugel, nenne ihn den Gesunden, Natürlichen, den Gebildeten; will aber, um meine Meinung dem Bilde zu nähern, ihn jenen nennen, dessen Berührung mit der äußeren Welt, dessen Haut (um es ledern herauszusagen) in gleichem Maße einatmet und ausdünstet. *Goethe* scheint mir bis jetzt unter den Bekannten der zu sein, dessen ideelle Erscheinung ich am ersten eine solche nennen möchte. Alle andere haben mehr oder weniger ein übertriebenes Einatmen und fatales Ausdünsten; dahin gehören alle Nachdichter, welchen ich hiermit ein vor allemal *Erdmann Uhsens* »Wohlinformierten Poeten, worinnen die poetischen Kunstgriffe vom kleinsten bis zum größten durch Frag und Antwort vorgestellt und alle Regeln mit angenehmen Exempeln erkläret werden«, Leipzig 1715, als eine unentbehrliche Philisterästhetik, und zwar das Kapitel von der Imitation: »Wie kann ich einem andern seine Invention nachmachen lernen«, empfehle. Einige sind ziemlich gesund, bis auf örtliche Schweiße, wie zum Beispiel ein örtlich philosophischer krankhafter Schweiß an den Genitalien bei der Erzeugung der *Lucinde* vorgewaltet; so hat auch der herrliche *Schiller* häufig kalte philosophische Schweiße und seine Nachahmer dergleichen Rheumatismen; so leidet *Kotzebue* an fliegenden Hitzblattern, die ihm stets auf einer chronischen Gänsehaut des Edelmuts kommen und schwinden, und wenn es in seinen Stücken manchmal nach Violen riecht, so kann man versichert sein, daß er Terpentin gefressen, der so auf die Ausleerung wirkt; heutzutage findet sich auch der Zustand der schottischen Porcupineman bei manchen Dichtern, die sich in Nachahmung des nordischen Hürnenseyfrieds verhornen, und ihre Werke gleichen perfekt den inkrustierten Reisern der Gradierhäuser, an denen das Salz abgelaufen und der Dreck hangengeblieben. Da ich einst eine Familie solcher Stachelschweinmenschen gesehen und zum Unglück auf dem ersten Platze stand, ertappte der Hornpapa meine Hand und führte sie mit Gewalt zu meinem großen Ekel auf seine Borkenhaut mit den Worten: Fuhl, fuhl, is all Natur; ebenso empfinde ich mich bei den Gedichten jener modernen Hornlaternen angeredet und angewidert. Man nehme diese Beispiele von allerlei Hautzuständen (hier Bildungszuständen) ins Unendliche variierend an, so wird man sich dabei mehr oder weniger mit dem Philister in den Menschen berühren; je nachdem sie mehr rheumatisch als transpirierend sind, ist der Philister mehr ein passiver als aktiver, und so weiter. Besonders aber wütet das Philistertum als Blatterkrankheit, die ein jeder mehr oder weniger hat, und so wie die Blatter konvex und ansteckend den aktiven Philister bezeichnet, so bildet die Narbe konkav den passiven, und diese laufen am häufigsten herum. Wir können die Fußstapfen dieser Trappen alle leicht in den Tälern unsrer eignen Herzen finden, wo oft noch tiefer Schnee liegt, wenn die Gipfel der Seele gleich sonnenglänzend erscheinen. Dieses passive Philistertum nun ist das philistrische Leiden, Ertragen, Dulden, Schweigen, Gutseinlassen, Fristsuchen, cras, cras, ja, ja, so geht's in der Welt (welches im ah ça ira der Franzosen, das die kölnischen

Kappesbauren: ach Säuerei! aussprachen, als aktives Philistertum erschien), und wer sich schuldlos fühlt, der werfe den ersten Stein auf – sich.

Da nun die Juden der entgegengesetzte Giftpol der Philister sind, so halte ich es für möglich, eine Art Milderungsblatter, wie die Vaccina zu erfinden, und schlage vor, das Gift der Judenblatter durch ihnen zu inokulierende Schweineblattern zu neutralisieren und dieses Gift nun den Philistern zu inokulieren. Der im Jüdischen zur listigen Angst sauer gewordene Genius würde, so durch Widerwill gebrochen, als ein vermittelndes Gift dem im Philistrischen zum hoffärtigen Selbstvertraun süß gewordenen Genius auf unschädlichere, feinere Beine helfen, daß sie nicht länger ihren breiten Viehweg durch die Saat des Lichtes niedertretend durchzuführen brauchten. – Das Schwein aber wäre hier wieder ein Mittler zwischen den Juden und Philistern, wie es wühlend mit seinem Rüssel das Quecksilber entdeckt, und so zwischen Merkur und Venus getreten, und ist es nicht ohne besondere Tiefe hier zu betrachten, daß den Schweinen das Arsenik unschädlich sein soll. – Es ist besonders noch zu bemerken, daß die äußerlichen Zeichen, selbst so wie sie hier folgen, keineswegs hinreichen, einen zum Philister zu machen, sondern es kommt durchaus darauf an, wie er mit denselben dem Leben gegenübersteht. So kann gerade einer mit allen entgegengesetzten Zeichen ein Philister sein, es kann einer aus Philisterei das Trefflichste vorgeben und verteidigen, aber immer durchaus abschließend und absprechend; er verteidigt es auch bloß, weil es ihm gerade schwer im Magen liegt, denn kein Philister kann etwas verdauen; was er geistig zu sich nimmt, liegt in ihm wie Ballast, und bindet man ihnen die Brocken an Fäden, so kann man sie wie Hühner damit zusammenangeln. Wie manche schöne Girlande philistrischer Anhänger großer Dichter oder Denker ist nur wie eine Herde Enten an einen Faden eingefädelt, woran ein Stückchen Speck gebunden, den eine hinter der andern verschluckt und der nächsten wieder hinten von sich gibt, und wäre eine solche unendliche Entlichkeit eine schöne Arabeske zur Verzierung mancher Propyläen. Ach, wer ist sicher, daß er nicht selbst bereits aufgereiht ist, und daß, wenn einst der Teufel die Schnur anzieht, er nicht mit andern Philistern wie eine Reihe Zwiebeln um den Hals von des Satans Großmutter gehängt wird. – Eine vollkommene endliche Physiologie und Zoologie der Philister zu geben aber ist nicht in dem Raum einer Dissertation, und ich liefere hier nur eine Reihe von Symptomen des Philistertums, als einen Beitrag zur Wissenschaft, nach welchen jeder in seinem oder anderer Garten botanisieren kann; er mag die Exemplare ausrupfen und, zwischen Fließpapier getrocknet, der Gesellschaft zur Ergötzung vorlegen*, so wird das Unkraut vertilgt, dem Acker geholfen und der Wissenschaft unter die Arme gegriffen.

Schilderung eines Musterphilisters, welcher sich zuletzt in eine ganze Musterkarte von Philistereien aufrollt

Wenn der Philister morgens aus seinem traumlosen Schlafe, wie ein ertrunkener Leichnam, aus dem Wasser herauftaucht, so probiert er sachte mit seinen Gliedmaßen herum, ob sie auch noch alle zugegen, hierauf bleibt er ruhig liegen, und dem anpochenden Bringer des Wochenblatts ruft er zu, er solle es in der Küche abgeben, denn er liege jetzt im ersten Schweiß und könne, ohne ein Wagehals zu sein, nicht aufstehn; sodann denkt er daran, der Welt nützlich zu sein, und

* Den Plan, wie man bei einer dergleichen Sammlung zu verfahren hat, hat einer der abenteuerlichsten Philister, Professor *Apin* von Nürnberg, in seiner Anleitung, wie man Bildnisse sammeln soll, Nürnberg 1728, weitläuftiglich und äußerst lustig angezeigt.

weil er fest überzeugt ist, daß der nüchterne Speichel etwas sehr Heilkräftiges sei, so bestreicht er sich die Augen damit, oder der Frau Philisterin, oder seinen kleinen Philistern, oder seinem wachsamen Hund, oder niemand. Seine weiße baumwollne Schlafmütze, zu welchen diese Ungeheuer große Liebe tragen, sitzt unverrückt, denn ein Philister rührt sich nicht im Schlaf. Wenn er aufgestanden, so wechselt er das Hemd, wenn er es tut, so, daß er das erste ganz auszieht, ehe er das andere anzieht, und ist imstand, seine Flanelljacke gelinde mit seinem linken wollnen Strumpfe zu reiben, damit sie keinen Rheumatismus bekomme, auf die Haut selbst kommt er sich nie; sodann geht es an ein gewaltiges Zungenschaben und Ohrenbohren, an ein Räuspern und Spucken, entsetzliches Gurgeln und irgendeine absonderliche Art, sich zu waschen, nach einer fixen Idee, kalt oder warm sei gesund; sodann kaut er einige Wacholderbeeren, während er an das gelbe Fieber denkt; oder er hält seinen Kindern eine Abhandlung vom Gebet und sagt, wenn er sie zur Schule geschickt, zu seiner Frau: Man muß den äußern Schein beobachten, das erhält einem den Kredit, sie werden früh genug den Aberglauben einsehen. Sodann rauchet er Tabak, wozu er die höchste Leidenschaft hat, oder welches er übertrieben affektiert haßt; im ganzen ist der Rauchtabak den Philistern unendlich lieb, sie sagen sehr gern, er halte ihnen den Leib gelinde offen, und sie könnten bei dem Zug der Rauchwolken Betrachtungen über die Vergänglichkeit anstellen, so hängt die Pfeife eng mit ihrer Philosophie zusammen; auch besitzt er gewiß irgendein Tabaksgedicht oder hat selbst eins gemacht. Übrigens wenngleich mancher Tabak raucht, ohne darum ein Philister zu sein, so kann man es doch nur in einer Zeit gelernt haben, in der man ideenlos, verkehrt und ein Philister gewesen, und die lebendigsten, tüchtigsten, reinsten und seelenvollsten Menschen, die ich gekannt, waren nie auf den Tabak gekommen. Zweifelsohne zieht der Philister nun auch alle Uhren des Hauses auf und schreibt den Datum mit Kreide über die Türe; trinkt er Kaffee, so spricht er von den Engländern, nennt den Kaffee auch wohl die schwarze afrikanische Brühe; sehr kränkend würde es ihm sein, wenn die Frau ihm nicht ein halbdutzendmal sagte: Trinke doch, er ist so schön warm, trinke doch, eh' er kalt wird; wenn er ihm aber nicht warm gebracht wurde, wehe dann der armen Frau! Seine Kaffeekanne ist von Bunzlauer Steingut, und ist er ein langsamer Trinker, so hat sie ein ordentliches Kaffeemäntelchen um, wie ein andrer Philister auch, denen diese braunen Kannen überhaupt sehr ähnlich sehen. Wenn er zu seinen Geschäften ausgeht, zieht er Schmierstiefel an, wozu er eine große Leidenschaft hat, oft auch Spornen, ohne je zu reiten; Wichsstiefel spiegeln, und ein Spiegel ist schon etwas Transzendentales. Hat er sich in alle seine Futterale gesteckt und ist etwa ein Friedensrichter, so geht er in den Rat, und es kommt etwa Herr Schneidermeister Schatte vor und klagt vor ihm: Sir John Falstaff habe ihn Er genannt; so wird lange überlegt, wen man Er nennen könne, und da Herr Stille, der Beisitzer, endlich aufstellt, man könne nur niedere Diener, die man besolde, Er nennen, so platzt der Friedensrichter Schaal heraus: Ich nenne überhaupt alle Bedienten Er, außer dem Minister seine! uff. – Doch ich will ihn seinen übrigen Tageslauf ad libitum beschließen lassen und nur von seinem Bräutigamsstand erzählen.

Er lebt in Wetzlar (sie halten sich gern dort auf), er lernt seine Braut aus einem Prozeß kennen, er schickt einen alten Prokurator zu ihr, für ihn zu freien; sagt sie Ja, so solle er ihm den siebenunddreißigsten Band von *Kramers* Wetzlarischen Nebenstunden senden, weil sie siebenunddreißig Jahre alt ist; sagte sie Nein, so solle er ihm *Höns* Betrugslexikon senden – Viktoria! die Nebenstunden erschienen; nun liest er einige Kapitel in Sarassas Kunst, immer fröhlich zu sein, um sich legereté und Mut zu gewinnen; sodann liest er in Lunkenbeins französischer Grammatik einige Anekdoten, die er beim Hochzeitsmahl erzählt. Da er endlich mit seiner Liebsten das Bett geteilt und sie kaum entschlummert waren, nieste dieselbe, und Schaal richtete sich sitzend auf, ergriff mit beiden Händen seine hohe weiße, steife Hochzeitsmütze, hob sie vom Haupt und sprach: Zu Dero Wohlsein; sie nieste abermals, er wünschte von neuem; das Niesen und Wünschen hörte auch nicht auf, bis man morgens entdeckte, daß scherzhafte Freunde ihnen Nieswurz ins Bett gestreut, um ihnen die eheliche Nutznießung zu erhöhen.

Als sich bei seiner Liebsten bald hernach einige Knopfmacher einsiedelten (so nennt man in Wetzlar die Cicisbeen), so hatte er nichts dagegen, weil sie Tabak mit ihm rauchten und sein Partiechen mit ihm machten, wovon alle Philister große Liebhaber sind.

Bei den unbedeutendsten Gesprächen macht er Gesichter von größter Bedeutung, die so aussehen wie Sintemalen, Alldieweilen, wie quemadmodum und quamobrem und das italienische aconciosiacosache; wenn er sehr schlau ist, macht er ein Paar Äugelchen wie sicsic und etiamsi, nichtsdestoweniger sieht er nie aus wie Nichtsdestoweniger, sondern dann immer wie nihilominus. Auf den General *Quosdanowich* hatte er allein Hoffnung, daß er die deutsche Nation retten würde, wenn er gehörig vom *Radiowedowich* unterstützt würde und am Ende glücklich operierte. Aber als diese alle geschlagen wurden, behauptete er, er habe alles vorausgesagt; doch bleibt, einmal auf dem Guadalquivir fahren zu können, immer seine geheimste Sehnsucht. Hat ein lebendiger, begeisterter Mensch das Unglück, mit ihm in ein Gespräch zu kommen, so horcht er ihn ruhig aus und antwortet gern: Ei, ei, was Sie sagen! Das gestehe ich; es wird wohl so arg nicht sein. Er sammelt Zeitungen, Wochenblätter und Komödienzettel, weiß immer, wer predigt, geht aber nur des Kredits halber in die Kirche, wo er schläft, woran er wohl tut, denn der Prediger ist auch ein Philister. Er ist einer von den Knopfmachern seiner Liebsten und heißt *Kniebein*. Wenn diese Gesellschaft zusammen ist, wozu noch ein Offizier von der Landmiliz, mit Namen *Schlacks*, und ein Kandidat der Philologie, namens *Fackel*, alle drei Knopfmacher, gehören, so kommen die schönsten Philistereien aufs Tapet. Sie sind alle einerlei Meinung, doch schreien sie gewaltig. Ich will ihre Eigenschaften und Meinungen gedrängt durcheinander anführen, denn sie sind all ein Teufel und lauter.

Philistersymptome

Sie nennen die Natur, was in ihren Gesichtskreis oder vielmehr in ihr Gesichtsviereck fällt, denn sie begreifen nur viereckichte Sachen, alles andere ist widernatürlich und Schwärmerei. Sie begreifen das Abendmahl nicht und halten viel auf Brotstudien. Eine schöne Gegend, sagen sie, lauter Chaussee! Voltaire ist ihnen lieber als Shakespeare, Wieland als Goethe, Ramler als Klopstock, Voß der allerliebste; und wir verdanken ihren Bitten an diesen Dichter, daß er in der Verbesserung seiner *Luise* statt Buchöl Provinzöl an den Salat tut und im Wald, wo der Kaffee gekocht wird, eine Quelle zugedichtet, statt, wie sonst, das Wasser mitzuschleppen. Ihre Ästhetik ist Erdmann Uhsens Definition von der Poesie: Was ist die deutsche Poesie? Die deutsche Poesie ist eine Geschicklichkeit, seine Gedanken über eine gewisse Sache zierlich, doch dabei klug und deutlich in abgemessenen Worten und Reimen vorzubringen. Einer unter ihnen hat, als er sich eine Bettstelle von Mahagoni machen ließ, gleich eine zweite dazu machen lassen, damit, wenn er etwa einmal heirate, sie gleich braun seien. Sie freuen sich, daß heutzutage doch ein honetter Mann Schauspieler werden könne, weil kein Hanswurst mehr auf der Bühne sei, ein Hofrat sei doch noch honett zu spielen. Sie wünschen den Schauspielern Glück, daß sie in gute Gesellschaft kommen können, das heißt, daß sie zu ihnen kommen können, um ebenso große Philister zu sein.

Sie glauben, mit der Welt sei es eigentlich aus, weil es mit ihnen nie angegangen. Sie halten sich für etwas Apartes und können die Augenbrauen bis unter die Haare ziehen. Sie belächeln alles von oben herab, halten allen Scherz für Dummheit, bedauren, daß wir keine römischen Klassiker sind, und gratulieren sich einander, in einer Zeit geboren zu sein, worin so vortreffliche Leute wie sie leben, und zwar ganze Tabakskollegia voll, wo die Aufklärung als ein wenig glimmender Zündstrick ihnen die Köpfe (Pfeifenköpfe) entzündet, welches Feuer sie als Opferrauch sich selbst wieder darbringen; am andern Morgen stinken diese Tempel so ziemlich, und der Herr vom Hause, sagt Goethe, weiß immer, wo es stinkt. Wenn er aber einstens die Fenster öffnet, diese Erde zu lüften, so werdet ihr sehen, daß es der Teufel war, der den bösen Geruch zurückließ, und daß der Zündstrick der Aufklärung, an dem die Philister ihre Köpfe anbrennen, unmittelbar aus seinem Schwanze gesponnen ist. Sie haben alle eine Neigung zu Schmierstiefeln und haben sich zusammen ein Stück Serge de Berry zu Hosen gekauft. Sie behaupten, man müsse die Festungen übergeben, um die Häuser zu schonen, und lassen gern ewige alte Eichen umhauen, um irgendeinen Pflaumenbaum anzupflanzen. Sie glauben, die Deutschen seien kein herrliches Volk, sie müßten von den Franzosen gebildet werden, doch schwätzen sie immer von Deutschheit, Redlichkeit, und wenn es nur erst zur Reife käme. Sie würden gar nichts gegen die Franzosen haben, wenn ihnen nur die Einquartierung nicht so viel kostete; die Engländer nennen sie Englishmen und lieben sie allein wegen der Pfund Sterling, wobei sie fragen, was schwerer sei, ein Pfund Federn oder ein Pfund Gold? Sie können sich denken, das Militär könne etwas bedeuten ohne Begeisterung, und haben sich in communi Bachenschwanz' Abbildung der sächsischen Armee auf der Auktion gekauft und können nicht begreifen, wie dieser solide Mann auch den tollen Dante übersetzt. Sie lesen sich gegenseitig langweilige Abhandlungen vor, schleppen sich mit platten Satiren und Epigrammen, maulvolle, rumpelnde Brocken, welche hinunterzuwürgen ihrer Seele blitzblau die Augen vor den Kopf treten, sind ihnen erhaben. Sie rezensieren Dinge, die sie nicht verstehen, und treiben ihren Spott mit den Notformeln der Philosophen, oder sind auch imstande, selbst sich ganz lächerlich in philosophischen Reden in die Höhe zu steifen, so daß ihre Seele hoffärtig auf andre schuldlose Naturen herabsieht, wie ein gefrorner Schlafrock, der, zum Trocknen im Winter aufgehängt, die kleinen Vögel verscheucht, die die Körner im Schnee des Gartens suchen. Wenn sie sich schneuzen, trompeten sie ungemein mit der Nase. Alle Begeisterten nennen sie verrückte Schwärmer, alle Märtyrer Narren, und können nicht begreifen, warum der Herr für unsre Sünden gestorben und nicht lieber zu Apolda eine kleine nützliche Mützenfabrik angelegt. Nie hat sie der Regen ohne Regenschirm getroffen. Sagen sie: Guten Abend, guten Morgen, guten Tag! Wie geht's, was macht die Frau Liebste? so denken diese Elenden nichts dabei, es fällt ihnen vom Maul, und nach Tisch wünschen sie einem, wohl gespeist zu haben, wenn man gleich gehungert hat. Sie haben all ihre Leiber in ihrer feierlichsten Stunde der Anatomie, ihre Köpfe dem Doktor Gall zur Erweiterung der Wissenschaft verschrieben und sind ungemein stolz darauf und haben sich an diesem Tage in Kottbuser Bier übernommen.

Mit dem Zustand des Theaters in Deutschland sind sie vollkommen zufrieden, und man kann sich keine bessere Idee von ihrer hoffärtigen Abgötterei gegen ihr eignes Elend machen, als wenn man bedenkt, daß dieselben Menschen, welche nicht begreifen können,wie die Vorwelt so töricht sein konnte, dem Gottesdienste ungeheure Kirchen zu bauen, ganz damit zufrieden sind, daß durch die ganze Welt kein öffentliches Institut so unmäßig unterstützt wird als die Schauspielkunst. Nie hat ein Philister darüber geschaudert, daß man ungeheure Paläste baut, sie inwendig mit den Gaben aller Künste verziert, um dort abends noch Geld dazuzugeben, damit man bei unzähligen Kerzen, was der eben fließende gemeine Strom der Dichtung an gemeinstem poetischen Flötzholz heranschwemmet, von Menschen dargestellet zu sehen, die ebenso wie dies Holz durch allerlei Zufälle zu diesem Gewerbe zusammengeflötzet und noch dafür bezahlt sind. Ich glaube, daß kaum irgendwo die Philisterei der modernen Zeiten mehr zutage getreten als im Theater; wie wäre es sonst möglich, daß jemals irgendein Mensch dort durch Kleidung und Malerei sich selbst entrücket, durch Beleuchtung und Musik vom gemeinen Leben seliger abgeschnitten, als kaum ein Begeisterter sich selbst durch seinen Zauberkreis isolieren kann; wie wäre es sonst möglich, daß, so ausgerüstet, an solcher Stelle und vor tausend Augen, die er nicht sowohl befriedigen soll, als sie nähren und stärken, indem er sie erquicket, irgendein Mann oder ein Weib mehrere Stunden hindurch beweisen darf, daß er oder sie noch unverschämtere Philister seien als die ganze Welt, die dergleichen duldet? Gibt es einen elenderen Menschen als einen Schauspieler, der ein schlechter ist? Denn um ein schlechter Schauspieler zu sein, muß man ein unverschämter eitler Narr sein; wie kann nämlich ein Mensch ohne allen Beruf, ohne allen Verstand und Geschmack, mit ungeschicktem Leibe, mit fataler Stimme, die Tollheit haben, einen andern Menschen, der nur mehr sein kann als er, und wäre er ein Diener, der die Stühle wechselt, vor den Augen aller Welt vorstellen zu wollen? Ja, der feigste Soldat ist mir lieber, denn diesem geht die Flinte doch zuweilen aus Todesangst los, und er ist doch ein Gegenstand der Verachtung, und seine rechtlichen Kameraden wollen doch nicht mehr mit ihm dienen. Ich weiß nicht, wie ich es nennen soll, Dummheit oder Wahnwitz, daß es so weit in der Welt hat kommen können, daß diese eine und einzige Kunstausübung, in der der Mensch mit seinem ganzen Dasein ein Künstler ist, daß diese Kunst, die das Leben selbst dem Leben hinstellen soll, so unbegreiflich elend getrieben, als unvernünftig reichlich unterstützt wird, da doch schlechte Musikanten ihr Gewerk als eine Art anständigerer Bettler treiben müssen, und da mancher gute Maler schier verhungert ist. Hieraus aber mag man wohl am besten sehen, wie nah die Schauspielkunst dem Herzen der ganzen Welt liegt, so nah, daß sie selbst als die elendest getriebene mit vollen Händen begrüßt wird. Wie aber ward dieses Elend verschuldet, wer hat es über die Welt gebracht? *die Philister*, sage ich, der Schlendrian, die Möglichkeit, daß ein Mensch glaube, was ihm grade genüge, das sei ihm genug, und das sei alles, und damit holla, das übrige sei Tollheit; liebte der Philister das Schauspiel nicht, so wäre es anders, so wäre der gute Geist über ihm; so aber, wie es jetzt in der Welt mit dem Theater steht, ist es die einzige Kunst, die nie von neuem erstanden ist, sie trägt allen Ekel, alle Krankheit, alle Schande, alle Armut der Geschichte an sich und ist dem besseren Zuschauer nur das deutlichste Wahrzeichen des allgemeinen Weltzustandes; wie ein Nilmesser steht sie da, wir können sehen, wie hoch das Wasser jederzeit gestanden, aber der Schlamm, der auf unsern Feldern zurückbleibt, dünget sie nicht, er verpestet uns. So sehr hier Verachtung gegen den schlechten oder mittelmäßigen Schauspieler ausgesprochen ist, denn die Kunst treibt keine Ablaßkrämerei, die Kunst hat kein Fegefeuer und keine läßliche Sünde, zwischen Hölle und Himmel sitzet ihr Richter, sie ist frei und göttlichen Ausflusses, keiner ist zu ihr gezwungen, so aber Krämer ihren Kram in dem Tempel aufschlagen, wird sie der Herr hinauswerfen; so sehr, sage ich, der schlechte Schauspieler verächtlich ist, so sehr soll man den großen und wahren Künstler ehren, aber ich tue mehr, er rührt mich wie ein Robinson, der einsam auf eine wüste Insel geworfen ist, ja, er rührt mich noch mehr als Robinson, denn dieser kann doch die Affen und andere Tiere um sich her und seinen wilden Freund, *Freitag* genannt, nicht allein am weißen Sonntag, blauen Montag, aschgrauen Mittwoch, grünen Donnerstag, stillen Freitag, sondern auch am Dienstag zu allem Dienst und am abendsonnichten Sonnabend zum frommen Ruhegesellen gebrauchen; aber so wohl wird es dem großen Schauspieler nicht, diesem Robinson würden die Affen, sogar, wenn er die Rolle des Robinsons selbst spielte, gewiß nur hinderlich sein und würden sich dann etwa als eine menschliche Gesellschaft betragen, daß er seinen Robinson platterdings nicht herausbrächte. Glücklicher als er ist der Held, der fechtend, von feigen Gesellen verlassen, mit der gerechten Sache, für die er geschlagen, sinket, denn dieser überlebet den Jammer doch nicht; der treffliche Schauspieler muß immer von neuem wieder spielen, um das Werk, das ihn begeistert, in sich allein geehrt und ringsumher mit Füßen getreten zu sehen. Wunderbar ist es, wie oft durch einzelne Vortrefflichkeit ein Schauspiel eine ganz andere Wendung erhält. Z. B. sah ich einstens in der Maria Stuart den Burleigh so vortrefflich spielen und alles übrige so schlecht, daß mir das Zurückziehen Burleighs vom Hofe der tragische Punkt des Stücks ward. Ein anderes Mal sah ich den Shylock im Kaufmann von Venedig so herrlich dargestellt, daß ich ihm hätte helfen mögen, dem Antonio das Fleisch aus den Rippen zu schneiden, wenn nicht die Portia als Advokat ebenso herrlich ihren Freund verteidigt hätte; der Moment, wo jener Schauspieler als Shylock *lachend* dem Antonio den Vorschlag des infamen Scheines macht, ist mir der größte Kunsteindruck, der mir jemals auf der Bühne gegeben worden, jenes Lachen vergesse ich nie, es liegt ewig wie ein Silberblick vor mir, mit dem mich die Schauspielkunst, außer damals, nie wieder angesehen, und hätte ich jenen Künstler nie wieder gesehen außer damals, so wäre mir sein großer Beruf und seine tiefe Einsicht dadurch allein schon ewig ehrwürdig. – Nun möchte mich wohl der Philister fragen: Wie soll man aber dem entsetzlichen Elend, in welchem man hier die jetzige Lage der dramatischen Kunst durch die ganze Welt beklaget, abhelfen? worauf ich ihm vor allem antworte, daß es ihn eigentlich nichts angeht, denn er ist es ja selbst ganz allein, der bei dem Abhelfen in den Schaden kondemniert würde, da er, der Frager, dies Elend selber ist. Andern aber, die nicht fragen, nehme ich mir die Freiheit, zu sagen: Alle Künste leiden mehr oder weniger unter dem Druck der Philisterei, je nachdem sie mehr oder weniger ihrer Natur nach in ihrer Ausübung einsam oder gesellig sein können. Die Malerei, die Musik, die Dichtkunst können von einsamer Begeisterung getrieben werden und können sich in einzelnen Berufenen von neuem an dem Lichte des innern Himmels entzünden, und solche wandelnde Geister begrüßen uns ja oft mit strahlendem Antlitz aus dem Getümmel des Marktes selbst heraus, wenn wir die Philistermütze nicht zu tief über die Augen gezogen; alle Künste aber, welche ihrer Natur nach gesellige sind, müssen notwendig mehr als jene mit der Geschichte der Menschen erkranken und genesen; so kann ich mir nicht denken, daß ein Volk ein treffliches Theater haben könne, ohne selbst auf der schönsten Höhe seiner historischen Entwickelung zu stehen; in einem gesunden und wirklich lebendigen Zustande eines Staats wird es gar keinem Menschen einfallen, schauspielen zu wollen, ohne irgendeinen Beruf dazu zu haben, und zwar ebensowenig als den andern, jenen dafür noch zu bezahlen, und so wie ein gesunder Mensch durchaus wenig an sich selbst denkt und, sich auf der schwingenden Stahlfeder seiner Kraft fühlend, nach herrlichern Dingen sehnet, etwa nach der Gesellschaft der Helden und Halbgötter, oder selbst einer zu sein, oder nach der andern Seite sich neiget zu kräftigem, tüchtigem, ewig komischem Mutwill der Gesundheit, so wird auch ein gesundes Volk weder scheinrührendes, süß verruchtes, in sich lügendes Zeug oder kunsttötende Wahrheit, die über Lebendige oder Leichen abgegossenen Gipsmasken gleicht, noch langweilige, überhistorische, philosophierende Erhabenheiten, welche keine Erde und keinen Himmel haben und ein Entresol des Teufels sind, mit ungemeinen Kosten schlecht vor sich darzustellen erlauben. Was kann man aber für die Bühne tun, wenn ihre Trefflichkeit so ganz nur von der besten Zeit abhängt? Und so sage ich dann meine Meinung: für die Schauspielkunst sowie für jede Kunst, als eine freie, kann man *nichts* tun, als nach dem Vortrefflichen überhaupt im allgemeinen streben, alle Tugend lieben und üben und kein Philister sein im Leben, das übrige ist die Sache Gottes; für die Schauspielkunst aber und jede Kunst, als eine im Staat nun einmal eingebürgerte, als eine nichtfreie, kann man viel tun durch das, was man Schule nennt. Als durch tausend künstliche Verhältnisse ein solch Mißverhältnis unter den Menschen eingetreten war, daß sich die Anmut, die Kraft, die Unschuld und das Recht trennten und nicht mehr als gleiche Brüder erkannten, da trat die Sitte auf und verband sich mit der Schicklichkeit und gebar das Anständige, immer Rechte, Bequeme, und endlich das Herkömmliche; man hatte Ehre, nicht weil einem die Gegenwart gestattete, welche zu haben, sondern weil die Vorfahren dergleichen immer gehabt, und so wie aus tapfern Reutern Ritter und endliche Chevaliers, so wie aus Ehrenleuten Ehrenmitglieder geworden, so wird aus der freien Kunst und ihrer ewigen Unmittelbarkeit eine Schule, ein Stil, ein Sittengesetz für die Kunst. Dergleichen verstehen und ehren die Philister wohl und halten es gern aufrecht, und auf diesem Wege allein ist es möglich, die

Kunstgipfel in der Geschichte durch ehrbare feste Brücken zu verbinden, so nur ist es möglich, nie eine einzelne Kunst so bodenlos versunken zu sehen, als es seit, schier zu sagen, Jahrhunderten die Schauspielkunst ist; und wäre sie es nicht und noch jetzt, als ein Ganzes betrachtet, wie könnte eine Zeit gewesen sein, da man ihren Dienern kein christliches Grab verstattete, wie könnte man jetzt ihre schlechtesten Diener, Menschen, die sich ewig prostituieren, nur dulden und noch dafür bezahlen. Die Franzosen zum Beispiel haben eine Schule, einen Stil auf ihrer Bühne, ich glaube nicht, daß sie schlechte Schauspieler dulden und unterstützen, es sei denn, ihre Schlechtheit sei eine Manier der Schule, nur muß sie keine Unmanier von ihnen selbst sein. Seit die Tapferkeit bloß in den Staatsrequisiten aufgezählt wurde und die einzelnen Helden unter dem Erdzelt ihrer Totenhügel eingeschlummert waren, entstanden Kriegszucht, Disziplin, Exerzitien, Schule und Stil statt des Heldentums, und das Vaterland konnte sich verteidigen; so kann auch die Kunst nur mit Anstand erscheinen, wenn sie gleich da, wo ihr Sonnenfeuer erlischt, in ein künstliches Feuer aufgenommen wird, und was ist dann die Kunst am Ende anderes als eine Schule selbst wieder, deren Freiheit in dem ewigen Gotte selbst liegt; denn Prometheus mußte ja das Feuer vom Himmel stehlen, um es uns zu geben, und wir denken nicht der Schmerzen, die er um uns, an dem Felsen geschmiedet, unter des Geiers Fraß erlitt, und lassen die Glut des Herdes einsinken oder nähren sie mit trocknem Miste, während wir die Zedern verfaulen lassen. Die Notwendigkeit der Schule, wo die Zeit an freier Kunst unfruchtbar geworden, hat Goethe wohl gefühlt, und wie viele Schauspieler und Schauspielerinnen verdanken seinem redlichen Willen das Glück, daß sie, wo nicht als große Künstler, doch als anständige Menschen die Werke der Dichter, wo nicht emporheben, doch tragen, wo nicht opfern, doch kredenzen können; und der verständige Teil der Nation bringt ihm auch hierin seinen herzlichen Dank, er hat hier auch, wie überall, ruhig, einsichtsvoll und redlich nach bestem Gewissen und Vermögen für seine Zeit gearbeitet, und wer dies nicht begreift, der möge nie von guter Kunst begeistert oder von Schicklichkeit beruhigt werden, der möge selbst ein schlechter Dichter oder Künstler sein und möge sie lieben und ehren und ernähren müssen. Ich habe bei der Philisterei in dieser Kunst länger verweilt, da das Theater doch unstreitig jetzt noch die einzige Kunstausübung ist, welche das Herz allen herrlichen guten Blutumlaufs sein müßte. Aber es ist kein Geist mehr in diesem hohlen Leib, er ist höchstens vom Teufel besessen, der sich selbst, als Hand im Spiel seiend, darin den Federhut aufsetzt. Solange aber die Schauspielkunst in allen Teilen so besteht, wie sie jetzt besteht, ist sie nur des Teufels Trödelbude, wo die Philister ihm abends die Röcke abkaufen, die er ihnen morgens wieder stiehlt. Ein Schauspieler aber, der noch Geld dazu kriegt, daß er gar keiner sein kann und doch einer ist (freilich ein großes Kunststück), ist ein größerer Beweis unserer Tollheit als eine häßliche Buhlerin, die nicht verhungert.

Die Philister haben nur Sinn für platte, tändelnde oder bocksteife Musik, den Beethoven halten sie für ganz verrückt; schlechte Gemälde, zusammengewürfelte Allegorien, die Geschichte mit einem Griffel, ein Paar qualstrige Engel mit Attributen, ein Stammbuchsaltar oder Tempelchen im griechischen Gartengeschmack sind ihre Bauideale. Das Unzählige, kunstdurchdrungene Allmächtige und doch Eine und überschwänglich Große in den Gebäuden begeisterter Christen nennen sie gotische barbarische Ausgeburten der Geschmacklosigkeit, denn alle Sinne sind bei ihnen ins Kraut geschossen, und ihre Seele sitzt ihnen zwischen Haut und Fleisch; juckt sie daher das Fell, kriegen sie Einfälle, so setzen sie Blutigel an den Hintern oder schröpfen, und sie werden wieder erträglich dumm. Der Prediger *Kniebein* hat einst auf dem Karfreitag die Litanei Incipit lamentatio beati Jeremiae aus Bildung selbst mit der Gitarre akkompagniert, und ich hörte einen gebildeten Juden in Dessau zur Gitarre hebräisch oren. Sie korrigieren in alle Bücher, die sie lesen, hinten die Druckfehler hinein. Sie schwitzen teils mehr, als sie einatmen, teils schwitzen sie gar nie; das ist symbolisch zu nehmen. Sie verachten alte Volksfeste und Sagen, und was an einsamer Stelle, vor moderner Frechheit gesichert, im Alter ergraut ist. Sie unterhalten sich besonders gern von Vaterland und Patriotismus, wenn man sie aber genauer fragt, warum sie ihr Vaterland lieben, so fangen sie an, sich selbst darüber zu wundern; denn sie gestehen gern ein, daß sie ewig damit umgehn, alles, was ihr Vaterland zu einem bestimmten individuellen Lande macht, zu vernichten, und sie arbeiten dahin, daß der Gukuk, der in fremde Nester baut, das ihrige mit dem Lobe begrüße: partout comme chez nous. Sie vernichten, wo sie können, alte Sitten und Herkömmlichkeiten, sie brechen die Wappen und Schilder der Zeiten und werfen sie denjenigen vor die Füße, denen sie die Geschichte gegeben. Alles, was kein Geschick, was der Tod selbst nicht raubet, die hieroglyphischen Fußstapfen, in welche die Geschlechter ihren Nachkommen den Baum der Liebe und Treue zu dem Flecke Landes, den sie bewohnen, vererben, wetzen sie aus, damit bald kein Philister mehr wisse, wo er zu Hause ist; das ist aber ihre Absicht nicht, sondern sie möchten nur die Individualität der Genialen zerstören und sie dadurch unter das Hütchen bringen, unter dem der Teufel die Welt in die Tasche spielt. Sie wollen, daß die Menschen ihren eigenen Rock lieben, und geben ihnen deswegen allen einerlei Röcke; aber ich preise den selig, der den seinen zeichnet, sei es mit einem Kreuz überm Herzen, einem Herzen unterm Ellbogen oder einem Loch oder irgendeinem Fettfleck, nur daß es von dem Seinigen sei, daß er sich zeichne und einen Namen habe, den er ehren kann und hinterlassen den Seinigen; denn diesen Namen kaum wollen uns die Philister lassen. Arm wollen sie des Volkes Mund machen. Ihr höchster Plan, ein Land zu beglücken, ist, es in ein rein gewürfeltes Damenbrett zu verwandeln, es ist so leichter ins kleine zu reduzieren. Die Häuser möchten sie alle weiß anstreichen und von Zeit zu Zeit anders literieren und numerieren; wie sie grade selbst mit der Literatur fortschreiten oder nicht hinter dem Nachbar zurückbleiben wollen. Die Schlagbäume und Schilderhäuser aber werden gestreift, alle öffentlichen Gebäude des Staats aber gewürfelt, damit jeder wisse, woran sich zu halten. Damit aber ja keiner Lust kriege, die Flüsse zu ihrem Quell oder ihrem Ausfluß an oder ab zu geleiten, steht eine Tafel an allen Brücken, worauf ihr geographischer Lauf kürzlich beschrieben ist.

Ihre Weisheit besteht wirklich darin, alles weiß zu übertünchen, und es müssen viele alte Kirchen auf den Abbruch verkauft werden, um alle die Kreide zu bezahlen, welche die Bilderbibeln und gemalten Chroniken alter Kunst an den Häusern von Nürnberg und Augsburg bedecken sollen, die bis jetzt nur die Jugend auf den Straßen in eitle Zerstreuung gebracht und der Frucht schwangerer Patriotinnen phantastische Träume eingeprägt, die sich genug in dem Kunsttand geäußert, womit jene Städte die Welt überschwemmt. Alles Vorurteil muß weg, das heißt alles, was die Vor- und Urwelt geteilt oder verbunden hat. Diese Narren radieren an Gottes Namen selbst die ihnen überflüssig scheinenden Buchstaben aus. Nur zu, meine Herren Philister! Der Teufel wird schon durchschlagen. Ist erst alles weiß und gehörig paginiert, meinen sie, so wird der Kunsttrieb sich rein in dem Volk entwikkeln, und wir werden bald die gewissermaßen ersten Pestalozzischen Grundtypen aller bildenden Kunst an den Wänden, Mauern, Gartentüren und Wachstuben wiedererscheinen sehen, und zwar in den drei Grundfarben des bürgerlichen Prismas: Kohle, Rotstein und Schüttgelb. Es ist überhaupt nichts fataler, als einen halb zu barbieren; wem man etwas weismachen will, dem muß man alles weismachen, usw.

Wenn sie von dem Genusse einer schönen Gegend sprechen, sagen sie gern: Ich hatte meinen Horaz in der Tasche, habe ihn aber nie herausgezogen. Sie erzählen sich gerne ihre Jugendstreiche, die dann in der Art sind, wie die des Friedensrichters Schaal in Shakespeares Heinrich dem Vierten. Nie sind sie berauscht gewesen, ohne zu trinken, und dann immer sehr besoffen. Wenn sie erschrocken sind, schlagen sie sogleich ihr Wasser ab. Sie können kein ursprüngliches Dichterwerk begreifen, verspotten und parodieren es und schreiben dann doch wässerige Nachahmungen. Sie haben dem Werther die empfindsamen Romane, dem Götz die Ritterstücke, dem Ardinghello und Meister die Künstlerromane, der Lucinde die transzendentalen *Lubrica*, den Schlegeln, Novalis und Tieck die glaubtraubschraubichten, honigseimleimschleimschlingenden Sonette und Kanzonen (Ganzohnen) nachfolgen lassen und Schillers Trauerspielen die kaltjambischen sentenziösen Schicksalsdramen, in denen das Schicksal bloß als das Wort Schicksal 50mal erscheint oder dem Helden als ein warmer Krug unter die Füße gelegt oder gutmütigen Lesern wie die Butter obgemeldetem Hunde auf die Nase geschmiert wird, damit sie, wie der Hund trocken Brot für Butterbrot, das Flicksal für Schicksal hinunterfressen; und ich zweifle nicht, daß sie uns nächstens den Weinstein von ihren Zähnen als Tropfstein aus den Gräbern der teutschen Heldenwelt produzieren und irgendeinen steif gefrornen Sandhasen als einen nordischen Riesen vor unsern Augen auftauen lassen. Einen Neunaugenmann werden sie uns als einen Schlangenwürger und eine Mißgeburt, die hinten ein Pudel und vorn ein Mensch ist, als ägyptische Sphinx vorführen; es sei nun, daß sie zu der romantischen oder klassischen Philister – Fahne geschworen. Goethens Faust gegenüber selbst haben Soden, Schink, Schreiber Fäustchen in der Tasche gemacht; Klinger ist von diesen auszunehmen, der nur dem Teufel eine Faust, der Faust aber keinen Teufel gemacht; und den Maler Müller auszunehmen, der, wenn gleich Teufelsmüller genannt, doch nur dem Faust einige der herrlichsten Juden erdichtet hat, und so hat er mit Bankozetteln al pari stehend seine Schuld abgetragen. Lessing hat ihn bloß skizziert.

Die Übersetzer unter den Philistern geraten häufig in solche Hoffart, daß sie sich ihrem Homer oder dergleichen gleichstellen, bei ihnen ist besonders folgendes zu sagen: Gesnerus schreibt: Wenn man einem Kapaun Brot, in starken Wein geweicht, zu fressen gibt, daß er davon trunken wird, und ihn alsdann an einen finstern Ort über Eier setzet und das Nest mit einem Siebe bedeckt, damit er nicht davonkommen kann, so wird der Narr, wenn er wieder zu sich selbst kömmt und den Trunk verdauet hat, nicht anders denken als, er habe die Eier selbst geleget, und wird sie vollends ausbrüten.

In der Philosophie stehen sie entweder wie der Famulus, der sie auswendig kann durch ewiges Wiederhören, oder sie sind durch einen Philosophen so erschreckt, daß sie in seiner Philosophie wie vor der Medusa versteinern. Dieses geschieht ihnen meistens bei der letzten, die sie etwa grade gehört, wenn sie sich zum erstenmal rasieren ließen. Diesseits dieses Barts, sagen sie, seien sie Schwärmer gewesen, und jenseits liegen ihnen die Phantasten. Wenn sie es in der Abstraktion sehr weit treiben, gleichen sie in ihrem kranken Übermut jenen Gänsen, die häufig von leckeren, speishaftigen Juden mit den Füßen festgenagelt oder schwebend aufgehängt und so lange mit dem häßlichsten salzichten Getränk in beständig laufendem Durste erhalten werden, bis ihnen die Leber krankhaft so groß aus dem aufgeschlitzten Bauche herauswächst, daß sie oft größer als die Gans selber wird und die liebe Seele endlich nicht weiß, ob sie in großer

Abstraktion die Gans oder die Leber sei. Gewöhnlich aber gleichen sie nur jenen Hahnen, die irgendein Philosoph schlechthin an die Erde legt und ihnen einen Strich mit Kreide a = a quer über den Schnabel zieht, die sodann ruhig liegenbleiben und steif nach dem Strich als einem Strick sehen, von dem sie sich gebunden glauben. Von einer unendlichen, gleichzeitigen ewigen Bewegung des Erkennens und seiner Heiligkeit haben sie keine Idee. Und wenn es wahr ist, was ein Philister von Paulus glaubt, nämlich, er sei, weil er gesagt: Unser Wissen ist Stückwerk, ein Kanonier gewesen, so sind die Philister alle Konstabler. Aber ich wende mich zum Schlusse und füge noch hinzu, daß die Philister eine ungemeine Neugierde haben, daß sie gern in allen Ressourcen und geheimen Gesellschaften und Tischgesellschaften aufgenommen wären, weil sie in ihrem leeren Kopfe sich selbst vis-à-vis ihres eignen Nichts befinden, daß sie jeden tüchtig und edel ausgesprochenen geselligen Sinn, jeden parodischen Scherz, kurz alles, was das Gepräge der Idee trägt, für Mystik, worunter sie Gott weiß was verstehen (in Altstädt ist es Schlüsselblumenchampagner), für Jesuitismus oder Illuminatismus halten, und es ist daher diese edle, fröhliche deutsche christliche Tischgesellschaft allein ihnen zum Ärger gestiftet, weil sie nicht hereinsollen, und ich fordere alle Mitglieder nochmals auf, die Gesetze gegen sie zu schärfen, und schließe mit dem guten Rate: Jeder vergesse sich selbst an dieser deutschen und fröhlichen Tafel und bedenke das Ganze, und so schlage er nur solche zu neuen Mitgliedern vor, die er im ganzen oder einzelnen für trefflicher als sich selbst erkennet; denn um zu blühen und zu fruchten, muß man wurzeln, aber nicht, um ins Kraut zu schießen. Solches wünsche ich, indem ich ein volles Glas zutrinke

Allen, denen Gott im Busen
Eine heil'ge Glut entflammet,
Ob sie aus dem Quell der Musen

Oder Mosis Dornbusch stammet,
Ob sie aus dem Stahl des Schwertes,
Aus der Rede Gold sich schwinget
Oder aus der Glut des Herdes
Eines frommen Hirten springet.
Ob sie in der Seele sinnet
Oder innerlich beschauet,
Ob sie fromm am Rocken spinnet,
Ob von Dichterlippen tauet,
Ob in heil'gem Zorn ergrimmet
Oder wie ein Mond erquicket,
Ob sie in die Chöre stimmet
Oder einsamlich entzücket,
Die uns leiden, die uns streiten,
Die uns dichten, die uns richten,
Die uns göttlich handeln lehret,
Uns im Tod zu wandeln wehret,
Flamme Gottes in dem Krieger!
Flamme Gottes in dem Sieger!
Flamme Gottes in dem Richter!
In dem Schöpfer, im Vernichter!
Oh, ihr Heil'gen Geistes Lichter,
Die dem Märtyrer die Schwellen
Seines sel'gen Tods erhellen,
Die in Simsons dunkle Augen
Wie ein Sonnenfeuer tauchen,
Wenn der Herr sich sein erbarmet
Und die Säulen er umarmet
Und sein Heldengrab sich bauet,
Selig, wer dies Feuer schauet!

O wecke mich nicht, Leben, Delila,
Rufe nimmer: Simson! Philister über dir!

Wenn gleich auf dem Titel diese Abbildungen als aus der Italienischen Schule angegeben sind, so sehe ich doch nichts besonders Italienisches auf diesem Blatt, und der Urheber desselben, ein gewisser *Ipse*, ist mir bis jetzt nirgends in den Verzeichnissen italienischer Meister vorgekommen; ich halte daher das Italienische für eine armselige Vorspiegelung, um das rohe Zeug unkundigen Liebhabern aufzuhängen, und wir müssen uns in acht nehmen, nicht mit diesem Namen in ein ähnliches Irrsal zu fallen wie ein französischer Kunstkenner, der sich wunderte, kein Kruzifix auftreiben zu können, welches nicht der famose *Inri* fertigte, so legte er sich das I. N. R. I. über dem Kreuze aus. Übrigens halte ich mit einem neuen Ästhetiker, welcher schon in dem Schall der Namen das Wesen jedes großen Künstlers naturprophetisch ausgesprochen fühlet, nicht viel von diesem Ipse, auf welchen sich wenig besondere Reime finden lassen, und den ein Sonettendichter höchstens mit einer Ellipse und Eklipse traktieren wird, und wenn nach jenem Ästhetiker im Schalle *Raphael* das Schöne, Klare, Reine, im Schalle *Michel Angelo Buonarotti* das Erhabene, Kolossale, Gewaltige liegt, wenn in *Guido Reni* Anmut und Reinheit, im *Carracci* Geist, Schule, Keckheit, im *Perugino* Einfalt, Strenge und Lieblichkeit, im *Rembrandt* verschwendender Geiz und knauserische Überschwenglichkeit und Steinkohlenglut und hexenhafte von Mäusen zusammengebissene Genialität in einem zerrissenen Torfkorbe ausgesprochen ist, wenn *Rubens* Fleisch und Blut und Fülle und muskelsaftigen Überfluß, wenn Albert *Dürer* im Albert klar und weiß und edel denket, im Dürer streng und deutsch tiefsinnig, in beidem herrlich erscheint, wenn *Claude Gelee le Lorraine* schon lautet wie schöne Ferne, kühle See und Duft und Sonnenleben darin, wenn in *Goethe* Gottes Güte, in *Schiller* Schilderung und Schimmer oder

Schiller edler Seidenstoffe uns erquickt, wenn *Kant* erkannt, *Fichte* siegreich gefochten, *Schelling* geschallt hat, wenn in *Baggessen* gebaxt, in *Ölenschläger* Öl geschlagen wird, wenn der selige *Runge* selig gerungen hat, wenn *Kosegarten* ein kosender Gärtner ist und *Kotzebue* sich selbst bedeutet, wenn alle diese dies tun, was kann ich Besonderes von diesem *Ipse* erwarten? Schriebe er sich noch etwa mit einem Y, so hätte er doch etwas Gräzität oder den Fürsten Ypsilanti vor sich, so aber lautet er blos dünn, scharf, schnippisch und ganz selbstisch, und glaube ich, daß er aus dem *Zipser* Komitat in Ungarn gebürtig ist, wenn sich nicht dagegen wieder einwenden läßt, daß keine Figur auf seinem Bild außer der tragischen Muse lange Hosen an hat, doch ich überlasse ihn seiner Obskurität und wende mich zur Erklärung seines Werks selbst, vielleicht, daß es uns einige Vermutungen über den Verfasser an die Hand gibt. Das Ganze ist etwas im ersten ägyptischen Stile gearbeitet, dahin deutet das Magere, Strenge und Muskellose, und was die Hosen zum Beispiel betrifft, halte ich sie, wie alles, was nicht zu meiner Meinung paßt, für moderne Ergänzung; weiter scheint alles ägyptisch, weil wir auch hier wie bei jenem Volke die Tierbilder ausführlicher behandelt finden als die Menchen. Sodann deuten die vielen vorkommenden spitzen Mützen auf die Pyramiden und auch die Bischofsmütze (Mytra), welche sogar bei ägyptischen Tierbildern und, wie hier, über den Kopf eines Vogels gezogen, auf dem Kopfe eines ägyptischen Sperbers von Basalt, der sich ehedem im Museo Rolandino zu Rom befand, gefunden wird, auch deuten die parallelen Füße des sitzenden Philisters, der etwas von einem einschlummernden Memnon hat, auf ägyptischen Ursprung, sowie auch der gänzliche Mangel an Anatomie, da die Ägypter wegen der Hochachtung gegen die Leichname diese Erkenntnis nicht erreichen konnten; ja die Balsamierer waren froh bei ihnen, wenn sie ihr bißchen Beifuß glücklich in den Leichnam hineingeschoben hatten, und machten sich eiligst davon, um nicht von den Anverwandten des Verstorbenen mißhandelt zu werden. Wenn ich noch dazu bedenke, daß Philister und Juden Ägypten bewohnen, so wird meine Vermutung nicht wenig bestärkt; gegen die Einwendung, daß Tabakpfeifen hier vorkommen, wende ich wieder ein, es können dies ursprünglich solche Stäbe gewesen sein, wie wir sie oben mit einem Vogelkopfe bei manchen ägyptischen Statuen bemerken und welche hier von einem modernen Restaurator in Tabakspfeifen verphilistert worden. Für die Möglichkeit, daß trotz der Hosen vorliegende Abbildungen doch aus dem Altertum herrühren können, ist die Erfahrung, daß, wie an komischen und tragischen theatralischen, auch an phrygischen Figuren und bei der ägyptischen Cybele und Isis und bei Abbildungen barbarischer Völker, lange enge Ärmel gefunden werden, ebenso die Hosen bei den Figuren der letzteren und der komischen Personen in Marmor vorkommen, da die Hosen des Wohlstands wegen auf dem Theater eingeführt waren, auch meldet *Herodianus* L. 4 Cap. 24, *Caracalla* habe seine Beinkleider von den Schenkeln heruntergezogen, da er seine Notdurft verrichten wollen und von *Martialis* ermordet worden, welches alles ferner zu untersuchen ich den Antiquaren überlasse und mich begnüge, diese Abbildung so zu beschreiben, wie sie in bezug auf vorliegende Abhandlung erscheint.

Nr. 1 stellet die parodische Kehrseite eines abstrahierenden Selbstbeschauers da. Alle irdischen Ärmel und Überzüge werden ihm zu kurz, Schuhe, Hosen, Weste reichen nicht hin, indem er sich ausstreckt, das Licht, welches auf seinem Haupte in einer Wasserschüssel wie der Geist über den Wassern steht, zu putzen. Mit einem Auge sieht er hinauf, mit dem andern schaut er hinab, mit dem Viertelmonde aber beschaut er den vollen selbst. Übrigens ist es eine äußerst gefährliche Sache, über diese Kehrseite zu lachen, denn wer die undarstellbare herrliche Vorderseite dieser Figur nicht in tiefster Verehrung anbetet, kann über diese Kehrseite nicht lachen, ohne ein vollkommener Philister zu sein; denn scheinet dieses Bild sich nicht nach seiner Decke strekken zu wollen, so heißt dies doch nur, daß selbst die Decke des Himmels es nicht bedecken kann, so unermeßlich ist es; und darum heißt es hier, wer zuletzt lacht, lacht am besten.

Nr. 2 stellet eine aufgehängte Gans vor, der die Leber durch speishaftige Juden so groß gemästet worden, daß sie nicht weiß in großer Abstraktion, ob sie die Leber oder die Gans: die Straßburger Pasteten-Fakultät wird die Sache endlich entscheiden; schade, daß man philosophierende Philister, die in ähnlicher Lage sind, nicht auch unter die Leckerbissen zählen kann.

Nr. 3 ist eine Figur, welche bereits auf der Fahne der Infanterie dijonoise de la mère folle, eines Geckenordens in Dijon im 15. Jahrhundert, etwas verändert vorkömmt, dort sind die Hosen in der Lage wie bei *Caracalla*, als ihn *Martialis* ermordete, und sind auch blasende Winde um diese Windmühlenflügel des Teufels angebracht. Diese Figur stellt einen Kompaß vor, mit welchem man leicht beobachten kann, wie die Gänge der Philister und Juden in diesem Leben streichen, und kann man mit ihm alle dergleichen Versuche anstellen. Der Philister macht mit dem Unterteil des Juden den Nordpol, der Jude mit dem Unterteil des Philisters den Südpol, beide treten die Welt mit Füßen und umarmen sich allein selbst, um sich ihren ineinander verliebten Widerwillen gegeneinander zu bezeigen, und halte ich diese Figur für das Abbild aller Schlangen in allen Paradiesen. Der platte Schabbesdeckel des Juden kontrastiert mit der spitzen Mütze des Philisters, so wie dieser seine Pfeife bequem raucht und jener den Bart unwillig zurückzieht. *Scaliger* behauptet, kein Jude habe eine gepletschte Nase, und in Portugal heißt eine Habichtsnase eine jüdische, auch dieser hat sie nicht, hingegen ist die des Philisters etwas gepletscht.

Nr. 4. Diese Kette nicht von Feldhühnern, sondern von Enten ist die Parodie der sogenannten philosophischen und ästhetischen Cliquen aller Zeiten, sie haben sich alle an einer Angelschnur, an der etwas Speck, fressend und von sich gehend hintereinander eingefädelt, und sie werden solange eine unendliche Entlichkeit sein, als der Speck noch die Reise aushält; nimmt ihn irgend ein anderer Philister auf, um seine Stiefel damit zu schmieren, so rollen die Körner des Rosenkranzes, woran ihr Abgott sich selbst anbetet, auseinander, und das Paternosterwerk, mit dem er die Wasser aus den Stollen seines Ruhmes treibt, zerreißt. Das Rührende ist, daß diese Freiwilligen sich alle aus Enthusiasmus enrollieren ließen und nun doch nichts als den Faden im Leibe haben, sie sind die wahren Spekulanten, wenn ich dieses Wort in das deutsche Speck, das französische cul und das tirolische Anten für Enten zerlege.

Nr. 5. Dieser Hund ist das wahre Universalsurrogat für alle Philister, auch gibt er trefflichen Unterricht im Surrogieren, hier zum Beispiel stellt er das Surrogat einer modernen tragischen Muse oder vielmehr eines Lesers moderner Tragödien vor, es ist ihm einige fatale (Schicksals) Butter auf die Nase geschmiert, und nun frißt der Philister das trockene Brot in aller Seelenruhe mit der festen Überzeugung, es sei wenigstens eine Schillersche Tragödie; ob dieser moderne Leser mit seinem himmelnden Auge nach der fatalen Butter oder dem sinnreich gereckten linken Ohr oder nach der Fledermaus hinter ihm blickt, weiß ich nicht ganz genau zu bestimmen, alle drei Fälle haben etwas vor sich; die Butter ist die ganze Illusion, das Schicksal und der Wendepunkt des Stückes, das er genießt, das Ohr scheint den Jambus taktschlagend zu begleiten, und Theklas Wort spricht für die Fledermaus: es geht ein finstrer Geist durch dieses Haus. Übrigens sind die dichtenden Philister in den vor dieser Abhandlung aufgestellten Sätzen den Fledermäusen gleichge-

1
2
3
4
4
4
5
6
8
9
10
11

stellt worden, sie bleiben ihrer Nahrung nach immer Mäuse und sind durch den Schwung, den sie nehmen, nur noch ekelhafter als zuvor. Ihr Ziehen in der Dämmerung, das Verworrene in ihrer Gestalt, der häuterne Flügel oder die philisterne Poesie sind gleich fatal; vor den Dichtern und vor den Philistern kann man sich doch hüten, man braucht nur der letzte von Herzen zu sein, so kömmt einem der erste nie auf den Hals, und Mäuse oder Philister kann man auch loswerden mit Gift, Mausefallen und Bundesladen, aber die Fledermäuse, die dichtenden leidlebigen Philister, wem die in die Haare kommen, der lege sein Haupt in Delilas Schoß und lasse sich die Haare ruhig abschneiden, um den Weichselzopf loszuwerden. Sehnsüchtigen Frauen, welche keine schwere Haushaltung und nicht alle Jahre ein Kind haben, wobei eine fröhlich und gesund bleibt, schwermütigen Jungfrauen, welche noch außer dem Banne ihres Geschlechtes wandeln und die Blüte niederschütteln wie einen Schnee, der sich in Tränen löst (kein Paris, kein Apfel, arme Venus!), und sprossenden Jünglingen, welche alle Schulbänke, die sie durchrutschet, aufeinanderstellen möchten zu einer Treppe, um auf diesem Gradus ad Parnassum zu sehen, was jenseits in den blauen Bergen liegt, wo sie den Ball ihrer Jugend hinübergeschlagen, diesen treibenden, sehnenden, die nun preisgegeben der Flut noch schwer schwimmen und die Hände nach den Wolken strecken, die wie Schiffe über ihnen dahinstreichen, diesen Flugträumenden und Fliehenden im Traum vor dem Scheusal der Philisterei, denen aber das Federbett ängstigend über den Füßen liegt und über den Flügeln, diesen sind die dichtenden Philister, welche man auch Schmorer nennen kann, am gefährlichsten. Schmorer nenne ich sie, weil sie nicht gesotten und nicht gebraten sind und zwischen Tag und Nacht, zwischen den Mäusen und Vögeln liegen; die Helden ihrer Affektation sind gewöhnlich Don Karlos, Karl Moor, Fiesko, der Menschenhasser und Reuer, und ist meist der Schauspieler, der diese Rollen spielt, etwas ein Schmorer; sie sind jene Philister, die den Hut auf ein Ohr setzen und mit einem edelhaften geschwollenen Ekelmut in den Sonnenuntergang schauen; sie haben eine klebrichte Schwärmerei, eine naserümpfende, stirnfaltende Weltverachtung, und es fehlt nicht viel, so spucken sie sich selbst auf den Stiefel, um sich vor sich selbst zu demütigen. Sie traben, solange es geht, mit der neuesten Ästhetik mit und würgen das Zeug aus Hoffart ungekaut hinunter; je größer sich ihr Autor brocken läßt, je heftiger würgt sie der Bissen, und je größer ist der Genuß, drum lieben sie den herrlichen *Schiller* vorzüglich, weil sie seine sentenziöse, reflektierende Diktion in lauter Stammbuchstückchen zerknicken und verschlingen können; sie schlürfen dann etwas *Mathisane* oder *Ossianische* Punschlauge nach, und so gehen sie in den *Kosegarten* spazieren und sprechen mit einer ekelsüßen Miene: horch, wie orgelt und brauset die Äolsharfe der Schöpfung; doch eigentlich orgelt und brauset ihr Magen nur, der das ekle Mixpikle nicht vertragen will. Aber nun siehe, gute Rabette, die ihre Blumen begießt, der Kerl ist zwar kein Roquairol, aber elender noch; es ist keine Seidenraupe, die dich umspinnen will, denn die hat doch noch ihren Schmetterling; es ist eine ekle Gartenschnecke, die dich in ihr Haus einkleben will, eine häßliche Spinne, welche deiner Psyche ein Netz gegen die Sonne spannt, daß sie zum Lichte fliehend gefangen sei und der hungernden Langeweile diene; o fliehe nun, fromme Wina, die in der Laube entschlummert ist, es ist kein überadlicher ›Patentedlender‹ britisierender Clothar, der sich dir naht, nein, es ist ein Vampyr, der deinen Schlummer tiefer einfächelnd dein Blut saugen will, fliehe, Pfarrerstochter von Taubenhain, es ist kein Junker von Falkenstein, der dir zuflüstert, nein, es ist etwas viel Fataleres, Ekelhafteres und Schrecklicheres, raffe dich auf, schwärmender Primaner, der seinen Roman auf der Rasenbank liest, wirf den Mantel übers Antlitz, fasse den nächsten Bienenkorb und stürze ihn dem Kerl als eine Ehrenmütze über den Kopf, noch ehe er das verfluchte Maul aufgetan. Ihr seid sonst alle verloren, siehst du den Pferdefuß des Schuften nicht, es ist nur ein armer Teufel, wenn du ihm recht in Gottes Namen zu Leibe gehst, dem flüsternden, ekelhaften, ekelmütigen, üppigen Dämmerphilosophen, dem aftergenialen Convulsionair. Flieh, es gilt deiner Börse oder deiner Liebe oder deiner Geliebten, er läßt dir dafür einige hochbeinige Redensarten, gibt dir für deine Unschuld eine moderne religiöse Sünde, für dein Gottvertrauen ein unwandelbares Schicksal, für deine ganze Einfalt einige freche Fragmente, für deinen Ammentrost ein Sonett, für deinen Schutzengel eine Ansicht, er stellt dich à la hauteur, wo der Teufel dem Herrn die Herrlichkeit der Welt zeigte, aber umgekehrt, du gibst ihm dein Brot, und er gibt dir einen Stein zurück, laß ihn fallen und lausche auf den Schall, du wirst hören, wie tief der Abgrund, du stehst ebner Erde, und alles war Wind, und der Stein fiel dir schmerzlich auf die Füße, und du erwachst, aber du findest den Frieden nicht mehr. – Die Fledermaus hat uns etwas irregeführt, ich kehre zu dem Hunde zurück und bemerke nur noch, daß sein Stall, auf dem er sitzt, etwas von der Gestalt eines Koffers hat, ob die ägyptischen Hundeställe alle so sind, weiß ich nicht, übrigens liegt er an der Kette, und wenn die Enten oben selbst eine Kette vorstellen, so ist dieser es endlich, der daran liegt, denn die Butter, die er auf der Nase hat, ist beim Lichte besehen derselbe Speck, der jene durchzogen; er hat letztens den Schweif zwischen die Beine genommen und wartet auf, also erfordert es das Zeremoniell philistrischer Leser, solche Demut fordern die Dichter, welche lieber als daß sie zu Fuße gehen als Bediente bei dem Erhabenen hinten aufstehen, der Jambus ist bei ihnen jene gegenschwingende Bewegung in den Knien, womit sich solche Diener das Stoßen des Pflasters erleichtern, leben sie wohl, fahren sie zu, drinnen sitzt niemand, ich weiß es, sie haben die Visitenkarten selbst in der Tasche und geben sie ab. Sei du ruhig, mein Leser, denn ein erbärmlicher Schuft ist wie der Mensch so der Hund.

Nr. 7 stellt einen philosophierenden Philister vor, dem im Gegensatz mit Nr. 1 alle Ärmel zu lang werden, wenn Nr. 1 sich nicht nach der Decke strecken kann, so legt dieser sich krumm unter ihr, er sitzt hier auf dem Isolierstuhl eines jüdischen Matzekuchens, der auf vier Bier- und Schnapsgefäßen ruht. Er hat dermaßen abstrahiert, daß ihm die Rocktaschen hinten heraustreten, und da er sich so sehr vertieft hat, daß er nur noch mit der Spitze seiner Mütze und mit seinen Schmierstiefeln diese eitle Welt berührt, so scheint er seine Pfeife durch ein Knopfloch an dem Pfeifchen des gesunden Menschenverstandes Nr. 2 anstecken zu wollen, um sich doch in einigem Rapport zu halten. Der Vogel, der hinter ihm auf der Stange sitzt, parodiert ihn, er hat sich mit dem Kopf in eine mit Vogelleim bestrichene Düte verfangen und so die Augen verklebt.

Nr. 6 halte ich für die Frau des philosophierenden Philisters, sie erscheint als ein wahres *Cornucopia* von jungen Philistern, sie ist ein Wunderbaum, der nach oben und unten ausschlägt, sie steht vor uns wie ein Kaninchenbau, wie eine Amsterdamer Judengasse, wie ein Findelhaus, wie ein Bienenstock, kurz sie ist ein sehr belebtes Frauenzimmer, und wenn sie nicht die gute Mutter und das Marketenderzelt und die Mützentrophee und die Wachstube eines ehemaligen heiligen römischen Reichs-Kreis-Grenadier-Bataillons ist, so könnte sie doch das wohl inventierte Schild eines Kuhschnappler Nachtmützenfabrikanten sein, wie leicht wären ihre Arme noch als Waagebalken einzurichten, so daß sie auch als Stadtwaage dienen könnte, auf ihrer Schürze aber hat sie ein Schild ihres eigenen Inhalts, ein dreidrähtiges Philisterembryon; bereits mit Mützen und Stiefeln und Tabakspfeifen versehen, erwarten sie eben nicht besonders das Tageslicht, sondern wären ganz zufrieden, wenn sie so bequem in dieser Mutterloge fortleben könnten, das einzige Fatale ist, daß sie keine Zeitungen und Journale hereinbekommen. Ziehen wir eine Perpendikularlinie mitten durch diese Philisterin, so sehen wir, daß sie sich in zwei Humore teilt, und daß das Mittelblatt des Embryonischen Kleeblatts ihr indifferenter Indifferenzpunkt ist, zu ihrer Linken sind alle die lieben Kleinen behaglich, zufrieden und bequem, sie rauchen mit Papa und dem gesunden Menschenverstand Nr. 2 ihr Pfeifchen in Ruhe, und die Mutter hebt eine ordinäre eingesteckte weiße Philistermütze, Nr. 9, über obgemeldetem Verstande schwebend und spricht zu ihrem Manne: So bist du, mein Lieber, wenn du nicht philosophierst, mit ihrer rechten Hand aber hält sie eine dito Mütze, Nr. 8, auseinandergezogen über einen Barometer, Nr. 10, der ihre Temperatur angeben soll und sagt: So, mein lieber Gemahl, sind Sie, wenn Sie philosophieren. Wir sehen nun auf dieser Seite die jungen Philister alle den Kopf hängend, mit gesenkten Pfeifen, mit niederwelkenden Mützenbüschlen und Händen, ja, der auf der Schulter Sitzende scheint seine Pfeife sogar wie ein trauernder Todesengel die Fackel auszulöschen, und dem an der Erde Knienden fällt der tragische Dolch aus der Scheide. Ob nun dieses Behagen auf der einen Seite eine Folge ist, daß die anmutigen Jünglinge bei vorwaltendem gesunden Menschenverstande erzeugt wurden, und das Unbehagen der entgegengesetzten, daß sie unter dem Gestirn der verkehrten Nachtmütze empfangen wurden, oder ob diese nur trauern, weil sie der modernen Tragödie vis-à-vis stehen, weiß ich nicht, soviel ist gewiß, daß Nr. 2 der gesunde Menschenverstand von der bösen Welt für einen Knopfmacher dieser guten Dame gehalten wird, und daß sie ihm die Mütze mit einiger Ironie gegen ihren eingepuppten Eheliebsten aufzusetzen scheint, seine süße stille

Miene, seine steigenden Augenbrauen deuten auf ein holdes Bewußtsein wie der Haarbeutel auf Galanterie, und wenn er gleich links die Pfeife ansteckt, so denkt er doch rechts. Einige Ähnlichkeit mit den Kleinen seiner Seite hat er auch, und das Muttermal der Federn hinterm Ohr würde ihn ganz verraten, aber Nr. 7 ist ruhig, denn er weiß, daß der gesunde Menschenverstand und sein Perückenstock dergleichen Untreue nicht fähig ist; ich aber sage: Die Liebe ist allmächtig, und Amor ist ein Schalk und ein Knopfmacher (siehe oben die Bedeutung dieses Worts). Nun wäre noch folgende Frage zu beantworten:

Ist diese Gattin eines Philisters darum ein Philister, kann ein Weib überhaupt ein Philister sein?

Kein Weib als Weiblich ist Philister, und kein Mann als Männlich, sondern man kann es nur im Konflikt mit der Geschichte oder vielmehr ihrem Geiste sein; je weniger nun ein Geschlecht mit diesem in Verhältnisse kömmt, je weniger Gelegenheit zur Philisterei hat es. So ist das Tier kein Philister, als wo es mit den Menschen in einer vertrauten Berührung steht, und je mehr ein Tier dem Menschen liebenswürdig erscheint, je mehr wird es Philister; der Esel zum Beispiel ist nichts weniger als ein Philister, wenngleich viele Philister Esel sind. So auch ist kein Blödsinniger oder Wahnsinniger, überhaupt kein durch Naturgesetze Beschränkter ein Philister, nichts ist ferner von Philisterei als der reine rohe Bauer, wie er aber einen Schritt weiter tut, steht er auf der Philistertreppe. Keine Spur von Philisterei ist in den wilden Völkern, laßt aber einen Mohren nur hinten als Kammermohren auf die Kutsche springen, so ist er der leibhaftige Philister selbst, und ist dies der weiteste Sprung, den man ins Philistertum machen kann. Da aber das Prinzip der Philisterei im Nein liegt, so ist das Weib im Verneinen Philister, das heißt in der Unfruchtbarkeit, das Empfangene aber ist das Geniale, das Ja, im Weibe, und so ist die Ehe das Heiligtum und der Tempel das Ja, um es vor der philistervollen Welt zu schützen. Als Mensch aber sind dem Weibe wie dem Manne tausend Wege zur Philisterei geöffnet, und sind die betretensten der Frauen zwei, der eine ein sündlicher und der andere ein toller, die sich häufig durchschneiden oder ineinanderführen, der sündliche ist die ehelose Verkäuflichkeit, die den Simson ins Verderben führt, und er ist das Entsetzlichste, was die Philisterei je hervorgebracht, der tolle Weg aber ist eine falsche Tendenz aus der Genialität des Fleisches in die des Wortes, und wir finden sie häufig in gelehrten Frauen, wenn sie nicht zugleich gute Mütter sind oder sich es zu sein schämen. Dennoch sind auf beiden Wegen Herrliche gewandelt, sie waren Heilige, ohne die Bahn zu heiligen, Götter und Helden waren Kinder der Liebe, und Sappho hat gedichtet, die Ausnahme aber liegt in der Freiheit Gottes und das Gesetz in seinem Schicksal, und die Gesetze sind das Tragische, und daß man sie umgehen kann, ist das Komische. Alles aber will verstanden sein, wozu ich mich meinen verehrten Tischgenossen bestens empfehle. *Der Schreiber*

Verspätete Notiz

Soeben erfahre ich, daß die Universität Helmstedt von ihrem Stifter einen löwenwürgenden Simson als Wappen erhalten, worüber die Inauguration dieser hohen Schule in Meibomii Scriptoribus Tom. 3. nachzulesen. Der Name Philister als Studentengegensatz ist also wahrscheinlich von dort zuerst auf andere Universitäten ausgegangen, dahin deutet auch folgender Studentenreim:

Was bist du, Musensohn, wenn du nicht Spieße hast,
Ein Schiff auf offnem Meer, ein segelloser Mast,
Ein Preis der Delila, ein Haupt ohn' Lockenzier,
Ein Simson, dem man ruft: Philister über dir!

Stammtafel der Philister

Nach der Namendeutung des Mystikers Bromley

Noah (Anfang und Ende) hatte drei Söhne, welche dreierlei Naturen vorgebildet. In *Schem* ist ausgesprochen alles Geheimnis und Wirkung des Heiligen Geistes, aus ihm stammet die Verheißung und das Christentum; in *Japhet* ist ausgesprochen der natürliche Mensch in seiner natürlichen Weisheit; aus ihm stammen die Heiden, die Griechen und Römer, die weltlichen Klassiker usw. – Aber es ist ausgesprochen in

Cham { Feuer irdischer Luft.
Grobes Fassen ins Fleisch.

Söhne:

Cusch, eigensinnige Eigenheit.
Mizraim, widerwärtige Grausamkeit.
Put, hoffärtiges Auffahren fleischlicher Dummheit.
Canaan, der Sklave, der sein Tyrann ist = Leib der Sünde.

Cusch, mit dessen Namen man bis heute die Hunde regiert, erzeugte: *Seba*, Trunkenheit; *Havilah*, weltliche Sorge; *Sabtah*, ewiger Irrgarten; *Rahama*, sichtbarer Grimm; *Sabtecha*, verzehrende Selbstquälerei. *Rahama* zeugte den *Scheba*, Abfall; *Dedan*, verderbte fleischliche Liebe, und *Nimrod*, den Seelenjäger.

Canaan, dessen Land einschloß die Städte: *Sidon* (Haderschiff), *Gezar* (Kampf), *Gaza* (Grimm), *Sodom* (geheime Bosheit), *Gomorra* (Abtrünnigkeit), *Adma* (Blutschuld), *Zeboim* (Hoffahrtskrötensee), *Lascha* (Ort des Verblendens, der falschen Salbung, Ort des Tünchens mit losem Kalk, Ezech. XXII, 28; also Stammort aller Anstreicher); er erzeugte:

Tzidon, Betrug; *Heth*, Furcht und Unglauben; den *Jebusiter*, Verachter; *Amoriter*, bitteren Schwätzer; *Gergesiter*, der irdischen Sinnlichkeit Lumpensammler und Kotträger; *Hiviter*, schwatzender Notionalgeist (soll wahrscheinlich National heißen); *Arkiter*, Verfolgung; *Siniter*, Feindschaft; *Arvaditer*, Herrschsucht des Fluchs; *Zemariter*, Wolf in Schafkleidern; *Hamathiter*, brennender Zorn.

Mizraim zeugte:

Ludim, verderbter Natur Fruchtbarkeit; *Ananim*, Geist der Leibschaden und Hurerei; *Lehabim*, Zerstörung mit Feuer und Schwert; *Naphtuim*, Offenbarer des Geheimnisses des Bösen; *Pathrusim*, falsche Zeichendeuter; *Casluhim*, törichte Unbeständigkeit; und von diesem sind kommen die *Philistim* und *Caphtorim*, falsche Wahrsager.

Philistim aber nennt unser Ausleger 1. Geister, die durch Trinken und Gesellschaft Schaden tun; 2. Geister, die gute Brüderschaft beim Bankettieren machen; 3. Öffner aller Wunden und Mirakel; 4. Geister der finstern Magie.

Nr. 1 zeiget an, mit welchem Rechte wir die Philister ausgeschlossen, und nun bin ich versichert, der Brand des Vorhangs in der ersten Versammlung war von einem Philister angestellt. Nr. 2 zeigt den großen Unterschied zwischen einer edlen deutschen Tischgesellschaft und einem Philisterbankett an; wenn sie Geister sind, die gute Brüderschaft trinken, so sind wir Genossen, die gute Geisterschaft miteinander trinken. Wes Geistes Kinder sie aber sind, zeigt deutlich, wes Kindes Geister sie sein mögen, denn *Cham*, ihr Vater, heißt grobes Fassen ins Fleisch.

Von *Put* allein werden in der Schrift keine Nachkommen aufgeführt, und Put heißt, nach einem philologischen Ausleger aller Schriftnamen, soviel als verstorben, welches vielleicht auf die Vermutung bringen könnte, dieser Urgroßonkel der Philister sei tot geboren worden, aber wie sehr spricht die mystische Bedeutung Puts, nach Bromley hoffärtiges Auffahren fleischlicher Dummheit, gegen das Wort verstorben in seiner natürlichen Bedeutung; welcher Verstorbene, wäre er gleich fleischlich dumm gewesen, ist jemals hoffärtig aufgefahren? Ich erkläre also jenes Verstorben als das philistrische Verstorbensein, welches so dummtot ist, daß es nicht einmal weiß, daß es tot ist, und deswegen immer ohne Not leben bleibt. Meine Meinung aber ist, daß Put eigentlich der Stammvater der Put*hähne* ist, denn wo ist so sehr hoffärtiges Auffahren fleischlicher Dummheit als bei diesen cholerischen Philistern, und woher sollen die Puthähne ihr Put anders haben als von Put?

Schließlich werfe ich die Frage auf und bitte um baldige Beantwortung derselben:

Können die Toten auch Philister sein?

Nachwort des Herausgebers

Wenige deutsche Dichter sind, trotz aller Berühmtheit, so unbekannt geblieben wie Clemens Brentano, wenige auch haben ein so schweres, problematisches, tief unglückliches Leben gehabt wie er.

In der Jugend überall bewundert, überall geliebt und auch überall etwas gefürchtet als genialer Spaßmacher und funkensprühender Irrgeist, aus schwermütiger Versunkenheit sich immer wieder zu berauschter Festlichkeit und geistreichstem Spiel aufpeitschend, erlebte er früh jenen furchtbaren seelischen Tod, der in Enttäuschung und Verbrauchtheit, in einem einsamen und hoffnungslosen Nichtsmehrliebenkönnen besteht. Seine Rettung fand er in der Rückkehr zur katholischen Kirche, zumal als Freund und getreuer Chronist der frommen Hellseherin Katharine Emmerich, deren Gesichte er herausgegeben hat.

Weder in der genialen Verwilderung seiner Jugend noch in der strengen, büßenden Frömmigkeit seiner spätern Jahre ist Brentano von unsern Literarhistorikern recht verstanden worden, die Vereinsamung, zu der sein Leben ihn fuhrte, ist ihm treu geblieben, wenige kennen ihn. Er hat Gedichte von dunkler Glut geschrieben, und einzelne seiner Erzählungen und Märchen leben unvergänglich fort.

Indessen hat dieser wunderliche und unglückliche Mensch tiefere und breitere Wirkungen gehabt, als allgemein bekannt ist. Als Mitherausgeber von »Des Knaben Wunderhorn«, als Sammler und Kenner deutscher Volksbücher, Märchen und Sagen, als Liebhaber der alten deutschen Dichtung und Malerei hat er, neben Arnim und Görres, wesentlich dazu beigetragen, daß die deutsche Tradition und die Ehrfurcht vor dem Gut der Väter über dem Weimarer Griechentum nicht ganz verlorenging.

Unter seinen Erzählungen ist ohne Zweifel die schönste

die vom Annerl und Kasperl, ihre schmerzlich süße Dunkelheit wird kein ernsthafter Leser wieder vergessen. Hätte er auch nur diese eine Erzählung geschrieben, wir müßten ihn zu unsern besten und deutschesten Dichtern rechnen.

Hermann Hesse

Zu dieser Ausgabe

insel taschenbuch 2165: Clemens Brentano als Erzähler. Die Texte folgen der Ausgabe: Clemens Brentano, »Gesammelte Werke«. Herausgegeben von Heinz Amelung und Karl Viëtor. Erster und dritter Band. Frankfurter Verlags-Anstalt A.-G. Frankfurt am Main 1923. Umschlagabbildung: Frank Buchser, Ziegenhirtin 1881, Ausschnitt.

Märchen und Sagen
im insel taschenbuch

Alexander N. Afanasjew: Russische Volksmärchen. Übertragen von Werner von Grimm. Herausgegeben von Imogen Delisle-Kupffer. Mit farbigen Illustrationen von Ivan Bilibin. it 1058

Hans Christian Andersen: Märchen. 3 Bände. Mit Illustrationen von Vilhelm Pedersen und Lorenz Frølich. Aus dem Dänischen von Eva-Maria Blühm. it 133

Apuleius: Der goldene Esel. Mit Illustrationen von Max Klinger zu ›Amor und Psyche‹. Aus dem Lateinischen von August Rode. Mit einem Nachwort von Wilhelm Haupt. it 146

Clemens Brentano: Rheinmärchen. In der von Guido Görres herausgegebenen Ausgabe von 1846. Mit Illustrationen von Edward Steinle. it 804

Deutsche Heldensagen. Nacherzählt von Gretel und Wolfgang Hecht. it 345

Deutsche Sagen. 2 Bände. Herausgegeben von den Brüdern Grimm. Mit Illustrationen von Otto Ubbelohde. it 481

Charles A. Eastman: Indianergeschichten aus alter Zeit. Deutsch von Elisabeth Friederichs. Mit einem Nachwort herausgegeben von Dietrich Leube. Illustrationen und Anmerkungen von Frederick Weygold. it 861

Erotische Geschichten aus den Tausendundein Nächten. Aus dem arabischen Urtext der Wortley-Montague-Handschrift übertragen und herausgegeben von Felix Tauer. it 704

Die Erzählungen aus den Tausendundein Nächten. Vollständige deutsche Ausgabe in zwölf Bänden. Zum ersten Mal nach dem arabischen Urtext der Calcuttaer Ausgabe aus dem Jahre 1839. Übertragen von Enno Littmann. it 224

Geschichten aus dem Mittelalter. Herausgegeben von Hermann Hesse. Aus dem Lateinischen übersetzt von Hermann Hesse und J. G. T. Graesse und mit Nacherzählungen von Leo Greiner. Neu zusammengestellt von Volker Michels. it 161

Geschichten der Liebe aus den 1001 Nächten. Aus dem arabischen Urtext übertragen von Enno Littmann. Mit acht farbigen Miniaturen. it 38

Johann Wolfgang Goethe: Märchen. Der neue Paris. Die neue Melusine. Das Märchen. Herausgegeben und erläutert von Katharina Mommsen. it 825

– Reineke Fuchs. Mit Stahlstichen nach Zeichnungen von Wilhelm Kaulbach. it 125

160/1/12.96

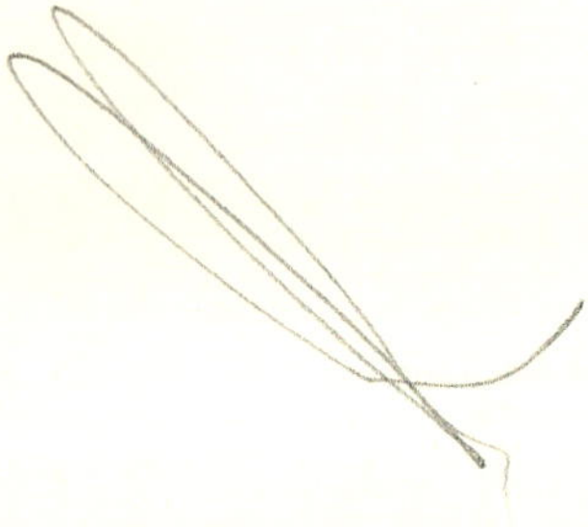